CHRISTINA LAUREN

Nichts als Liebe

atb aufbau taschenbuch

Hinter CHRISTINA LAUREN verbergen sich Christina Hobbs und Lauren Billings. Lauren ist promovierte Neurowissenschaftlerin und Mutter zweier kleiner Kinder. Christina wuchs in Utah auf und ist bei weitem nicht alt genug, die Mutter einer 16-jährigen Tochter zu sein. Nach mehr als einem Dutzend Bestsellern im Bereich Young Adult legen sie hier nun ihren ersten Liebesroman für Erwachsene vor, der in den USA bereits für Furore sorgte.

Nach dem Tod der Mutter sucht Macy mit ihrem Vater einen Neuanfang in den Weinbergen um San Francisco, wo Elliot von nebenan schon bald ihr bester Freund wird. Sie streiten über ihre geliebten Bücher, über Lieblingswörter, und Elliot wird zu dem einzigen Menschen, dem sich Macy nach dem Verlust ihrer Mutter wieder öffnen kann. Doch dann bricht er ihr das Herz, und ihre Bande werden getrennt – für immer, wie Macy glaubt. Bis sie sich elf Jahre später, einander fremd geworden, wieder gegenüberstehen …
Eine große Geschichte über die Schönheit, aber auch die Zerbrechlichkeit der Liebe, über den Trost, den wir in Büchern finden, und darüber, wie einem wahre Verbundenheit zu einem anderen Menschen die Kraft geben kann, auch den größten Schmerz hinter sich zu lassen.

CHRISTINA LAUREN

NICHTS ALS LIEBE

ROMAN

Aus dem Amerikanischen
von Marie Rahn

atb aufbau taschenbuch

Die Originalausgabe mit dem Titel
Love And Other Words
erschien 2018 bei Gallery Books, New York.

MIX
Papier aus verantwortungsvollen Quellen
FSC® C083411

ISBN 978-3-7466-3478-4

Aufbau ist eine Marke der Aufbau Verlag GmbH & Co. KG

2. Auflage 2018

Umschlaggestaltung www.buerosued.de, München
unter Verwendung eines Bildes von © www.buerosued.de, München
Gesetzt aus der Adobe Devanagari durch die LVD GmbH, Berlin
Druck und Binden CPI books GmbH, Leck, Germany
Printed in Germany

www.aufbau-verlag.de

Für Erin und Marcia
und das Haus am Bach im Wald

PROLOG

Mein Vater war viel größer als meine Mutter, und zwar beträchtlich. Er war 1,96 m, während sie höchstens 1,60 m maß. Ein dänischer Riese und ein brasilianisches Püppchen. Als sie sich kennenlernten, sprach sie kein Wort Englisch. Als sie starb – da war ich zehn –, hatten sie so etwas wie eine eigene Sprache entwickelt.

Ich weiß noch, wie er sie jedes einzelne Mal umarmte, wenn er nach Hause kam. Er beugte sich mit dem ganzen Körper über sie und vergrub sein Gesicht in ihren Haaren, und sie verschwand fast vollständig in dieser innigen Umarmung. Seine Arme waren wie zwei Klammern um einen Satz voll heimlicher Koseworte.

Ich hielt mich in diesen Momenten stets im Hintergrund, hatte ich doch das Gefühl, Zeugin von etwas Unantastbarem zu sein. Nie wäre mir in den Sinn gekommen, dass Liebe etwas anderes sein könne als überwältigend. Und schon als ich ein Kind war, war klar, dass ich mich niemals mit weniger zufriedengeben würde.

Aber nachdem das, was als Wucherung bösartiger Zellen begann, meine Mutter getötet hatte, hätte ich viel darum gegeben, keine Liebe mehr zu empfinden, nie mehr. Meine Mutter zu verlieren gab mir das Gefühl, in all der Liebe zu ertrinken, die in mir war und die ich ihr nicht mehr geben konnte. Diese Liebe staute sich in mir an, ließ meinen Atem stocken wie ein übler Geruch und entlud sich erst in Tränen und Schreien, dann in Schweigen, das tonnenschwer auf mir lastete. Aber so weh es mir auch tat, verstand ich doch, dass es meinem Vater noch viel schlimmer erging.

Ich wusste, dass er sich nach meiner Mutter in keine andere Frau mehr verlieben würde. Was das betraf, war mein Vater ein offenes Buch für mich. Er war ein so geradliniger wie leiser Mann. Er bewegte sich leise, redete leise; selbst wenn er zornig war, blieb er stets leise. Einzig seine Liebe war laut und dröhnend wie ein ohrenbetäubendes Brüllen. Und nachdem er meine Mutter mit all seiner Kraft geliebt und der Krebs sie ihm dennoch genommen hatte, wusste ich, dass er den Rest seines Lebens still bleiben und nie wieder einer Frau so nahe sein würde, wie er ihr nahe gewesen war.

Bevor meine Mutter starb, hinterließ sie Dad eine Liste mit Ratschlägen, von denen sie meinte, dass sie ihm und mir auf dem Weg zum Erwachsenwerden hilfreich sein würden.

Verwöhn sie nicht mit Dingen, gib ihr stattdessen Bücher.
Sag ihr oft genug, dass Du sie liebst. Mädchen brauchen Worte.

Wenn sie still und in sich gekehrt ist, übernimm du das Reden.
Gib Macy ein regelmäßiges Taschengeld, das nicht zu knapp bemessen ist, aber lass sie stets einen Teil davon sparen, damit sie den Wert des Geldes begreift.
Bis sie sechzehn ist, sollte sie immer um zehn Uhr abends zu Hause sein. Ohne Ausnahme.

Die Liste war ellenlang und umfasste mehr als fünfzig Punkte. Es war nicht so, dass Mom meinem Vater misstraute; sie wollte nur, dass ihr Einfluss als Mutter auch nach ihrem Tod für mich spürbar bliebe.

Mein Vater las die Ratschläge immer wieder, schrieb sich mit Bleistift Anmerkungen daneben und unterstrich einzelne Punkte, um sicherzustellen, dass er nichts Wichtiges übersah oder falsch verstand. Im Laufe der Jahre wurde diese Liste eine Art Bibel – nicht im Sinne eines Regelwerks, sondern als Hinterlassenschaft meiner Mutter, die uns Halt gab und uns beruhigte, dass all das, womit Dad und ich zu kämpfen hatten, ganz normal sei.

Ein Ratschlag stellte meinen Vater jedoch vor besondere Herausforderungen:

Wenn Macy irgendwann vom Stress ihres Alltags überfordert sein sollte, such einen Rückzugsort für Euch, den Ihr am Wochenende leicht erreichen könnt, damit sie Gelegenheit zum Durchatmen bekommt.

Zwar hatte meine Mutter damit sicher nicht gemeint, dass wir unbedingt ein Wochenendhaus kaufen sollten, aber mein Vater – der dazu neigte, alles wörtlich zu nehmen – sparte, schaute sich die kleinen Orte nördlich von San Francisco an, plante und bereitete alles für den Tag vor, an dem er in unseren Rückzugsort investieren müsste.

In den ersten Jahren nach Moms Tod behielt er mich mit seinen sanften eisblauen Augen unablässig im Blick und stellte mir intensive Fragen, die lange Antworten erforderten – oder zumindest längere als »ja«, »nein« oder »weiß nicht«. Und als ich das erste Mal auf eine dieser umfassenden Befragungen mit einem resignierten Stöhnen antwortete, weil ich erschöpft war vom Schwimmtraining, von den Hausaufgaben und den immer gleichen Dramen meiner Freundinnen, rief mein Vater sofort eine Immobilienmaklerin an und beauftragte sie, uns das perfekte Wochenendhaus in den Weinbergen um San Francisco zu besorgen.

Und dann fanden wir es in Healdsburg: Es handelte sich um ein mit Holzschindeln verkleidetes Häuschen, das vier Schlafzimmer und verwinkelte Dachschrägen hatte, chronisch feucht, vielleicht auch schimmlig war und im Schatten der Bäume an einem Bach stand, den ich in meinem Zimmer unentwegt würde plätschern hören.

Unser neues Zuhause hatte viel mehr Platz, als wir brauchten, und ein größeres Grundstück, als wir pflegen konnten, und weder mein Vater noch ich ahnten zu dem Zeitpunkt, dass der wichtigste Raum darin das Bücherzimmer werden würde, das er in meinem begehbaren Kleiderschrank einrichten wollte.

Und erst recht nicht hätte mein Vater geahnt, dass mein ganzes Leben eines Tages in den Händen eines mageren, etwas sonderbaren Jungen namens Elliot Lewis Petropoulos liegen würde, der im Haus nebenan wohnte.

HEUTE

Dienstag, 3. Oktober

Von meiner Wohnung in San Francisco bis nach Berkeley sind es Luftlinie nur zehneinhalb Meilen, aber selbst unter besten Bedingungen braucht man für diese Strecke ohne Auto über eine Stunde.

»Heute Morgen habe ich den Bus um sechs erwischt«, sage ich. »Dann zwei Schnellbahnen direkt hintereinander und gleich den anderen Bus.« Ich werfe einen Blick auf meine Uhr. »Halb acht. Gar nicht so übel.«

Sabrina wischt sich ihr Milchschaumbärtchen von der Oberlippe. Zwar versteht sie, dass ich nicht Auto fahren möchte, ein Teil in ihr findet jedoch, ich solle mich einfach zusammenreißen und mir wie jeder nicht masochistisch veranlagte Bewohner der Bay Area endlich einen Prius oder Subaru zulegen. »Lass dir von niemandem erzählen, dass du keine Heilige bist.«

»Bin ich wirklich. Nur du zwingst mich, meine Wolke zu verlassen.« Aber das sage ich mit einem Lächeln und betrachte dabei ihre winzige Tochter Vivienne in meinem Arm. Ich sehe das kleine Mädchen erst zum zweiten Mal, aber es wirkt bereits doppelt so groß wie bei unserer ersten Begegnung. »Gut, dass wenigstens *du* es wert bist.«

Tag für Tag halte ich Babys in meinem Arm, aber dieser Moment ist etwas Besonderes. An der Uni waren Sabrina und ich Zimmernachbarinnen im Wohnheim, bevor wir erst zusammen in eine kleine Wohnung abseits des Campus und später in ein baufälliges Haus zogen. Durch einen glücklichen Zufall sind wir beide an der Westküste in der Bay Area gelandet, und nun hat Sabrina tatsächlich ein Baby. Es kommt mir sehr merkwürdig vor, dass wir schon alt genug sind für all das: ein Kind zu bekommen, es zu stillen, es großzuziehen.

»Ich hatte gestern bis elf Uhr nachts mit ihr zu tun«, sagt Sabrina und sieht uns liebevoll an. Dann wird ihr Lächeln ein bisschen bitter. »Und wieder um zwei. Und um vier. Und um sechs …«

»Okay, du hast gewonnen. Aber man muss fairerweise sagen, dass sie viel besser riecht als die meisten Leute im Bus.« Ich drücke Viv einen Kuss aufs Köpfchen und rücke sie in meiner Armbeuge zurecht, bevor ich vorsichtig nach meinem Kaffee greife.

Der Becher fühlt sich fast fremd in meiner Hand an. Er ist aus Keramik, nicht aus Pappe oder Edelstahl wie der riesige Thermobecher, den Sean mir jeden Morgen bis zum Rand mit Kaffee füllt, weil er – nicht zu Unrecht – annimmt, dass ich den Tag nur mit einer großen Dosis Koffein überstehen kann. Es ist eine Ewigkeit her, dass ich tatsächlich die Zeit hatte, mich in ein Café wie dieses zu setzen und in Ruhe etwas aus einem richtigen Becher zu trinken.

»Wenn man dich so anschaut, könnte man dich glatt für eine Mutter halten«, sagt Sabrina, die uns von ihrer Seite des Tischs nicht aus den Augen lässt.

»Das ist der Vorteil, wenn man mit Babys arbeitet.«

Als Sabrina nun verstummt, wird mir mein Fehler bewusst. Grundregel Nr. 1: vor Müttern, vor allem frischgebackenen Müttern, niemals von meinem Job sprechen. Ich kann praktisch hören, wie ihr das Herz stockt.

»Ich weiß nicht, wie du das schaffst«, flüstert sie.

Dieser Satz ist mittlerweile der Refrain meines Lebens geworden. Meine Freunde finden es beunruhigend, dass ich mich für die Pädiatrie der Uniklinik von San Francisco entschieden habe – und zwar für die Kinderintensivstation. Immer wieder sehe ich in ihren Augen den Verdacht aufblitzen, mir könne irgendetwas Wichtiges fehlen, Mitgefühl oder Mütterlichkeit, etwas, das es mir doch unmöglich machen müsste, Tag für Tag das Leid kranker Kinder mit ansehen zu können.

Ich gebe Sabrina meine Standardantwort: »Irgendeiner muss es tun«, und füge hinzu: »Außerdem bin ich gut darin.«

»Das kann ich mir denken.«

»Aber Kinderneurologie, das könnte ich auf gar keinen Fall machen«, sage ich, beiße mir jedoch sofort auf die Lippen.

Sei still, Macy. Halt einfach dein dummes Plappermaul.

Sabrina nickt nur kurz und starrt auf ihr Baby. Viv lächelt mich an und strampelt aufgeregt mit den Beinchen.

»Nicht alle Geschichten enden traurig.« Ich kitzle Viv den Bauch. »Es vergeht kein Tag, an dem nicht auch ein kleines Wunder geschieht, stimmt's, Süße?«

Daraufhin wechselt Sabrina abrupt und mit leicht schriller Stimme das Thema: »Wie steht's um die Hochzeitsplanung?«

Ich stöhne auf und schnuppere an Vivs wunderbar nach Baby duftendem Kopf.

»Riecht so gut, oder?« Lachend streckt Sabrina die Hände nach ihr aus, als könne sie ihre Tochter einfach nicht mehr länger teilen. Ich kann es ihr nicht verdenken. Wie warm und anschmiegsam dieses Bündel in meinen Armen ist.

»Sie ist einfach vollkommen«, sage ich leise und übergebe sie ihrer Mutter. »So ein kräftiges kleines Ding.«

Und dann, weil alles, was ich tue, irgendwie mit meinen Erinnerungen an *sie* in Verbindung zu stehen scheint – an diese riesige, chaotische Familie, die doch niemals die meine war –, überkommt mich die Erinnerung an das letzte Mal, als ich außerhalb meiner Arbeit mit einem Baby zu tun hatte. Damals war ich noch ein Teenager und starrte auf die kleine Alex hinab, die in ihrer Wippe schlief.

Eine wahre Flut von Bildern bestürmt mich: Die Mutter Dina, wie sie mit Alex im Tragetuch kocht; der Vater Nick, der Alex in seinen massigen, haarigen Armen hält und sie mit unsagbarer Zärtlichkeit betrachtet. Der sechzehnjährige George, der – vergeblich – versucht, ihr auf der Wohnzimmercouch die Windel zu wechseln, ohne dass etwas danebengeht. Nick Jr., George und Andreas, die mit ausgeprägtem Beschützerinstinkt ihr neues Geschwisterchen begutachten. Und dann, wie könnte es anders sein, wandern meine Gedanken zu Elliot, wie er sich leicht abseits hält und wartet, bis seine älteren Brüder wieder raufen, durchs Haus trampeln oder sonst irgendwie Chaos veranstalten, um Alex auf den Arm zu nehmen, ihr vorzulesen und ihr seine ungeteilte Aufmerksamkeit zu schenken.

Sie alle vermisse ich schmerzlich, besonders jedoch ihn.

»Macy?«, hakt Sabrina nach.

Ich blinzele sie an. »Was denn?«

»Die Hochzeit?«

»Ach ja.« Meine Laune sinkt; die Vorstellung, eine Hochzeit zu planen, während ich hundert Stunden pro Woche im Krankenhaus arbeite, schlägt mir aufs Gemüt. »Wir sind noch kein Stück weitergekommen. Uns fehlt immer noch ein Termin, eine Location … einfach alles. Sean ist es völlig egal, wie wir heiraten. Was doch ein gutes Zeichen ist, oder?«

»Aber ja!«, versichert Sabrina übertrieben munter und legt sich Viv diskret an die Brust. »Außerdem: Wozu die Eile?«

Ihre Frage lässt durchblicken, was sie wirklich denkt: *Ich bin deine beste Freundin, und trotzdem habe ich diesen Mann nur zweimal zu Gesicht bekommen, verdammt noch mal! Warum also die Eile, ihn zu heiraten?*

Sie hat recht. Es hat keine Eile. Schließlich sind Sean und ich erst seit ein paar Monaten zusammen. Allerdings ist Sean der erste Mann seit über zehn Jahren, bei dem ich ganz ich selbst sein kann und nicht das Gefühl habe, mich mit irgendetwas zurückhalten zu müssen. Er ist locker und gelassen, und als seine sechs Jahre alte Tochter Phoebe fragte, wann wir denn heiraten würden, ging ihm offenbar ein Licht auf, denn kurz darauf machte er mir einen Antrag.

»Ich schwöre es«, versichere ich Sabrina, »es gibt keine Neuigkeiten, die von Bedeutung wären. Abgesehen davon vielleicht, dass ich nächste Woche einen Termin beim Zahnarzt habe.« Sabrina lacht. »So weit ist es schon gekommen: Außer dem Treffen mit dir ist so etwas das Einzige, was meine langweilige Routine auf absehbare Zeit unterbricht. Ansonsten gilt für mich: arbeiten, schlafen, arbeiten und so weiter.«

Sabrina nimmt das als Aufforderung, ausführlich von ihrem

neuen Leben als Kleinfamilie zu erzählen, und sie listet jeden einzelnen Meilenstein auf: Vivs erstes Lächeln, ihr erstes richtiges Lachen und, erst gestern, ihr erster geglückter Griff nach Mamas Finger.

Ich höre zu und betrachte jeden dieser ganz normalen Schritte als Wunder, denn genau das ist es. Ich wünschte, ich bekäme solche alltäglichen Kleinigkeiten öfter zu hören. Zwar liebe ich meine Arbeit, vermisse es aber, einfach mal nur zu reden, am Leben teilzuhaben.

Meine Schicht fängt heute um zwölf Uhr mittags an und wird wahrscheinlich bis tief in die Nacht dauern. Dann werde ich nach Hause kommen, ein paar Stunden schlafen, und morgen geht alles von vorn los. Nach dem Kaffeeplausch mit Sabrina und Viv wird der Rest des Tages mit dem ewigen Einerlei meines Alltags verschmelzen, und falls nicht etwas wirklich Furchtbares auf der Station passiert, werde ich mich später an keinerlei Einzelheiten dieses Tages erinnern.

Daher versuche ich, während Sabrina erzählt, so viel wie möglich von meiner Umgebung mitzubekommen. Ich genieße den Duft nach Kaffee und Toast und lausche der Musik, die die Stimmen der Gäste mit einem sanften Klangteppich unterlegt. Als Sabrina sich vorbeugt, um einen Schnuller aus der Windeltasche zu holen, lasse ich meinen Blick zur Theke schweifen. Ich mustere kurz die Frau mit den rosa Dreadlocks und den gedrungenen Mann mit dem Tattoo im Nacken, der die Bestellungen aufnimmt. Dann erregt die hoch aufgeschossene Gestalt eines Mannes meine Aufmerksamkeit.

Fast schwarze, kräftige Haare, die bis über die Ohren reichen und leicht verstrubbelt abstehen. Ein auf einer Seite hochstehender Kragen, das Hemd hängt über die verschlissene schwarze Jeans. Heruntergetretene Vans in altmodischem Schachbrettmuster. Eine abgenutzte Kuriertasche quer über dem Rücken.

Der Mann steht mit dem Rücken zu mir, und er sieht aus wie wohl tausend andere in Berkeley, und doch weiß ich genau, wer er ist.

Das dicke, zerlesene Buch unter seinem Arm verrät ihn: Ich kenne nur einen einzigen Menschen, der jedes Jahr im Oktober »Ivanhoe« liest. Immer wieder von neuem und mit absoluter Begeisterung.

Ich vermag nicht, den Blick von ihm abzuwenden, fürchte jedoch gleichzeitig den Moment, wenn er sich umdreht und ich sehe, wie er sich in den fast elf Jahren verändert hat. Auf mein eigenes Erscheinungsbild verschwende ich kaum einen Gedanken: mintgrüne Krankenhauskluft, praktische Sneaker, lockerer Pferdeschwanz. Es ist keinem von uns je in den Sinn gekommen, darüber nachzudenken, wie wir aussehen. Wir waren immer nur damit beschäftigt, uns die Züge des anderen einzuprägen.

Als der Geist aus der Vergangenheit seine Bestellung bezahlt, reißt mich Sabrina aus meinen Gedanken.

»Macy?«

Wieder blinzele ich sie an. »Tut mir leid. Ich … Da – Was?«

»Ich hab nur was über Windelausschlag gesagt. Aber viel mehr interessiert mich, was dich so …« Sie folgt meinem Blick. »Oh.«

Ihr »Oh« zeugt nicht von echtem Verstehen, es gilt einzig und allein der Rückenansicht des Mannes. Er ist groß – das kam ganz plötzlich, als er fünfzehn wurde. Und seine Schultern sind breit – auch das kam ganz plötzlich, aber später. Ich weiß noch, wie es mir das erste Mal auffiel, als er im Bücherschrank neben mir aufragte, mit seiner viel zu kurzen Hose, und seine breitschultrige Gestalt die funzelige Lampe verdeckte. Seine Haare sind beeindruckend voll, das waren sie schon immer. Die Jeans hat er tief auf den Hüften sitzen, und sein Hintern ist einfach perfekt. Keine Ahnung, wann das kam.

Im Grunde sieht er genau wie der Typ Mann aus, den sie und ich sonst von ferne anstarren, um uns dann wortlos *Wow!* zuzufunken. Es ist bizarr: Ich sehe ihn vor mir, und er ist ein Fremder – genau jene Art Mann, die ich normalerweise verträumt anschmachten würde. Allein, ihn von hinten zu sehen, ist schon seltsam, und ich rede mir eine Sekunde lang ein, er sei es doch nicht. Schließlich könnte dieser Mann irgendwer sein, nach mehr als zehn Jahren Trennung kann ich doch gar nicht genau wissen, wie er aussieht.

Doch als er sich umdreht, habe ich plötzlich das Gefühl, alle Luft wäre aus dem Café gewichen. Ich kann nicht mehr atmen, als hätte ich einen Schlag in den Magen bekommen.

Sabrina hört mein leises Ächzen und dreht sich zu mir um. Ich spüre, wie sie sich langsam vom Stuhl erhebt. »Macy?«

Ich versuche, Luft zu holen, kann aber nur flach atmen, und meine Augen beginnen zu brennen.

Sein Gesicht ist schmaler, sein Kiefer konturierter, sein Dreitagebart ausgeprägter. Er trägt immer noch eine Brille, aber sie dominiert nicht mehr sein ganzes Erscheinungsbild. Seine strahlend goldbraunen Augen werden noch immer von den dicken Gläsern vergrößert. Seine Nase hat sich nicht verändert, nur ist sie jetzt nicht mehr zu groß für sein Gesicht. Und sein

Mund ist noch immer so wie früher: geradlinig, mit Lippen, von denen ich weiß, wie weich sie sind, zum sardonischsten Grinsen der Welt befähigt.

Ich habe keine Vorstellung davon, welcher Ausdruck auf seinem Gesicht erschiene, wenn er meiner gewahr würde. Womöglich einer, den ich noch nie an ihm gesehen habe.

»Macy?« Sabrina streckt ihre freie Hand aus und umfasst meinen Unterarm. »Süße, ist alles in Ordnung?«

Ich schlucke und schließe die Augen, um wieder zu mir zu kommen. »Ja.«

Das scheint sie nicht zu überzeugen. »Bist du sicher?«

»Ja, ich …« Ich schlucke erneut und öffne die Augen, um sie anzusehen, doch wird mein Blick wieder von dem angezogen, was sich hinter ihr befindet. »Der Typ da drüben … Das ist Elliot.«

»Oh«, sagt sie erneut, und diesmal versteht sie alles.

DAMALS

Freitag, 9. August

vor fünfzehn Jahren

Bei der Hausbesichtigung sah ich Elliot zum ersten Mal.

Das Häuschen stand völlig leer. Im Gegensatz zu den sorgfältig in Szene gesetzten Objekten, die wir in der Bucht von San Francisco gesehen hatten, war diese etwas merkwürdige Immobilie in Healdsburg vollkommen unmöbliert. Erwachsene mochten die Möglichkeiten schätzen, die solch kahle Räumlichkeiten boten, doch auf mich wirkte es erst einmal kalt und abweisend. Unser Haus in Berkeley dagegen war gemütlich vollgestopft. Als meine Mutter noch am Leben war, setzte sie ihren Sinn für Behaglichkeit gegen Dads dänischen Minimalismus durch, und nach ihrem Tod konnte er sich nicht dazu aufraffen, irgendetwas daran zu ändern.

Hier zeugten lediglich dunkle Vierecke an den Wänden von Bildern, die einst dort gehangen hatten. Ein breiter zerschlissener Streifen auf dem Teppich offenbarte den bevorzugten Laufweg der früheren Bewohner: von der Haustür zur Küche. Vom Eingangsbereich aus blickte man auf den Flur des oberen Stockwerks. Alle Türen zu den Zimmern waren geschlossen, was dem langen Gang etwas Unheimliches verlieh.

»Da oben«, sagte Dad und wies mit dem Kinn in Richtung des Zimmers, das für mich gedacht war. Er hatte sich das Haus schon im Internet angesehen und wusste daher, was uns erwartete. »Du könntest das Zimmer am Ende nehmen.«

Ich ging die dunkle Treppe hinauf, am großen Schlafzimmer und Bad vorbei, bis ich am Ende des langen, schmalen Korridors landete. Unter der Zimmertür drang ein hellgrün schimmernder Lichtstreifen hervor. Wie ich bald sehen sollte, rührte der von den leuchtend grünen Wänden her, die von der Nachmittagssonne beschienen wurden. Der kristallene Türknauf war kalt, strahlte jedoch glänzend klar und ließ sich mit einem leisen Quietschen drehen. Die Tür hatte sich offenbar von der Feuchtigkeit verzogen und klemmte. Entschlossen drückte ich meine Schulter dagegen und wäre fast in das warme, helle Zimmer gestolpert.

Es war nahezu doppelt so lang wie breit. Den größten Teil der Längsseite nahm ein riesiges Fenster ein, das Aussicht auf einen Hügel voller moosbewachsener Bäume bot. Am hinteren Ende war noch ein Fenster, schmal und hoch aufragend wie ein geduldig wartender Butler, von dem aus in der Ferne der Russian River zu sehen war.

Die untere Etage war nichts Besonderes gewesen, ganz im Gegensatz zu den Zimmern hier oben. Schon besser gelaunt drehte ich mich um, um nach Dad zu suchen, der soeben aus dem großen Schlafzimmer trat.

»Hast du den begehbaren Schrank gesehen, Macy?«, fragte er. »Ich dachte, dass wir dir daraus eine kleine Bibliothek machen könnten.« Dann rief die Maklerin nach ihm, und er wandte sich ab, um die Treppe hinunterzugehen.

Ich kehrte in mein Zimmer zurück und ging zum hinteren Ende. Die Tür zum Schrank öffnete sich mühelos.

Wie jeder andere Raum im Haus war auch dieser unmöbliert. Aber nicht leer.

Vor Verwirrung machte mein Herz einen Satz.

Im hinteren Teil des begehbaren Schranks saß ein Junge. Er hatte sich in die Ecke unter der Dachschräge zurückgezogen und las ein Buch.

Viel älter als dreizehn konnte er nicht sein, wir mussten also ungefähr im gleichen Alter sein. Mager, kräftige schwarze Haare, die schon lange keine Schere mehr gesehen hatten, riesige goldbraune Augen hinter einer dicken Brille. Seine Nase war zu groß für sein Gesicht, seine Zähne waren zu groß für seinen Mund, und seine Präsenz war zu offensichtlich für einen Raum, der eigentlich leer sein sollte.

Erschrocken brach es aus mir heraus: »Wer bist du?«

Verblüfft und mit aufgerissenen Augen sah er mich an. »Ich hätte nicht gedacht, dass zu dieser Besichtigung wirklich jemand kommen würde.«

Mein Herz hämmerte. Unter seinem Blick – seinen riesigen Augen, die mich ohne zu blinzeln durch die Brille anstarrten – kam ich mir entblößt vor. »Wir wollen es vielleicht kaufen.«

Der Junge erhob sich, und es zeigte sich, dass der breiteste Teil seiner Beine die Knie waren. Er trug braune, glänzende Lederschuhe und ein gebügeltes Hemd, das er sich in die khakifarbenen Shorts gesteckt hatte. Er wirkte vollkommen harmlos. Doch als er einen Schritt auf mich zutrat, machte mein Herz erneut einen panischen Satz, und ich stieß hervor: »Mein Vater hat den schwarzen Gürtel.«

Halb eingeschüchtert, halb skeptisch sah er mich an. »Ehrlich?«

»Ehrlich!«

Er zog die Augenbrauen zusammen. »Worin denn?«

Ich ließ die Fäuste sinken, die ich an den Hüften geballt hatte. »Also gut: Er hat keinen schwarzen Gürtel. Aber er ist riesengroß.«

Das schien er mir abzukaufen, denn nun blickte er besorgt an mir vorbei.

»Was machst du überhaupt hier?«, fragte ich und sah mich um. Für einen Schrank war der Raum riesig. Ein mindestens vier mal vier Meter großes Quadrat. Die hohe Decke fiel am Ende des Raums steil bis auf eine Höhe von höchstens einem Meter ab, und ich konnte mir sofort vorstellen, hier auf einer Couch mit Kissen und Büchern zu sitzen und einen perfekten Samstagnachmittag zu verbringen.

»Ich mag es, hier zu lesen«, sagte er achselzuckend, worauf ein schwaches Interesse, vielleicht jemanden Gleichgesinntes zu treffen, in mir erwachte, das ich schon jahrelang nicht mehr verspürt hatte. »Meine Mutter hat den Schlüssel noch von den Hansons, den Vorbesitzern, und die waren nie da.«

»Wollen deine Eltern das Haus kaufen?«

Verwirrt sah er mich an. »Nein. Ich wohne nebenan.«

»Also ist das kein Hausfriedensbruch?«

Er schüttelte den Kopf. »Ist doch eine Hausbesichtigung, schon vergessen?«

Ich sah ihn mir genauer an. Sein Buch war ziemlich dick, und ich konnte einen Drachen auf dem Einband erkennen. Der Junge selbst war groß und hatte spitze Ellbogen und eckige

Schultern. Die Haare waren zottig, obwohl sie einen gepflegten Eindruck machten, ebenso wie seine Fingernägel.

»Also hängst du hier einfach nur ab?«

»Manchmal«, gab er zu. »Das Haus steht schon seit ein paar Jahren leer.«

Ich kniff die Augen zusammen. »Bist du dir wirklich sicher, dass du hier sein darfst? Irgendwie wirkst du nervös. Bist du immer so außer Puste?«

Er zuckte die Achseln, wobei sich eine knochige Schulter mehr anhob als die andere. »Vielleicht bin ich gerade einen Marathon gelaufen.«

»Du siehst aus, als könntest du nicht mal um den Block laufen.«

Er stutzte kurz und brach dann in Gelächter aus. Es klang, als würde er nicht oft lachen, und in mir regte sich etwas.

»Wie heißt du?«, fragte ich.

»Elliot. Und du?«

»Macy.«

Elliot starrte mich an und schob sich mit einem Finger die Brille hoch, aber sie rutschte sofort wieder herunter. »Wenn ihr das Haus kauft, komm ich nicht mehr einfach so her, um zu lesen.«

Das klang wie eine Herausforderung, als stünde die Entscheidung im Raum: *Freund oder Feind?*

Einen Freund konnte ich wirklich brauchen.

Ich atmete geräuschvoll aus und lächelte widerstrebend. »Wenn wir das Haus kaufen, kannst du rüberkommen und lesen, wann du willst.«

Da grinste er so breit, dass ich seine Zähne zählen konnte. »Vielleicht habe ich es die ganze Zeit nur für dich vorgewärmt.«

HEUTE

Dienstag, 3. Oktober

Elliot hat mich noch immer nicht gesehen.

Mit gesenktem Blick wartet er an der Espressobar auf seine Bestellung. In einem Meer von Menschen, die sich nur über ihr Smartphone mit der Welt verbinden, steht Elliot einfach da und liest ein Buch.

Ob er überhaupt ein Handy hat? Bei jedem anderen wäre die Frage absurd. Nicht jedoch bei ihm. Vor elf Jahren hatte er eines, aber das war ein abgelegtes Klapphandy seines Vaters, bei dem man dreimal auf die Fünfertaste drücken musste, um ein L zu schreiben. Er benutzte es ohnehin kaum.

»Wann hast du ihn das letzte Mal gesehen?«, fragt Sabrina.

Mit gerunzelter Stirn sehe ich zur ihr hinüber und funkle sie an. Ich bin mir sicher, dass sie die Antwort kennt, zumindest ungefähr. Doch ich entspanne mich, als ich verstehe, dass ihr im Moment gar nichts anderes übrig bleibt, als Konversation zu betreiben, da ich mich vor Schreck in einen stummen Fisch verwandelt habe.

»Im letzten Jahr der Highschool. Silvester.«

Sie atmet scharf ein und nickt. »Stimmt ja.«

Da springt mein Selbsterhaltungstrieb an und treibt mich vom Stuhl.

»Tut mir leid«, sage ich und blicke auf Sabrina und Viv. »Aber ich muss sofort gehen.«

»Klar. Natürlich. Sicher doch.«

»Ich rufe dich dieses Wochenende an, ja? Vielleicht können wir endlich mal in den Golden Gate Park gehen.«

Sie nickt immer noch, so als wäre mein Vorschlag mehr als nur eine Phrase und läge auch nur entfernt im Bereich des Möglichen. Doch wir wissen beide, dass ich seit Beginn meiner Zeit als Assistenzärztin im Juli noch kein einziges freies Wochenende hatte.

So unauffällig wie möglich sammle ich meine Sachen zusammen, hänge mir die Tasche über die Schulter und beuge mich zu Sabrina hinunter, um ihr ein Küsschen auf die Wange zu geben.

»Du bist die Beste«, sage ich, richte mich wieder auf und wünsche mir, ich könnte sie mitnehmen. Sie riecht auch nach Baby.

Sabrina nickt, erwidert, *ich* sei die Beste, und dann, während ich Viv mit ihren kräftigen kleinen Fäustchen noch ein letztes Mal über den Kopf streiche, erstarrt sie.

Elliot muss mich entdeckt haben.

»Äh …«, sagt sie und weist mit dem Kinn auf ihn, weil ich wohl besser einen Blick riskieren sollte. »Er kommt.«

Ich wühle in meiner Tasche, um äußerst beschäftigt und abgelenkt zu wirken. »Ich muss flitzen«, murmle ich.

»Macy?«

Mit gesenktem Blick halte ich inne und umklammere den Riemen meiner Tasche. Beim Klang seiner Stimme durchzieht mich ein sehnsüchtiger Schmerz. Bis zum Stimmbruch war sie hoch und quietschig, was ihm von allen ständig unter die Nase gerieben wurde. Doch dann, eines Tages, sollte er Genugtuung bekommen, denn das Universum schenkte ihm eine Stimme, so sanft und vollmundig wie Honig.

Wieder nennt er mich beim Namen – diesmal bei meinem vollen Namen, leiser: »Macy Lea?«

Ich blicke auf, und in einem Impuls, der mich sicher bis zum Ende meines Lebens wird zusammenzucken lassen, winke ich schlaff mit der Hand. »Elliot! Hey!«, sage ich betont munter.

Als hätten wir uns während der Erstsemesterwoche irgendwann mal kennengelernt. Oder zufällig in einem Zug aus Santa Barbara getroffen.

Als er sich nun mit einer ungläubigen Geste, die ich schon tausendmal an ihm gesehen habe, die Haare aus der Stirn streicht, drehe ich mich um und kämpfe mich durch die Menge hinaus ins Freie. Einen halben Block jogge ich in die falsche Richtung, bevor mir mein Irrtum aufgeht und ich herumwirble. Mehrere große Schritte später pralle ich mit gesenktem Kopf und hämmerndem Herzen gegen eine breite Brust.

»Oh! Tut mir leid!«, stoße ich hervor, doch dann schaue ich auf und merke, wer vor mir steht.

Elliot fasst mich an den Oberarmen und hält mich auf Armeslänge von sich. Ich weiß, er sieht mein Gesicht an und wartet darauf, dass ich seinen Blick erwidere, aber ich kann nur seinen Adamsapfel anstarren, weil ich daran denken muss, wie ich heimlich immer wieder seinen Hals betrachtete, während wir stundenlang gemeinsam in meinem Bücherschrank lasen.

»Macy. Wirklich?«

Wirklich, bist du das?

Wirklich, du rennst vor mir weg?

Wirklich, wo warst du in den letzten zehn Jahren!

Ein Teil von mir wünscht sich, ich könnte mich einfach an ihm vorbeidrängen und weglaufen, so tun, als wäre das alles nie passiert. Ich könnte wieder in die Bahn springen, zum Krankenhaus fahren und mich in einen Tag voller Arbeit und lebenswichtiger Entscheidungen stürzen, was ehrlich gesagt viel angebrachter wäre als dieses emotionale Durcheinander.

Aber ein anderer Teil in mir hat die letzten zehn Jahre, eigentlich sind es sogar fast elf, auf genau diesen Augenblick gewartet. Erleichterung und Schmerz durchströmen mich gleichzeitig. Jeden einzelnen Tag wollte ich ihn wiedersehen. Und wollte ihn niemals wiedersehen.

»Hi.« Endlich blicke ich zu ihm auf und überlege angestrengt, was ich jetzt sagen soll; in meinem Kopf wirbeln sinnlose Phrasen umher, wie ein Sturm aus ja und nein.

»Bist du …«, setzt er an und stockt. Er hat mich noch immer nicht losgelassen. »Bist du wieder hierhergezogen?«

»Nach San Francisco.«

Ich merke, wie er meine Klinikkluft und die hässlichen Sneaker mustert. »Ärztin?«

»Ja, Assistenzärztin.«

Ich bin ein Roboter.

Er zieht die dunklen Augenbrauen in die Höhe. »Aber was machst du ausgerechnet hier?«

Ein sehr merkwürdiger Anfang für ein Gespräch. Aber wenn sich ein Berg vor einem auftürmt, muss man wahrscheinlich mit dem Nächstliegenden beginnen. »Ich habe mit Sabrina einen Kaffee getrunken.«

Verständnislos zieht er die Nase kraus, ein Ausdruck, der mir schmerzlich vertraut ist.

»Meiner Mitbewohnerin vom College«, erkläre ich. »Sie lebt in Berkeley.«

Elliot sinkt ein bisschen in sich zusammen, was mich daran erinnert, dass er Sabrina gar nicht kennen kann. Früher störte es uns schon, wenn wir auch nur einen Monat vom Leben des anderen verpassten. Jetzt fehlen uns Jahre, ein halbes Leben.

»Ich hab dich angerufen«, sagt er. »Eine Million Mal. Aber dann hat sich deine Nummer geändert.«

Er fährt sich mit der Hand durch die Haare und zuckt hilflos die Achseln. Und ich verstehe ihn. Die ganze Situation ist so verdammt unwirklich. Selbst jetzt ist es kaum zu begreifen, dass wir diese Entfremdung zugelassen haben. Dass ich sie zugelassen habe.

»Ich weiß. Ich … äh … hab damals ein neues Handy bekommen«, erkläre ich lahm.

Er lacht, aber es klingt nicht besonders amüsiert. »Ja, das dachte ich mir.«

»Elliot«, setze ich an und schlucke den Kloß hinunter, der sich mit seinem Namen in meinem Hals gebildet hat. »Es tut mir leid, aber ich muss mich jetzt wirklich beeilen. Meine Schicht fängt bald an.«

Er beugt sich zu mir und sieht mich direkt an. »Soll das ein Witz sein?«, fragt er. »Wir treffen uns zufällig in einem Café, und es heißt einfach: ›Hey, Macy, wie läuft's?‹, und dann gehst du zu deiner Arbeit und ich zu meiner, und dann ziehen weitere zehn gottverdammte Jahre ins Land?«

Da ist es wieder. Elliot konnte nie anders, als das Kind beim Namen zu nennen.

»Ich war nicht darauf vorbereitet, dir zu begegnen«, gestehe ich.

»Musst du etwa auf mich vorbereitet sein?«

»Auf dich ganz besonders.«

Das trifft ihn, von mir beabsichtigt – mitten ins Herz –, aber als er zusammenzuckt, tut es mir schon wieder leid.

Verdammt noch mal!

»Gib mir nur eine Minute«, drängt er und zieht mich zum Rand des Bürgersteigs, damit wir den Strom der Passanten nicht länger blockieren. »Wie geht es dir? Seit wann bist du zurück? Wie geht es Duncan?«

Mit einem Mal steht die Welt um uns still.

»Mir geht's gut«, antworte ich automatisch. »Ich bin im Mai zurückgezogen.« Die dritte Frage hat mich so erschüttert, dass meine Stimme zittert, als ich sage: »Und … Dad ist tot.«

Elliot fährt zurück. »Was?«

»Ja«, sage ich mit schwankender Stimme. Mir fehlen die Worte, ich habe Mühe, das Vergangene in meiner Erinnerung aufzurufen, Tausende von Synapsen in meinem Hirn zu entwirren.

Irgendwie gelingt es mir, dieses Gespräch zu führen, ohne zusammenzubrechen, aber sollte es auch nur zwei Minuten länger dauern, kann ich für nichts mehr garantieren. Ich habe nur zwei Stunden geschlafen, vor mir liegt eine weitere Achtzehnstundenschicht, und jetzt fragt mich Elliot auch noch nach meinem Vater … Ich muss hier weg, bevor ich die Fassung verliere.

Aber als ich zu Elliot aufblicke, sehe ich, wie sich das, was in mir tobt, auch in seiner Miene widerspiegelt. Er ist am Boden zerstört. Er ist der Einzige, der bei der Nachricht vom Tod meines Vaters so aussehen kann, weil er der Einzige ist, der versteht, was das für mich bedeutet.

»Duncan ist tot?«, fragt er mit erstickter Stimme. »Aber warum hast du mir nicht erzählt, dass er gestorben ist, Macy?«

Eine sehr gute Frage.

»Ich …«, beginne ich und schüttle dann den Kopf. »Als es passierte, hatten wir keinen Kontakt.«

Eine Welle der Übelkeit steigt in mir auf. Was für eine unglaublich feige Ausrede.

Er schüttelt den Kopf. »Ich hatte ja keine Ahnung. Es tut mir so leid, Macy.«

Als ich mir erlaube, ihn noch einmal kurz anzusehen, trifft es mich wie ein Schlag. Das ist der Mensch, der mir am meisten bedeutet. Und das war er schon immer. Mein bester Freund, mein Vertrauter und – wahrscheinlich – die Liebe meines Lebens. Und ich habe die letzten knapp elf Jahre damit verbracht, mich in selbstgerechtem Zorn zu suhlen. Doch letztlich war er es, durch den unsere Beziehung einen Riss bekommen hat, und dann hat das Schicksal diesen Riss in einen riesigen klaffenden Abgrund verwandelt.

»Ich muss los«, sage ich, von meinem Unbehagen überwältigt. »Okay?«

Ohne eine Antwort abzuwarten, reiße ich mich los und eile die Straße hinunter zur nächsten Bahnhaltestelle. Und die ganze Zeit, während ich davonlaufe, und auch später während der Fahrt in der vollen Bahn, habe ich das Gefühl, dass er direkt hinter mir oder im nächsten Waggon ist.

DAMALS

Freitag, 11. Oktober
vor fünfzehn Jahren

Die ganze Familie Petropoulos stand im Vorgarten, als wir zwei Monate später mit dem Umzugswagen ankamen. Der große Wagen war nur halb voll, da Dad und ich beide gedacht hatten, es sei viel mehr, was wir mitnehmen würden. Aber am Ende hatten wir nur das Allernötigste gekauft, ein paar Möbel, um schlafen, essen und lesen zu können.

Mein Vater bezeichnete sie als »Feuerholzmöbel«, was ich nicht verstand.

Vielleicht hätte ich es, wenn ich ein paar Sekunden darüber nachgedacht hätte, aber während der gesamten anderthalbstündigen Fahrt beherrschte mich nur der Gedanke, dass wir in ein Haus einzögen, das meine Mutter nie kennengelernt hatte. Zugegeben, sie hatte es sich für uns gewünscht, aber weder hatte sie es ausgesucht noch je gesehen. Diese Tatsache hatte etwas sehr Bitteres für mich. Mein Vater fuhr noch immer seinen alten grünen Volvo. Wir wohnten noch immer in unserem alten Haus in der Rose Street. Jedes Möbelstück darin hatte es schon gegeben, als meine Mutter noch lebte. Zwar trug ich mittlerweile neue Kleider, hatte jedoch noch immer das Gefühl, dass Mom sie irgendwie durch göttliche Fügung mit ausgesucht hätte, denn jedes Mal, wenn wir shoppen gingen, brachte mein Vater mir die größten, schlabbrigsten Teile, worauf unweigerlich eine mitfühlende Verkäuferin mit einem Arm voller passender Kleider auftauchte und versicherte, dass das jetzt alle Mädchen trügen und sicher nicht zu figurbetont sei.

Als ich aus dem Umzugswagen stieg, zog ich mein T-Shirt zurecht und starrte auf die Gruppe, die sich auf unserer Schottereinfahrt versammelt hatte. Elliot entdeckte ich sofort – das einzige vertraute Gesicht in der Menge. Aber um ihn herum standen drei weitere Jungen und seine lächelnden Eltern.

Der Anblick dieser Großfamilie, die uns ihre Hilfe anbot, machte den Schmerz, der mir die Kehle zuschnürte, noch schlimmer.

Der Mann – mit seiner Nase und den dicken schwarzen Haaren unverkennbar Elliots Vater – lief auf uns zu und streckte Dad die Hand entgegen. Er war nur wenige Zentimeter kleiner als mein Vater, was eine Seltenheit war.

»Nick Petropoulos«, sagte er und bot nun mir die Hand. »Du musst Macy sein.«

»Ja, Sir.«

»Nenn mich doch Nick.«

»Okay, Mr. … Nick.« Bis dahin wäre es mir nie in den Sinn gekommen, den Vater eines Freundes beim Vornamen zu nennen.

Lachend wandte er sich wieder zu Dad. »Wir dachten, Sie könnten Hilfe beim Ausladen brauchen.«

Dad lächelte und sagte: »Das ist nett von Ihnen. Danke.« Ein Mann weniger Worte, wie immer.

»Außerdem dachte ich mir, meine Jungs könnten ein bisschen körperliche Betätigung vertragen, damit sie nicht den ganzen Tag übereinander herfallen.« Elliots Vater streckte seinen muskulösen, haarigen Arm aus und zeigte auf die Gruppe. »Das ist meine Frau Dina, und das sind meine Söhne Nick Jr., George, Andreas und Elliot.«

Drei kräftige Jungs – und Elliot – starrten uns vom Fuß der Eingangstreppe entgegen. Ich vermutete, dass sie alle zwischen fünfzehn und siebzehn Jahre alt waren, von Elliot einmal abgesehen, der sich in seiner Schlaksigkeit deutlich von seinen Brüdern unterschied. Die Mutter Dina war beeindruckend – groß und kurvig, und wenn sie lächelte, zeigten sich sympathische Grübchen auf ihren Wangen. Im Gegensatz zu Elliot, der seinem Vater wie aus dem Gesicht geschnitten war, sahen seine Brüder genauso aus wie sie. Groß, mit Grübchen und schweren Augenlidern. Hübsch.

Dad legte mir den Arm um die Schultern und zog mich an sich. Ich fragte mich, ob sich sein Beschützerinstinkt meldete oder ob er ebenfalls das Gefühl hatte, dass unsere Restfamilie im Vergleich zu ihrer etwas mickrig wirkte.

»Ich wusste nicht, dass Sie vier Söhne haben. Macy hat Elliot schon kennengelernt, oder?« Fragend blickte Dad zu mir herunter.

Aus dem Augenwinkel sah ich, wie Elliot unbehaglich das Gewicht verlagerte. Ich bedachte ihn mit einem verschlagenen Grinsen. »Ja«, sagte ich und fügte in verschwörerischem Ton hinzu: »Er saß in meinem Schrank.«

Nick winkte ab. »Bei der Hausbesichtigung, ich weiß, ich weiß. Man kann nichts dagegen machen, dieser Junge ist ein echter Bücherwurm, und dieser Schrank war sein Lieblingsleseplatz. Sein Kumpel Tucker kam früher an den Wochenenden her, aber das ist nun vorbei.« Er sah meinen Vater an und erklärte: »Die Familie ist nach Cincinnati gezogen. Mal ehrlich, warum sollte man die Weinberge hier gegen Ohio eintauschen? Lächerlich. Aber keine Sorge, Macy. Wird nicht wieder vorkommen.« Grinsend folgte er meinem schweigenden Dad die Treppe hinauf. »Wir wohnen seit siebzehn Jahren nebenan und waren schon tausendmal in diesem Haus.« Unter seinen Arbeitsstiefeln knarzte eine Stufe. Prüfend trat er mit dem Fuß darauf. »Die war schon immer ein Problem.«

Trotz meiner jungen Jahre merkte ich doch, welche Auswirkung dieser Satz auf die Haltung meines Vaters hatte. Eigentlich war er ein entspannter Typ, der sich nicht groß um Hahnenkämpfe scherte, aber Nicks selbstverständlicher Umgang mit unserem Haus weckte den harten Kerl in ihm.

»Das bringe ich in Ordnung«, sagte Dad mit tieferer Stimme als sonst, als er sich über die knarzende Stufe beugte. In dem Bestreben, mir zu zeigen, dass er jedes noch so winzige Problem in Ordnung bringen würde, fügte er leise hinzu: »Die Haustür ist auch nicht die neueste, aber die kann man leicht ersetzen. Und wenn du noch irgendwas siehst, sag mir Bescheid. Ich möchte, dass alles perfekt ist.«

»Dad«, erwiderte ich und stieß ihn sachte an. »Es ist doch schon jetzt perfekt.«

Während die Petropoulos-Jungen zum Möbelwagen trotteten, fummelte mein Vater an seinem Schlüsselbund, bis er zwischen all den Schlüsseln für andere Türen, die zu unserem anderen, dreiundsiebzig Meilen entfernt liegenden Leben gehörten, den richtigen fand.

»Ich weiß noch nicht, was wir für die Küche brauchen werden«, murmelte er zu mir gewandt. »Und wahrscheinlich muss noch einiges renoviert werden …«

Mit einem unsicheren Lächeln sah er mich an und stieß die Haustür auf. Die breite Veranda, die ums Haus herum zum hinteren Garten mit den dicken Bäumen verlief, erregte meine Aufmerksamkeit. Den Garten hatte ich mir noch gar nicht angesehen, und ich stellte mir vor, wie ich in diesem Wald nach Kobolden und Pfeilspitzen suchen würde. Vielleicht würde ich dort irgendwann einmal geküsst werden.

Vielleicht von einem der Petropoulos-Jungen.

Mir schoss die Röte in die Wangen, aber das verbarg ich, indem ich den Kopf senkte und meine Haare wie einen Vorhang vor mein Gesicht fallen ließ. Bislang hatte ich nur einen einzigen Schwarm gehabt, Jason Lee in der siebten Klasse. Wir kannten uns seit dem Kindergarten, aber dann tanzten wir auf einer Schulparty miteinander, nur ein einziges Mal und mehr als unbeholfen. Und sprachen danach nie wieder ein Wort miteinander. Offenbar kam ich mit allen gut zurecht, solange es auf der Kumpelebene blieb, aber sobald auch nur ein bisschen Romantik ins Spiel kam, verwandelte ich mich in einen verkrampften Roboter.

Wir bildeten eine Kette und transportierten die kleineren Kisten auf diese Weise ziemlich schnell zum Haus, überließen die Möbel aber den Großen. Elliot und ich trugen zu zweit einen Karton mit der Aufschrift *Macy* nach oben. Ich folgte ihm durch den langen Korridor in mein helles, leeres Zimmer.

»Das kannst du in der Ecke abladen«, sagte ich. »Danke.«

Er blickte zu mir und nickte, als er den Karton abstellte. »Sind das Bücher?«

»Ja.«

Elliot vergewisserte sich mit einem kurzen Blick, dass ich nichts dagegen hatte, klappte den Deckel des Kartons auf und spähte hinein. Dann holte er das oberste Buch heraus. Es war »Das Wunder der Unschuld«, in dem es um einen kleinen Jungen ging, der die Welt verbessern wollte.

»Hast du es gelesen?«, fragte er skeptisch.

Ich nickte, nahm ihm mein heißgeliebtes Buch ab und stellte es auf das erste leere Regal im begehbaren Schrank.

»Das ist gut«, sagte er.

Überrascht sah ich auf und fragte: »Hast du es auch gelesen?«

Er nickte und gestand verlegen: »Ich musste dabei heulen.«

Er griff in den Karton, holte ein weiteres Buch hervor und fuhr mit dem Finger über den Einband. »Das ist auch gut.« Er blinzelte mich mit seinen großen Augen an. »Du hast einen guten Büchergeschmack.«

Ich starrte ihn an. »Und du liest anscheinend viel.«

»Normalerweise ein Buch pro Tag.«

»Ehrlich?«, fragte ich mit großen Augen.

Er zuckte die Achseln. »Hier am Russian River gibt es viele Feriengäste, die das, was sie im Urlaub gelesen haben, zurücklassen. Eine ganze Menge davon landet in der Bücherei, und ich habe mit Sue, der Bibliothekarin, einen Deal: Ich krieg die neuen Bücher als Erster, wenn ich sie am Montag abhole und am Mittwoch zurückbringe.« Er rückte seine Brille zurecht. »Einmal hatte sie sechs neue Bücher von einer Familie, die nur eine Woche hier war, und die habe ich alle gelesen.«

»Du hast sechs Bücher in drei Tagen gelesen?«, staunte ich. »Das ist doch verrückt.«

Elliot runzelte die Stirn und kniff die Augen zusammen. »Glaubst du vielleicht, ich lüge?«

»Nein, das glaube ich nicht. Wie alt bist du eigentlich?«

»Vierzehn, seit letzter Woche.«

»Du siehst aber jünger aus.«

»Danke«, sagte er trocken. »Ist Absicht.« Er blies die Wangen auf und wuschelte sich durch den Pony.

Unwillkürlich musste ich lachen. »So hab ich's nicht gemeint.«

»Wie alt bist du denn?«, erkundigte er sich.

»Dreizehn. Am achtzehnten März habe ich Geburtstag.«

Er schob seine Brille hoch. »Also gehst du in die achte Klasse?«

»Ja. Du auch?«

Elliot nickte. »Genau.« Er sah sich in dem leeren Zimmer um. »Was machen deine Eltern? Arbeiten die in der Stadt?«

Ich biss mir auf die Unterlippe und schüttelte den Kopf. Es war mir bis zu diesem Moment nicht bewusst gewesen, aber ich hatte es wirklich genossen, mich mit jemandem zu unterhalten, der nicht wusste, dass meine Mutter gestorben war. Der mich nicht nach ihrem Tod hatte trauern sehen. »Mein Dad hat in Berkeley ein Geschäft für handgemachte Keramik und importiertes Kunsthandwerk.« Ich ersparte es mir, ihm zu erklären, dass alles mit dem Import der wunderschönen Töpferware seines eigenen Vaters begonnen hatte, die sich wie verrückt verkaufte.

»Cool. Und deine –«

»Was machen denn deine Eltern?«

Seine Augen verengten sich zwar, als ich ihn unterbrach, dennoch antwortete er: »Meine Mutter arbeitet Teilzeit in der Verkostung bei Toad Hollow. Und mein Vater ist der Zahnarzt im Ort …«

Der Zahnarzt im Ort. Etwa der einzige? Bis Elliot das sagte, war mir nicht klargewesen, wie klein Healdsburg war. In Berkeley gab es schon allein auf meinem vier Block langen Schulweg drei Zahnarztpraxen.

»Aber er arbeitet nur drei Tage die Woche. Wahrscheinlich hast du schon bemerkt, dass er nicht lange stillsitzen kann. Also kümmert er sich hier im Ort um alles Mögliche«, fuhr Elliot fort. »Hilft auf dem Bauernmarkt oder beim Verkauf in einigen Weingütern.«

»Wein scheint hier das ganz große Thema zu sein, das habe ich schon gemerkt.« Ich dachte an die zahlreichen Weingüter, die ich auf der Fahrt hierher gesehen hatte.

»Was gibt's zum Abendessen? – Wein«, nickte Elliot lachend.

Und in dieser Sekunde entspannte sich etwas zwischen uns.

So entspannt war ich in Gegenwart anderer seit drei Jahren nicht mehr gewesen. Meine Freundinnen wussten schon lange nicht mehr, wie sie mit mir reden sollten, oder hatten meinen ständigen Trübsinn satt oder waren nur noch mit Jungs beschäftigt, so dass es immer weniger Dinge gab, die wir teilten und die uns verbanden.

Aber dann verdarb Elliot es. »Sind deine Eltern geschieden?«

Seltsam gekränkt holte ich Luft. »Nein!«

Daraufhin legte er den Kopf schräg und sah mich an, ohne etwas zu sagen. Er hatte sehr wohl zur Kenntnis genommen, dass ich die letzten beiden Male ohne Mutter hier aufgetaucht war.

Ich stieß die Luft aus, die ich eine Ewigkeit angehalten hatte. »Meine Mom ist vor drei Jahren gestorben.«

Als daraufhin nur Stille im Raum widerhallte, wusste ich, dass mein Geständnis unwiderruflich etwas zwischen uns verändert hatte. Jetzt war ich nicht mehr nur die neue Nachbarin, ein Mädchen, das interessant, aber auch uninteressant sein konnte, sondern das Mädchen, das ein Trauma fürs Leben hatte. Jemand, der mit Vorsicht behandelt werden musste.

Seine Augen hinter der dicken Brille wurden riesengroß. »Ehrlich?«

Ich nickte.

Wünschte ich, ich hätte es ihm nicht gesagt? Ein bisschen. Was sollte denn der Sinn dieses Wochenendhauses sein, wenn nicht, sich von der unabänderlichen Wahrheit zurückzuziehen, die einem alle paar Minuten das Herz stocken ließ?

Elliot blickte auf seine Füße und fummelte an einem losen Faden seiner Shorts herum. »Ich weiß nicht, was ich dann tun würde.«

»Und ich weiß immer noch nicht, was ich tun soll.«

Er schwieg. Ich hatte noch nie gewusst, wie ich ein Gespräch nach dem Tote-Mutter-Thema wieder in normale Bahnen lenken sollte. Und was war schlimmer: es mit einem fast Fremden wie ihm zu führen oder mit jemandem zu Hause, der mich schon mein ganzes Leben lang kannte, aber jetzt nur noch gespielt munter oder bescheuert mitleidig mit mir redete?

»Was ist dein Lieblingswort?«

Verblüfft sah ich ihn an, wusste nicht, ob ich mich verhört hatte. »Mein Lieblingswort?«

Er nickte und rückte seine Brille mit einer raschen, routinierten Grimasse zurecht. »Du hast hier sieben Kartons voller Bücher. Da vermute ich mal, dass du Wörter magst. Welches gefällt dir im Moment besonders gut?«

Über ein Lieblingswort hatte ich noch nie nachgedacht, aber jetzt, da er mich fragte, gefiel mir die Idee. Es gab tatsächlich immer wieder Wörter, die einem an manchen Tagen besonders gefielen oder auf einmal eine besondere Bedeutung für einen hatten. Ich überlegte.

»*Ranunkel*«, sagte ich nach einer Weile.

»Was?«

»Ranunkel. Das ist eine Blume – eine hübsche Blume, und es gefällt mir, dass es dafür ein so komisches Wort gibt. Mir gefällt, wie anders als andere Wörter es ist.«

Ich sagte ihm nicht, dass es die Lieblingsblumen meiner Mutter waren.

»Eine ziemlich mädchenhafte Wahl.«

»Ich bin ein Mädchen.«

Er hielt immer noch den Blick auf seine Füße gesenkt, aber mir war sein aufblitzendes Interesse beim Wort Ranunkel nicht entgangen. Wahrscheinlich hatte er von mir so etwas wie Einhorn, Gänseblümchen oder Vampir erwartet.

»Und was ist mit dir? Wie lautet dein Lieblingswort? Ich wette: Wolfram oder Amphibie.«

Er verzog das Gesicht zu einem Lächeln und gestand: »*Regurgitieren.*«

Ich krauste die Nase und starrte ihn an. »Das ist ja ekelhaft.«

Daraufhin lächelte er nur noch breiter: »Mir gefällt das Gurglige daran. Man hört ihm schon die Bedeutung an, als müsste man das Wort selbst ein bisschen hochwürgen.«

»Also ein Onomatopoetikum?«

So wie Elliot mich mit offenem Mund und rutschender Brille anstarrte, meinte ich schon fast, triumphalen Trompetenschall aus einem unsichtbaren Lautsprecher zu hören.

»Ganz genau«, sagte er.

»Ich bin nicht ganz blöd, weißt du? Du musst gar nicht so überrascht gucken, bloß weil ich ein paar schwierige Wörter kenne.«

»Ich hätte dich nie für blöd gehalten«, sagte er leise, blickte zum Karton und holte ein weiteres Buch heraus, das er mir reichte.

Erst als wir schon eine ganze Weile im Schneckentempo und mit vielen Unterbrechungen Bücher auspackten, spürte ich, wie er immer wieder aufschaute und mir kurze, verstohlene Blicke zuwarf.

Aber ich tat so, als bemerkte ich es nicht.

HEUTE

Mittwoch, 4. Oktober

Ich fühle mich, als wären über Nacht alte Narben aufgerissen. Alles in mir ist wund, und meine Gefühle sind auf einmal ungeschützt. Die Decke über mir ist kein schöner Anblick; Wasserflecken haben sich über die spinnennetzartigen Risse im Putz ausgebreitet, in deren Mitte die Milchglaslampe hängt. Darunter dreht sich träge der Ventilator. Die durch die Luft schneidenden Propellerblätter machen das gleiche Geräusch wie der Mann, der neben mir schläft. Sean.

Chh.

Chh.

Chh.

Er schlief schon, als ich um zwei Uhr morgens heimkam. Dieses eine Mal war ich dankbar für meine lange Schicht. Ich weiß nicht, wie ich ein Abendessen mit ihm und Phoebe hätte durchstehen sollen, während ich mit den Gedanken nur bei dem plötzlich aufgetauchten Elliot gewesen wäre.

Ein Anflug von Schuldgefühl überkam mich im Bus nach Hause, als ich das Chaos meiner Schicht langsam hinter mir ließ und das Treffen mit Elliot wieder in den Vordergrund rückte. Unruhe stieg in mir auf, als ich mich fragte, ob es nicht extrem unhöflich von mir war, Elliot nicht einmal Sabrina vorzustellen.

Verdammt! Mit einem Mal ist er wieder da, und sofort dominiert er alles.

Als ich meine Hand hochziehe, um mich zu kratzen, wacht Sean auf, rollt sich zu mir, legt die Hand auf meine Hüfte und zieht mich an sich. Zum ersten Mal habe ich bei seiner Berührung ein Gefühl der Fremdheit, als würde ich jemanden betrügen.

Stöhnend schiebe ich ihn weg, setze mich auf und stütze die Ellbogen auf die Knie.

»Alles okay?«, fragt er, rutscht hinter mich und legt sein Kinn auf meine Schulter.

Sean weiß nicht einmal, dass es Elliot gibt. Was, genau besehen, geradezu absurd ist, denn wenn Sean der Mann sein wird, den ich heirate, sollte er doch alles von mir wissen, oder nicht? Selbst wenn wir noch nicht so lange zusammen sind, sollte man doch alles, was wichtig ist, gleich zur Sprache bringen, und einen Großteil meines bisherigen Lebens gab es für mich nichts Wichtigeres als Elliot. Sean weiß, dass ich in Berkeley aufwuchs, viele Wochenenden in den Weinbergen bei Healdsburg verbrachte und dort ein paar gute Freunde hatte. Aber er hat keine Ahnung, dass ich dort im Alter von dreizehn Jahren Elliot kennenlernte, mich mit vierzehn in ihn verliebte, um ihn nur wenige Jahre später für immer aus meinem Leben zu verbannen.

Ich nicke. »Mir geht's gut. Ich bin einfach müde.«

Ich spüre, wie er neben mir den Kopf wendet und einen Blick zur Uhr wirft, was ich ebenfalls tue. Es ist 6:40 Uhr, und meine

Schicht fängt erst um neun an. Schlaf ist kostbar. *Warum gibst du keine Ruhe, Hirn?*

Sean fährt sich mit der Hand durch sein graumeliertes Haar. »Natürlich bist du müde. Leg dich wieder hin.«

Damit meint er: *Leg dich wieder hin, dann können wir noch Sex haben, bevor Phoebe aufwacht.*

Das Problem ist nur, ich will nicht riskieren, dass sich das jetzt völlig falsch anfühlt.

Verdammter Elliot.

Ich brauche nur ein paar Tage Abstand, mehr nicht.

DAMALS

Donnerstag, 20. Dezember
vor fünfzehn Jahren

Ich hatte Weihnachten bislang immer daheim verbracht, doch im ersten Jahr mit unserem neuen Haus verkündete Dad Anfang Dezember, dass ein Abenteuer auf uns warte. Bei anderen Eltern hätte das vielleicht eine Reise nach Paris oder eine Kreuzfahrt in exotischen Gefilden bedeutet. Mein Vater hingegen meinte damit traditionelle Weihnachten in unserem neuen Haus, inklusive Anzünden der *kalenderlys,* der dänischen Kalenderkerze – einer großen Kerze mit vierundzwanzig Strichen – und Weihnachtsmenü mit Entenbraten, Rotkohl, roter Beete und Kartoffeln.

Am zwanzigsten Dezember kamen wir gegen Abend mit einem Wagen voller Päckchen und neu erstandenem Weihnachtsschmuck an, dicht gefolgt von einem Mann aus dem Ort, der einen Goldzahn und ein Holzbein hatte und auf einem Anhänger unseren frisch geschlagenen Weihnachtsbaum transportierte.

Ich sah zu, wie sie den riesigen Baum vom Auto manövrierten, und fragte mich kurz, ob er überhaupt durch die Haustür passen würde. Es war kalt, und ich stampfte mit den Füßen auf den Boden, um mich warmzuhalten. Gedankenverloren warf ich einen Blick zum Haus der Petropoulos.

Alle Fenster leuchteten, einige von ihnen waren beschlagen. Aus einem schiefen Schornstein stieg ein Rauchfaden, der sich wie ein Geschenkband kräuselte, bevor er in der Dunkelheit verschwand.

Seit Oktober waren wir schon dreimal hier gewesen, und jedes Mal hatte Elliot bei uns angeklopft und war von Dad eingelassen worden. Dann lagen wir auf dem Boden meines begehbaren Schranks, der langsam in eine winzige Bibliothek umgebaut wurde, und lasen Stunde um Stunde.

Aber ich hatte ihn bisher noch nie bei ihm zu Hause besucht. Ich versuchte, mir vorzustellen, welches Elliots Zimmer sein mochte und was er gerade machte. Wie es wohl war, Weihnachten in einem Haus mit Vater, Mutter, vier Kindern und einem Hund zu verbringen, der eher einem Pferd ähnelte? Wahrscheinlich roch es bei ihnen nach selbstgebackenen Plätzchen und Tannennadeln. Und vermutlich gab es kaum ein ruhiges Plätzchen zum Lesen.

Wir waren höchstens eine Stunde da, als die alte Türklingel ertönte. Ich ging öffnen, und vor mir standen Elliot und seine Mutter mit einem großen, aluverpackten und offensichtlich schweren Pappteller

»Wir bringen euch Kekse«, erklärte Elliot und schob sich die Brille hoch. Er trug eine neue Zahnspange, falls man diese Apparatur so nennen konnte, denn zwei Drähte spannten sich rechts und links von seinem Mund um den Kopf.

Ich starrte ihn so an, dass ihm die Röte in die Wangen stieg und er finster zurückstarrte. »Es geht um die Kekse, Macy.«

»Haben wir Besuch, *min lille blomst?*«, fragte Dad aus der Küche, der mich gern seine kleine Blume nannte. Diesmal schwang leichte Missbilligung in seiner Stimme mit, die unausgesprochene Frage: *Kann der Junge nicht ein Mal bis morgen warten?*

»Ich bleibe nicht, Duncan«, rief Dina. »Ich wollte Ihnen nur die Kekse bringen, und schicken Sie Elliot doch einfach nach Hause, sobald Sie essen wollen, einverstanden?«

»Das Abendessen ist fast fertig«, erwiderte Dad, und nur wer ihn so gut kannte wie ich, merkte, dass er nicht so ruhig war, wie er klang.

Ich ging in die Küche und stellte den Pappteller neben ihn auf die Kücheninsel. Als Friedensangebot.

»Wir gehen lesen«, sagte ich zu ihm. »Okay?«

Dad sah erst mich an, dann die Plätzchen und gab nach. »Eine halbe Stunde.«

Elliot folgte mir eilig am Riesenbaum vorbei die Treppe hinauf.

Weihnachtsmusik drang aus der Küche bis zum oberen Treppenabsatz, war jedoch nicht mehr zu hören, als wir mein Bücherzimmer betraten. Mittlerweile hatte Dad Regale an die Wände angebaut und einen Sitzsack in die Ecke gepackt, gegenüber der kleinen Futoncouch an der vorderen Wand. Mit den Kissen, die wir von zu Hause mitgebracht hatten, wurde es langsam so gemütlich wie im Inneren einer Wunderlampe.

Ich schloss die Tür hinter uns.

»Was ist das denn?«, fragte ich und zeigte auf sein Gesicht. Er sagte nichts, sondern zuckte nur die Achseln. »Musst du das Ding ständig tragen?«

»Es ist nicht fest, man kann es abnehmen. Normalerweise soll ich es nur beim Schlafen tragen, aber ich will es schneller loswerden.«

»Wieso?«

Daraufhin sah er mich so ausdruckslos an, bis ich es begriff.

»Ist es sehr lästig?«, fragte ich.

Er verzog das Gesicht zu einem bitteren Grinsen. »Sieht es bequem aus?«

»Nein. Unangenehm und idiotisch.«

»Also genau wie du«, scherzte er.

Ich ließ mich mit einem Buch auf den Sitzsack sinken und sah zu, wie er die Regale durchging.

»Du hast ja alle Bände von ›Anne auf Green Gables‹«, bemerkte er.

»Ja.«

»Diesen hier habe ich nie gelesen.« Er zog einen der Bände über die Abenteuer des eigensinnigen Waisenmädchens Anne heraus und machte es sich auf dem Futon bequem. »Lieblingswort?«

Mittlerweile war seine Frage schon fast wie ein Reflex und traf mich nicht mehr unvorbereitet. Den Blick aufs Buch geheftet, zögerte ich kurz und sagte dann: »*Bühnenflüstern.* Und deins?«

»*Persimone*, die Frucht.«

Und ohne ein weiteres Wort begannen wir zu lesen.

»Ist es schlimm?«, fragte Elliot unvermittelt, und als ich aufblickte, ruhten seine Augen, die heute bernsteinfarben schimmerten, besorgt auf mir. Er räusperte sich verlegen und fügte hinzu: »Weihnachten ohne deine Mutter?«

Die Frage erwischte mich so kalt, dass ich nur blinzeln konnte. Im Stillen flehte ich ihn an, nicht weiter nachzuhaken. Selbst drei Jahre nach ihrem Tod sah ich Moms Gesicht noch ständig vor mir: ihre funkelnden grauen Augen, die dicken schwarzen Haare, die gebräunte Haut und ihr stets ein wenig schiefes Lächeln, mit dem sie mich jeden Morgen geweckt hatte. Bis sie anfing zu verschlafen. Jedes Mal, wenn ich mich im Spiegel betrachtete, sah sie mir entgegen. Also: Die Antwort war ja. Aber das Wort *schlimm* traf es nicht ansatzweise. Das war so, als würde man einen Berg als Huckel bezeichnen oder das Meer als Pfütze. Und was ich fühlte, wenn ich mir vorstellte, Weihnachten ohne meine Mutter zu verbringen, war gewaltiger als beides zusammen.

Elliot betrachtete mich auf seine zurückhaltende Art. »Wenn meine Mom sterben würde, wäre Weihnachten für mich sehr schwer zu ertragen.«

Ich spürte, wie sich mein Magen zusammenzog, und fragte mit brennender Kehle: »Warum?«

»Weil sie so viel Aufhebens darum macht. Das machen doch alle Mütter, oder?«

Ich unterdrückte einen Schluchzer und nickte knapp.

»Was hat deine Mom zu Weihnachten immer gemacht?«

»Was stellst du für Fragen!« Ich warf mich auf den Rücken und starrte zur Decke.

Sofort platzte die Entschuldigung aus ihm heraus. »Tut mir leid!«

Jetzt fühlte ich mich schlecht. »Ich komm schon klar, okay?« Es half schon, das zu sagen, die emotionale Achterbahn wurde ein bisschen gemächlicher. Ich spürte, wie das Brennen in meiner Kehle nachließ. »Es ist doch schon fast vier Jahre her. Wir müssen nicht darüber reden.«

»Aber wir können.«

Wieder schluckte ich und hielt den Blick starr zur Wand gerichtet. »Bei ihr fing Weihnachten immer mit Blaubeermuffins und frisch gepresstem Orangensaft an«, stieß ich hervor. »Wir aßen vor dem Kamin und leerten unsere Strümpfe, während sie und mein Vater mir Geschichten aus ihrer Kindheit erzählten – bis wir alle irgendwann anfingen, verrückte Geschichten zu erfinden. Danach kochten wir gemeinsam und packten die Geschenke aus. Und nach dem Abendessen machten wir es uns vor dem Kamin bequem und lasen.«

Kaum hörbar flüsterte er: »Klingt perfekt.«

»War es auch«, sagte ich, sanfter jetzt, und hing meinen Erinnerungen nach. »Meine Mutter liebte Bücher genau wie ich. Sie schenkte mir immer entweder ein Buch, eine Zeitschrift oder Papier und coole Stifte. Und sie las *alles*. Jedes einzelne Buch, das ich im Buchladen sah, hatte sie schon gelesen.«

»Hört sich so an, als hätte ich deine Mom sehr gemocht.«

»Alle liebten sie«, versicherte ich ihm. »Sie hatte kaum Familie – ihre Eltern starben auch, als sie noch jung war –, aber dafür gehörte sie bei allen, die sie kennenlernte, sofort zur Familie.«

Und ohne sie waren alle, die uns kannten, so verloren wie ein Fisch auf dem Trockenen, wussten nicht, was sie für uns tun konnten und wie sie mit der Reserviertheit meines Vaters umgehen sollten.

»Hat sie gearbeitet?«, wollte Elliot wissen.

»Sie war Einkäuferin für Books Inc.«

»Wow. Im Ernst?« Er klang beeindruckt, dass sie für eine so

große Buchhandelskette gearbeitet hatte, doch ich erinnerte mich, dass sie es eigentlich satt hatte. Sie träumte immer von einem eigenen Buchladen. Aber als Dad und sie sich das endlich leisten konnten, wurde sie krank. »Baut dein Vater deshalb dieses Bücherzimmer für dich?«

Ich schüttelte den Kopf, aber dieser Gedanke war mir eigentlich noch nicht gekommen. »Ich glaube nicht. Oder vielleicht doch.«

»Vielleicht wollte er einen Ort schaffen, an dem du dich ihr nahe fühlen kannst.«

Ich schüttelte immer noch den Kopf. Dad wusste, dass ich ohnehin schon ständig an sie dachte. Andererseits würde er auch nicht versuchen, mich davon abzubringen. Was sowieso keinen Zweck hätte. Selbst wenn man den Atem anhält, braucht der Körper immer noch Sauerstoff.

Als hätte ich das laut ausgesprochen, fragte Elliot: »Denkst du noch mehr an sie, wenn du hier drinnen bist?«

Natürlich, dachte ich, antwortete jedoch nicht, sondern spielte stattdessen mit dem Saum des Quilts, der über dem Sitzsack hing. *Ich denke überall an sie. Sie ist überall bei mir, in jedem einzelnen Moment meines Lebens, obwohl sie niemals da ist. Sie verpasst jeden einzelnen Moment meines Lebens, und ich weiß nicht, was schlimmer ist: dass ich hier ohne sie oder sie, wo auch immer sie nun ist, ohne mich existieren muss.*

»Macy?«

»Was?«

»Denkst du hier an sie? Liebst du deshalb dieses Zimmer so?«

»Ich liebe dieses Zimmer, weil ich es liebe zu lesen.«

Und weil ich alles um mich herum vergessen kann, wenn ich das eine Buch finde, in dem ich mich für eine Stunde oder vielleicht sogar länger verliere.

Und weil mein Dad jedes Mal an Mom denkt, wenn er mir ein Buch kauft.

Und weil du hier bist und ich mich mit dir tausendmal weniger einsam fühle.

»Aber –«

»Lass es gut sein, bitte.« Ich kniff die Augen zu, weil ich spürte, wie meine Handflächen feucht wurden, mein Magen sich zusammenkrampfte und mich eine Flut von Empfindungen bestürmte, die für meinen Körper einfach zu viel waren.

»Weinst du manchmal um sie?«

»Das ist doch wohl nicht dein Ernst!«, stieß ich hervor, worauf er die Augen aufriss. Aber er wich nicht zurück.

»Es ist doch nur wegen Weihnachten«, sagte er leise. »Als meine Mutter vorhin Plätzchen machte, merkte ich, wie vertraut mir das war. Es muss komisch für dich sein, mehr meinte ich doch nicht.«

»Okay.«

Er beugte sich vor, damit ich ihn ansah. »Du sollst nur wissen, dass du mit mir reden kannst.«

»Aber ich muss nicht die ganze Zeit darüber reden.«

Da richtete er sich wieder auf, sah mich ein paar Atemzüge lang schweigend an, dann widmete er sich wieder seinem Buch.

HEUTE

Mittwoch, 4. Oktober

Ich steige aus dem kuschelig warmen Bett, schlurfe in die Küche und drücke Phoebe einen Kuss auf den dunklen, wirren Haarschopf. Mittlerweile sollte Sean doch wissen, dass wir auch morgens keine Zeit ohne Beobachtung haben: Phoebe ist immer vor uns wach.

Sie ist ein echtes Traumkind: sechs Jahre alt, klug und anhänglich, und ihre Überschwänglichkeit verrät mir ein bisschen etwas über ihre Mom, denn ihr Vater ist sanft und stets kontrolliert. Kein Mensch weiß, wo ihre Rabenmutter Ashley ist, aber es versetzt mir immer einen Stich, wenn ich daran denke, dass Phoebe ohne sie aufwachsen wird. Ich hatte wenigstens zehn Jahre mit meiner Mutter, und als sie fort war, wusste ich, dass es nicht ihre Entscheidung und kein Verrat an mir war. Phoebe hingegen hatte nur drei Jahre, bevor Ashley für ihren Job als Investmentbankerin auf ein Wochenendretreat ging und dort das Kokain für sich entdeckte, das kurz danach von Crack abgelöst wurde, bevor sie alles für Speedballs aufgab. Wann wird Sean gezwungen sein, seiner perfekten Tochter zu sagen, dass ihre Mutter Drogen mehr liebte als sie?

Ich weiß noch, wie ich am Morgen, nachdem wir angetrunken das erste Mal im Bett gelandet waren, in seine Küche ging und dort Phoebe mit Cornflakes am Küchentisch vorfand: mit schiefen Zöpfchen, zwei verschiedenen Socken, Leggins mit Hündchenmuster und Tupfenpulli. Bei unserem Flirt hatte Sean offensichtlich vergessen zu erwähnen, dass er ein Kind hat. Ich bemühe mich immer noch, das auf die Wirkung meines Busens in dem blauen Shirt zu schieben, um es nicht als dreistes, hormongetriebenes Verschweigen seinerseits einordnen zu müssen.

An jenem Morgen sah mich Phoebe mit so großen Augen an, dass ich ihm glaubte, was er mir in der Nacht zuvor versichert hatte: dass er seit drei Jahren keine Frau mehr mit nach Hause genommen habe. Dann fragte sie mich, ob ich eine neue Mitbewohnerin sei.

Wie hätte ich zu Hündchenleggins und schiefen Zöpfchen »nein« sagen können? Seitdem habe ich jede Nacht hier verbracht.

Und es fiel mir nicht schwer. Sean ist ein rundum netter Mann, ein Traum im Bett, und er macht ziemlich guten Kaffee. Mit seinen zweiundvierzig Jahren ist er finanziell abgesichert, was viel wert ist, wenn man ein riesiges Studiendarlehen zurückzuzahlen hat. Und selbst wenn die Initialzündung für das, was zwischen uns geschah, auf Alkohol zurückging, war er erst der zweite Mann in meinem Leben, bei dem ich mich nach dem Sex nicht fühlte, als hätte ich etwas von unschätzbarem Wert umgekippt und auf den Boden krachen lassen.

»Cornflakes?«, frage ich Phoebe und taste blind nach den Kaffeefiltern über der Spüle.

»Ja bitte.«

»Gut geschlafen?«

Darauf grunzt sie bestätigend und murmelt nach einer Weile: »Es war heiß.«

Also war mein Schweißausbruch beim Aufwachen doch keine körperliche Reaktion darauf, Elliot wiederzusehen und neben Sean aufzuwachen; ihr Vater hat schon wieder am Thermostat herumgefummelt. Dieser Mann ist für das Wetter in Texas geboren, nicht für das in der Bay Area. Ich durchquere das Zimmer und drehe die Heizung niedriger. »Ich dachte, du hattest gestern Nacht Heizungswachdienst.«

Phoebe kichert. »Er hat sich an mir vorbeigeschlichen.«

Als ich höre, wie im Bad die Dusche angeht, fühle ich mich wie in einer Game-Show, bei der der Countdown zu laufen beginnt: *In zwei Minuten musst du hier raus sein!*

Ich schiebe Phoebe ein Schälchen Cornflakes hin, haste ins Schlafzimmer, zieh mir eine frische Klinikkluft an, schenke mir Kaffee in meinen Becher für unterwegs ein, schlüpfe in meine Schuhe, drücke Phoebe noch einen Kuss auf die Haare, und schon bin ich durch die Tür.

Es ist verrückt, aber wenn Sean mich nach gestern fragen würde, würde mit Sicherheit alles aus mir herausplatzen – und in seinen Ohren müsste ich mich wohl ziemlich verrückt anhören.

Gestern habe ich Elliot Petropoulos nach fast elf Jahren zum ersten Mal wiedergesehen und gemerkt, dass ich ihn vielleicht noch liebe und womöglich immer lieben werde.

Willst du mich immer noch heiraten?

Ein paar Tage Abstand hat das Schicksal leider nicht für mich vorgesehen, denn als ich von der Haltestelle den Hügel hinaufgehe, wartet Elliot vor der Klinik auf mich.

Es entspricht nicht ganz der Wahrheit, wenn ich sage, bei seinem Anblick wäre mir das Herz stehengeblieben. Vielmehr habe ich das Gefühl, es wäre zum Leben erwacht. Schmerzhaft klopft es gegen meine Brust. Ich gehe langsamer und überlege, was ich sagen soll. Wut flammt in mir auf. Ich kann ihm nicht vorwerfen, dass er gestern zufällig im Café auftauchte, als ich auch da war. Aber heute ist es ganz allein seine Schuld.

»Elliot.«

Er dreht sich um, als er seinen Namen hört. »Ich hatte gehofft, du würdest heute früh auftauchen.«

Ach ja?

Mit zusammengekniffenen Augen nähere ich mich ihm. Ein paar Meter vor der Stelle, wo er steht, die Hände in die Taschen seiner schwarzen Jeans vergraben, halte ich inne. »Woher wusstest du, wo und wann ich arbeite?«

Vor lauter schlechtem Gewissen wird er blass. »Georges Frau arbeitet hier am Empfang.« Mit dem Kinn weist er auf die Angestellte, die hinter den Schiebetüren sitzt und an der ich die letzten paar Monate jeden Morgen vorbeigegangen bin.

»Ihr Name ist Liz«, sage ich, weil ich mich an ihr blaues Namensschildchen erinnere.

»Genau«, sagte er leise. »Liz Petropoulos.«

Ungläubig lache ich auf. Dank dieses Zufalls hat er es also tatsächlich geschafft, eine Krankenhausmitarbeiterin dazu zu bringen, Informationen über die Arbeitszeiten einer Ärztin herauszugeben. Ohne die verwandtschaftliche Hilfe wäre ihm das kaum gelungen, denn Menschen können ziemlich komisch werden, wenn jemand, den sie lieben, krank wird. Und wenn es sich auch noch um ein Kind handelt, gibt es keinerlei Garantien mehr. Selbst in der kurzen Zeit, die ich hier arbeite, habe ich schon mehrfach erlebt, wie Eltern Ärzte angriffen, weil sie ihr Kind nicht heilen konnten.

Elliot starrt mich ohne zu blinzeln an. »Liz weiß, dass ich dir nichts Böses will, Macy.«

»Dafür könnte sie ihren Job verlieren. Ich bin Ärztin in der Kinderintensivstation. Sie darf keine Informationen über mich herausgeben, nicht einmal an ihre eigenen Angehörigen.«

»Okay – Mist. Ich hätte sie nicht in diese Lage bringen sollen«, räumt er aufrichtig zerknirscht ein. »Hör mal. Um zehn Uhr muss ich arbeiten. Ich …« Er blickt die Mariposa Street hinunter und sagt: »Ich hatte gehofft, wir könnten davor miteinander reden.« Weil ich darauf nichts erwidere, neigt er sich vor, sieht mir direkt in die Augen und fragt: »Hast du Zeit?«

Als ich aufschaue, treffen sich unsere Blicke, und sofort werde ich in eine Vergangenheit zurückkatapultiert, in der wir uns endlos ansahen und ohne ein Wort miteinander kommunizierten. Und ich bin überzeugt, dass wir nach all den Jahren noch immer die Gedanken des anderen lesen können.

Ich wende den Blick ab und sehe auf meine Armbanduhr. Es ist erst kurz nach halb acht. Obwohl sich auf meiner Station niemand beschweren würde, wenn ich anderthalb Stunden früher als geplant käme, würde Elliot sicher erraten, dass ich lüge, wenn ich jetzt sagte, ich müsste in die Klinik.

»Also gut«, gebe ich nach. »Ich habe eine Stunde.«

Daraufhin neigt er den Kopf zur Seite, lehnt sich langsam nach rechts und macht lächelnd erst einen und dann einen zweiten Wiegeschritt zur Seite, als wollte er mich mit seinem Charme tanzend davonlocken.

»Kaffee?« Sein Lächeln wird breiter, und mir fällt auf, wie gerade seine Zähne sind. Das Bild des vierzehnjährigen Elliot mit Zahnspange blitzt vor meinem inneren Auge auf. »Ist hier irgendwo eine Bäckerei? Ein Diner?«

Ich zeige zum nächsten Block mit dem winzigen Café, wo sich an den vier Tischen schon bald Anwohner drängen werden – und Angehörige von Patienten, die voller Angst auf postoperative Neuigkeiten warten.

Drinnen ist es warm, fast schon zu warm, das muss an diesem Morgen wohl so sein. Am Fenster sind noch zwei Tische frei. Wir setzen uns, greifen nach der Karte und studieren sie in angespanntem Schweigen.

»Was kannst du empfehlen?«, fragt er.

Ich lache. »Gefrühstückt hab ich hier noch nie.«

Elliot blickt auf, und als er mich ansieht und langsam blinzelt, schmilzt in mir etwas und wird zu etwas Heißem, Flüssigem, das sich nach unten hin ausbreitet. Mir fällt auf, dass Elliot und ich nur selten zusammen essen gegangen sind und wenn, nie allein.

»Normalerweise hole ich mir einen Muffin oder Bagel aus der Cafeteria.« Ich löse meinen Blick von ihm, entscheide mich für das Joghurt-Granola-Parfait und lege die Karte beiseite. »Ich wette, hier schmeckt alles gut.«

Verstohlen beobachte ich ihn, während er in aller Ruhe die Karte liest. Zum Lesen hat er sich schon immer Zeit genommen. Elliot und Wörter sind genauso füreinander geschaffen wie Erdnussbutter und Schokolade, Kaffee und Biscotti.

Summend hebt er die Hand und kratzt sich am Hals. »Eier oder Pfannkuchen? Eier oder Pfannkuchen?«

Als er sich auf seinen Ellbogen gestützt nach vorn lehnt, zeichnet sich sein Schultermuskel unter dem T-Shirt ab. Elliot reibt sich mit dem Finger über die Kuhle unter seiner Unterlippe. Sein Handy vibriert, aber er ignoriert es.

Himmel! Auf einmal kann ich nichts anderes mehr denken, als dass Elliot ein Mann geworden ist, der mit seinem Körper zufrieden zu sein scheint.

Wie er lächelt, als er seine Entscheidung getroffen hat.

Wie er seine Serviette nimmt und sie sorgfältig auf seinem Schoß ausbreitet.

Wie er zu mir aufblickt und strahlend die Lippen verzieht.

Mich überkommt fast Dankbarkeit für die elf Jahre der Trennung, denn hätte ich all diese Details sonst bemerkt? Wären sie nicht vielmehr zu einer Reihe winziger Manierismen verschmolzen, die mit der Zeit *typisch Elliot* geworden wären?

Blinzelnd reiße ich mich aus meiner Versunkenheit, als die Kellnerin zu unserem Tisch kommt und die Bestellung aufnimmt.

Als sie geht, neigt er sich wieder vor. »Besteht die Möglichkeit, mir beim Frühstück von den Entwicklungen des letzten Jahrzehnts zu berichten?«

Daraufhin überfluten mich Erinnerungen: mein Aufbruch zum College, wie in Trance. Mein Leben mit Sabrina, erst im Wohnheim, später in der kleinen Wohnung, die von Büchern, Bierflaschen und Marihuanadünsten überquoll. Unser gemeinsamer Umzug nach Baltimore, wo wir Medizin studierten und ich lange Nächte mit Pseudogebeten verbrachte, weil ich an der University of California angenommen werden wollte, um wieder nach Hause zu kommen – auch wenn mein Elternhaus mittlerweile leerstand. Wie erzählt man ein halbes Leben in der Zeit, die man für eine Tasse Kaffee braucht?

»Im Rückblick ist eigentlich gar nicht viel passiert«, erwidere ich. »College. Medizinstudium.«

»Und Freunde und Liebhaber, Glück und Verluste, nehme ich an«, gibt er zurück und trifft damit den Nagel auf den Kopf. Seine Miene wirkt angespannt.

Unangenehmes Schweigen breitet sich wie eine Kluft zwischen uns aus. »Damit waren nicht wir gemeint«, murmelt er, »nicht nur.«

Ich lache trocken und lehne mich zurück. »Ich habe mich nicht in meinem Elend gesuhlt, Elliot.«

Wow, was für eine Lüge!

Als sein Handy erneut vibriert, schiebt er es beiseite. »Warum hast du dann nicht angerufen?«

»Weil eine Menge passiert ist.« Ich rutsche unbehaglich auf meinem Stuhl hin und her. Unsere Getränke kommen.

Er runzelt die Stirn, was nur berechtigt ist. Schließlich habe ich gerade so getan, als wäre mein Leben eigentlich ganz ungestört und geradlinig verlaufen. Doch in Wahrheit war das Gegenteil der Fall, und das ist der Grund, warum ich nicht angerufen habe.

Als ich in Gedanken durch die vergangenen Jahre husche, trifft mich eine weitere bittere Erkenntnis. Elliot wird neunundzwanzig, und zwar morgen. Ich habe fast seine gesamten Zwanziger verpasst.

»Übrigens, schon mal vorab alles Gute zum Geburtstag«, sage ich leise.

Sein Blick wird weich, und seine Mundwinkel kräuseln sich. »Danke, Mace.«

Der fünfte Oktober war immer ein harter Tag für mich. Was werde ich in diesem Jahr empfinden, nachdem ich ihn wiedergesehen habe? Ich umfasse meinen warmen Becher und wechsle das Thema. »Und was ist mit dir? Was hast du so gemacht?«

Er zuckt die Achseln, trinkt einen Schluck von seinem Cappuccino und wischt sich beiläufig den Milchschaum von der Oberlippe. Wieder durchströmt mich bei seinem Anblick eine Hitzewelle. Ich habe noch nie einen Menschen gekannt, der derart er selbst ist wie Elliot.

»Ich bin früh an der University of California fertig geworden«, sagt er, »und dann für ein paar Jahre nach Manhattan gezogen.«

Das allerdings drückt die Pausentaste in meinem Hirn. Wenn jemand Nordkalifornien mit all seinem Hippiechaos verkörpert, dann Elliot. Es gelingt mir nicht, mir ausgerechnet ihn in New York vorzustellen.

»Manhattan?«, wiederhole ich.

Er lacht. »Ich weiß. Völliger Wahnsinn. Aber einen Ort wie Manhattan kann man nur in den Zwanzigern verkraften. Nach ein paar Jahren dort bekam ich eine Stelle bei einem Literaturagenten, aber das gefiel mir nicht wirklich. Also bin ich vor knapp zwei Jahren wieder hierhergezogen und fing an, für eine gemeinnützige Literaturorganisation zu arbeiten. Zwei Tage die Woche arbeite ich immer noch da, aber … eigentlich schreibe ich an einem Roman. Und es läuft ziemlich gut.«

»Du schreibst ein Buch«, sage ich grinsend. »Wer hätte das gedacht?«

Er lacht erneut, lauter diesmal, und es klingt dunkel und warm. »Jeder?«

Ich ertappe mich dabei, wie ich mir auf die Lippen beiße, um nicht breit zu grinsen.

Er sieht mich an, und seine Miene wird ernst. »Darf ich dich etwas fragen?«

»Klar.«

»Wieso bist du heute Morgen mit mir hierhergegangen?«

Die Antwort, dass er sich mir aufgedrängt hat, kann ich mir sparen, denn ich weiß, dass er das nicht meint. Wenn ich ihm gesagt hätte, er solle verschwinden und mich in Ruhe lassen, hätte er das getan.

Also: Warum sitze ich hier mit ihm?

»Keine Ahnung. Ich glaube, ich konnte dich einfach nicht zweimal abweisen.«

Diese Antwort gefällt ihm. Beim Anblick seines Lächelns überkommt mich Wehmut.

»Du hast am Hopkins Medizin studiert«, sagt er mit leiser Ehrfurcht. »Und warst vorher an der Tufts. Ich bin so stolz auf dich, Mace.«

Als ich begreife, reiße ich die Augen auf. »Du Schuft! Du hast mich gegoogelt?«

»Du mich etwa nicht?«, schießt er zurück. »Komm schon, das ist doch das Erste, was man heutzutage macht, wenn man sich wiederbegegnet.«

»Ich bin erst um zwei Uhr morgens von der Arbeit zurückgekommen und mit dem Gesicht voran aufs Bett gefallen. Ich weiß nicht mal, ob ich mir seit dem Wochenende die Zähne geputzt habe.«

Er lächelt mich so offen an, dass in meinem Innern quietschend eine rostige Tür aufgeht. »Wolltest du hierher zurückziehen, oder hast du die Stelle zufällig bekommen?«

»Sie war meine erste Wahl.«

»Du wolltest in Duncans Nähe sein.« Es versetzt mir einen Stich, als er nickt, als wäre das vollkommen verständlich. »Wann ist er gestorben?«

»Wie war es denn bei dir – wolltest du zurückzuziehen?«

Ich sehe, dass ihm mein Ausweichmanöver nicht entgeht, aber er holt nur tief Luft und atmet langsam aus. »Ich wollte immer dort leben, wo du lebst. Zwar ist dieser Plan fehlgeschlagen, aber ich rechnete mir aus, dass in Berkeley die Chancen am besten stehen würden, dich wiederzusehen.«

Das trifft mich. Wie ein Backstein, der eine Glasscheibe durchbricht. »Oh.«

»Das wusstest du doch. Es muss dir klar gewesen sein, dass ich hier auf dich warten würde.«

Ich muss erst einen Schluck Wasser trinken, bevor ich antworten kann. »Aber ich wusste doch nicht, dass du immer noch hoffst, ich würde –«

»Ich habe dich geliebt.«

Als er diese Bombe zündet, kann ich nur nicken und halte Hilfe suchend nach der Kellnerin Ausschau. Aber keine Spur von ihr.

»Und du hast mich auch geliebt, das wissen wir beide«, sagt er leise. »Das war das Einzige, was zählte. Nichts als das.«

Ich fühle mich, als hätte man mir den Boden unter den

Füßen weggezogen, und rücke ein Stück vom Tisch weg, aber er lehnt sich einfach weiter vor. »Tut mir leid. Das war zu heftig. Ich hatte nur Angst, ich bekäme niemals mehr die Chance, das zu dir zu sagen.«

Sein Handy vibriert schon wieder und hüpft über die Tischplatte.

»Musst du da nicht drangehen?«, frage ich.

Er reibt sich übers Gesicht, lehnt sich mit geschlossenen Augen zurück und lässt den Kopf in den Nacken sinken. Erst jetzt bemerke ich, dass er einen Bartschatten hat und erschöpft wirkt.

Ich neige mich vor. »Elliot, ist alles in Ordnung?«

Er nickt und richtet sich auf. »Ja, mir geht's gut.« Er mustert mich einen Augenblick und scheint sich dann dafür zu entscheiden, mir zu erzählen, was ihm im Kopf herumgeht. »Gestern Abend habe ich mit meiner Freundin Schluss gemacht. Jetzt ruft sie ständig an. Sie meint, sie wolle mit mir reden, aber ich glaube, sie will mich nur anschreien. Und da sie sich danach mies fühlen wird, erspare ich es uns beiden.«

Ich schlucke, weil ich plötzlich einen riesigen Kloß im Hals habe. »Du hast gestern Abend mit ihr Schluss gemacht?«

Er nickt, spielt mit dem Tischset und dankt leise der Kellnerin, als sie das Frühstück vor uns abstellt. Kaum ist sie gegangen, gesteht er mit gesenkter Stimme: »Das, was zwischen uns war, habe ich nie vergessen, Macy. Ich dachte, ich würde irgendwann über dich hinwegkommen, aber als ich dich gestern wiedersah …« Er schüttelt den Kopf. »Ich konnte einfach nicht zu einer anderen gehen und so tun, als wäre ich mit ganzem Herzen bei der Sache.«

Übelkeit steigt in mir auf. Ich habe keine Ahnung, wie ich mit all dem umgehen soll, was ich fühle – und was ich eigentlich fühle. Bin ich ein unglaublicher Feigling und reagiere deshalb auf alles, was er sagt, so intensiv? Oder ist das Gegenteil der Fall: Bin ich längst über alles hinweg und habe jemand anderen gefunden und will einfach nicht, dass Elliot mein leichtes, schönes Leben durcheinanderbringt?

»Macy«, sagt er nun drängender und öffnet den Mund, um weiterzusprechen, aber in meinem Kopf ist schon wieder irgendein Knopf gedrückt worden. Als ich in meiner Tasche nach dem Portemonnaie wühle, greift Elliot nach meinem Arm und zwingt mich zum Innehalten. Zornesröte steigt ihm in die Wangen. »Das kannst du nicht bringen. Du kannst nicht ständig vor diesem Gespräch weglaufen. Es ist schon seit elf Jahren fällig, dass wir darüber reden.« Mit zusammengebissenen Zähnen lehnt er sich vor. »Ich weiß, ich hab's damals verbockt, aber war es wirklich so schlimm, was ich gemacht habe? So schlimm, dass du einfach verschwinden musstest?«

Nein, war es nicht. Zumindest nicht ursprünglich.

»Das hier«, sage ich, »ist keine gute Idee, ganz und gar nicht. Und zwar nicht wegen unserer Vergangenheit oder nur teilweise. Es ist auch darum keine gute Idee, weil seitdem viel Zeit vergangen ist. Und in dieser Zeit ist viel passiert.« Ich blicke ihn direkt an. »Du hast mit deiner Freundin Schluss gemacht, nachdem du mich nur zwei Minuten gesehen hast. Aber ich werde heiraten, Elliot.«

Da lässt er meinen Arm los, blinzelt verwirrt und scheint – zum ersten Mal, seit ich ihn kenne – um Worte verlegen.

»Ich werde heiraten … und es gibt so vieles, das du nicht

weißt«, fahre ich fort. »Und eine Menge davon ist nicht deine Schuld, aber das hier«, ich zeige mit dem Finger abwechselnd auf ihn und mich, »die Sache zwischen uns ist vorbei. Das ist schlimm, und es tut auch mir noch immer weh. Aber es ist aus, Elliot.«

DAMALS

Freitag, 21. Dezember
vor fünfzehn Jahren

Als würde mein Vater spüren, wie empfindlich ich nach meinem Gespräch mit Elliot über *Weihnachten ohne Mom* war, redete er beim Abendessen noch weniger als sonst.

»Willst du morgen zum Goat Rock?«, fragte er, nachdem er sein Hühnchen aufgegessen hatte.

Goat Rock ist jener windumtoste Strand, an dem der Russian River in den Pazifischen Ozean mündet, wo es immer kalt ist, wo die gefährlichen Strömungen verhindern, dass man sich auch nur ein paar Schritte ins Wasser traut, und wo man wegen des umherwirbelnden Sands nicht einmal Hot Dogs grillen kann.

Ich liebte diesen Strand.

Manchmal sonnten sich Robben und Seelöwen an der Flussmündung. Unmengen von dunklem Seetang wurden ans Ufer gespült, salzig riechend und mit seinen seltsam durchscheinenden Fäden in der Sonne schimmernd. Hier und dort gab es Sanddünen, und in der Mitte des Strands am Ende einer kleinen Landzunge ragte ein einsamer, riesiger Felsen über dreißig Meter in die Höhe, als wäre er einfach fallen gelassen worden.

»Wenn du willst, kannst du Elliot fragen, ob er mitkommen mag«, schlug mein Vater vor.

Ich sah zu ihm hoch und nickte.

Auf der gesamten Hinfahrt zappelte Elliot unablässig. Er rutschte auf seinem Platz hin und her, ruckte an seinem Sicherheitsgurt, fuhr sich ständig mit der Hand durch die Haare und spielte mit seiner Zahnspange. Nach etwa zehn Minuten gab ich den Versuch auf, mich auf mein Buch zu konzentrieren.

»Was hast du?«, zischte ich ihn an.

Er blickte kurz zu meinem Vater auf dem Fahrersitz und dann wieder zu mir. »Nichts.«

Dads Blick im Rückspiegel spürte ich mehr, als dass ich ihn sah. Auch er wollte wissen, was los war.

Ich starrte auf Elliots Hände, die jetzt am Riemen seines Rucksacks fummelten. Sie sahen anders aus als noch vor kurzem. Größer. Er selbst war immer noch mager, aber so unbefangen in seiner Schlaksigkeit, dass sie mir nur noch auffiel, wenn ich genau hinschaute.

Als Dad auf dem Parkplatz hielt und wir ausstiegen, fegte uns der Wind fast von den Füßen. Hastig knöpften wir unsere Jacken zu und zogen uns die Mützen über die Ohren.

»Geht nicht weiter als bis zum Felsen«, sagte Dad und holte seine Belohnung – ein Päckchen dänischer Zigaretten – aus seiner Jackentasche. Er rauchte nie in meiner Gegenwart; offiziell hatte er aufgehört, als Mom schwanger wurde. Der Wind wehte ihm die hellen Haare ins Gesicht. Er schüttelte den Kopf, um wieder sehen zu können, und sah mich mit zusammengekniffenen Augen an, fragte mich wortlos: *Ist das okay für dich?* Ich nickte. Daraufhin steckte er sich eine Zigarette zwischen die Lippen und fügte hinzu: »Und haltet genug Abstand von den Robben.«

Elliot und ich stapften eine Sanddüne hinauf, blieben oben stehen und blickten hinaus aufs Meer. »Dein Vater ist ganz schön einschüchternd.«

Ich lachte. »Weil er so groß ist?«

»Das auch«, nickte er. »Und weil er so wenig spricht. Eine ziemlich Ehrfurcht gebietende Erscheinung.«

»Er sagt mehr mit seinen Augen als mit Worten.«

»Pech für mich, dass ich kein Dänisch-Augapfel kann.«

Wieder lachte ich und betrachtete Elliots Profil, während er weiter die heranrollenden Wellen beobachtete.

»Ich wusste nicht, dass er raucht«, sagte er.

»Das macht er nur selten. Ich schätze, das ist eine Art persönlicher Luxus für ihn.«

Elliot nickte. Dann platzte es aus ihm heraus: »Okay, hör mal. Ich hab ein Weihnachtsgeschenk für dich.«

Ich ächzte.

»Sehr charmant, Macy.« Lächelnd trottete er die andere Seite der Düne zum Strand hinunter. Erst jetzt bemerkte ich, dass ein kleines buntes Päckchen unter seiner Achselhöhle steckte. Wir bahnten uns einen Weg durch feuchten Sand, Treibholz und Tanghaufen, bis wir an eine winzige, relativ windgeschützte Nische gelangten.

Elliot setzte sich und drehte und wendete das Päckchen in seinen Händen. An der Form erkannte ich, dass es ein Buch war. »Ich hab nicht erwartet, dass du mir auch etwas schenkst«, sagt er nervös. »An den Wochenenden, die ihr hier seid, hänge ich ständig bei euch rum, daher hatte ich das Gefühl, ich schulde dir was.«

»Du schuldest mir doch nichts.« Ich bemühte mich, die Gefühle zu unterdrücken, die angesichts seines Geschenks in mir aufstiegen. Nicht nur weil es ein Buch war und wir immer zusammen lasen, sondern auch, weil ich ihm am Abend zuvor von meiner Mutter und ihren Geschenken erzählt hatte. »Du weißt doch, dass du immer rüberkommen kannst. Ich hab keine Geschwister, die mir auf die Nerven gehen. Mein Dad und ich haben nur uns.«

»Tja«, sagte er und gab mir das Päckchen, »vielleicht habe ich das deshalb für dich ausgesucht.«

Neugierig riss ich das Geschenkpapier auf und starrte auf das Buch. Fast hätte der Wind das Papier weggeweht.

»›Die Brücke nach Terabithia‹.«

»Hast du das schon gelesen?«, fragte Elliot.

Ich schüttelte den Kopf und strich mir das windzerzauste Haar aus dem Gesicht. »Aber ich habe davon gehört.« Ich sah, wie er erleichtert ausatmete. Soweit ich wusste, ging es darin um die Freundschaft zwischen einem Jungen und einem Mädchen.

Er nickte und wirkte jetzt ruhiger; neigte sich vor, um einen Stein in die Brandung zu werfen.

»Danke«, sagte ich, obwohl ich nicht sicher war, ob er es im Tosen des Meeres hören konnte.

Elliot blickte auf und lächelte mich an. »Ich hoffe, es gefällt dir so gut wie mir. Irgendwie habe ich das Gefühl, ich könnte deine May Belle sein.«

HEUTE

Donnerstag, 5. Oktober

Das Handy in meiner Umhängetasche weckt mich passenderweise eine Kreuzung vor meiner Bushaltestelle.

Als ich es heraushole und auf Vivs Gesichtchen auf dem Display starre, fällt mir auf, dass es schon wieder fast zwei Uhr morgens ist.

»Viv, das mit den Handys hast du aber schnell gelernt«, melde ich mich, stehe auf und bahne mir schwankend einen Weg durch den schmalen Gang des Busses.

Sabrina lacht. »Ich hab mir dein Handy geschnappt, als du bestellen gegangen bist, und mein Profilbild geändert. Dein Pincode ist so herrlich vorhersagbar.«

Ich knurre und versuche, böse zu klingen, aber eigentlich gibt es auf der ganzen Welt nur zwei Menschen, die meinen Universalpincode für fast alles kennen können: Sabrina und Elliot. Es ist meine Glückszahl fünfzehn, zweimal hintereinander.

»Dann werde ich ihn ändern«, sage ich.

»Lieber nicht«, warnt mich Sabrina. »Alles andere würdest du nur vergessen.«

»Du solltest wissen, dass ich hervorragend mit Zahlen umgehen kann.«

Die einzige Reaktion darauf ist Schweigen, also räume ich ein: »Zumindest wenn's ums Rechnen geht, sie direkt vor mir stehen und ich einen Stift habe.« Ich starre den steilen Hügel hinauf, den ich erklimmen muss, bevor ich mich schlafen legen kann. »Hast du mich nur angerufen, um mich runterzumachen? Wieso bist du überhaupt noch wach?«

»Weil ich das Baby stille natürlich. Ich hatte mir schon gedacht, dass du jetzt auf dem Heimweg bist, und rufe nur an, um zu fragen, wie es dir geht. Du bist gestern ja geradezu geflohen.«

Nickend mache ich mich langsam an den Aufstieg. Die Luft ist schwül, und nach meinem langen Arbeitstag fühlt sich die Steigung fast unüberwindbar an. »Elliot hat mich draußen noch erwischt.«

»Das dachte ich mir, als er dir nachrannte.«

»Er fand es nicht so toll, weißt du, dass wir den Kontakt verloren hatten.«

Ich höre sie leise schnauben. »Kontakt verloren?«, wiederholt sie. »Wollen wir das jetzt so nennen?«

Das überhöre ich und erkläre: »Heute früh hat er mich wieder abgefangen. Nachdem er gestern Abend direkt nach unserem Wiedersehen mit seiner Freundin Schluss gemacht hat.«

Sabrina gibt einen gurrenden Laut von sich, und ich halte inne.

»Was ist das für ein Geräusch?«, frage ich sie.

»Ich finde es nur süß, das ist alles.«

»Bist du etwa auf seiner Seite?«

Sie schweigt von neuem, was mir eine ungefähre Vorstellung

davon vermittelt, wie wenig sie auf meiner Seite ist. »Willst du etwa behaupten, dass du kein bisschen weich geworden bist, als er dir das erzählte?«, fragt sie dann.

»Hör doch auf, du kannst bloß Sean nicht leiden.«

»Sei nicht albern. Er ist der Erste, der mehr als drei Dates mit dir überstanden hat – natürlich kann ich ihn leiden. Schon allein für diesen Rekord verdient er meinen ganzen Respekt.«

Ich bin so müde, dass ich förmlich spüre, wie Trotz in mir aufsteigt und auf einmal alles ausgesprochen werden will, was vernünftigerweise nicht gesagt werden sollte. »Okay, dann wollen wir es doch mal klar und deutlich aussprechen: Du willst nicht, dass ich Sean heirate.«

»Macy. Ja, es stimmt, ich will nicht, dass du Sean heiratest – noch nicht. Aber das hat nichts damit zu tun, dass ich der Meinung bin, dass du dich unbedingt mit Elliot auseinandersetzen solltest. Du weißt, wie lieb ich dich habe, aber du hast mir doch selbst erzählt, wie es nach dem Tod deiner Mutter war. Wie sehr du dich bemüht hast, alle auf Abstand zu halten. Wenn du die Zeit hast, können wir auch dieses Fass gern aufmachen –«

»Sabrina.«

»Ich will nur sagen, dass du Elliot nie auf Abstand halten konntest. Wie auch, er ist ein Teil deiner Geschichte – er gehört einfach zu dir. Glaubst du, das weiß ich nicht?«

Ich nicke und setze mich wieder in Bewegung. Ich bin schon so lang auf den Beinen, dass ich die Zehen in meinen Schuhen nicht mehr spüren kann. Eigentlich schlurfe ich nur langsam den Hügel hinauf. »Ich bin so müde.«

»Ach Süße«, sagt sie sanft.

»Da ist noch was«, gestehe ich zögernd.

»Ja?«

»Er wusste nichts von der Sache mit meinem Vater.« Das versetzt mir immer noch einen Stich.

Sabrina keucht auf. »*Was?*«

»Ich weiß. Es ist meine Schuld, das ist mir klar.« Ich reibe mir übers Gesicht. »Ich dachte nur, er würde irgendwie davon hören ... über andere.«

Daraufhin schweigt sie so lange und vielsagend, dass ich es kaum aushalte, denn ehrlich: Ich bin ein Monster. Sabrina denkt jetzt bestimmt zum tausendsten Mal, dass ich völlig gefühllos und ein kalter Fisch sein muss.

»Wie fändest du es denn«, setzt sie langsam an, »wenn seine Eltern sterben würden und er unternähme nicht einmal den Versuch, sich bei dir zu melden?«

Ich krümme mich innerlich, als ich an Dinas warme Augen und ihr sanftes Gesicht mit den tiefen Grübchen denken muss. »Ich weiß. Ich verstehe voll und ganz, was du sagen willst.«

Wieder schweigt Sabrina; ich hasse es, dieses Gespräch übers Telefon zu führen. Ich fände es viel beruhigender, wenn sie neben mir auf der Couch säße.

»Ich weiß nicht, ob Elliot und ich nur Freunde sein können.«

Sie schnaubt. »Ich finde, du könntest es wenigstens versuchen.«

Wäre ich überhaupt in der Lage, mich von ihm fernzuhalten? Wenn ich ehrlich bin, wollte ich doch auch deshalb hierher zurückziehen, um mich dem, was zwischen uns war, näher zu fühlen.

»Hältst du es denn wirklich für eine gute Idee, wieder mit ihm Kontakt zu haben?«, frage ich.

»Das fand ich schon immer.«

»Aber wie stelle ich das an?« Ich höre selbst, wie kleinlaut ich klinge, als ich mir das Handy zwischen Ohr und Schulter klemmen muss, weil ich meinen Schlüssel fallen gelassen habe. »Wir haben zusammen gefrühstückt, aber da bin ich abgehauen. Ohne seine Telefonnummer oder Adresse. Bei Facebook oder Twitter wird er auf gar keinen Fall zu finden sein. Die normalen Möglichkeiten, Kontakt zu ihm aufzunehmen, fallen also weg.«

Ich höre Sabrina versonnen summen, während ich blind nach dem Hausschlüssel taste.

»Dir fällt schon was ein.«

DAMALS

vor vierzehn Jahren

Von: Macy Lea Sorensen <minlilleblomst@hotmail.com>

Datum: 1. Januar, 23:00 Uhr

An: Elliot P. <elliverstravels@yahoo.com>

Betreff: Buch

Hi Elliot,

noch einmal vielen Dank für »Die Brücke nach Therabithia«. Tut mir leid, dass ich Dir das T-Shirt vollgeheult habe, als ich versuchte, mit Dir darüber zu reden. Vielleicht kann ich Dir auf diese Weise besser erklären, was ich sagen wollte.

Ich verstehe, warum Du mir dieses Buch geschenkt und was Du Dir dabei gedacht hast, und das bedeutet mir viel. Ich muss ständig daran denken, wie ich Dich das erste Mal im Bücherschrank sah, und irgendwie fühlte ich mich genauso wie Jesse, der Leslie wegen des Rennens, das er gegen sie verloren hatte, hasste. Zwar hasste ich Dich natürlich nicht, aber ich war mir auf jeden Fall alles andere als sicher, ob ich Dich mochte. Wahrscheinlich ist das auch längst nicht mehr wichtig, weil ich jetzt das Gefühl habe, dass Du der Mensch bist, der mich am besten versteht. Im Buch schufen Jesse und Leslie sich mit Therabithia einen Rückzugsort, und als Leslie starb, machte Jesse May Belle zu seiner neuen Gefährtin. Meine Mutter hat mit mir eine Welt aus Büchern erschaffen, und nun, da sie nicht mehr da ist, begleitest du mich im Bücherzimmer in diese Welt.

Als ich auf der Heimfahrt in dem Buch las und wieder anfangen musste zu weinen, dachte ich schon, mein Dad würde gleich durchdrehen, weil er keinen Schimmer hatte, warum ich SO KOMISCH war. Also fuhr er rechts ran, atmete tief durch und fragte mich: »Was hast du denn bloß?« Ich erklärte ihm, Du habest mir dieses traurige Buch geschenkt, das mir bewusst machte, wie sehr ich Mom vermisse. Als wir nach Hause kamen, weinte er auch, zumindest glaube ich das. Er ist immer so still, dass man das nie genau sagen kann.

Eigentlich will ich es vermeiden, in seiner Gegenwart traurig zu sein, weil er selbst so viel Traurigkeit in sich trägt; und die muss er immer beiseiteschieben, um sich um mich zu kümmern. Ich habe ja wenigstens noch ihn, aber er hat seine ganze Welt verloren. Von allen Menschen war meine Mutter diejenige, die er sich als die Seine ausgesucht hatte, und jetzt ist sie nicht mehr da. Vielleicht glaube ich auch einfach nur, dass er es hasst, mich weinen zu sehen.

Aber es hat gutgetan, über sie zu sprechen. Ich habe solche Angst, sie zu vergessen. Und sie fehlt mir so sehr, dass ich eine neue Sprache dafür brauche.

Doch ich wiederhole mich. Was soll's. Hast du »Ivanhoed« zu Ende gelesen? Das Buch ist so ein fetter Schinken, dass ich schon nach fünf Minuten einschlafen würde. Als du im Bad warst, habe ich den Anfang gelesen und nur Bahnhof verstanden. Worum geht's da überhaupt?

Wie auch immer: Morgen ist Schule. Also noch einmal: danke für das Buch. Und wohl auch dafür, dass ich darüber reden durfte.
xo
Macy

PS: Hier versteht keiner, dass ich nur eine ganz normale Schülerin sein will und nicht das Mädchen, das seine Mutter verloren hat und mit Samthandschuhen angefasst werden muss. Danke, dass Du alles immer direkt ansprichst!

Von: Elliot P. <elliverstravels@yahoo.com>
Datum: 2. Januar, 7:02 Uhr
An: Macy Lea Sorensen <minlilleblomst@hotmail.com>
Betreff: Re: Buch

Hi Macy,
freut mich, dass das Buch Dir gefällt. Als ich es das erste Mal las, musste ich auch heulen. Hätte ich Dir wohl sagen sollen.
Dein Vater hat sich bestimmt denken können, warum Du geweint hast, und wahrscheinlich sieht er auch, was gut daran ist, selbst wenn er traurig ist, dass Du traurig bist. Aber ich hoffe, er ist nicht wütend auf mich, weil ich Dich zum Weinen gebracht habe. Eigentlich war es ja auch eher das Buch und nicht ich ... Ich würde auf jeden Fall nicht wollen, dass Du meinetwegen weinst.
Ich finde Dich nicht komisch oder anders, weil Deine Mom gestorben ist. Eigentlich finde ich Dich eher ziemlich cool, völlig unabhängig von dieser Sache mit Deiner Mutter. Einfach weil Du so bist, wie

Du eben bist. Außerdem: Soweit ich es beurteilen kann, gehst Du ziemlich gut damit um.
Ivanhoe (ohne d übrigens) ist ein richtig gutes Buch. Die Handlung spielt im zwölften Jahrhundert nach dem Dritten Kreuzzug. (Die Figur des Robin Hood basiert auf Locksley, der aber in dieser Geschichte nicht die Hauptfigur ist.) In der siebten Klasse habe ich mit meinem Freund Brandon Rollenspiele gespielt, seitdem interessiere ich mich für England im Mittelalter. Wenn Du allerdings immer noch auf diesen Kitschonkel Nicholas Sparks stehst, wirst Du den coolen Ivanhoe eher nicht mögen.
Bis bald
Elliot

PS: Ich wollte nicht herablassend klingen. Dad hat gesagt, manchmal wirke ich so, könnte also sein, dass das jetzt auch der Fall ist. Nicholas Sparks ist bestimmt in Ordnung, aber eben anders als Sir Walter Scott.

Von: Macy Lea Sorensen <minlilleblomst@hotmail.com>
Datum: 2. Januar, 20:32 Uhr
An: Elliot P. <elliverstravels@yahoo.com>
Betreff: Re: Re: Buch

Hi Elliot,
Nicholas Sparks ist richtig, richtig gut. Die Mutter meiner Freundin Elena hat ihn bei einer Lesung getroffen und gesagt, dass er supernett und total klug war. Und ich wette, er hat sogar Ivanhoe (ohne d) gelesen.

Was meinst du mit »Rollenspielen«? Wie die Idioten im Park, die mit Schwertern und Flaggen herumfuchteln?

xo

Macy

Von: Elliot P. <elliverstravels@yahoo.com>

Datum: 2. Januar, 20:54 Uhr

An: Macy Lea Sorensen <minlilleblomst@hotmail.com>

Betreff: Re: Re: Re: Buch

Hi Macy,

Ja. Genau so. Außerdem mit Helmen und Pferden aus Pappe.

Elliot

Von: Macy Lea Sorensen <minlilleblomst@hotmail.com>

Datum: 2. Januar, 21:06 Uhr

An: Elliot P. <elliverstravels@yahoo.com>

Betreff: Re: Re: Re: Re: Buch

O Gott, ich platze gleich vor Lachen! Ich weiß, das ist nicht Dein Ernst, aber ich kann mir genau vorstellen, wie Du auf einem Pappgaul hockst und brüllst: »Aufgepasst, Männer, en garde!«, und »Hier kommt Ivanhoe!«

Macy

Von: Elliot P. <elliverstravels@yahoo.com>
Datum: 2. Januar, 21:15 Uhr
An: Macy Lea Sorensen <minlilleblomst@hotmail.com>
Betreff: Re: Re: Re: Re: Re: Buch

Es war mein Ernst. Wir haben genau solche Rollenspiele gespielt. Es war eigentlich eine ziemlich gut organisierte Gruppe namens The Nobles, es gab Schlachten und verschiedene Königshäuser, und es hat wirklich Spaß gemacht. Aber es würde Dir sicher nicht gefallen, weil es am Ende nie Weichzeichnerküsse im Sonnenuntergang gab.
Elliot

Von: Macy Lea Sorensen <minlilleblomst@hotmail.com>
Datum: 3. Januar, 18:53 Uhr
An: Elliot P. <elliverstravels@yahoo.com>
Betreff: Verrückt

Hi Elliot,
ich bin mir ziemlich sicher, dass Du gestern Abend doch herablassend warst, aber ich zeige mich von meiner reifen Seite und gehe darüber hinweg.
Willst Du mal was Abgefahrenes hören? Meine Freundin Nikki wurde heute vom Unterricht suspendiert, weil sie mit einem Typen in der Cafeteria rumgeknutscht hat. Ich dachte nur: O mein Gott, was war das denn? Und als ich Dad davon erzählte, fragte er allen Ernstes, ob ich schon einen Jungen geküsst hätte, und ich nur: Nein! In der Schule sind doch bloß Loser, wen sollte ich da küssen?

Das war wirklich krass.
Macy

Von: Elliot P. <elliverstravels@yahoo.com>
Datum: 3. Januar, 21:27 Uhr
An: Macy Lea Sorensen <minlilleblomst@hotmail.com>
Betreff: Re: Verrückt

Letztes Jahr ist mein Freund Christian vom Unterricht suspendiert worden, weil er im Werkraum eine Rakete gezündet hat. Keine Ahnung, wie er es geschafft hat, sie zum Fliegen zu bringen, aber sie schoss durchs Fenster und traf ein Auto auf dem Parkplatz.
Es war der Hammer.
Also hängst Du nicht mit Jungs von Deiner Schule ab?
Elliot

Von: Macy Lea Sorensen <minlilleblomst@hotmail.com>
Datum: 4. Januar, 7:32 Uhr
An: Elliot P. <elliverstravels@yahoo.com>
Betreff: Re: Re: Verrückt

In der Schule habe ich nur mit Doug und Cody zu tun die ich schon seit der ersten Klasse kenne. Wir sind befreundet aber mehr auch nicht. Sie sind nett aber die Jungs an der Schule interessieren sich eh nur für Videospiele und Skateboards einmal hat Danny (noch ein

Freund) mich mal beim Tanzen angetatscht aber – *hallo!* – das habe ich ihm schnell ausgetrieben
Macy

Von: Elliot P. <elliverstravels@yahoo.com>
Datum: 4. Januar, 7:34 Uhr
An: Macy Lea Sorensen <minlilleblomst@hotmail.com>
Betreff: Re: Re: Re: Verrückt

Macy,
Interpunktion ist manchmal keine dumme Idee.
Elliot

HEUTE

Donnerstag, 5. Oktober

Liz Petropoulos: was für eine Frau!

Sie ist mittelgroß, kurvig und hat makellose Haut. Schon mindestens viermal habe ich ihr gesagt, wie umwerfend ich ihre Wangenknochen finde. Sie lächelt unablässig, grüßt jeden, der das Gebäude in Mission Bay betritt, und winkt jeden, der kein Schildchen trägt, zu sich, damit er sich ordnungsgemäß anmeldet.

Wie jeden Morgen zeige ich ihr mein Schildchen. Glücklicherweise war sie gestern nicht da, als ich vollkommen aufgelöst von meinem abgebrochenen Frühstück mit Elliot hereinstürmte. Heute jedoch lächelt sie mich mit einem ganz neuen Funkeln in den Augen an, als wüsste sie mehr über mich als bei unserer letzten Begegnung.

»Hallo Liz *Petropoulos*«, sage ich, jede Verstellung aufgebend, und gehe zu ihr.

Nur einen winzigen Augenblick zögert sie, dann erwidert sie: »Hi Macy *Sorensen*«, ohne auch nur einen Blick auf mein Schildchen zu werfen. Als ich näher komme, lächelt sie erneut. »Himmel, was hab ich mir in den letzten sieben Jahren über diese

Macy anhören müssen. Und jetzt stellt sich heraus, es ist die nette neue Dr. Sorensen, die mir immer Komplimente macht.«

»Ich schätze, Elliot und George können sich verziehen und sollten einfach uns heiraten lassen«, erwidere ich, worauf sie lacht. Es ist ein warmes, aufrichtiges Lachen.

Aber ihre Miene wird rasch wieder ernst. »Tut mir leid, dass ich ihm gesagt habe, wann Sie kommen.« Als ich darauf etwas sagen will, hebt sie die Hand und fährt mit leiserer Stimme fort: »Er hat mir erzählt, dass er Sie zufällig getroffen hat, und da haben wir uns das überlegt. Sie können sich nicht vorstellen, wie viel es ihm bedeutet, Sie gesehen zu haben. Ich weiß, es geht mich nichts an, aber –«

»Was das betrifft …« Ich stütze mich mit dem Ellbogen auf die breite Marmortischplatte und lächle sie an, um ihr zu verstehen zu geben, dass ich sie keinesfalls feuern lassen will. »Wie wär's, wenn Sie mir einen Gefallen täten, und dann vergessen wir das Ganze?«

»Aber sicher«, erwidert Liz und reißt die Augen auf. »Was kann ich für Sie tun?«

»Mir seine Handynummer geben?«

Es ist ganz normal, dass Freunde sich anrufen, rede ich mir ein. Der erste Schritt zur Klärung eines Konflikts ist es, miteinander zu reden, ein für alle Mal reinen Tisch zu machen, und dann können wir ganz normal weiterleben.

Liz holt ihr Handy hervor, ruft die Favoritenliste auf und beugt sich über einen Zettelblock, um seine Handynummer aufzuschreiben.

Elliot ist auf ihrer Favoritenliste.

Aber wie könnte es auch anders sein? Elliot ist so aufmerksam, rücksichtsvoll und eine so rundum angenehme Gesellschaft, dass er ein Traum von einem Schwager sein muss. Selbstverständlich steht sie mit ihm in engem Kontakt.

»Aber sagen Sie ihm nicht, dass ich sie habe«, bitte ich, als sie den Zettel abreißt und mir gibt. »Ich bin mir nicht sicher, wie lange es dauert, bis ich weiß, was ich ihm sagen will.«

Wem will ich etwas vormachen? Das Ganze ist keine gute Idee. Elliot hat eine Geschichte zu erzählen, und ich habe meine. Wir beide haben so viele Geheimnisse voreinander, dass ich nicht einmal weiß, ob wir uns überhaupt noch an alle erinnern.

Auf dem ganzen langen Weg bis zum Pausenraum der Assistenzärzte vergewissere ich mich immer wieder, dass der kleine gefaltete Zettel noch in meiner Tasche steckt. Nicht, dass ich ihn brauchen würde. Die gesamte Aufzugfahrt in den vierten Stock hinauf habe ich auf diese Nummer gestarrt, denn nie im Leben hätte ich gedacht, dass er nach all der Zeit noch dieselbe Handynummer haben könnte. Diese Nummer war für mich wie ein Ohrwurm, den ich nicht mehr aus dem Kopf bekommen konnte.

Im Pausenraum werfe ich meine Tasche in ein Schließfach und starre auf mein Handy. Meine Schicht fängt in fünf Minuten an, und dazu muss ich einen klaren Kopf haben. Wenn ich das jetzt nicht hinter mich bringe, wird es mich die nächsten Stunden beschäftigen wie ein Steinchen im Schuh. Mein eigener Herzschlag wummert mir in den Ohren.

Ohne länger zu überlegen, simse ich:

> Arbeite heute 9–6. Abendessen? Reden!

Nur wenige Sekunden später sehe ich das Zeichen, dass er zurückschreibt. Aus unerfindlichem Grund werden meine Handflächen feucht. Bislang war mir noch gar nicht in den Sinn gekommen, dass er auch antworten könnte: »Nein, vergiss es, du bist mir zu anstrengend.«

Macy, bist du das?

Oder dass er meine neue Nummer nicht erkennen könnte. Wie habe ich das vergessen können!

Ja, tschuldige, hätte ich sagen sollen.

Kein Ding.

Bin dabei. Wann und wo?

DAMALS

Donnerstag, 13. März
vor vierzehn Jahren

Je näher mein vierzehnter Geburtstag rückte, desto mehr merkte ich, dass mein Vater nicht wusste, wie er damit umgehen sollte. Seit ich denken konnte, hatten wir immer dasselbe unternommen: Er machte Æbleskivers, köstliche dänische Krapfen, nachmittags gingen wir ins Kino, und zum Abendessen bekam ich ein riesiges Softeis, wonach ich mir schwor, nie wieder Softeis zu essen.

Auch nach dem Tod meiner Mutter änderte sich nichts an diesem Ablauf, im Gegenteil, es war mir wichtig, daran festzuhalten, weil es mich stets daran erinnerte, wie es mit ihr zusammen gewesen war. Aber dies war das erste Jahr mit unserem Wochenendhaus, und es war das erste Mal, dass ich einen so engen Freund hatte wie Elliot.

»Können wir am Wochenende zum Haus fahren?«

Dad ließ seinen Becher auf dem Weg zum Mund verharren und sah mich über den Dampf hinweg an. Er blies in den heißen Kaffee, bevor er daran nippte, schluckte und den Becher wieder abstellte. Er nahm seine Gabel, spießte ein bisschen Rührei auf und bemühte sich, so zu tun, als wäre alles ganz normal, als wäre er von meiner Bitte weder schockiert noch enttäuscht.

Ich hatte noch nie darum gebeten, zum Wochenendhaus zu fahren, und ich kannte ihn gut genug, um zu wissen, mit welcher Erleichterung er sich bisher auf die unfehlbaren Vorhersagen von Moms Liste verlassen hatte.

»Möchtest du das dieses Jahr tun? Zu deinem Geburtstag?«

Ich senkte den Blick auf mein eigenes Rührei und nickte. »Ja.«

»Wünschst du dir auch eine Party? Wir könnten ein paar Freunde mit zum Haus nehmen. Du könntest ihnen deine Bücherkammer zeigen.«

»Nein … Meine Freunde würden das nicht zu schätzen wissen.«

»Nicht wie Elliot.«

Ich aß einen Bissen Rührei und zuckte möglichst beiläufig die Achseln. »Genau.«

»Er ist ein ziemlich guter Freund für dich geworden.«

Ich nickte, starrte auf meinen Teller und spießte ein weiteres Rühreiwölkchen auf.

»Aber du weißt, dass du für einen festen Freund noch zu jung bist«, bemerkte mein Vater.

Entsetzt riss ich die Augen auf und blickte ruckartig hoch. »Dad!«

Er lachte. »Wollte mich nur vergewissern, dass dir das klar ist.«

Blinzelnd starrte ich auf mein Essen und murmelte: »Mach dich nicht lächerlich. Ich bin nur gern dort, mehr nicht.«

Mein Vater lächelte nicht oft, er war keiner der Menschen,

die man sich immer mit einem breiten Grinsen vorstellt, aber als ich jetzt wieder aufschaute, lächelte er.

»Natürlich können wir zum Haus fahren.«

Am Samstag, dem ersten Tag der Frühlingsferien, fuhren wir gleich morgens los. Es gab zwei Dinge auf der Liste, die mein Vater in dieser Woche abhaken wollte – Punkt vierundvierzig und dreiundfünfzig der Liste: einen Baum pflanzen, dem ich in den nächsten Jahren beim Wachsen zusehen konnte, und mir das Holzhacken beibringen.

Bevor ich also in mein Bücherwunderland stürmen konnte, hob Dad ein winziges Bäumchen aus dem Kofferraum und trug es zum Garten.

»Hol den Spaten aus dem Wagen«, sagte er und kniete sich neben den Pflanztopf, um ihn vom Apfelbäumchen zu lösen. »Und bring Arbeitshandschuhe mit.«

Bisher hatte ich gedacht, ich würde mehr nach meiner Mutter schlagen, da ich das bunte Chaos unseres Hauses in Berkeley, laute Musik und warme Tage mochte und beim Spülen immer tanzen musste. Aber im Wochenendhaus erkannte ich, wie viel ich von meinem Vater hatte. Im kühlen Märzwind, der durch die Äste der Bäume fuhr, hoben wir ein tiefes Loch aus, brauchten dabei keine großen Worte und verständigten uns nur mit einem Nicken hier und einem Fingerzeig dort. Nachdem unser kleiner Gravensteiner Apfelbaum fest und stolz in unserem Garten stand, schlang Dad eben nicht vor lauter Begeisterung die Arme um mich und sagte, wie sehr er mich liebe, sondern barg mein Gesicht nur kurz in seinen Händen und drückte mir einen Kuss auf die Stirn.

»Gute Arbeit, *min lille blomst.*« Er lächelte auf mich herunter. »Ich fahre in den Ort. Einkaufen.«

Damit entließ er mich. Meine Schuhe hämmerten auf den Boden, als ich schnurstracks vom Ende unserer Einfahrt zum Anfang von Elliots rannte. Das Klingeln der Türglocke war im ganzen Haus zu hören und drang durch die geöffneten Fenster im oberen Stock wieder zu mir nach draußen. Dann hörte ich lautes Bellen und das hastige Kratzen von Hundepfoten auf den Holzdielen.

»Sei still, Darcy«, sagte eine träge Stimme, worauf der Hund verstummte und nur noch reumütig winselte.

Mir fiel auf, dass ich in den knapp sechs Monaten, seit wir herkamen, noch nie in Elliots Haus gewesen war. Selbstverständlich hatte Elliots Mutter uns schon eingeladen, aber offenbar wollte Dad nicht aufdringlich erscheinen. Wahrscheinlich gefiel ihm auch die Einsamkeit unserer Wochenenden – die nur Elliot stören durfte. Mein Vater genoss es, nicht aus seinem Schneckenhaus herauskommen zu müssen.

Nervös trat ich einen Schritt zurück, da ging die Tür auf, und Andreas stand zerzaust und gähnend vor mir.

Der zweitälteste Sohn der Petropoulos war eindeutig eben erst aufgestanden: wirre braune Haare, zerknautschtes Gesicht, nackter Oberkörper und Baseballshorts, die dank der Hüftknochen gerade noch der Schwerkraft trotzten. Er hatte einen Oberkörper, wie ich ihn bislang nur im Fernsehen gesehen hatte.

Würde Elliot in ein paar Jahren auch so aussehen? Die Vorstellung stürzte mich in Verwirrung.

»Hey Macy«, sagte Andreas mit dunkler Stimme. Er trat einen Schritt zurück, hielt die Tür für mich auf und wartete, dass ich eintrat. »Willst du jetzt rein oder nicht?«

Ich zwang meine Augenbrauen, wieder in ihre normale Stellung zu sinken. »Oh, klar.«

Im Haus roch es nach Cookies. Nach Cookies und Jungen. Andreas lächelte und kratzte sich träge den Bauch. »Ihr seid dieses Wochenende also hier?«

Als ich nickte, wurde sein Lächeln breiter. »Und echt zum Reden aufgelegt, wie ich merke.«

»Tut mir leid«, brachte ich hervor, und dann stand ich mit hängenden Armen da, zupfte mir verlegen am Saum meiner Shorts und wusste nicht, was ich sagen sollte. »Ist Elliot zu Hause?«

»Ich hole ihn«, grinste Andreas und ging zur Treppe. »Hey, Ell! Deine Freundin ist hier!« Seine Stimme hallte im ganzen Treppenhaus wider, während ich innerlich vor Scham explodierte.

Noch bevor ich etwas sagen konnte, hörte ich Schritte durch den Flur über uns poltern.

»Du bist so ein Vollidiot!«, rief Elliot, donnerte die Treppe herunter und stürzte sich auf seinen Bruder. Andreas grunzte, packte sich Elliot und nahm ihn in den Schwitzkasten. Andreas war größer und ziemlich muskulös, aber offenbar wollte Elliot sich auf keinen Fall vor mir von ihm demütigen lassen.

Also rangen sie miteinander, kippten fast eine Lampe um, stießen ein paar Schimpfwörter aus, die ich nicht einmal denken würde, und rissen sich schließlich keuchend voneinander los.

»Tut mir leid«, sagte Elliot an mich gewandt und warf einen

finsteren Blick zu Andreas. Er rückte seine Brille zurecht und strich sich T-Shirt und Hose glatt. »Mein Bruder hält sich für sehr witzig, dabei kann er sich nicht mal anziehen.« Er wies auf Andreas' nackten Oberkörper.

Andreas verwuschelte Elliots Haare noch mehr und verdrehte die Augen. »Ist doch gerade erst Mittag, du Hirni.«

»Ich finde, Mom sollte dich mal auf Narkolepsie testen lassen.«

Andreas versetzte Elliot einen letzten Schlag gegen die Schulter und wandte sich zur Treppe. »Ich muss los, zu Amie. War nett, dich zu sehen, Macy.«

»Finde ich auch«, erwiderte ich lahm.

Andreas warf uns einen letzten Blick über die Schulter zu und zwinkerte. »Ach Elliot?«, rief er.

»Ja?«

»Die Tür bleibt offen.«

Sein lautes Lachen dröhnte durch den oberen Flur, bevor er in sein Zimmer verschwand und die Tür hinter sich zuwarf.

Elliot wollte schon die Treppe hinaufgehen, hielt jedoch inne und drehte sich stirnrunzelnd zu mir um. »Gehen wir lieber zu dir.«

»Willst du mich nicht wenigstens mal herumführen? Ich war noch nie bei dir.«

Er stöhnte auf und drehte sich einmal um die eigene Achse: »Wohnzimmer, Esszimmer, Küche«, wobei er mit dem Zeigefinger in die jeweilige Richtung stach. Dann ging er vor mir die Stufen hinauf und murmelte: »Treppe«, »Flur«, »Bad« und »Elternschlafzimmer«, bis wir vor einer geschlossenen weißen Tür landeten, an der ein Plakat mit dem Periodensystem klebte.

»Da ist mein Zimmer.«

»Wow, das … hätte ich mir denken können«, sagte ich und lachte.

»Das Plakat ist von Andreas, nicht von mir.« Seine Stimme klang trotzig, als wollte er auf keinen Fall als komischer Streber angesehen werden.

»Aber du hast es nicht abgehängt«, wandte ich ein.

»Weil es ein gutes Schaubild ist. Er hat es auf einer Wissenschaftsmesse bekommen.« Elliot drehte sich zu mir, senkte den Blick und sagte achselzuckend: »Es wäre Verschwendung, es abzuhängen, und er würde sich gar nicht mehr einkriegen, wenn ich es *in* meinem Zimmer aufhängen würde.«

Damit öffnete er die Tür und trat wortlos beiseite, um mich vorzulassen. Aufregung und Nervosität ergriffen mich: Ich betrat zum ersten Mal in meinem Leben das Zimmer eines Jungen.

Elliots Zimmer.

Es war spärlich eingerichtet und makellos aufgeräumt: das Bett gemacht, ein bisschen schmutzige Wäsche in einem Korb in der Ecke, alle Kommodenschubladen ordentlich geschlossen. Wenn überhaupt etwas unordentlich wirkte, dann höchstens der Stapel Bücher auf seinem Schreibtisch und eine Kiste mit Büchern in der anderen Ecke.

Ich spürte, wie angespannt Elliot hinter mir war, hörte seinen stockenden Atem. Ich wusste, er wollte dem Chaos seines Zuhauses entfliehen, in die Stille und Einsamkeit meiner Bücherkammer, aber ich konnte mich nicht losreißen. Hinter seinem Schreibtisch hing eine Pinnwand mit ein paar Medaillen, einem Foto und einer Postkarte von Maui.

Ich trat näher an den Schreibtisch, beugte mich vor und betrachtete die Pinnwand.

»Nur ein paar Wissenschaftswettbewerbe«, murmelte er hinter mir, zur Erklärung der Medaillen.

Erster Platz seines Jahrgangs bei »Jugend forscht« in Sonoma County, drei Jahre in Folge.

»Wow.« Ich sah ihn über die Schulter hinweg an. »Du bist ja richtig klug.«

Er lächelte schief, während ihm die Röte in die Wangen schoss. »Ach was.«

Ich wandte mich wieder der Pinnwand zu und betrachtete das in einer Ecke befestigte Foto. Darauf waren drei Jungen zu sehen, von denen einer Elliot war, und links außen ein Mädchen. Das Foto schien schon ein paar Jahre alt zu sein.

Unbehagen beschlich mich. »Wer sind die anderen?«

Elliot räusperte sich, neigte sich neben mir vor und zeigte mit dem Finger auf die einzelnen Personen. Eine Deoduftwolke umgab ihn – leicht säuerlich und harzig – und noch etwas, ein so unverkennbarer Geruch nach *Junge*, dass ich ein hohles Gefühl im Bauch bekam. »Das ist Christian, das bin ich, Brandon, und Emma.«

Diese Namen hatte ich schon gehört: in kleinen Geschichten über die Schule oder Fahrradtouren im Wald. Mit einem Stich wurde mir bewusst, dass ich kaum etwas über Elliots Leben wusste, obwohl er doch für mich allmählich der wichtigste Mensch wurde, meine Zuflucht, die einzige Person außer meinem Vater, der ich wirklich vertrauen konnte. Welche Seite bekamen seine Freunde von ihm zu sehen? Kannten sie das Lächeln, das mit einer hochgezogenen Augenbraue begann und sich langsam bis zu den amüsiert zuckenden Mundwinkeln ausbreitete? Kannten sie dieses besondere Lachen, das manchmal aus ihm herausplatzte und dessen Dreiklang unverwechselbar war?

»Sie sehen nett aus.« Ich richtete mich wieder auf und spürte, wie er hinter mir hastig einen Schritt zurücktrat.

»Ja.« Er verstummte, und das Schweigen breitete sich zu einer schillernden Blase um uns aus. Als ich mir vorstellte, wie diese Emma hier in einer Ecke auf dem Boden saß und an seiner Seite las, fing mein Herz an, mir in den Ohren zu pochen. Da hörte ich ihn hinter mir flüstern: »Aber du bist netter.«

Ich drehte mich um und sah ihm direkt in die Augen. Er krauste gerade die Nase, um seine Brille hochzuschieben.

»Das musst du nicht sagen, bloß weil –«

»Meine Mutter ist schwanger«, brach es aus ihm hervor.

Und da platzte die Blase. Ich hörte polternde Schritte im Flur und das Bellen des Hundes.

Meine Augen wurden immer größer, während ich begriff, was er gesagt hatte. »Was?«

»Ja, sie haben es uns gestern Abend erzählt.« Er schob sich die Haare aus der Stirn. »Offenbar soll das Baby im August kommen.«

»Heilige Scheiße. Du bist doch schon vierzehn. Dann wird das Baby, warte, fast fünfzehn Jahre jünger sein als du.«

»Ich weiß.«

»Das ist ja krass, Elliot.«

»Ich weiß.« Er bückte sich, um sich den Schuh zuzubinden. »Aber ehrlich gesagt will ich gar nicht darüber reden. Können wir nicht zu dir gehen? Mom ist es schon wochenlang übel, und

Dad führt sich auf wie ein Verrückter. Und meine Brüder sind einfach Idioten.« Er wies mit dem Kinn auf die Bücherkiste und sagte: »Außerdem habe ich ein paar Klassiker für dein Bücherzimmer.«

Mein Vater, der vom Einkaufen zurückgekehrt war, bedachte uns mit einem wissenden Blick, als wir hereinstürmten und die Treppe hochliefen.

»Hast du nicht am Dienstag Geburtstag?«, fragte Elliot, als er mir den Flur hinunterfolgte. Seine Schuhe – sein Lieblingspaar, die Vans mit dem Schachbrettmuster – lösten sich in ihre Bestandteile auf, so dass bei jedem Schritt eine Sohle flappte.

Ich sah mich nach ihm um. »Das habe ich dir doch nur einmal erzählt, und das muss eine Ewigkeit her sein.«

»Und, sollte das nicht reichen?«

Ich drehte mich wieder um und betrat als Erste mein Zimmer und den Bücherschrank. Seit unserem Einzug hatte er sich immer weiterentwickelt und war nun zu einem eigenständigen Raum geworden: Natürlich waren da zunächst die Regale, die eine ganze Wand bedeckten, dazu der Sitzsack in der hinteren Ecke und die Futoncouch gegenüber dem Bücherregal. Aber erst vor ein paar Wochen hatte Dad die Wände und die Decke mitternachtsblau gestrichen und silberne und gelbe Sterne in Sternbildern an die Decke getupft. Zwei kleine Lampen – je eine neben einer der beiden Sitzgelegenheiten – spendeten Licht. In der Mitte des Bodens lagen Decken und noch mehr Kissen. Es war der perfekte Rückzugsort.

Elliot machte es sich auf dem Boden bequem und zog sich

eine Fleecedecke über den Schoß. »Hast du jetzt auch Frühlingsferien?«

Ich biss mir auf die Lippe und nickte. »Genau.«

Er schwieg kurz und fragte dann: »Macht's dir nichts aus, nicht bei deinen Freunden zu sein?«

»Wieso, ich habe doch einen Freund in meiner Nähe.« Ich schaute ihn unsicher an.

»Ich meinte, deine Freundinnen«, erklärte er, wobei mir nicht entging, dass er rot wurde.

»Nein«, sagte ich. »Das ist schon in Ordnung. Nikki fährt nach Peru, um ihre Familie zu besuchen.«

Darauf erwiderte Elliot nichts, sondern sah zu, wie ich mir ein Buch aussuchte, meine Kissen zurechtlegte und es mir bequem machte. Da mir bewusst war, wie ich mich gefühlt hatte, als ich das Foto mit ihm und seinen Freunden sah – und wie sehr ich mir gewünscht hatte, mehr über sein Leben außerhalb dieses Bücherzimmers zu erfahren –, ließ ich mir meine nächsten Worte mehrfach durch den Kopf gehen, bevor ich sie aussprach: »Als meine Mutter krank wurde, war ich eine ganze Weile kaum noch mit meinen Freunden zusammen, weil ich so viel Zeit wie möglich mit ihr verbringen wollte.«

Er nickte, und obwohl er den Blick auf sein Buch gerichtet hatte, spürte ich, dass er mir genau zuhörte.

Ich blätterte bis zu dem Kapitel, das ich gerade angefangen hatte. »Und als meine Mom dann fort war, hatte ich erst recht keine Lust mehr, auf Übernachtungspartys zu gehen und die ganze Zeit über Jungs zu reden. Es war, als wären meine Freundinnen erwachsen geworden, während ich erst mal wieder mit mir selbst klarkommen musste. Nur Nikki und ich verstehen uns immer noch gut, und ich glaube, das liegt daran, dass sie außerhalb der Schule auch kaum bei anderen rumhängt. Sie hat eine riesige Familie, mit der sie oft zusammen ist.«

Ich spürte, dass er mich ansah, wandte jedoch nicht den Kopf zu ihm, weil ich wusste, dass ich dann nicht weitersprechen könnte. Die Wörter schienen wie Blasen in meiner Brust aufzusteigen; all das hatte ich noch nie jemandem erzählt.

»Mein Vater wollte, dass ich mehr unter Leute kam«, fuhr ich fort. »Er sorgte sogar dafür, dass ich in eine Jugendgruppe in der Nähe seiner Arbeitsstelle gehen konnte.« Ich warf Elliot einen kurzen Blick zu und starrte dann wieder auf mein Buch. »Er meinte, um nicht mehr so allein zu sein und neue Freunde zu finden, aber das stimmte nicht. Es war eine Selbsthilfegruppe für Kinder in Trauer.«

»Oh.«

»Wir wussten alle, worum es eigentlich ging«, sagte ich. »Ich weiß noch, wie ich in diesen riesigen weißen Raum kam. Er war mit diesem ganzen Teenagerkram ausgestattet: Postern von Boygroups, Graffiti auf Holzbrettern, fluffigen Sitzsäcken und körbeweise Zeitschriften.« Ich zupfte einen Fussel von meiner Jeans. »Es war, als hätte die Mutter von irgendjemandem all das Zeug hineingestopft, das man in diesem Alter angeblich braucht, um sich wohl zu fühlen.

Ich weiß noch, wie ich am ersten Tag in diesen Raum kam«, fuhr ich fort, zog mir meinen dicken Pferdeschwanz über die Schulter und spielte mit den Spitzen. »Und wie komisch ich es fand, dass wir alle dort abhängen sollten. Nach ein paar Treffen fiel mir auf, dass die Mädchen fast alle denselben Haarschnitt hatten. Sieben Mädchen in meinem Alter mit kinnlangen Bobs.

Ein paar Wochen später fand ich heraus, dass all diese Mädchen genau wie ich ihre Mutter verloren hatten. Deshalb hatten sie von ihren Vätern oder sonst irgendjemandem diesen einfachen, praktischen Haarschnitt verpasst bekommen.« Ich hielt inne und wickelte mir eine Strähne aus meinem Pferdeschwanz um den Finger. »Aber ich nicht. Denn mein Dad lernte, wie man einen Pferdeschwanz bindet und welches Shampoo er kaufen musste, damit man die langen Haare gut durchbürsten kann. Er ließ sich sogar das Flechten von Zöpfen und verschiedene Frisuren zeigen. Dabei hätte er es sich auch einfach machen und meine Haare abschneiden lassen können. Aber das tat er nicht.«

Als ich jetzt wieder aufschaute, merkte ich, dass Elliot mich genau beobachtete. Und dass er verstand, was in mir vorging. Er streckte den Arm aus und ergriff meine Hand.

»Hab ich dir mal erzählt, dass ich die Haare meiner Mutter habe?«, fragte ich.

Er schüttelte den Kopf, lächelte mich jedoch an. »Ich finde, du hast die schönsten Haare, die ich je gesehen habe.«

HEUTE

Donnerstag, 5. Oktober

Ich stehe vor dem Eingang des Nopalito in der Ninth und weiß ohne hineinzusehen, dass Elliot schon da ist. Dessen kann ich mir sicher sein, weil es zehn nach acht ist. Wir wollten uns um acht treffen, und Elliot kommt nie zu spät. Aus irgendeinem Grund bin ich überzeugt, dass sich das nicht geändert hat.

Als ich die Tür aufdrücke, entdecke ich ihn sofort. Er erhebt sich so schnell, dass seine Serviette zu Boden gleitet und er mit den Oberschenkeln gegen den Tisch stößt. Mir fällt zweierlei auf: erstens, dass er ein Anzugjackett, schicke Jeans und schwarze Lederschuhe trägt, die frisch geputzt wirken; zweitens, dass er beim Friseur war.

Seine Haare sind oben immer noch ziemlich lang, aber dafür an den Seiten sehr kurz. Dadurch sieht er ein bisschen weniger nach einem intellektuellen Literaturhipster aus, eher wie ein … einer von diesen sexy Typen, die auch mit Ende zwanzig noch alle Wege mit dem Skateboard erledigen. Es ist erstaunlich, wie überzeugend er mit neunundzwanzig in diesem Look ist, an dem er sich während seiner Jugend niemals auch nur versucht hätte. Allerdings bin ich sicher, dass er sein lässiges Aussehen ausschließlich seinem Friseur zu verdanken hat. Der Junge, den ich von früher kenne, würde mehr Gedanken daran verschwenden, mit welchem Stift er den Einkaufszettel schreiben soll, als an sein Erscheinungsbild.

Eine Welle der Zuneigung überkommt mich.

Ich bahne mir einen Weg zu ihm und versuche, ruhig über die zunehmende Elektrisierung meines Körpers hinwegzuatmen. Vielleicht liegt es daran, dass ich genug Zeit hatte, mich zurechtzumachen – und keine Klinikkluft trage –, aber dieses Mal merke ich, dass er mich von Kopf bis Fuß mustert.

Als ich zu ihm trete und ihn kurz umarme, ist er sichtlich aufgewühlt. »Hi.«

Er schluckt, quetscht ein »Hi« hervor und zieht einen Stuhl für mich zurück. »Deine Haare sind … Du siehst … toll aus.«

»Danke. Alles Gute zum Geburtstag, Elliot.«

Wir sind nur Freunde. Das ist kein Date, sage ich mir wie ein Mantra. *Ich bin nur hier, um das missglückte Frühstück wiedergutzumachen. Und um reinen Tisch zu machen.*

Ich versuche, mir das ins Hirn zu brennen. Und ins Herz.

»Danke.« Elliot räuspert sich und lächelt angespannt. Und das zu Recht: Wo sollen wir anfangen?

Der Kellner schenkt mir Wasser ins Glas und rückt meine Serviette zurecht, während Elliot mich anstarrt, als wäre ich von den Toten auferstanden. Empfindet er das so? Wie viele Jahre hätten vergehen müssen, bis er die Hoffnung aufgegeben hätte, mich je wiederzusehen? Oder würde er sagen, er hätte niemals aufgegeben?

»Wie war es heute bei der Arbeit?«, beginnt er mit einer harmlosen Frage.

»Viel zu tun.«

Er nickt, trinkt einen Schluck Wasser, stellt sein Glas ab und folgt mit dem Finger den Kondenstropfen. »Du bist Kinderärztin.«

»Genau.«

»Wusstest du schon seit Beginn des Studiums, dass du das machen willst?«

Achselzuckend sage ich: »So ziemlich.«

Er verzieht den Mund zu einem resignierten Lächeln. »Ein bisschen Mühe könntest du dir schon geben.«

Das bringt mich zum Lachen. »Tut mir leid. Ich versuche nur, vernünftig zu sein.« Ich atme tief ein und zittrig wieder aus und gestehe: »Ich bin ziemlich nervös.«

Nicht, dass dies ein Date wäre.

Ganz ehrlich: Es ist keines. Sean habe ich gesagt, ich würde heute mit einem alten Freund essen gehen, und mir geschworen, ihm die ganze Geschichte zu erzählen, wenn ich nach Hause komme – und das habe ich immer noch vor. Allerdings war er vollkommen damit beschäftigt, seinen neuen Fernseher einzurichten, und nahm es kaum zur Kenntnis, als ich ging.

»Ich bin auch nervös«, erwidert Elliot.

»Es ist viel Zeit vergangen.«

»Das stimmt«, sagt er, »aber ich bin froh, dass du angerufen hast. Oder geschrieben hast.«

»Du hast schnell geantwortet«, sage ich und denke an sein altes Klapphandy. »Damit hatte ich gar nicht gerechnet.«

Er strahlt verschämt. »Ich habe jetzt ein iPhone.«

»Lass mich raten: Ein altes von Nick Jr.?«

»Als ob«, sagt Elliot. Er trinkt noch einen Schluck Wasser

und fügt hinzu: »Im Ernst, Andreas wechselt sein Handy wesentlich öfter.«

Als unser Lachen verebbt, können wir immer noch nicht die Blicke voneinander lösen. »Falls es dich interessiert«, sage ich, »jetzt steht es eins zu eins. Liz hat mir deine Handynummer gegeben. Obwohl ich sie vielleicht sogar noch gewusst hätte, schließlich hat sie sich nicht geändert.«

Er nickt und beißt sich auf die Unterlippe. Unwillkürlich huscht mein Blick dorthin. »Liz ist großartig.«

»Ich weiß«, sage ich. »Ich mag sie. Apropos«, ich räuspere mich, »das beim Frühstück tut mir leid.«

»Ich hab's verstanden«, erwidert er rasch. »Es ist alles ein bisschen viel.«

Es scheint lächerlich: Ein Ozean an Informationen liegt zwischen uns, und es gibt unendlich viele Möglichkeiten, ihn zu überqueren. Man kann am Anfang beginnen und immer weiter voranschreiten. Oder man kann beim jetzigen Zeitpunkt beginnen und sich in die Vergangenheit zurückbewegen. Oder sich einfach mitten hineinstürzen.

»Ehrlich gesagt, weiß ich nicht, wo ich anfangen soll«, gestehe ich.

»Vielleicht«, schlägt er stockend vor, »vielleicht bestellen wir erst einmal unser Essen und den Wein und bringen uns dann auf den neuesten Stand? Du weißt schon, wie ganz normale Leute, die miteinander essen gehen?«

Ich nicke, erleichtert, dass er offenbar so pragmatisch geblieben ist wie früher, und nehme mir die Speisekarte, habe jedoch das Gefühl, die Wörter auf der Karte würden von den unzähligen Fragen in meinem Kopf verdeckt.

Wo genau wohnt er in Berkeley?

Wovon handelt sein Roman?

Worin hat er sich verändert? Und worin ist er sich treu geblieben?

Und dann ist da noch ein winziger, verräterischer Gedanke, der in den Untiefen meines Hirns lauert und wissen möchte, woher er die Überzeugung nahm, seine Beziehung zu beenden, nachdem er mich nicht einmal zwei Minuten lang gesehen hatte. Es sei denn, diese Beziehung war sowieso nichts Ernstzunehmendes.

Oder ohnehin schon am Ende.

Aber wäre das nicht ein völlig unpassender Ausgangspunkt für unser Gespräch? Bin ich völlig verrückt geworden? Andererseits war dies gestern beim Frühstück doch genau unser Thema, oder nicht?

»Ist alles in Ordnung mit … mit …?«, frage ich und winde mich innerlich.

Er schaut von seiner Karte auf und errät wohl an meiner beklommenen Miene, wovon ich rede. »Mit Rachel?«

Ich nicke, obwohl ihr Name sofort eine kindische Reaktion in mir auslöst: Ein Mann wie er sollte tatsächlich mit einem Mädchen namens Rachel zusammen sein, die keine Ausgabe des *New Yorkers* verpasst, bei einer gemeinnützigen Organisation arbeitet und all ihre Eier- und Kartoffelschalen kompostiert, um ihr eigenes Gemüse anzubauen. Ich hingegen bin ein wandelndes Wrack mit einem Haufen Schulden, Mommy-Problemen, Daddy-Problemen, Elliot-Problemen und einem peinlichen Klatschblatt-Abonnement.

»Eigentlich geht's ihr ganz gut«, antwortet Elliot. »Glaube ich zumindest. Ich hoffe, wir können irgendwann wieder Freunde sein. Rückblickend betrachtet waren wir eigentlich nie mehr als das.«

Diese Information durchzuckt mich wie ein Stromschlag. »Elliot.«

»Ich hab gehört, was du gesagt hast«, versichert er mir ernst. »Du bist verlobt. Ich hab's verstanden. Aber es wird mir sehr schwerfallen, nicht mehr als ein Freund für dich zu sein, Macy. Dafür bin ich einfach nicht geschaffen.« Er blickt mir in die Augen und schiebt die Speisekarte von sich. »Ich werde es versuchen, doch ich kenne mich.«

Ich spüre, wie seine entwaffnende Ehrlichkeit meinem Schutzpanzer zusetzt. Ich frage mich, wie oft er mir noch sagen muss, dass er mich liebt, bevor all meine über die Jahre mühsam errichteten Dämme nachgeben.

»Dann halte ich ein paar Regeln für angebracht«, entgegne ich.

»Regeln«, wiederholt er und nickt langsam. »Zum Beispiel: keine Erwartungen?« Ich nicke. »Und vielleicht: Ich sag dir alles, was du wissen willst, und umgekehrt?«

In diesem Fall müsste ich ein großes Mädchen sein und es tapfer durchstehen. Obwohl alles in mir sich panisch dagegen aufbäumt, stimme ich zu.

»Also dann«, sagt er und entspannt sich lächelnd. »Ich weiß nicht, was du gern über Rachel erfahren würdest. Zuerst waren wir nur Freunde. Ein paar Jahre lang. Zu Beginn des Masterstudiums und danach auch.«

Die Vorstellung, dass er mit einer anderen Frau *ein paar Jahre lang* befreundet war, dringt scharf wie ein Messer in mein

Bewusstsein. Ich trinke einen Schluck und schaffe es, ganz beiläufig nachzufragen: »Welche Grad School?«

»Master of Fine Arts an der Uni von New York«, sagt er lächelnd. Er fährt sich mit der Hand durch die Haare, als würde die Frisur ihn noch verunsichern, und fügt hinzu: »Rückblickend kommt es mir ein bisschen so vor, als hätten wir mit achtundzwanzig kapituliert und eine Art Notnagelbeziehung angefangen.«

Ich weiß, was er meint. Als ich achtundzwanzig wurde, wurde Sean mein Notnagel.

Als hätte er meine Gedanken gelesen, sagt Elliot: »Erzähl mir mehr von dem Kerl, den du heiraten wirst.«

Dieses Thema ist zwar ein Minenfeld, aber ich kann mich dem genauso gut auch gleich stellen und ebenfalls ehrlich sein.

»Wir haben uns bei einer Begrüßungsveranstaltung für die neuen Assistenzärzte kennengelernt«, sage ich und füge, obwohl es eigentlich überflüssig ist, hinzu: »im Mai«.

Langsam wandern seine Augenbrauen in die Höhe. »Oh.«

»Es ging bei uns von null auf hundert.«

Elliot nickt und sieht mich durchdringend an. »Genau das scheint das Problem zu sein.«

Ich senke ausweichend den Blick, räuspere mich und nehme mir vor, mich nicht dafür zu rechtfertigen. Elliot war schon immer brutal ehrlich, einen scharfen Ton hat er mir gegenüber jedoch nie angeschlagen. Mit mir hat er stets sanft und liebevoll gesprochen. Jetzt hämmert mein Herz so heftig, dass es den Raum zwischen uns zu füllen scheint – was mich zu der Frage bringt, ob unsere Herzen die Sache heimlich zwischen sich ausfechten.

»Tut mir leid«, murmelt Elliot und streckt die Hand nach mir aus, hält dann jedoch inne. »Ich wollte das nicht sagen. Es scheint bloß so plötzlich zu kommen.«

Ich blicke auf und schenke ihm ein mattes Lächeln. »Ich weiß. Es ging wirklich sehr schnell.«

»Wie ist er denn so?«

»Sehr gelassen. Freundlich.« Ich wringe die Serviette auf meinem Schoß, weil ich wünschte, mir würden bessere Adjektive für meinen zukünftigen Ehemann einfallen. »Er hat eine Tochter.«

Ohne eine erkennbare Reaktion hört Elliot zu.

»Er unterstützt das Krankenhaus«, sage ich. »In gewisser Hinsicht jedenfalls. Er ist Künstler. Seine Arbeit ...« Ich spüre, dass ich Gefahr laufe, mit ihm anzugeben, und frage mich gleichzeitig, wieso mir das so peinlich ist. »Er ist mittlerweile ziemlich bekannt und hat etliche seiner neuen Installationen dem Kinderkrankenhaus gespendet, wo ich arbeite.«

Elliot neigt sich vor. »Doch nicht etwa Sean Chen?«

»Genau. Hast du schon von ihm gehört?«

»Bücher- und Kunstleute sind hier ziemlich eng miteinander vernetzt«, nickt er. »Ich hab gehört, er soll ein interessanter Typ sein. Seine Kunst ist großartig.«

Stolz breitet sich in meiner Brust aus. »Ja, das ist er. Und seine Sachen sind wirklich toll.« Und bevor ich es verhindern kann, platzt es aus mir heraus: »Und er ist der erste Mann, mit dem ...«

Mist.

Fieberhaft suche ich nach einem harmlosen Satzende, doch mein Hirn ist vollkommen leergefegt, weil Elliot so ernst aussieht und mit beiden Händen sein Wasserglas umfasst. Er bringt mich völlig aus dem Gleichgewicht.

Elliot zögert, bevor er nachhakt: »Mit dem was, Mace?«

Verdammt noch mal. »… mit dem es sich nicht anfühlte, als würde ich dich betrüg…«

Elliot reagiert auf mein unausgesprochenes Satzende mit einem leisen: »Oh. Ja.«

Ich blicke ihm direkt in die Augen.

»Für mich gab's so was nicht«, sagt er kaum hörbar.

Also, jetzt sind wir tatsächlich mitten im Minenfeld gelandet. Ich starre blinzelnd auf den Tisch und quetsche mit zugeschnürter Kehle hervor: »Deshalb habe ich auch ›ja‹ gesagt, als er mir den Antrag machte. Ich hab mir immer gesagt, dass ich den ersten Mann, bei dem es sich nicht falsch anfühlte, … also, dass ich ihn heiraten würde.«

»Kommt mir wie ein ziemlich … prägnantes Kriterium vor.«

»Es fühlte sich richtig an.«

»Aber, ehrlich gesagt«, fährt Elliot fort und zieht seinen Finger durch einen Wassertropfen, der es bis auf die Tischplatte geschafft hat, »nach diesem Kriterium wäre doch eigentlich ich derjenige, den du heiraten müsstest.«

Der Kellner ist meine Rettung, er kommt genau in diesem Moment zum Tisch und bewahrt mich vor einem peinlichen Ausweichmanöver.

Ich schaue kurz in die Speisekarte und sage: »Ich nehme die Tacos dorados und den Zitrussalat.« Mit einem Blick zu Elliot füge ich hinzu: »Den Wein wählt er aus.«

Wie ich wahrscheinlich hätte vorhersagen können, bestellt Elliot Caldo tlalpeño – scharfes Essen mochte er schon immer – und eine Flasche Sauvignon Blanc, bevor er die Karte mit einem leisen Dank an den Kellner zurückgibt.

Dann wendet er sich wieder zu mir und sagt: »Ich wusste genau, was du bestellen würdest. Zitrussalat? Ist doch für dich ein wahr gewordener Traum.«

Und wieder verwirrt es mich, wie leicht mit ihm alles ist, wie schnell wir im Einklang miteinander sind. Eigentlich ist es viel zu einfach, und das fühlt sich in fast surrealer Weise wie Betrug an eben dem Mann an, der nur ein paar Meilen entfernt einen Fernseher in unserem gemeinsamen Zuhause installiert. Ich richte mich auf und versuche, etwas auf Distanz zu gehen.

»Und schon zieht sie sich in ihr Schneckenhaus zurück«, bemerkt Elliot und sieht mich forschend an.

»Tut mir leid.« Er kann auch die kleinste meiner Bewegungen deuten. Verübeln kann ich ihm das nicht: Mir geht es mit ihm genauso. »Das fühlte sich gerade ein bisschen zu nah an.«

»Wegen deines Verlobten«, erwidert er. »Wann soll denn die Hochzeit sein?«

»Da ich ohne Unterlass wie eine Wahnsinnige schuften muss, haben wir noch keinen Termin.« Das entspricht nur teilweise der Wahrheit.

Elliots Haltung verrät mir, dass ihm diese Antwort gefällt – wie unaufrichtig sie auch sein mag –, was ein hohles Gefühl in meinem Magen hervorruft.

»Aber wir hatten an den nächsten Herbst gedacht«, füge ich rasch hinzu und entferne mich damit noch weiter von der Wahrheit. Sean und ich haben nicht einmal über einen Termin gesprochen. Elliot zieht leicht die Augen zusammen. »Wenn es nach mir ginge, würden wir allerdings einfach, so wie wir sind, irgendwo heiraten gehen. Ich habe anscheinend nicht das geringste Interesse daran, eine Hochzeit zu planen.«

Darauf erwidert Elliot ein paar bedeutungsschwangere Sekunden gar nichts, sondern lässt meine Behauptung nachhallen. Dann äußert er nur: »Aha.«

Ich räuspere mich verlegen. »Aber jetzt erzähl mir mehr davon, was du so getrieben hast.«

Er wird kurz unterbrochen, als der Kellner mit unserem Wein kommt, Elliot das Etikett zeigt, die Flasche öffnet und ihn kosten lässt. Es gibt immer wieder Momente, in denen mich Elliots Selbstvertrauen umhaut, und dies ist einer davon. Zwar ist er mitten im Weinanbaugebiet von Kalifornien aufgewachsen, also ist ihm dieses Prozedere gewiss nicht fremd, dennoch habe ich ihn noch nie Wein in einem Restaurant kosten sehen. Wir waren zu jung dafür.

»Sehr gut«, sagt er zum Kellner, dessen Anwesenheit er offensichtlich sofort aus seinen Gedanken verbannt, obwohl er uns noch einschenkt. Elliot wendet sich gleich wieder mir zu. »Wo soll ich anfangen?«

»Wie wär's mit heute?«

Elliot lehnt sich auf seinem Stuhl zurück und denkt kurz nach, bevor er beginnt. Und dann strömt alles aus ihm heraus, so detailreich und anschaulich, wie er immer die Dinge schon damals geschildert hat. Er erzählt, dass seine Eltern immer noch in Healdsburg leben (»Wir konnten Dad nicht dazu bringen, in den Ruhestand zu gehen«); dass Nick Jr. inzwischen der Bezirksstaatsanwalt von Sonoma County ist (»Er zieht sich an wie in einem schlechten Krimi – und das ist jetzt wirklich unter uns –, aber niemand auf dieser Welt sollte Haifischleder tragen«); dass Alex zur Highschool geht und sich für Tanz begeistert (»Mir ist es nicht mal peinlich, dass ich so stolz auf sie bin. Denn sie ist *wirklich* gut«); dass George, wie ich schon weiß, mit Liz verheiratet ist und in San Francisco wohnt (»Er arbeitet in irgendeinem Büro. Aber frag mich nicht, wie sich das nennt, was er tut«); und dass Andreas in Santa Rosa lebt, Mathe unterrichtet und in diesem Jahr noch heiraten wird (»Von uns allen schien er am wenigsten geeignet, mit Kindern zu tun zu haben, und nun ist er der Beste darin«).

Die ganze Zeit, während er redet, will mir nicht aus dem Kopf, dass er nur an der Oberfläche kratzt. Darunter liegt unendlich viel. Unmengen winziger Details und Begebenheiten, die ich verpasst habe.

Das Essen kommt, und es ist gut, aber ich stopfe es achtlos in mich hinein, weil ich so davon gebannt bin, mehr von ihm zu erfahren, und ihm geht es genauso. Wir reden nicht darüber, wie es war, sich in jemand anderen zu verlieben und was das jetzt für uns bedeutet. Und ganz gleich, dass es in jedem Atemzug und jedem Wort von uns mitschwingt: Wir reden nicht darüber, was geschah, als ich ihn vor elf Jahren das letzte Mal sah.

DAMALS

Montag, 28. Juli

vor vierzehn Jahren

Den ersten Sommer, in dem wir das Wochenendhaus hatten, verbrachten wir fast ausschließlich dort und fuhren Ende Juli nur ein einziges Mal nach Hause, weil Dads Bruder Kennet zu Besuch kam.

Mein Onkel Kennet hatte zwei Töchter und eine Frau namens Britt, deren herzlichste Zuneigungsbekundung darin bestand, mir die Hand auf die Schulter zu legen. Auch als ich eines Tages gelinde entsetzt zu ihr kam und ihr flüsternd gestand, dass ich glaubte, meine Tage zu bekommen, reagierte sie mit der Empathie eines Eisschranks: Sie kaufte mir eine Packung Binden und eine Packung Tampons und überließ es ihrer jüngeren Tochter Karin, mir die peinlichen Einzelheiten der Handhabung zu erklären.

Die Reaktion meines Vaters war zwar besser, aber auch keine besonders große Hilfe. Als wir am Wochenende wieder ins Häuschen zurückkehrten, nahm er sich Moms Liste vor. Unter Punkt dreiundzwanzig hatte sie geschrieben:

Wenn Macy zum ersten Mal ihre Periode bekommt, achte darauf, dass sie genau versteht, was mit ihrem Körper vor sich geht. Ich weiß, es ist peinlich, meu amor, aber sie darf nicht daran zweifeln, dass ihr Körper wunderbar und perfekt ist, und sie soll mit sich im Reinen sein. Wenn ich noch bei Euch wäre, würde ich ihr erzählen, was ich im Umschlag mit der 23 aufgeschrieben habe.

Dad öffnete ihn und wurde rot. »Als sie –« Er hustete und setzte neu an: »Wenn deine Mutter ihre … äh …«

Daraufhin entriss ich ihm den Brief und rannte hinauf in den Schutz meines Bücherzimmers.

Früher hatte ich schlimme Krämpfe stand dort, und allein vom Anblick ihrer Schrift bekam ich ein Ziehen in der Brust.

Sie überfielen mich in den unpassendsten Momenten. Wenn ich mit meinen Freundinnen shoppen ging oder bei einer Geburtstagsparty war. Irgendwann entdeckte ich ein krampflösendes Schmerzmittel, das ein bisschen half, aber am besten half mir eigentlich immer, mir vorzustellen, wie sich der Schmerz aus meinem Bauch verzog.

Ich stellte es mir immer wieder vor, bis die Krämpfe tatsächlich nachließen.

Ich weiß nicht, ob das bei Dir auch klappt oder ob Du so etwas überhaupt brauchen wirst, aber wenn es so ist, dann stell Dir vor, wie ich Dir davon erzähle. Du wirst in Versuchung geraten, diese Tage zu hassen, in denen Dein Körper verrückt zu spielen scheint, aber denk immer daran, er zeigt Dir damit, dass Du in der Lage bist, Kinder zu bekommen. Und das ist ein Wunder.

Vor allem aber, meu docinha, stell Dir vor, wie stolz ich heute auf Dich wäre. Du wirst erwachsen. Der Beginn meiner Periode war der erste Schritt zu Dir, meiner Tochter. Auf dem Weg, mit Dir schwanger zu werden, als ich schließlich dazu bereit war.

Sorge gut für Deinen Körper. Kümmere Dich um ihn. Lass ihn von niemandem schlecht behandeln, und behandele auch Du selbst ihn nicht schlecht. An jedem Zentimeter Deiner Haut habe ich fleißig gearbeitet, mich Monate für dich abgemüht. Du bist mein Meisterwerk.

Ich wäre in diesem Moment sehr gern bei Dir. Ich liebe Dich.

Mãe

Verwirrt schaute ich auf. Während ich las, war Elliot irgendwann im Türrahmen aufgetaucht, aber erst als ich ihm mein Gesicht zuwandte, sah er, wie aufgelöst ich war. Sein Lächeln verblasste, und er machte erst einen, dann einen zweiten Schritt auf mich zu und kniete sich vor dem Futon hin, auf dem ich saß.

Forschend blickte er mich an. »Was ist los?«

»Nichts«, antwortete ich und faltete den Brief zusammen. Er warf einen kurzen Blick darauf, bevor er mich wieder anschaute.

Knapp fünfzehn und scharfsichtiger, als man es manchmal brauchte.

Mehr und mehr störte es mich, dass wir so wenig von unserem Alltagsleben wussten. Wann immer wir uns hier trafen, brachten wir uns auf den neuesten Stand darüber, mit wem wir Zeit verbrachten und was wir in der Schule lernten. Wir redeten darüber, wen wir voll daneben und wen wir toll fanden. Und natürlich sprachen wir immer über unsere Lieblingswörter, die ständig wechselten, weil es immer neue Wörter gab, die wir entdeckten und die für etwas Spannendes, Schönes oder Bedeutsames standen, was in unserem Leben gerade eine Rolle spielte. Er wusste die Namen meiner engsten Freunde – Nikki und Danny –, hatte sie jedoch noch nie gesehen. Und genauso wenig wusste ich über Elliots Freunde an der Schule, die ich auf dem Foto in seinem Zimmer gesehen hatte. Ich wusste, dass Brandon eher still und ruhig war und Christian ein Unruhestifter. In meinem Bücherzimmer lasen wir, redeten miteinander und hatten uns auf diese Weise immer besser kennengelernt. Aber wie sollte ich ihm erzählen, was in eben diesem Moment mit mir los war?

Es ging nicht nur darum, dass ich meine Periode viel später als all meine Freundinnen bekommen hatte, dass es Dad oft schwerfiel, mir nahe zu sein, dass meine Mutter tot war oder sonst irgendetwas. Vielleicht war es einfach alles zusammen. Ich liebte meinen Vater über alles, aber für solche Probleme, wie ich sie jetzt gerade hatte, war er einfach nicht geschaffen. Ich war mir absolut sicher, dass er unten unruhig hin und her tigerte und die Ohren spitzte, um herauszufinden, ob es richtig von ihm gewesen war, Elliot zu mir hochzulassen.

»Es geht mir gut«, sagte ich und hoffte, dass es laut genug war, um bis zu meinem Vater vorzudringen. Auf gar keinen Fall sollte er auch noch hier auftauchen und sich Sorgen um mich machen.

Elliot runzelte die Stirn und nahm mein Gesicht in seine Hände, eine Geste, die mich geradezu schockierte. Durchdringend sah er mir in die Augen. »Bitte, sag mir, was los ist. Hat es was mit deinem Dad zu tun? Oder mit der Schule?«

»Ich will wirklich nicht darüber reden, Ell.« Ich zog mich von ihm zurück und fuhr mir übers Gesicht. Meine Finger wurden nass, was Elliots Aufregung erklärte. Mir war nicht bewusst gewesen, dass ich geweint hatte, als er hereinkam.

»Hier drinnen erzählen wir uns alles, schon vergessen?« Widerstrebend zog er sich ein Stück zurück. »So war's abgemacht.«

»Ich glaube nicht, dass du es wirklich wissen willst.«

Ausdruckslos starrte er mich an. »Doch, das will ich.«

Herausgefordert, ihm das Gegenteil zu beweisen, sah ich ihm direkt in die Augen und sagte: »Ich habe heute zum ersten Mal meine Periode bekommen.«

Daraufhin blinzelte er ein paarmal, bevor er sich aufrichtete. Ihm stieg die Röte ins Gesicht. »Ist das ein Schock für dich?«

»Nein, kein Schock.« Nachdenklich biss ich mir auf die Unterlippe. »Eher eine Erleichterung. Aber ich habe einen Brief von meiner Mutter gelesen, und vielleicht bin ich ein bisschen traurig?«

Er lächelte. »Das klingt eher wie eine Frage.«

»Das muss daran liegen, dass man ständig Geschichten über

die Periode hört.« Vielleicht war es doch gar nicht so übel, mit Elliot darüber zu reden. »Als Mädchen fragt man sich immer, wann es wohl passiert, wie es sein wird, ob man sich danach anders fühlt. Und wenn alle Freundinnen sie dann vor einem bekommen, fragt man sich, ob mit einem was nicht stimmt. Es ist ein bisschen, als tickte in einem eine Zeitbombe, eine Biobombe oder so.«

Er biss sich auf die Lippen, um nicht vor Verlegenheit zu lachen. »Bis jetzt hat sie also getickt?«

»Ja, genau.«

»Und? Fühlst du dich jetzt anders?«

Ich schüttelte den Kopf. »Eigentlich nicht. Jedenfalls nicht so, wie ich dachte. Es fühlt sich so an, als würde etwas versuchen, sich aus meinem Unterleib herauszunagen. Und ich glaube, ich bin etwas empfindlich.«

Elliot hob meine Decke an, setzte sich neben mich und schlang mir seinen Arm um die Schultern. »Da kann ich dir nicht helfen. Aber ich nehme an, ich sollte mich für dich freuen.«

»Du gehst ziemlich vernünftig damit um. Sehr untypisch für einen Jungen. Ich hatte weniger Mitleid und mehr Peinlichkeit erwartet.« Von der Wärme seines Körpers und seiner Nähe wurde mir fast schwindelig.

Er lachte leise in mein Haar. »Ich bekomme bald eine Schwester, und meine Mutter besteht darauf, dass es meine Aufgabe sein wird, ihr alles Wichtige zu erklären. Also musst *du* jetzt *mir* alles erklären, damit ich dieser Großer-Bruder-Rolle auch wirklich gerecht werden kann.«

Ich schmiegte mich an ihn und schloss die Augen, weil mir schon wieder die Tränen kamen.

»Kann ich irgendwas für dich tun?«, fragte er leise.

Mir wurde es schwer ums Herz. »Nur, wenn du mir meine Mom wiedergeben kannst.«

Stille breitete sich zwischen uns aus, und ich hörte ihn mehrmals tief durchatmen, bevor er mit einem schlichten »Ich wünschte, das könnte ich« antwortete.

Ich nickte in seiner Armbeuge, roch den Geruch seines Deos, den Hauch von Jungenschweiß, den Duft seines Baumwoll-T-Shirts, das im Sprint durch den Sommerregen nass geworden war. Seltsamerweise fühlte ich mich schon viel besser, bloß weil er das gesagt hatte.

»Willst du darüber reden?«, flüsterte er.

»Nein.«

Er strich mir mit der Hand sanft über den Arm. Und ich wusste mit absoluter Gewissheit, dass es nirgendwo einen zweiten Jungen wie Elliot gab. »Es tut mir leid, dass es dir nicht gutgeht.«

»Mir auch.«

»Soll ich dir eine Wärmflasche holen? Das mach ich für meine Mutter auch immer.«

Ich schüttelte den Kopf. Ich wollte, dass meine Mom hier war und mir ihren Brief selbst vorlas.

Er räusperte sich und fragte leise: »Weil du dann das Gefühl hättest, ich wäre dein fester Freund?«

Ich schluckte. Mit einem Schlag hatte sich die Stimmung verändert. Der Begriff *fester Freund* wollte nicht recht zu dem passen, was Elliot für mich war. Irgendwie war er mein Freund für alles. »Vielleicht?«

Er richtete sich auf, und trotz seiner schlaksigen Gliedmaßen erkannte ich auf einmal, dass er sich veränderte, mehr … Mann als Junge wurde. Mit seinen fünfzehn Jahren hatte er schon einen ziemlich ausgeprägten Adamsapfel und einen leichten Flaum um den Mund. Seine Hose war ihm zu kurz und seine Stimme deutlich tiefer geworden. »Aber ich schätze, dafür sind wir noch zu jung.«

Ich nickte und versuchte zu schlucken, aber mein Mund war zu trocken. »Stimmt wohl.«

HEUTE

Freitag, 6. Oktober

Das Licht des frühen Morgens dringt durch die durchscheinenden Vorhänge und färbt alles blassblau. Draußen auf der Elsie Street rumpelt ein Müllwagen über den Asphalt. Das Quietschen von Metall auf Metall, das Krachen der Tonnen gegen den Wagen und das Poltern des Mülls, der in die Presse fällt, dringt von unten herauf. Obwohl die Welt da draußen ihren ganz normalen Lauf nimmt, weiß ich nicht, ob ich bereit bin für den Tag.

Mir geht immer noch unser Gespräch vom Vorabend im Kopf herum. Am liebsten würde ich die Erinnerung festhalten, um noch eine Weile die Freude auszukosten, meinen besten Freund wiedergefunden zu haben, bevor sich all die Schwierigkeiten, die damit einhergehen, in mein Bewusstsein drängen.

Da dreht Sean sich zu mir, zieht mich an sich und schmiegt sein Gesicht in meine Halsbeuge.

»Morgen«, brummt er und schickt seine Hände und seinen Mund auf Wanderschaft. Er schiebt mir die Pyjamashorty herunter und rollt sich auf mich. »Hast du tatsächlich eine ganze Nacht schlafen können?«

»In der Tat, Wunder über Wunder.« Ich fahre ihm mit beiden Händen durch die Haare und greife in den graumelierten Schopf. Verlangen überkommt mich.

Als er meinen Mund erreicht, küsse ich ihn. Doch dann kommen mir Bedenken, und ich ziehe mich von ihm zurück. »Moment.«

»Oh. Hast du deine Tage?«, fragt er mit hochgezogenen Augenbrauen.

»Was?«, frage ich zurück und schüttle den Kopf. »Nein, ich wollte dir nur erst von gestern Abend erzählen.«

»Von gestern Abend?«, wiederholt er verwirrt.

»Von meinem Essen mit Elliot.«

Jetzt zieht Sean seine Augenbrauen zusammen. »Kann das nicht warten?« Vielsagend presst er sich an mich.

»Oh.« Wahrscheinlich schon. Aber vermutlich sollte es das nicht.

Nach unserer kurzen Umarmung zur Begrüßung haben Elliot und ich uns nicht mehr berührt. Also ist auch nichts passiert. Dennoch kommt es mir so vor, als würde ich lügen, wenn ich Sean nicht erzähle, wer Elliot ist. Vielmehr: wer er war.

»Es ist nichts Schlimmes«, sage ich. Trotzdem geht Sean auf Distanz. »Nur … du und ich, wir haben beide eine Vergangenheit, und die konnten wir uns noch nicht vollständig erzählen, weil wir erst so kurz zusammen sind.«

Sean nickt.

»Ich hab dir doch gesagt, ich würde mit einem alten Freund essen gehen, und das stimmt auch.«

»Aha?«

»Aber eigentlich war er mein alter … Er war *alles* für mich.«

Als ich in Seans Augen blicke, muss ich daran denken, dass sie mir als Erstes an ihm aufgefallen sind. Seine Augen sind tiefgründig und voller Gefühl und haben diesen besonderen Glanz – einfach wunderschön: braun mit dichten Wimpern und wie dafür gemacht, zu verführen. Nun aber wirken sie nicht verheißungsvoll, sondern eher wachsam.

Achselzuckend füge ich hinzu: »Und er war in allem mein Erster.«

»Dein erster …«

»Mein erster echter Freund, meine erste große Liebe, mein erster …«

»Sex«, spricht er es für mich aus.

»Es ist kompliziert.«

»Inwiefern?«, hakt er sanft nach. »Exfreunde hat doch jeder. Hat er … dir weh getan?«

Sofort schüttle ich den Kopf. »Weißt du, nach dem Tod meiner Mutter hatte ich nur noch Dad, und der war komplett damit überfordert, mir ebenso viel Liebe und Wärme zu schenken, wie meine Mutter es getan hatte. Und dann traf ich Elliot, und es war, als ob …« Angestrengt suche ich nach den richtigen Worten. »Endlich hatte ich jemanden in meinem Alter gefunden, der mich wirklich verstand und mich als das sah, was ich war. Er war genauso meine beste Freundin wie mein erster Freund.«

Seans Miene wird sanfter. »Das freut mich für dich, dass du so jemanden hattest.«

»Aber eines Abends hatten wir einen Streit, und …« Erst jetzt wird mir klar, dass ich diese Geschichte nicht zu Ende erzählen kann. Ich weiß nicht, ob ich das verkraften würde.

»Ich brauchte Zeit zum Nachdenken, und daraus wurden elf Jahre.«

»Oh.« Seans Augen werden größer.

»Vor ein paar Tagen sind wir uns dann zufällig begegnet.«

»Verstehe. Und gestern habt ihr das erste Mal wieder richtig miteinander geredet?«

Ich schlucke mühsam. »Genau.«

»Also habt ihr einiges aufzuarbeiten«, sagt er mit einem vorsichtigen Lächeln.

Ich nicke und wiederhole: »Genau.«

»Und du konntest die ganze Zeit nicht mit dieser Beziehung abschließen?«

»Ja«, gestehe ich, weil ich ihn nicht anlügen will.

Außer dem Tod meiner Eltern hat mich nichts in meinem Leben so getroffen wie die Sache mit Elliot.

»Liebst du ihn immer noch?«

Blinzelnd wende ich den Blick ab. »Das weiß ich nicht.«

Sean legt mir den Finger unters Kinn und dreht mein Gesicht wieder zu sich. »Ich habe kein Problem damit, wenn du noch Gefühle für ihn hast, Macy. Selbst wenn du glaubst, dass du ihn immer lieben wirst. Liebe verschwindet nicht einfach. Wir müssen nur ernsthaft darüber reden, wenn du anfängst dich zu fragen, was du eigentlich hier mit mir tust.«

»Nein, das tue ich nicht. Es hat mich nur so aufgewühlt, ihn wiederzusehen.«

»Das verstehe ich«, sagt er leise. »In so einer Situation kommt alles wieder hoch. Wenn ich Ashley wiedersähe, hätte ich bestimmt auch mit all dem zu kämpfen. Mit Wut und Schmerz und, ja – auch mit der Liebe, die ich noch für sie empfinde. Ich habe mich nie von ihr entliebt, sondern musste einfach alles hinter mir lassen, als sie verschwand.«

Besser könnte ich es nicht ausdrücken. *Ich habe mich nie entliebt, sondern musste einfach alles hinter mir lassen.*

Sean gibt mir einen Kuss. »Wir beide sind nicht mehr achtzehn, also haben wir schon ein paar Kerben in unserer Rüstung. Ich erwarte nicht, dass in deinem Herzen nur für mich Platz ist.«

Ich bin ihm so dankbar, dass ich heulen könnte.

»Also, arbeite an eurer Freundschaft. Tu, was du tun musst«, sagt er, als er sich wieder auf mich legt und seinen Körper an mich presst, hart und bereit. »Aber jetzt – komm zurück zu mir.«

Ich schlinge meine Arme um ihn und schmiege mein Gesicht in seine Halsbeuge, doch als er sich erst auf mir und dann in mir bewegt, habe ich einen Moment der Klarsicht. Es ist gut – der Sex mit ihm war immer gut –, dennoch fühlt es sich nicht richtig an.

In meinem Kopf schrillen keine Alarmglocken, aber ich bekomme auch keine Gänsehaut vor Lust. Mir zieht sich nicht vor Liebe die Brust zusammen, so dass ich kaum noch Luft bekomme. Nichts drängt mich, und es wird mir auch nicht zu heiß in meiner eigenen Haut, weil ich ihn so begehre. Und mit einem gepressten Aufstöhnen, das Sean als Lust deutet, dämmert mir, dass Elliot recht haben könnte und ich unrecht und er sich – wie immer – um unser beider Herzen kümmert, während ich noch ganz damit beschäftigt bin, irgendwie klarzukriegen, was ich eigentlich fühle.

Ich merke, dass sich meine Gedanken wieder und wieder um

ein und dieselbe Sache drehen: wie Elliot nach unserem ersten Wiedersehen nach Hause ging und sich von Rachel trennte.

Er musste mich nur ein einziges Mal sehen, um Gewissheit zu haben, während ich noch immer nicht wage, meinen Gefühlen zu trauen.

DAMALS

Mittwoch, 26. November
vor vierzehn Jahren

Mein Vater schob den Einkaufswagen den Gang hinunter und blieb vor einer Kühltruhe stehen, die voller riesiger Truthähne war.

Wir beide starrten darauf. Obwohl Dad und ich seit dem Tod meiner Mutter vielen Traditionen treu geblieben waren, hatten wir noch nie Thanksgiving ohne sie gefeiert. Wir hatten es einfach ausfallen lassen, denn eigentlich hatten wir es auch mit ihr nie gefeiert. Da sowohl mein Vater als auch meine Mutter eingewandert waren, war Thanksgiving nie ein wichtiger Anlass zum Feiern für uns gewesen. Aber jetzt hatten wir das Wochenendhaus und fast eine ganze Woche Ferien vor uns, in der wir nicht viel anderes zu tun hatten, als Holz zu hacken (worin selbst ich mittlerweile ziemlich geschickt war) und vor dem brennenden Kamin zu sitzen und zu lesen. So unlogisch es auch sein mochte, fühlte es sich doch wie Verschwendung an, nicht einmal den Versuch eines Festtagsmahls zu unternehmen.

Allerdings erschien uns eine so gewaltige Mahlzeit nur für uns zwei auch wieder eine ziemliche Verschwendung.

»Selbst der hier wiegt mehr als sechs Kilo«, bemerkte Dad,

»mindestens.« Mit leichtem Widerwillen hievte er einen der kleineren Truthähne aus der Truhe und begutachtete ihn.

»Könnten wir nicht einfach nur die …« Ich wies mit der Hand zur Fleischtheke, wo einzelne Teile dargeboten wurden.

Mein Vater starrte mich verständnislos an. »Was denn?«

»Du weißt schon, könnten wir nicht diese kleineren Stücke da nehmen?«

Er brach in Gelächter aus. »Du meinst, die *Brüste*?«

Ich stöhnte auf, ging an ihm vorbei und suchte nach einer für uns angemessenen Portion Truthahnfleisch, die man nicht den ganzen Tag im Ofen braten müsste.

Mein Vater folgte mir und sagte: »Zumindest die Größe passt schon eher.« Er neigte sich vor, verbiss sich ein Lachen und fügte hinzu: »Brüste in vernünftiger Größe.«

Peinlich berührt schob ich ihn beiseite und ging zur Gemüseabteilung, um Kartoffeln zu holen. Dort stand, mit der kleinen Alex im Tragetuch, Elliots Mutter.

Sie hatte einen halben Wagen voller Lebensmittel vor sich, hielt sich das Handy ans Ohr und plauderte angeregt mit jemandem, während das Baby an ihrer Brust schlief und sie Zwiebeln aussuchte, als hätte sie alle Zeit der Welt. Vor drei Monaten war sie zum fünften Mal Mutter geworden, und doch stand sie hier in aller Seelenruhe und bereitete ein riesiges Festmahl für ihre fünf hungrigen Männer vor.

Ich starrte sie an und verspürte eine Mischung aus Bewunderung und Minderwertigkeitsgefühlen. Bei Dina wirkte alles immer so einfach; Dad und ich hingegen wussten kaum, wie man ein richtiges Essen für zwei zustande brachte.

Sie stutzte leicht, als sie mich erkannte, und vielleicht zum ersten Mal in meinem Leben sah ich mich durch die Augen eines anderen: Trainingshose vom Schwimmverein, ausgeleiertes Yale-Sweatshirt, das mein Vater vor Jahren Mom geschenkt hatte, Flip-Flops. Und ich stand da und blickte auf das riesige Gemüseangebot, mutterlos und eindeutig überfordert.

Dina beendete ihr Telefonat und schob ihren Wagen zu mir.

Sie lächelte mich an. »Dein Vater und du, plant ihr morgen etwas zu kochen?«

Ich reagierte mit einem bemüht humorvollen, zuversichtlichen Grinsen. »Wir wollen es jedenfalls versuchen.«

Sie legte den Kopf leicht nach hinten, schaute an mir vorbei und setzte eine besorgte Miene auf. »Macy?«, sagte sie in verschwörerischem Ton. »Ich habe viel mehr Essen für morgen, als wir jemals werden zu uns nehmen können, und wegen der kleinen Alex hier würde es mir sehr helfen, wenn du und dein Vater zu uns kämt. Du könntest mir beim Kartoffelschälen helfen und die Brötchen backen. Du wärst meine Rettung.«

Nie im Leben hätte ich da nein gesagt.

Schon den ganzen Tag roch es nach Pie, der im Ofen knusprig wurde, nach geschmolzener Butter und natürlich nach Truthahn – selbst in unserem Haus. Der Wind trug die Düfte durchs Fenster, und mir knurrte der Magen.

Dina hatte uns gebeten, um drei Uhr zu kommen, und ich konnte mich nicht einmal mit Elliots Gesellschaft ablenken, da er zur Arbeit verdonnert worden war.

Ich hörte, wie drüben der Rasenmäher in Gang gesetzt

wurde, dann der Staubsauger. Begleitet von der Geräuschkulisse einer Footballübertragung, die von ihrem Wohnzimmer zu uns drang. Als wir uns zwei Minuten vor drei mit Wein und Blumen auf den Weg machten, war ich fast verrückt vor lauter Vorfreude.

Da mein Vater mit seinem Geschäft gut verdiente, hatte unser Haus in Berkeley alle Annehmlichkeiten, die man sich wünschen konnte. Aber was immer fehlen würde, waren das Chaos und der Lärm einer großen Familie. Bei uns gab es weder Krach und ewige Kabbelei noch einen überreichlich gedeckten Tisch, weil jeder unbedingt seine Lieblingsspeise haben musste.

Kaum waren wir durch ihre Tür getreten, zog uns der Trubel sofort in seinen Bann. George und Andreas brüllten auf den Fernseher ein. Auf einem Sessel in der Ecke blies der Vater Nick knatternd auf das Bäuchlein der kleinen Alex. Nick Jr. wischte im Esszimmer den Tisch ab, während Dina geschmolzene Butter auf die Brötchen goss und sie in den Ofen schob. Und Elliot stand an der Spüle und schälte Kartoffeln.

Ich lief zu ihm und wollte ihm das Schälmesser aus der Hand nehmen. »Ich hab deiner Mutter doch gesagt, dass ich das mache!«

Überrascht blinzelte er mich an und schob sich mit dem Finger, an dem noch Kartoffelschalen klebten, die Brille hoch. Zwar wusste ich, dass ihre Bitte um Hilfe nur eine Ausrede gewesen war – schließlich hatte es schon den ganzen Tag nach Essen gerochen –, dennoch wollte ich ihr unbedingt nachkommen. Mit meinen vierzehn Jahren war ich alt genug, um zu wissen, dass viele der alteingesessenen Bewohner von Healdsburg es sich nicht mehr hätten leisten können, an Orten der näheren Umgebung wie in Berkeley zu leben. Obwohl selbst Healdsburg mittlerweile vom Geld der Bay Area und vom Boom des kalifornischen Weins in den Neunzigern überschwemmt worden war, gab es hier noch etliche Familien, die mit durchschnittlichen Einkommen zurechtkommen mussten und in alten, leicht feuchten Häusern lebten.

Der Reichtum dieser Menschen war ein anderer: Es waren der Wert der Familie, die Wärme im Umgang miteinander und das über Generationen weitergegebene Wissen, wie man eine Mahlzeit für so viele Menschen kochte.

Ich sah, wie Dina ihrem Sohn eine andere Aufgabe übertrug – den Salat zu waschen und zu putzen –, was er tat, ohne sich zu beklagen oder erst um Erklärungen bitten zu müssen.

In der Zwischenzeit schnitt ich die Schalen von den Kartoffeln, bis Dina eingriff und mir zeigte, wie man sie langsam in langen, glatten Streifen abzog.

»Schönes Kleid«, bemerkte Elliot mit unüberhörbar sarkastischem Unterton, als sie gegangen war.

Ich blickte auf mein altmodisches Trägerkleid aus Jeansstoff. »Danke. Das hat meiner Mom gehört.«

Er riss die Augen auf. »O mein Gott. Tut mir leid, Macy –«

Ich bewarf ihn mit einer Kartoffelschale. »War nur ein Witz. Mein Vater hat es mir gekauft, und ich hatte das Gefühl, ich müsste es irgendwann einmal anziehen.«

Er erholte sich von seinem Schock und grinste.

»Böses Mädchen«, zischte er.

»Wer den Stier reizt«, sagte ich und zeigte mit Zeigefinger und kleinem Finger auf ihn, »bekommt seine Hörner zu spüren.«

Ich spürte, wie er mich ansah, und hoffte nur, dass er mein Lächeln bemerkte.

Und dann musste ich daran denken, wie groß meine Mom immer darin gewesen war, andere Leute auf den Arm zu nehmen.

Mein Vater saß bei Nick und den Jungen und täuschte Interesse an Football vor, bis Dina alle zum Essen rief.

Als wir am Tisch saßen, folgte ein ritualisierter Ablauf, dem Dad und ich uns aufmerksam anschlossen: Alle reichten ihren Nachbarn die Hände. Dann sprach Elliots Vater das Tischgebet, und jeder bedankte sich für etwas, das er im vergangenen Jahr erlebt oder bekommen hatte.

George war dankbar, es in die erste Schulmannschaft geschafft zu haben.

Dina war dankbar, eine gesunde Tochter zur Welt gebracht zu haben (die friedlich in einer Wippe neben dem Tisch schlief).

Nick Jr. war dankbar dafür, dass er seine ersten Prüfungen auf dem College hinter sich gebracht hatte, denn ehrlich, dieser ganze Zirkus sei doch eine Riesenscheiße.

Mein Vater war dankbar für ein gutes Jahr in der Firma und eine wunderbare Tochter.

Andreas war dankbar, seine Freundin Amie getroffen zu haben.

Nick war dankbar für all seine Jungen und seine beiden Mädchen. Er zwinkerte seiner Frau zu.

Elliot war dankbar für die Familie Sorensen, vor allem für

Macy, die er unter der Woche, wenn sie in Berkeley war, immer vermisste.

Ich saß da und überlegte angestrengt, was ich sagen könnte, das genauso gut war wie seins.

Mit auf den Tisch gesenktem Blick begann ich unsicher: »Ich bin dankbar, dass die Highschool bis jetzt nicht so schrecklich ist, wie ich es befürchtet habe. Ich bin dankbar, in Mathe nicht Mr. Syne gekriegt zu haben.« Dann sah ich zu Elliot. »Aber vor allem bin ich dankbar, dass wir dieses Haus gekauft haben und ich einen Freund gefunden habe, der es versteht, wenn ich wegen meiner Mom traurig bin und keinen Bock habe zu reden, und der mir ziemlich viel zweimal erklären muss, da er so viel klüger ist als ich. Ich bin dankbar, dass seine Familie so nett ist, dass seine Mutter so gut kochen kann und mein Vater und ich nicht einmal den Versuch unternehmen mussten, uns selbst einen Truthahn zuzubereiten.«

Darauf senkte sich Stille über den Tisch. Ich hörte, wie Dina ein paarmal schluckte, bevor sie munter rief: »Wunderbar! Dann lasst uns essen!«

Und im Nu löste sich die Feierlichkeit in Hektik und Chaos auf, denn vier halbwüchsige Jungen stürzten sich auf das Essen. Brötchen wurden herumgereicht, Truthahn und Bratensoße auf meinen Teller geklatscht. Und ich genoss jeden einzelnen Bissen.

Das Essen schmeckte nicht so gut wie das, was meine Mutter uns zu Festtagen immer gekocht hatte, und wieder einmal fehlte sie mir schmerzlich bei etwas, das ihr so sehr gefallen hätte – ein Tisch voll lärmender, lachender Menschen –, dennoch war es das beste Thanksgiving, das ich je erlebt hatte.

Als wir wieder zu Hause waren, ging Dad mit mir ins Bad und kämmte mir die Haare, wie er es früher immer getan hatte, während ich mir die Zähne putzte.

»Tut mir leid, dass ich heute so still war«, sagte er irgendwann stockend.

Ich blickte ihn über den Spiegel an. »Ich mag deine Art von Stille. Und dein Herz spricht immer zu mir.«

Darauf neigte er sich zu mir, legte seine Wange an meine und lächelte mich über den Spiegel an. »Du bist ein erstaunliches Mädchen, Macy Lea.«

HEUTE

Freitag, 13. Oktober

Noch wundervoller als eine ganze durchschlafene Nacht ist die Aussicht auf einen ganzen freien Tag am Wochenende. Ein freier Samstag gibt mir das Gefühl, wieder zehn Jahre alt zu sein und mit zwanzig Dollar in der Hand einen Süßigkeitenladen zu betreten. Ich weiß vor lauter Glück gar nicht, wo ich anfangen soll.

Obwohl ich eine Sache ganz genau weiß, nämlich dass ich keine Sekunde dieses kostbaren Tages im Haus verbringen will. Zwar hat die Kinderintensivstation der Mission Bay überall Fenster, aber als Assistenzarzt sieht man nur das Kind vor sich oder den Oberarzt, der einem sagt, wohin man als Nächstes eilen muss.

Am Freitagnachmittag erinnere ich Sean in einer kurzen Pause nach der Visite per SMS an unser geplantes Picknick im Golden Gate Park. Ich rufe Sabrina an, um mich zu vergewissern, dass sie, Dave und Viv auch wirklich kommen. Dann lade ich Nikki und Danny ein, meine alten Freunde aus Berkeley, die immer noch in der Gegend wohnen. Als ich mich danach wieder an die Arbeit mache, rauscht mir das Blut in den Ohren und meine Gedanken sind wie elektrisiert. Das kann unmöglich den ganzen Tag so bleiben.

Nachdem ich meinen aktuellen Lieblingspatienteneltern das Blutbild ihrer Tochter erklärt habe, renne ich wieder zum Pausenraum, ziehe mich hinter die Schränke zurück, schnappe mir das Handy und simse Elliot.

Mache morgen mit ein paar Freunden im Golden Gate Park ein Picknick. Hast du Lust?

Wann? Wollte nachmittags nach Hburg, hätte aber trotzdem Lust.

Treffen uns um elf vor botanischem Garten. Ich weiß, es ist kurzfristig. Kein Problem, wenn du nicht kannst. Es sind nur ein paar Freunde von mir und Sean etc.

Werde da sein. Freue mich, alle kennenzulernen.

DAMALS

Mittwoch, 31. Dezember
vor vierzehn Jahren

»Jungs sind so was von scheiße.«

Der Wind rüttelte uns durch, als wir wieder einmal am Goat Rock Beach hockten und darauf warteten, einen gemeinsamen Silvesterabend unserer Familien mit Grillen, Flagfootball und Feuerwerk über dem Meer zu verbringen.

»Will ich wissen, warum?«, erkundigte sich Elliot, ohne auch nur von seinem Buch aufzublicken.

»Wahrscheinlich nicht.«

Fairerweise musste ich zugeben, dass ich mich für die Jungs an meiner Schule nicht besonders interessierte, doch es kam mir so vor, als hätte seit Beginn der Highschool vor vier Monaten keiner von ihnen auch nur das geringste Interesse an mir gezeigt. Und das empörte mich nun doch. Danny, mein bester Freund an der Schule, hatte mir zwar erzählt, dass seine Kumpel Gabe und Tyler mich süß fänden, aber – wie er sagte – »irgendwie doch zu sehr Bücherwurm«.

Es gab kein Entrinnen: Alle fingen an, *mit jemandem zu gehen*. Ich hingegen hatte noch nicht einmal einen Jungen geküsst.

Zum Abschlussball der neunten Klasse würde ich wahrscheinlich mit meiner Freundin Nikki gehen müssen.

Elliot warf mir einen Blick zu. »Und warum genau sind Jungs scheiße?«

»Weil sie keine Mädchen wollen, die interessant sind«, beklagte ich mich. »Sondern immer nur die Mädchen mit großen Brüsten und schicken Klamotten, die nichts als Flirten im Kopf haben.«

Langsam ließ Elliot sein Buch ins Strandgras sinken. »Ich will das nicht.«

Ohne darauf einzugehen, klagte ich weiter: »Mädchen hingegen wollen Jungs, die interessant sind. Sie wollen die schüchternen Typen, die alles wissen, schlaksig sind, gute Zähne haben und nette Sachen sagen.« Dann biss ich mir auf die Lippen, weil ich fürchtete, schon zu viel preisgegeben zu haben.

Elliot strahlte mich an. Die Klammer war er mittlerweile los, und seine Zähne waren perfekt. »Gefallen dir meine Zähne?«

»Sei nicht albern.« Um das Thema zu wechseln, fragte ich: »Lieblingswort?«

Daraufhin starrte er erst eine Weile aufs Meer, bevor er antwortete: »Anziehungskraft.«

»Warum das denn?«

»Mir gefällt die Idee, dass ein Wort sowohl eine physikalische als auch eine emotionale Wirkung beschreibt. Und deins?«

Da musste ich nicht lange nachdenken: »Kastration.«

Elliot zuckte zusammen, starrte auf die Hände in seinem Schoß, drehte sie um und betrachtete sie ausgiebig. »Alles klar. Falls es dir ein Trost sein sollte«, sagte er, »Andreas findet dich süß.«

»Andreas?« Ich hörte selbst, wie schockiert ich klang. Mit leicht zusammengekniffenen Augen sah ich den Strand hinunter, wo Andreas und George miteinander kämpften, und versuchte, mir auszumalen, wie es wohl wäre, ihn zu küssen. Er sah zwar gut aus, aber für meinen Geschmack waren seine Haare ein bisschen zu zottelig, und außerdem war er nicht der Hellste.

»Das hat er gesagt? Er ist doch mit Amie zusammen.«

Elliot runzelte die Stirn, hob einen Kieselstein auf und schleuderte ihn in die Brandung. »Sie haben sich getrennt. Aber ich hab ihm gesagt, wenn er dich anrührt, haue ich ihn um.«

Ich brach in Gelächter aus.

Elliot war zu vernünftig, um davon gekränkt zu sein. Was Andreas an intellektueller Brillanz fehlte, machte er mit beeindruckenden Muskeln wieder wett, und es war offensichtlich, dass es Elliot schwerlich gelingen würde, seine Drohung umzusetzen.

»Du lachst. Er hatte natürlich nichts Besseres zu tun, als sich auf mich zu stürzen. Und beim Kämpfen haben wir eine Vase meiner Mutter zerbrochen, du weißt schon, die hässliche im Flur.«

»O nein!« Mein Ausruf des Entsetzens klang echt, dabei war ich eigentlich ziemlich geschmeichelt, dass sie sich um mich geprügelt hatten.

»Sie hat uns beiden Hausarrest verpasst.«

Ich biss mir auf die Lippen, um nicht wieder loszulachen. Stattdessen legte ich mich in den Sand, nahm mir erneut mein Buch vor und las wieder und wieder denselben Satz: *Die Macht der Töne schien mit ihr zu reisen, sie in die Höhe zu reißen, so dass sie sich im Glanz der Sterne bewegte und einen Augenblick lang daran glaubte, dass die Wörter Dunkelheit und Licht keine Bedeutung hatten und nur diese eine Melodie wirklich war.*

Es musste geraume Zeit vergangen sein, als ich ein Räuspern hörte und meinen Vater vor mir stehen sah. Er verdeckte die Sonne und warf einen kühlen Schatten auf die Stelle, wo wir lagen.

Erst da wurde mir bewusst, dass ich mich beim Lesen mit dem Kopf auf Elliots Bauch gelegt hatte. Verlegen richtete ich mich auf.

»Was macht ihr denn da?«

»Gar nichts«, antworteten wir wie aus einem Mund.

Ich hörte selbst, wie schuldbewusst wir klangen.

»Sicher nicht?«, hakte Dad nach.

»Sicher nicht«, versicherte ich, aber mein Vater sah mich schon gar nicht mehr an, sondern war mit Elliot in eine Art männliche Auseinandersetzung getreten, die bedrohlichen Blickkontakt, heftiges Räuspern und wahrscheinlich eine geheimnisvolle direkte Kommunikation ihrer Y-Chromosomen umfasste.

»Wir lesen hier nur«, sagte Elliot, und seine Stimme rutschte mitten im Satz eine Oktave tiefer. Ich weiß nicht, ob dieses Anzeichen seiner nahenden Männlichkeit meinen Vater beruhigen oder beunruhigen sollte.

»Ehrlich, Dad«, bekräftigte ich.

Sein Blick wanderte zu mir.

»Na gut.« Endlich schien er sich zu entspannen. Er hockte sich neben mich. »Was liest du denn?«

»›Die Zeitfalte‹.«

»Schon wieder?«

»Weil es so gut ist.«

Da lächelte er und strich mir über die Wange. »Hunger?«

»Und wie.«

Dad nickte, stand auf und ging zu Elliots Vater, der emsig Holz für das Lagerfeuer zusammentrug.

Sobald er weit genug entfernt war, schien Elliot aufzuatmen.

»Ehrlich, Macy, ich glaube, die Hände deines Vaters sind so groß wie mein ganzes Gesicht.«

Ich stellte mir vor, wie Dad mit nur einer Hand Elliots Gesicht packte, und fand dieses Bild so komisch, dass ich loskichern musste.

»Was ist denn daran bitte schön komisch?«, fragte Elliot.

»Die Vorstellung ist so witzig.«

»Nicht für mich. Und wenn ich daran denke, wie er mich gerade angesehen hat, glaube ich fast, dass er eine Schaufel hat, auf der dein Name steht – und mit der er mein Grab ausheben will.«

»Also bitte!« Ich starrte ihn an.

»Glaub mir, Macy. Mit den Beziehungen zwischen Vätern und Töchtern kenne ich mich aus. Ich habe alles darüber gelesen.«

»Wo wir gerade über meinen Dad reden«, sagte ich und legte meinen Kopf wieder auf seinem Bauch ab, »rate mal, was ich letzte Woche entdeckt habe.«

»Was denn?«

»Er hat solche Magazine. Du weißt schon, was ich meine. Und zwar viele.«

Darauf antwortete Elliot zwar nicht, aber ich spürte, wie er unter mir hin und her rutschte.

»In einem Korb in der hintersten Ecke des obersten Regals seines Schranks in unserem Haus. *Hinter der Weihnachtskrippe.*« Das kam mir irgendwie besonders bedeutsam vor.

»Das scheint dich ja ziemlich zu beeindrucken.« Seine Stimme vibrierte durch meinen Hinterkopf und jagte mir einen Schauer über die Arme.

»Findest du nicht, dass das ein ziemlich merkwürdiger Platz ist, um so etwas zu verstecken?«

»Was hattest du überhaupt an seinem Schrank zu suchen?«

»Darum geht es nicht, Elliot.«

»Doch, genau darum geht es, Mace.«

»Wieso?«

Er legte ein Lesezeichen in sein Buch, setzte sich auf, womit er mich zwang, mich ebenfalls aufzurichten und ihn anzusehen.

»Er ist ein Mann. Ein alleinstehender Mann.« Elliot schob sich mit der Fingerspitze die Brille hoch und sah mich streng an. »Sein Schlafzimmer ist die Festung seiner Einsamkeit, sein Schrank ist sein ureigenes Gewölbe. Hast du etwa auch die Schublade seines Nachttischs durchwühlt oder unter seine Matratze geguckt?« Ich riss die Augen auf. »Was hast du eigentlich erwartet, in seinem Schrank in der hintersten Ecke des obersten Regals hinter der Krippe zu finden?«

»Fotoalben? Wichtige Andenken aus seiner Jugend? Winterpullover? Irgendwelchen Elternkram?« Ich hielt inne und sah ihn verschmitzt an. »Meine Weihnachtsgeschenke?«

Kopfschüttelnd wandte er sich wieder seinem Buch zu. »Wenn man anfängt zu schnüffeln, geht das immer übel aus. Immer.«

Ich dachte über seine Worte nach. Dad ging nicht besonders oft aus … eigentlich nie, wenn ich es recht bedachte. Die meiste Zeit verbrachte er bei der Arbeit oder bei mir. Ich hatte bloß noch nie darüber nachgedacht, dass mein Vater … Jetzt blätterte ich bis zu dem Eselsohr vor, was ich in »Die Zeitfalte« hinterlassen hatte, und legte mich wieder ins Gras. »Es ist einfach nur krass. Mehr nicht.«

Elliot lachte – oder schnaubte eher, kurz und hart – und schüttelte dann den Kopf.

Ich sah ihn finster an und fragte: »Gilt das Kopfschütteln etwa mir?«

»Allerdings.« Er legte seinen Zeigefinger zwischen die Seiten seines Buchs. »Was soll daran krass sein? Die Tatsache, dass dein Vater diese Magazine hat oder dass er sie dazu benutzt, um …«

Reflexartig hielt ich mir die Ohren zu. »Nein, nein, nein! Ich schwöre, wenn du weitersprichst, passiert etwas Schreckliches, Elliot Petropoulos. Nicht alle Männer machen so was!«

Darauf gab Elliot keine Antwort, sondern nahm nur sein Buch und las weiter.

»Oder doch?«, fragte ich schwach.

Da wandte er mir den Kopf zu. »Ja. Alle.«

Schweigend verdaute ich das. »Also … machst du das auch?«

Ihm kroch die Schamesröte ins Gesicht, aber nach ein paar Sekunden nickte er.

»Oft?«, erkundigte ich mich. Meine Neugier war geweckt.

»Kommt darauf an, was du unter ›oft‹ verstehst. Ich bin ein fünfzehnjähriger Junge mit viel Phantasie. Das sollte als Antwort reichen.«

Ich fühlte mich, als wären wir gerade einen Flur bis zu einer bisher nie dagewesenen Tür entlanggelaufen, die in einen neuen Raum führte, der mir eine völlig neue Welt offenbarte. »Woran denkst du? Ich meine, wenn du es tust.«

Mir hämmerte das Herz wie ein Presslufthammer.

»Ans Küssen. Berührungen. Sex. Körperteile, die ich nicht habe, und was man damit anstellen kann«, fügte er hinzu und zuckte vielsagend mit den Augenbrauen. Ich verdrehte die Augen. »Hände. Haare. Beine. Drachen. Bücher. Wörter … Lippen …« Er verstummte und vergrub die Nase wieder zwischen den Seiten.

»Wow«, erwiderte ich. »Sagtest du gerade ›Drachen‹?«

Er zuckte die Schultern, sah mich aber nicht an. Neugierig beobachtete ich ihn. Die Erwähnung von Büchern, Wörtern und Lippen war mir nicht entgangen.

»Wie ich schon sagte«, murmelte er mit Blick ins Buch, »ich habe viel Phantasie.«

HEUTE

Samstag, 14. Oktober

»Sollte es etwa wirklich so weit sein, dass ich außer meiner Klinikkluft nichts mehr anziehen kann?«, stöhne ich.

Sean steckt den Kopf ins Schlafzimmer. »Was hast du denn?«

»Nichts«, erwidere ich und schleudere ein weiteres T-Shirt auf den Haufen der für unmöglich befundenen Kleidungsstücke. »Es ist nur … Ein paar der Leute habe ich schon seit Jahren nicht mehr gesehen. Und wir machen doch ein Picknick. Also muss ich hübsch und gleichzeitig lässig aussehen, weil ich doch sonst nie normale Klamotten trage. Ich glaube, ich weiß schon gar nicht mehr, wie man sich anzieht.«

»Aber letzte Woche hast du dich für das Essen mit ihm auch richtig angezogen, oder?«

»Ich meine doch nicht nur *Elliot*.«

Seans ironisches Grinsen verrät mir, dass er mich albern findet, und ich muss selbst lachen. Aber nur kurz. Denn es geht wirklich nicht darum, für Elliot hübsch und lässig auszusehen; er hat mich ohnehin schon in allem gesehen: in völlig albernen Sonntagskleidchen, in altmodischen Trägerröcken und in nackt. Vielleicht ist das so eine typische Mädchensache – und es erklären zu wollen wäre vermutlich völlig sinnlos –, aber ich möchte tatsächlich für meine Freundinnen hübsch aussehen. Doch je länger ich darüber nachdenke, desto mehr irritiert mich eine Sache: Wenn Sean glaubt, ich wollte für Elliot etwas Besonderes anziehen, sollte ihn das nicht stören, und sei es nur ein bisschen?

Offenbar ist das jedoch nicht der Fall, denn er lässt mich mit meinem Klamottenproblem allein und widmet sich wieder dem Picknickkorb. Es gefällt mir, dass er Kochen so liebt, vor allem, weil ich es so hasse.

Ich höre, wie er leise vor sich hin murmelt, und dann kommt Phoebe herein, nimmt Anlauf und springt auf den Wäschehaufen in der Mitte des Betts.

»Wann gehen wir denn in den Botahnergarten?«

Ich drücke ihr einen Kuss auf die Stirn. »In den *botanischen* Garten gehen wir in …«, ich werfe einen Blick auf den Wecker am Bett, »oh, in zwanzig Minuten.«

»Mir gefällt, was du anhast«, sagt sie und blickt auf den Klamottenberg. »Daddy sagt immer, es sei unnötig, sich zu oft umzuziehen.«

Es gibt Momente, da mache ich mir Sorgen, ob Phoebe auch ohne ihre Mutter genügend an der weiblichen Weltweisheit teilhaben wird, und meine, ihr feministische Ratschläge geben zu müssen, aber in der Regel ist mir Sean schon längst zuvorgekommen.

Offenbar hat sie kein Interesse mehr an meiner Kleiderkrise, denn sie wirft sich dramatisch auf den Rücken. »Ich habe Hunger.«

»Soll ich dir was holen? Ich hab da eben ein paar Erdbeeren gesehen.«

Sie zieht die Nase kraus. »Nein, danke, ich frage Daddy.«

Sie steht auf, gerade als Sean, der uns gehört hat, aus dem Nebenzimmer ruft: »Du kannst eine Banane essen, Phoebe-Schätzchen. Die Erdbeeren sind schon im Picknickkorb verstaut.«

Und bevor ich Phoebe noch ein Minütchen für mich habe, ist sie schon verschwunden. Wenn ich genauer darüber nachdenke, hatte ich sie in der letzten Woche nur etwa eine halbe Stunde für mich. Zwar sage ich mir immer, dass es wichtig für sie sei, eine weibliche Bezugsperson zu haben, aber erfülle ich diese Rolle überhaupt? Und braucht sie wirklich eine? Mir kommt der Verdacht, dass Sean ihr eben leise zugemurmelt haben könnte, sie solle mal zu mir gehen.

Gott, ich mache mich lächerlich. Aber Sean und Phoebe scheint es in ihrer Zweisamkeit tatsächlich an nichts zu fehlen, sie sind einander genug. So habe ich gegenüber meinem Vater nie empfunden. Natürlich liebten wir uns, aber ohne Mom waren wir beide irgendwie verloren und tasteten uns mit ausgestreckten Armen hilflos durch den Tag.

Zum tausendsten Mal frage ich mich, was Ashley eigentlich für Sean war – damals, als er noch nicht der neue, angesagte Künstler in San Francisco war, sondern ein am Hungertuch nagender Unbekannter, der wiederum einen jungen, aufstrebenden Star in der Finanzwelt geheiratet hatte. Ich weiß, dass Phoebe nicht geplant war und kam, als Ashley noch dabei war, die Karriereleiter hochzuklettern. Ob sie überhaupt längere Zeit zu Hause geblieben ist? Oder zog Sean die kleine Phoebe auf und war bis zum Schulanfang jede Sekunde für sie da, so wie meine Mutter es für mich war?

Wäre mein Leben anders verlaufen, wenn Dad, als ich noch klein war, mehr Zeit mit mir verbracht hätte? Wäre mein Schmerz ein anderer gewesen, wenn er und nicht meine Mutter gestorben wäre, als ich zehn Jahre alt war?

Bei der Vorstellung wird mir unwohl, so als hätte ich mir gewünscht, mein Vater wäre zuerst umgekommen. Schuldbewusst sage ich leise »So habe ich das nicht gemeint« und möchte alle Gedanken in diese Richtung am liebsten zurücknehmen. Obwohl auch er schon lange tot ist.

Auf der kurzen Fahrt zum Park vergnügen sich Sean und Phoebe mit *Ich sehe was, was du nicht siehst.* Als wir ankommen, warten Sabrina und Dave schon auf uns. Viv steckt in einer kompliziert aussehenden Schiebevorrichtung, die nur entfernt an einen Kinderwagen erinnert. Sean und Dave gehen mit den Kindern ein passendes Plätzchen im Park suchen, während Sabrina und ich am Parkplatz auf die anderen warten.

Ich sehe den beiden Vätern nach.

»Was für tolle Männer wir haben«, bemerke ich, doch als ich mich zu Sabrina wende, ertappe ich sie dabei, dass sie mich prüfend mustert. »Was ist?«

»Wie geht's dir?«, fragt sie. »Du siehst heute so sexy aus.«

Ich blicke an mir herab auf die Sachen, die ich für den ungewöhnlich warmen Tag ausgesucht habe: ein weißes Tanktop, eine locker sitzende Jeans, die unten umgeschlagen ist, und eine lange Goldkette. Meine langen Haare habe ich in einem sehr wilden, kunstvoll zerzausten Knoten zusammengebunden, aber jetzt frage ich mich plötzlich, ob ich es nicht übertrieben habe – ich hatte geahnt, dass die Kette zu viel des Guten sein könnte. Sabrina trägt nur eine alte, abgeschnittene Jeans und ein fleckiges Still-T-Shirt. »Habe ich übertrieben? Ich habe immer Angst, ich könnte inzwischen vergessen haben, wie man sich anständig anzieht.«

»Nervös?«

Ich schüttle den Kopf. »Eher voller Vorfreude.«

»Ich auch. Schließlich sehe ich ihn zum ersten Mal.«

»Ich freue mich, weil ich einen ganzen Tag freihabe, du kleine Kupplerin. Aber da du es erwähnst: Nikki oder Danny wirst du auch zum ersten Mal sehen«, erinnere ich sie.

Sabrina lacht und tritt näher, um mir den Arm um die Schultern zu legen. »Ich weiß, du kennst sie schon seit der Grundschule, aber wir wissen doch beide, wer mich am meisten interessiert.«

Ich blicke in die Richtung, in die Sean und Dave verschwunden sind. »Sean scheint diese Sache Elliot nicht im Geringsten zu beunruhigen.«

»Und was ist nicht gut daran?«

»Eigentlich nichts«, sage ich achselzuckend. »Aber ich habe selbst ein schlechtes Gewissen, weil ich so viel an Elliot und unsere Vergangenheit denke. Doch wenn ich mit Sean darüber rede, heißt es nur: ›Alles cool, Süße, kein Problem.‹ Andererseits liegt das vielleicht nur daran, dass ich nicht ganz ehrlich bin und ihm nicht erzähle, was es in mir ausgelöst hat, Elliot wiederzusehen.« Dann spreche ich laut aus, worüber ich mir wirklich Gedanken mache: »Als ich sagte, dass ich ihn getroffen habe, hat Sean sofort begriffen, dass es nicht einfach um einen alten Freund ging. Aber es hat ihn überhaupt nicht gestört. Ist das nicht komisch?«

Sabrina reagiert nur mit einem hilflosen Blick auf mein Gerede. Jetzt bin ich wenigstens nicht mehr die Einzige, die verwirrt ist.

Stöhnend sage ich: »Wahrscheinlich mache ich mir einfach zu viele Gedanken.«

»Ja, lass es doch einfach auf dich zukommen.« Ich höre an ihrem Tonfall, dass sie kein bisschen überzeugt von ihren Worten ist, kann aber nicht mehr nachhaken, da ich Nikki und Danny sehe. Ich laufe auf sie zu und umarme sie.

Obwohl ich schon seit sechs Monaten wieder in der Bay Area lebe, treffen wir uns heute zum ersten Mal, und es ist unglaublich, zu sehen, wie sie sich in den letzten Jahren verändert haben – und noch unglaublicher, wie stark zugleich das Gefühl ist, dass sie sich überhaupt nicht verändert haben. Nikki kenne ich, seit wir in der dritten Klasse nebeneinandersaßen. Und als ich im Jahr darauf meine Mutter verlor, wusste Nikki zwar auch nicht immer, was sie sagen sollte, um mich zu trösten; anders als viele andere meiner Freundinnen von damals hörte sie jedoch nie auf, sich um mich zu bemühen. Danny zog erst, als wir in der sechsten Klasse waren, aus Los Angeles nach Berkeley und verpasste daher die schlimmste Phase meiner Trauer und meinen völligen Rückzug. Allerdings war er schon immer jemand, der alles eher gelassen hinzunehmen wusste und mit großen Gefühlen keine Probleme hatte.

Nikki sieht umwerfend aus. Wir haben zwar beide südamerikanische Wurzeln, doch während ich die dunkle Haut und zierliche Gestalt meiner Mutter geerbt habe, ist Nikki hellhäutig und grünäugig und hatte schon ihr ganzes Leben natürlich schöne Rundungen. Im Gegensatz zu ihrer beeindruckend dynamischen Erscheinung entspricht Danny dem typischen Bild eines Endzwanzigers aus Berkeley: schlaksig, lächelnd und irgendwie ungeduscht.

Wir haben gerade angefangen, uns gegenseitig zu erzählen, was in unserem Leben los ist – Nikki trainiert die Mädchenbasketballmannschaft an der Berkeley Highschool, und Danny ist freiberuflicher Programmierer –, als mein Blick von etwas hinter Sabrina angezogen wird.

Ich sehe, wie ein Mann aus einem gepflegten blauen Honda Civic steigt, sich einen Pulli vom Rücksitz schnappt und dann direkt auf uns zukommt. Ich weiß, dass er mich gesehen hat, und ich frage mich, ob ihm bei meinem Anblick die Knie genauso weich werden wie mir bei seinem.

»Da kommt Elliot«, verkünde ich und merke ein bisschen zu spät, dass meine Stimme zittert.

»Und los geht's«, trällert Sabrina, aber ich kann mich noch nicht einmal lange genug von ihm abwenden, um sie dafür mit einem bösen Blick zu bedenken.

»Etwa *der* Elliot?«, fragt Nikki mit großen Augen. »Der mysteriöse Elliot, den wir noch nie zu Gesicht bekommen haben?«

Danny dreht sich um und hält Ausschau. »Wer?«

»O mein Gott«, flüstert Nikki. »Ich bin so aufgeregt!«

»Ich auch!« Sabrina klatscht in die Hände, worauf mir klar wird, dass Elliot auf eine Wand aus Frauen – und Danny – zuläuft, die ihm strahlend entgegenlächeln.

»Ist er Macys Freund?«, fragt Danny aus dem Mundwinkel und wendet sich dann ausgerechnet an Sabrina, um ihr zu erklären: »Nein, jetzt hab ich's – das ist der Typ vom Wochenendhaus.«

»Aber Elliot *war* mal ihr Freund«, bestätigt Sabrina in entzücktem Bühnenflüstern.

»Für etwa zehn Minuten meines Lebens«, erinnere ich sie.

»Für etwa *fünf Jahre*«, korrigiert sie mich. »Und wenn man bedenkt, dass du erst achtundzwanzig bist, ist das eine lange Zeit.«

Ich stöhne auf und frage mich zum ersten Mal, ob das Ganze nicht eine Schnapsidee war.

Sabrina hat Sean bislang nur ein paarmal getroffen, und obwohl sie behauptet, ihn zu mögen, weiß ich, dass sie ihn für einen »Künstler irgendwie nichtssagend« hält und er »keine warmen Gefühle« in ihr auslöst. Es ist auch nicht gerade hilfreich, dass sie Dave in unserem ersten Jahr an der Tufts kennenlernte und ganze sieben Jahre mit ihm zusammen war, bevor sie ihn heiratete. Insofern ist ihr völlig schleierhaft, wie man sich nach nur wenigen Monaten Zusammensein verloben kann, und unsere Entscheidung, genau dies zu tun, lässt bei ihr alle Alarmsirenen schrillen.

Zwar hatte ich vor Sean schon ein paar Beziehungen, aber wie Sabrina mich ständig erinnert, war ich »die ewig unzufriedene Freundin, die an jedem etwas auszusetzen hatte«. Wenn ich zurückdenke, hat sie wohl nicht unrecht: An Julian störte mich seine seltsame Beziehung zu seiner Gitarre. Ashton konnte nicht küssen, worüber ich einfach nicht hinwegkam, so viel Spaß ich auch sonst mit ihm hatte. Jaden hatte definitiv ein Alkoholproblem; Matt ging mir mit seiner Studentenverbindung auf die Nerven, und Rob war einfach viel zu emotional.

Nach ihrem ersten Treffen mit Sean fragte mich Sabrina, welche Fehler mich wohl bei ihm auf Abstand gehen lassen würden. Da ich jedoch noch tief in der Phase der ersten Verliebtheit steckte, lautete meine Antwort: »gar keine«.

Aber insgeheim kann ich es ihr nicht verübeln, dass sie Sean nicht besonders warmherzig findet. Ich weiß, dass er dazu neigt, die Menschen auf Distanz zu halten. Auf Fragen antwortet er meist so knapp wie möglich, er fragt nie nach, wenn meine Freunde von irgendetwas erzählen, ändert bei Gesprächen über Gefühle, so schnell es ihm gelingt, das Thema und zeigt ausschließlich Phoebe offen seine Zuneigung.

Und doch finde ich diese Zurückhaltung irgendwie beruhigend. Sie passt zu mir, denn so sehr ich Elliot auch an mich heranließ, so sehr musste ich danach alle auf Abstand halten. Ich habe es einfach nicht mehr geschafft, dieses Wagnis noch einmal einzugehen. Letztlich muss es sich für Sean nach der Erfahrung mit Ashley ebenso angefühlt haben. Uns beiden wurde das Herz gebrochen, und danach liebt man nicht mehr auf dieselbe Weise.

Besieht man sich die Spannbreite moderner Männercharaktere, kommt man nicht umhin festzustellen, dass Sean und Elliot entgegengesetzte Pole einnehmen. Und ich brauche an diesem Zeitpunkt meines Lebens definitiv einen Sean. Einen Elliot kann ich genauso wenig brauchen wie ein Loch im Kopf.

Da erreicht Elliot uns mit einem ebenfalls strahlenden Lächeln und sieht uns der Reihe nach an. »Ihr seid wohl das Begrüßungskomitee?«

Sabrina tritt mit ausgestreckter Hand auf ihn zu. Atemlos und leicht schrill sagt sie: »Ich bin Sabrina. Ich war auf dem

College Macys Zimmergenossin und wollte dich schon *IMMER* kennenlernen.«

Elliot lacht und sieht mich mit hochgezogenen Augenbrauen an.

Ich lege ihr die Hand auf die Schulter und flüstere: »Schalt bitte einen Gang runter.«

Elliot ignoriert Sabrinas ausgestreckte Hand und umarmt sie. Sie ist eigentlich eine große Frau, aber als Elliot seine gebräunten Arme um sie legt, die in seinem schwarzen T-Shirt schon wieder so überraschend muskulös wirken, sieht sie aus wie ein Zwerg. Als er auch noch sein Gesicht ganz nah an ihres bringt, erkenne ich, dass Elliot mit dieser einen Geste Sabrinas Herz für alle Zeiten erobert hat. Niemand liebt eine gute Umarmung mehr als sie.

»Schön«, sagt er, tritt einen Schritt zurück und lächelt sie an, »dich endlich mal kennenzulernen.«

Sabrina macht den Anschein, vor Entzücken gleich in Ohnmacht zu fallen. Elliot wendet sich zu mir und blickt mich erwartungsvoll an.

»Das ist Nikki«, reagiere ich prompt und zeige auf sie. »Und das Danny.«

Ich sehe, wie sich Elliots Miene in Reaktion auf diese Namen, die er schon so oft gehört hat, verändert. Die dazugehörigen Gesichter hat er jahrelang nur auf Fotos gesehen. »Alles klar«, sagt er jetzt lächelnd und schüttelt Danny die Hand, bevor er auch Nikki umarmt. »Von euch habe ich schon viel gehört.«

Ich muss lachen, denn was er von ihnen kennt, sind meine Erzählungen über ihre peinlichen Dramen aus der Highschool-Zeit, die sich stets um Nikkis eifersüchtige Eskapaden drehten oder Dannys Ständer in den unpassendsten Situationen. Elliot wirft mir einen Blick zu, und am Funkeln in seinen Augen merke ich, dass er genau daran denkt. Er unterdrückt ein Grinsen, und ich beiße mir ebenfalls auf die Lippen.

»Okay«, sage ich. »Gehen wir picknicken.«

Dave und Sean haben einen schönen Platz im Schatten ausgesucht. Phoebe sitzt friedlich auf einer Decke und malt, Viv schläft in ihrem Kindergefährt, und die Männer unterhalten sich. Mir entgeht nicht, wie Dave seiner Frau ein stummes *Rette mich* zufunkt, als wir näher kommen. In einem ersten Reflex will ich Sean verteidigen, aber dieses Gefühl erstirbt in einem Adrenalinstoß, als Sean aufsteht, sich die Hände an der Jeans abwischt und auf uns zukommt. Genauer gesagt auf Elliot.

O Gott, was kommt jetzt?

Zuerst stelle ich Sean Nikki und Danny vor – das ist der leichtere Teil. Danny ist eindeutig verwirrt, als er mich das Wort *Verlobter* aussprechen hört, und wirft Elliot einen Blick zu, als hätte er etwas Wichtiges verpasst.

Als Sean sich Elliot zuwendet, ist die Atmosphäre plötzlich aufgeladen. Auch Elliot spürt es, die Anspannung zeigt sich allzu deutlich in seiner Haltung und seinem Gesichtsausdruck. Sean hingegen bleibt so entspannt wie immer.

»Sean, das ist Elliot«, sage ich und füge unerklärlicherweise hinzu: »mein ältester Freund«.

»Hey!«, meldet sich Nikki, und Danny protestiert ebenfalls, als ihm aufgeht, was ich da gesagt habe.

Ich lache. »Tut mir leid, so habe ich es nicht gemeint. Ich wollte nur –«

Elliot rettet mich: »Schön, dich kennenzulernen, Sean«, und schüttelt ihm die Hand. Es ist absurd. In mehr als einer Hinsicht.

Sean lächelt gelassen und zwinkert mir zu. »Ich dachte, *ich* wäre dein ältester Freund?«

Darauf lachen alle, und Sean lässt Elliots Hand los und drückt mir einen dicken Kuss auf den Mund. Ich muss mich ganz ernsthaft fragen, ob Sean nicht etwa doch eifersüchtig ist, und bin derart verblüfft, dass ich bei seinem Kuss nicht einmal die Augen schließe, sondern unwillkürlich einen Blick zu Elliot werfe. Er holt sichtlich schockiert Luft, fängt sich aber sofort und setzt sich zu Phoebe und Dave, um sich vorzustellen. Als Sean sich von mir löst, höre ich, wie Elliot sich mit seiner sanften Stimme bei Phoebe erkundigt, was sie denn male.

Wehmut steigt in mir auf und entführt mich in eine Zeit, als Elliot bei der kleinen Alex saß und leise ihr Tun kommentierte und lobte. Jetzt nimmt er sich einen Stift und bittet Phoebe, ihm zu zeigen, wie er so eine Blume wie sie malen könne.

»Spontaner Eisprung«, flüstert Sabrina mir ins Ohr, was sie jedoch mit einem Kuss auf meine Wange tarnt.

»Allerdings«, murmle ich und wische mir die Hände an der Jeans ab. Mir ist der Schweiß ausgebrochen.

Wir packen den Picknickkorb aus und reichen Sandwichs, Getränke und Obst herum. Das Gespräch kommt in Gang, als Nikki anfängt, über ihr Basketballtraining zu reden, denn Dave hat selbst früher Basketball gespielt. Ich kann Gott nur dafür danken, dass die beiden hier sind. Als Viv aufwacht, darf Phoebe sie halten, und die Freude in ihren Augen rührt uns alle. Insgesamt ist es ein Picknick mit allem, was dazugehört:

gutem Essen, viel reden, kleinen Schlachten gegen Insekten und eingeschlafenen Beinen vom Sitzen auf dem Boden.

Und doch spüre ich, dass sich in meinem Herzen etwas unwiderruflich verändert hat. Meine Überzeugung, in einer guten Beziehung zu sein, bekam einen Riss, als ich es neulich morgens kaum zustande brachte, mit Sean zu schlafen, und der Riss wird jetzt, da ich die beiden Männer vor mir sehe, immer größer. Ich weiß, dass Sabrina bemerkt, wie Elliot und ich unwillkürlich Blicke wechseln. Und gewiss bemerkt sie auch, dass Sean und ich kaum die Nähe des anderen suchen.

Plötzlich trifft es mich mit Wucht, dass Elliot hier ist, direkt vor mir. Wenn ich die Hand ausstreckte, könnte ich ihn berühren. Ich könnte zu ihm krabbeln, mich an ihn lehnen und die Wärme seiner Umarmung spüren.

Er könnte noch immer mein sein.

Wieso kam diese Reaktion nicht, als sie angemessen gewesen wäre – als ich ihm neulich gegenüberstand?

Ich denke an all die Dinge, die ich seit unserer Trennung erlebt habe, und außer dem Tod meines Vaters kommt mir alles ziemlich unbedeutend vor. Es ist, als wäre mein Leben seitdem in der Warteschleife gekreist – zwar habe ich weitergemacht und verschiedene Stationen hinter mich gebracht, aber habe ich auch wirklich gelebt? Ich habe keine Ahnung.

Als Sabrina ihre Hand über die Picknickdecke wandern lässt und auf meine legt, sehe ich sie an und frage mich, was sie in meinem Gesicht liest.

»Alles klar?«, fragt sie, und ich nicke, zwinge mich zu einem Lächeln und wünsche mit aller Kraft, ich könnte selbst daran glauben.

DAMALS

vor zwölf Jahren

Die ersten anderthalb Jahre an der Highschool überstand ich nur dank Elliot – und dank der Bereitschaft meines Vaters, nahezu jedes Wochenende in Healdsburg zu verbringen. Wenn wir dort waren, verbrachten Elliot und ich den Tag mit Büchern, Spaziergängen im Wald und hin und wieder einem Ausflug; einmal wagten wir uns sogar auf ein Konzert in Oakland. Er war für mich längst mehr als ein Freund, er gehörte zur Familie, aber mit der Zeit wurde er noch viel mehr als das.

Doch diese Nähe brachte auch mit sich, dass uns die Zeit zwischen den Wochenenden unendlich lang erschien, vor allem, wenn Dad und ich einmal nicht nach Healdsburg fuhren. Weder Elliot noch ich hatten Probleme in der Schule, aber ich hasste den ewigen Konkurrenzkampf um Beliebtheit und Freunde. Nikki und Danny erging es ebenso, und so verbrachten wir unsere Mittagspausen als Gruppe selbsternannter Außenseiter und sahen von unserem Platz am Rasenhang zu, wie die Dramen der Schönen und Vielgeliebten ihren Lauf nahmen.

Nach der Schule ging Nikki oft zu ihrer Großmutter, Danny fuhr mit den Jungs aus seiner Straße Skateboard, und ich absolvierte meine Wochentagsroutine, die schon fast ein Ritual geworden war: Schwimmtraining, Hausaufgaben, essen, duschen, Bett. So verbrachten wir drei außerhalb der Schule kaum Zeit miteinander, aber seltsamerweise schien das keinen von uns zu stören.

Als sich der zweite Frühling meiner Zeit an der Highschool seinem Ende entgegenneigte, merkte ich, dass sich irgendetwas zwischen Elliot und mir veränderte. Nicht nur emotional, auch körperlich. Jedes Mal, wenn wir uns wiedersahen, fühlte ich mich wie bei einem Zeitraffervideo über das Wachsen eines Baums, das Erblühen einer Blume, das Reifen eines Getreidefelds.

»Lieblingswort?« Er verlagerte sein Gewicht auf den Kissen und ließ seinen Blick über mich wandern, als wollte auch er sich vergewissern, welche neuen Entwicklungen meines Körpers es gebe.

Es war der 14. Mai, und ich hatte Elliot seit meinem sechzehnten Geburtstag im März nicht mehr gesehen – unsere bislang längste Trennung. Und mit einem Mal erschien mir so vieles an ihm … anders. Größer und irgendwie dunkler, als wären seine Konturen deutlicher geworden. Er trug eine neue Brille, die einen breiten schwarzen Rahmen hatte. Seine Haare waren länger geworden, und sein Shirt spannte über seiner Brust. Die Hosenbeine seiner Jeans reichten bis zur Sohle der schwarzen Sneakers.

»*Erschauern*«, antwortete ich. »Und deins?«

Er schluckte und sagte: »*Bittersüß.*«

»Oh, das gefällt mir. Was gibt's sonst? Bring mich auf den neuesten Stand.« Ich machte es mir gemütlich und nahm mir ein Buch von Emily Dickinson, das mein Vater mir aufs Bett gelegt hatte.

»Ich frage mich, ob ich Skating lernen sollte.«

Ich sah ihn erstaunt an. »Mit Inline-Skatern?«

Er warf mir einen genervten Blick zu. »Nein, Macy. Mit dem *Skateboard.*«

Ich lachte, weil er das Wort betonte, verstummte aber, als mir seine Miene auffiel. Ob er das womöglich lernen wollte, weil er wusste, dass Danny Skateboard fuhr? »Tut mir leid, ich dachte nur … Ach nichts. Vielleicht sagst du besser *skaten.*«

Er nickte knapp. »Wie auch immer. Ich habe gespart und sehe mir jetzt verschiedene Modelle an.«

Ich verbiss mir ein Lächeln. Dieser Junge war ein hoffnungsloser Fall, er war einfach nicht von dieser Welt. »Es muss doch irgendeine Webseite geben, wo man diese coolen Fachbegriffe für Jugendliche nachschauen kann.«

Gereizt kniff er die Augen zusammen und kippte den Kopf zur Seite.

»Tut mir leid. Erzähl weiter.«

»Außerdem«, sagte er und starrte auf sein Shirt, als sähe er dort etwas außerordentlich Faszinierendes, »werde ich im nächsten Semester ein paar Seminare in Santa Rosa besuchen.«

»Was?«, entfuhr es mir. »Im College von Santa Rosa?«

Er nickte.

»Als Highschool *Junior*?« Mir war schon lange klar, dass Elliot klug war, aber wie im Himmel hatte er es geschafft, sich für Seminare am College zu qualifizieren, wo er doch genau wie ich erst im zweiten Jahr der Highschool war? »In welchen Fächern?«

»Ja, ich weiß, es ist früh. Aber ich habe Lust dazu. Biologie und …« Er blinzelte und schien plötzlich von etwas in der Zimmerecke fasziniert zu sein.

»Biologie und – *was*, Elliot?«

»Ein bisschen Mathe.«

»*Ein bisschen* Mathe?« Jetzt starrte ich ihn mit offenem Mund an. Wie konnte er den Stoff des Lehrplans schon geschafft haben, während mir allein die Aussicht auf Differentialrechnung im nächsten Jahr schon schlaflose Nächte bescherte?

»Deswegen dachte ich ja, dass ich durch so was wie Skateboardfahren ein bisschen mehr mit den Schülern in meiner Stufe zu tun haben könnte.«

Ich kam mir wie ein gefühlloser Trottel vor, weil er sich auf einmal so verletzlich anhörte. »Aber du bist doch jeden Tag in der Schule mit ihnen zusammen. Oder nicht?«

Darauf antwortete er erst nicht, sondern sah mich nur an. »Schon, nach dem Unterricht. In der Mittagspause.«

»Moment mal. Du bist nicht mit den Schülern deiner Altersstufe in einer Klasse?«

»Nur bei Projektarbeit.« Er schluckte und rang sich ein Lächeln ab. »In der Schule habe ich bisher für mich gelernt, daher kam ja die Idee, dieses Semester am Juniorcollege von Santa Rosa anzufangen.«

Ich starrte auf das Buch in seiner Hand. »Franny und Zooey« von Salinger. Es war voller Eselsohren, weil wir beide es schon so oft gelesen hatten.

»Warum hast du mir nicht erzählt, dass du so etwas Besonderes bist?«

Da fing er an zu lachen, leise erst und dann immer lauter.

»Tut mir leid«, stieß er hervor, als er sich langsam wieder beruhigte, »aber ich empfinde das nicht so.«

Ich starrte ihn an und wusste nicht, was daran so komisch war.

»Es ist erst mal nur für ein Semester«, erklärte er. »Außerdem … ich weiß nicht …« Als er aufblickte, wirkte er plötzlich viel älter. Der Gedanke an die Zukunft versetzte mir einen Stich, und mit einem Mal fragte ich mich, ob wir uns wohl für immer so nahe sein würden, wie wir es jetzt waren. Die Vorstellung, dass es jemals anders sein könnte, machte mir Angst, und doch schien sie gar nicht mehr so unwahrscheinlich. »Irgendwie kam es mir nicht richtig vor, das in einer E-Mail zu schreiben. Ich wäre mir wie ein Angeber vorgekommen.«

»Du hättest es ruhig schreiben können. Ich bin jedenfalls superstolz auf dich.«

Er lächelte, biss sich aber auf die Lippen. »Super?«

»Ja. *Super.*« Ich hob den Kopf und verschob mein Kissen. »Was gibt es sonst noch Neues?«

»Es gibt einen neuen ›Skaterpark‹« – er beschrieb Anführungszeichen in der Luft und grinste verschmitzt – »direkt hinter dem Supermarkt, allerdings habe ich erst mal auf dem alten Parkplatz hinter dem Waschsalon geübt. Damit keiner sieht, was für ein blutiger Anfänger ich bin. Und was gibt's noch? Brandon und Christian werden diesen Sommer mit Brandons Vater einen Monat lang im Yellowstone Park wandern gehen.«

Das waren seine beiden engsten Freunde. »Und du fährst nicht mit?«

Er schüttelte den Kopf. »Nee. Christian redet jetzt schon die ganze Zeit davon, wie viel Alkohol er mitschmuggeln will, und das riecht mir zu sehr nach Ärger.«

Ich hakte nicht weiter nach. Ich konnte mir Elliot ohnehin nicht beim Wandern vorstellen.

»Was noch?«

»War auf einem Abschlussball«, murmelte er.

In meinem Kopf schrillten die Alarmglocken. Angesichts dessen, was er mir da verschwiegen hatte, kam mir die Sache mit dem College nun völlig unbedeutend vor.

»Auf einem *Abschlussball?* Aber du bist doch erst im zweiten Jahr.«

»Ich war mit jemandem aus dem dritten Jahr dort.«

»War er hübsch?« Ich hatte etwas viel Böseres sagen wollen, schluckte es aber hinunter.

»Ha, ha. *Sie* sieht okay aus. Ihr Name ist Emma.«

Ich verzog das Gesicht. Das ignorierte er. »›Sieht okay aus‹«, wiederholte ich. »Wow. Krasses Kompliment.«

»Es war ziemlich langweilig. Tanzen. Punsch. Verlegenes Anschweigen.«

Ich grinste. »War also nichts.«

Er zuckte die Achseln, grinste jedoch dabei. Dann erinnerte ich mich an den Namen Emma und das dazugehörige hübsche, rosige Gesicht auf dem Foto an seiner Pinnwand.

»Geht es etwa um die Emma von deinem Foto?« Meine Miene verdüsterte sich zusehends, und dabei verblasste auch sein Grinsen.

Wieder zuckte er die Achseln, bemüht beiläufig. »Ja. Wir kennen uns schon eine Ewigkeit.«

Eine Ewigkeit. Mein Magen zog sich zusammen. »Und – wurdest du … flachgelegt?«, fragte ich, ebenfalls bemüht beiläufig.

Darauf kniff er die Augen zusammen und schüttelte den Kopf. »Nein … Und ich glaube nicht, dass ich sie *so* mag.«

Ich glaube nicht?

»Ist das für euch Jungs denn wichtig?«

Verwirrt starrte er mich an.

»Hast du sie geküsst?«

Röte stieg ihm in die Wangen. Da hatte ich meine Antwort.

Elliot hatte ein Mädchen geküsst.

Vielleicht hatte er sogar schon viele geküsst.

Na klar, so musste es sein. Schließlich war nicht jeder so wählerisch und unterentwickelt in Liebesdingen wie ich. Elliot wurde in wenigen Monaten siebzehn. Eigentlich war es albern, dass ich mir vorgestellt hatte, er könnte noch so unerfahren in Sachen Romantik sein, wie ich es war. Ganz sicher war es nicht beim Küssen geblieben. Mir gefror das Blut in den Adern, und ich stöhnte genervt.

»Wieso bist du plötzlich so sauer?«, fragte er leise.

Ich hielt meinen Kopf gesenkt. »Weiß nicht.«

Schließlich war Elliot nur mein Freund.

Mein Freund für alles.

»Und was gibt's Neues bei dir?«, erkundigte er sich. »Du hast noch gar nichts erzählt.«

Mit blitzenden Augen sah ich ihn an. »Ich hatte meinen ersten Orgasmus.«

Seine Augenbrauen schnellten in die Höhe, sein Gesicht wurde knallrot, und sein Mund nahm die verschiedensten Formen an, bevor er »Was?« herausbrachte.

»Or-gas-mus.«

»Mit sechzehn?« Noch während er die Frage aussprach,

schien er sich, gleichzeitig mit mir, darüber klarzuwerden, dass dies kein besonders skandalöses Alter dafür war.

»Meinst du, dass ich damit spät dran bin?«, fragte ich. »Oder zu jung?«

Darauf stieß er ein nervöses Lachen aus.

»Immerhin«, sagte ich und blickte ihn wieder an, »wissen wir beide, dass du auch schon einen hattest. Wahrscheinlich sogar schon viele – und Drachen waren auch dabei.«

Sein Hals war glühend rot, als er sich aufsetzte und die Hände zwischen die Knie schob. »Aber … nur mit mir selbst.«

Erleichterung durchströmte mich, dennoch war ich jetzt in Fahrt. »Was dachtest du denn, was ich meine?«

Sein Blick fuhr zu meinen Händen. »Ach. Also war niemand anders …?«

»… dabei?« Ich hob das Kinn und zwang mich, ihn anzusehen. »Nein, niemand außer mir.«

»Oh.« Er schluckte hörbar. Die blauen Wände um uns herum schienen plötzlich näher zu kommen.

»Findest du nicht, dass dieses Gespräch ein bisschen komisch ist?«, fragte ich.

Unruhig rutschte er hin und her. »Irgendwie schon.«

Ich schämte mich zu Tode. Während ich noch dagegen ankämpfte, bis unter die Haarwurzeln zu erröten, schien irgendetwas unter meiner Haut zu explodieren. Am liebsten hätte ich mich auf den Bauch gedreht und mein Gesicht in den Kissen versteckt. Aus Eifersucht hatte ich versucht, ihn zu provozieren, und ihm damit seine Ehrlichkeit schlecht vergolten. »Entschuldigung.«

»Nein, ist schon …« Elliot kratzte sich an der Augenbraue,

schob sich die Brille hoch und versuchte, die Fassung wiederzugewinnen. »Es ist gut, dass du es mir erzählt hast.«

»Du hast gesagt, du machst es auch.«

Er räusperte sich und nickte ernst. »Das ist normal für Jungs in meinem Alter.«

»Für Mädchen etwa nicht?«

Krächzend brachte er hervor: »Doch, na klar. Ich meinte nur –«

»War ein Witz.« Ich schloss die Augen, um mich ebenfalls wieder zu sammeln. Was war bloß mit mir los?

»Was hast du gedacht?« Seine Worte kamen nur mühsam, irgendwie erstickt heraus.

Ich starrte ihn an. »Auf einmal dachte ich: ›Heilige Scheiße, was ist das denn?‹«

Er lachte, aber es klang gepresst. »Nein. Davor. Dabei.«

Ich zuckte die Achseln. »Daran, dass mich jemand … so berührt. Denkst du immer noch an Drachen?«

Sein Blick wanderte über meinen Körper bis zu meinem Gesicht. »Nein«, sagte er und verzog keine Miene über meinen Witz. »Ich denke an … Hände, an Haut, Beine. Weibliche Körperteile. Mädchen.« Das sprudelte so schnell aus ihm heraus, dass ich einen Moment brauchte, um es zu begreifen.

An Mädchen? Wieder wurde mir heiß vor Eifersucht.

»Irgendwelche *speziellen* Mädchen?«

Er schlug ein Buch auf und blätterte durch die Seiten. Dann versteifte er sich ein wenig, wie immer, wenn er etwas preisgab. »Manchmal.«

Und das war das Ende des Gesprächs. Er fragte mich nichts mehr und gab auch kein Sterbenswörtchen mehr von sich.

HEUTE

Samstag, 14. Oktober

Ich bin mir bewusst, dass Elliot und ich auf dem Präsentierteller sitzen, weil Sabrina und Nikki eindeutig jedes Wort, jede Annäherung zwischen uns beobachten. Also rede ich während des Picknicks nicht besonders viel mit ihm, obwohl mir seine Anwesenheit so bewusst ist, dass es mich geradezu verrückt macht. Unablässig frage ich, wie er all das findet. Er unterhält sich die meiste Zeit mit Danny, während Nikki, Sabrina und ich ganz damit beschäftigt sind, uns gegenseitig alles Mögliche zu erzählen, was in den letzten Jahren von Bedeutung war oder auch nicht. Und wenn ich die Blicke, die Sabrina und Dave währenddessen wechseln, richtig deute, kann ich davon ausgehen, dass die beiden, sobald sie in ihrem Wagen sitzen, herausplatzen werden, wie MERKWÜRDIG sie es finden, sich Sean und mich als Paar vorzustellen.

Und ich kann es ihnen kaum verübeln. Sean ist entweder mit Phoebe oder seinem Handy beschäftigt und blendet sich höchstens auf Aufforderung in Gespräche ein, um seine Meinung äußerst wortkarg kundzutun. Mir wird bewusst, dass ich vorher noch nie mit ihm in einer solchen Situation war: in einer

Gruppe von Freunden, genauer gesagt: meinen Freunden, und nicht umgeben von Kunstliebhabern und Spendern, die ganz versessen darauf sind, die Aufmerksamkeit des großen Sean Chen auf sich zu lenken. Allem Anschein nach zieht Sean sich zurück, sobald er nicht umworben wird. An mir nagt die Befürchtung, dass er schon immer so war, ich das bloß nicht wahrgenommen habe, weil wir nie etwas mit Freunden unternommen haben.

Hat Sean überhaupt Freunde?

Gegen vier Uhr zieht der Himmel sich zu, und es sieht aus, als würde es gleich zu regnen beginnen. Da diese Gegend gern mal von schweren Unwettern heimgesucht wird, packen wir eilig zusammen.

Sean geht mit Phoebe auf den Schultern zum Parkplatz, und ich folge dichtauf mit Sabrina, die Viv im Kinderwagen vor sich her schiebt.

»Du musst zugeben, dass das ein sehr schönes Bild ist«, sage ich und weise mit dem Kinn auf die beiden vor uns. Mein anfänglicher Beschützerinstinkt ist in eine seltsam wilde Entschlossenheit gemündet. Sean und ich passen großartig zusammen; das war schon vor Elliots Auftauchen so und ist auch jetzt noch so. Nun suche ich nach Beweisen dafür. Wie meine Rührung über ihn und Phoebe.

Ein weiterer Beweis ist die Wertschätzung seines wirklich ausgesprochen attraktiven Anblicks von hinten.

Sabrina lacht. »Ein guter *Vater* scheint er auf jeden Fall zu sein.«

Seufz. »Schon verstanden.«

Sabrina senkt die Stimme, damit die anderen uns nicht hören, und sagt: »Ich denke, dass wir uns darüber mal in aller Ruhe unterhalten sollten. Hier scheint mir eine Intervention fällig.«

»Fang nicht wieder damit an.«

»Wann habe ich dir jemals eine Beziehung *aus*geredet?«, fragt sie mit großen Augen. »Und sollte dir nicht das allein schon zu denken geben?«

Ich will gerade antworten, da bemerke ich aus dem Augenwinkel, dass Elliot nur ein paar Schritte hinter uns ist und wahrscheinlich jedes Wort mitbekommen hat.

Ich bedenke ihn mit einem vielsagenden Blick. »Hey.«

Er starrt auf sein Handy, aber ich weiß, dass es nur ein Trick ist. Elliot interessiert sich für Handys genauso wenig wie für Ohrenkerzen. Tatsächlich holt er uns mit zwei großen Schritten ein, schiebt sich zwischen uns und legt die Arme um die Schultern. »Meine Damen ...«

»Du hast jedes Wort gehört, oder nicht?«, frage ich.

Er wirft mir einen Seitenblick zu und gesteht achselzuckend: »Ja.«

»Schnüffler.«

Er muss lachen. »Ich wollte eigentlich gerade zu dir gehen, um mich für die Einladung zu bedanken, und bin nicht in der Hoffnung hinter dir her geschlichen, etwas von eurem Gespräch über Sean mitzukriegen.« Mit leiserer Stimme sagt er: »Wirklich.«

»Deine Ehrlichkeit ist ziemlich entwaffnend«, schaltet Sabrina sich ein. »Ich weiß nicht, ob ich mich jetzt still und leise verdrücken oder bleiben soll, um mehr zu hören.« Sie zögert kurz und fügt dann hinzu: »Aber eigentlich will ich mehr hören.«

»So war das schon immer zwischen uns«, erkläre ich ihr.

»Das stimmt«, nickt Elliot. »Wir waren nie besonders gut darin, mit irgendwas hinterm Berg zu halten. Als ich fünfzehn war, empfahl mir Macy, das Deo zu wechseln. Sie deutete an, das alte funktioniere nicht mehr.«

»Und Elliot hat es mir sofort mitgeteilt, als ihm auffiel, dass meine Brust angefangen hatte zu wachsen.«

Sabrina starrt uns an.

»Ich musste Elliot einmal bitten, Imodium zu einem Konzert der Backstreet Boys mitzunehmen, weil ich Durchfall hatte und bei uns keines im Haus war.«

»Das eigentlich Peinliche daran ist«, wirft er ein, »dass *ich* derjenige war, der unbedingt die Backstreet Boys sehen wollte.«

»Nein«, korrigiere ich ihn, »das Peinlichste war, dass ich dich vorher beim heimlichen Tanzen erwischt habe.«

Das kommentiert er mit einem Hochziehen seiner Augenbrauen. »Ich wusste mich eben schon immer zu bewegen.«

Ich lache. »Ja. *Bewegen* ist tatsächlich der einzig passende Begriff für das, was du da getan hast.«

Sabrina schnaubt und läuft voraus, als Dave nach ihr ruft, aber Elliot hält mich mit einer Hand zurück. Wir ernten ein paar neugierige Blicke vom Rest der Gruppe, die uns auf dem Weg zum Parkplatz überholt. Glücklicherweise sind Sean und Phoebe noch immer vor uns.

»Hey. Also.« Elliot schiebt die Hände in die Taschen und zieht die Schultern bis zu den Ohren. In diesem Moment wirkt er immer noch so hoch aufgeschossen und schlaksig wie früher, obwohl er es längst nicht mehr ist.

»Hey. Also«, wiederhole ich.

»Danke, dass du mich heute eingeladen hast.« Er schenkt mir ein Lächeln, das ich kaum beschreiben kann. Es scheint zu sagen: *Ich weiß, wir kennen uns schon seit einer Ewigkeit, und doch bedeutet es mir viel, dass ich Teil deiner Welt sein durfte.* Wie er so was allein mit Hilfe seiner Lippen und Augen vermitteln kann, werde ich nie verstehen.

»Nun«, sage ich zu ihm, »wahrscheinlich solltest du wissen, dass ich das Ganze hier veranstaltet habe, damit du endlich mal meine Freunde kennenlernst.« Erst als ich es laut ausspreche, verstehe ich, dass genau das zutrifft. Aber so war es schon immer: Elliot vermag es, dem Chaos in meinem Hirn die Wahrheit zu entlocken.

Nun kneift er leicht die Augen zusammen, und seine Regenbogenhaut erstrahlt, als sich seine Pupillen wegen eines vereinzelten, durch die Wolkendecke brechenden Sonnenstrahls verengen. »Wirklich?«

»Was wolltest du mir sagen?«, erwidere ich und ignoriere seine Frage. Dabei weiß ich nicht einmal, auf welche Antwort ich hoffe. Wie werde ich mich fühlen, wenn er erklärt, dass er zur Vernunft gekommen ist und erkannt hat, dass ich recht habe? Dass wir nur Freunde sein können? Ein verräterischer Teil in mir hofft, dass ich das nie erfahren werde.

»Ich wollte dich etwas fragen.«

Mein Brustkorb ist ein undurchdringlicher Dschungel und mein Herz eine wilde Trommel. Ist das freudige Erregung oder Angst?

»Ich hab mich nur gefragt, wann wir uns das nächste Mal treffen«, sagt er.

»Ach so.« Blinzelnd blicke ich über seine Schulter hinweg zu den riesigen Eukalyptusbäumen, die vor dem dunkler werdenden Himmel hin und her schwanken. »Ich glaube, um Thanksgiving herum habe ich ein paar Tage frei.«

Als er nickt, sinkt mir das Herz. Wieso habe ich das gesagt? Bis Thanksgiving ist es noch eine Ewigkeit!

Er räuspert sich und sagt: »Andreas heiratet. Im Dezember –«

»Im Dezember?« Ein komischer Zeitpunkt zum Heiraten. Und wenn das unser nächstes Treffen sein soll, dann ist es noch viel länger hin als Thanksgiving.

»Silvester, genau gesagt«, erklärt er, »und ich hatte mich gefragt, ob du mich vielleicht begleiten willst.«

Silvester.

Er fragt das tatsächlich.

Ein Blick in seine Augen zeigt mir, dass ihm die Bedeutung dieses Datums bewusst ist.

Doch anstatt ihn darauf anzusprechen, frage ich: »Und bis Dezember sollen wir uns nicht mehr treffen?«

Ich sehe, wie seine goldbraunen Augen sich kurz verengen. »Doch, natürlich.« Er lacht. »Eigentlich habe ich immer Zeit. Aber da es ein besonderer Tag ist, wollte ich dich rechtzeitig fragen.«

»Aber ich kann nicht dein Date sein.«

Elliot schüttelt den Kopf. »Ich frage dich doch nicht nach einem *Date*, Macy, während dein Verlobter und deine zukünftige Stieftochter keine zehn Meter entfernt sind.«

»Also, meinst du …«, angestrengt suche ich nach Worten, »ich soll einfach mitkommen?«

»Ja«, sagt er. »Mich begleiten. Nach Healdsburg.« Dann fügt er hinzu: »Übers Wochenende.«

Er lässt die Schultern sinken. Als wäre das so einfach.

Komm einfach mit.

Wir können zusammen fahren.

Wird bestimmt lustig.

Doch je tiefer mir seine Worte ins Bewusstsein dringen und je länger ich mit der Antwort zögere, desto weniger einfach erscheint mir das Ganze.

Begleite mich übers Wochenende.

Achtundvierzig Stunden mit Elliot.

Wenn ich jetzt schon so durcheinander bin, wie werden die Dinge zwischen uns erst bis dahin liegen?

Ich werfe einen Blick über die Schulter und sehe, wie Sean Phoebe gerade im Wagen anschnallt.

»Meine Familie würde dich unheimlich gern wiedersehen, und ich bin Trauzeuge, daher fände ich es schön, ein bisschen moralische Unterstützung zu haben«, erklärt er im Bemühen, uns von dem Abgrund zurückzureißen, der sich vor uns auftut. »Mom und Dad haben schon nach dir gefragt ... Sie sind ganz aus dem Häuschen, weil wir uns getroffen haben.«

»Ich muss erst Sean fragen, ob er schon Pläne für Silvester hat«, erwidere ich ausweichend. »Vielleicht hat er schon irgendetwas für uns geplant.«

Elliot nickt. »Na klar.«

»Kann ich dir später Bescheid sagen?«

»Natürlich«, sagt er lächelnd. Da beginnt der Donner zu grollen, und sein Blick wird himmelwärts gezogen. Als er wieder mich anschaut, fühle ich mich genauso in Auflösung begriffen wie die dicken Regenwolken über mir. Einen winzigen Moment sehe ich schon, wie ich ihn umarme. Ich würde meine Arme um ihn schlingen, mein Gesicht an ihn schmiegen und seinen Geruch einatmen. Er würde sich an mich drücken und dieses winzige, erleichterte Seufzen von sich geben, das ich so gut kenne. Mit einem Mal nimmt meine Sehnsucht danach überhand, alles in mir zieht sich zusammen, und ich muss mich zwingen, einen Schritt zurückzutreten.

»Ich gehe jetzt besser …«, sage ich.

»Alles klar«, erwidert er und sieht mich angespannt an.

Wieder donnert es.

»Einen schönen Abend noch, Elliot.«

Und dann wende ich mich endlich ab.

DAMALS

Samstag, 9. Juli

vor zwölf Jahren

Wir lagen auf dem Flachdach der Garage und sonnten uns. Das war unser tägliches Sommerferienritual, das wir seit fast zwei Wochen zelebrierten: um zehn auf dem Dach treffen, um zwölf Mittag essen, dann im Fluss schwimmen und den Abend bei unserer Familie verbringen.

So gern mein Vater mich auch in seiner Nähe hatte, so sehr genoss er auch die Ruhe und Einsamkeit. Vielleicht war eine Tochter in der Pubertät auch einfach ein an den Nerven zerrender Alien für ihn, dessen Anwesenheit man nur eine begrenzte Zeit ertrug. Jedenfalls erlaubte er mir, so lange mit den Petropoulos-Kindern draußen zu bleiben, bis die Grillen laut wurden und der Sternenhimmel zu funkeln begann.

Andreas lag zu meiner einen Seite, Elliot zur anderen. Der eine Bruder spielte auf seiner tragbaren Playstation, der andere las Proust.

»Ihr zwei könnt unmöglich miteinander verwandt sein«, murmelte ich und blätterte eine Seite meines Buchs um.

»Der ist halt ein Loser«, lachte Andreas. »Keinen Mumm in den Knochen.«

»Er ist ein Trottel«, erwiderte Elliot und grinste mich an. »Nur getrieben von seinem –«

Da ertönte in der Auffahrt eine Hupe, und als wir uns aufsetzten, sahen wir einen rostigen Pontiac, der knirschend auf dem Kies zum Stehen kam.

»Oh«, sagte Elliot, warf mir einen raschen Blick zu und sprang auf. »Mist. Mist. Mist.« Er drehte sich halb im Kreis, fasste sich nervös an den Kopf und kraxelte dann durchs Fenster ins Wohnzimmer. Kurz darauf tauchte er im Vorgarten auf. Da stieg ein Mädchen aus dem Wagen und gab Elliot einen Stapel Papiere.

Sie war mittelgroß, hatte ein recht hübsches Gesicht und dunkle, dicke Haare, die sie in einem schwingenden Bob trug. Irgendwie kam sie mir bekannt vor. Sie wirkte sportlich, aber sehr mädchenhaft. Und sie hatte Brüste.

Innerlich stöhnte ich auf.

Sie sagte etwas zu Elliot, worauf er nickte und dann zu Andreas und mir hochsah.

»Wer ist das?«, fragte ich Andreas.

»Irgendeine Emma aus seiner Schule.«

»Emma? *Abschlussball*-Emma?« Ein Schauer überlief mich. »Mag er sie etwa?«

Andreas musterte mich und lachte auf. »Oh, das ist ja zu schön!«

»Nein, Andreas, nicht –«, zischte ich hektisch.

»Elliot!«, rief er, ohne mich zu beachten. »Bring deine Freundin doch mal hoch, damit sie deine andere Freundin kennenlernen kann.«

Stöhnend kniff ich die Augen zu.

Als ich wieder nach unten sah, schaute Emma mit leicht angestrengter Miene zu mir hoch. Elliot beobachtete mich ebenfalls, und das Entsetzen malte sich auf seine Züge, dann sah er zu ihr.

Ich winkte. Auf ein Eifersuchtsdrama würde ich mich nicht einlassen.

Sie winkte zurück und rief: »Ich bin Emma.«

»Hi, ich bin Macy.«

»Bist du gerade erst hergezogen?«

»Nein«, rief ich nach unten, »wir wohnen schon länger nebenan. Aber wir kommen nur am Wochenende und in den Ferien her.«

»Elliot hat dich nie erwähnt.«

Erschrocken blickte Elliot sie an, und seine Miene verriet, dass er sehr wohl von mir gesprochen hatte. Nun gut. Offenbar war Emma diejenige, die das Eifersuchtsdrama spielen wollte.

»Sie ist meine beste Freundin, das weißt du doch«, hörte ich Elliot gepresst sagen. »Sie geht auf die Berkeley High.«

Emma nickte, wandte ihm wieder den Blick zu, hakte sich bei ihm unter, flüsterte ihm etwas zu und lachte. Er lächelte zwar, aber gezwungen und aus reiner Höflichkeit.

Ich legte mich einfach wieder auf meine Decke und ignorierte die Welle der Übelkeit, die in mir aufstieg. Dann kamen mir seine Worte in den Sinn, die er mir erst vor kurzem hier auf dem Dach zugemurmelt hatte, kurz bevor er einnickte: dass er mit niemand anderem so sehr er selbst sein könne wie mit mir.

Ich hatte erwidert, dass es mir mit ihm genauso gehe. Unter der Woche reihte sich stets ein Tag nahtlos an den anderen, eine immer gleiche Abfolge aus Lernen, Schwimmen, Hausaufgaben und Ins-Bett-Kriechen, wobei ich nur hoffte, dass ich all das, was ich mir tagsüber mit viel Mühe in den Kopf hineinzwang, nachts nicht wieder vergessen würde. Die Zeit ohne ihn fühlte sich beinah an, als ginge ich zur Arbeit, und an den Wochenenden und in den Ferien kam ich in mein echtes Zuhause und konnte mich entspannen, mit Elliot und meinem Vater zusammen sein, *ich selbst* sein. Aber wenn so etwas wie jetzt passierte, musste ich erkennen, dass es bei Elliot eher andersherum war und der Großteil seiner Welt sich ohne mich drehte.

Ein paar Minuten vergingen, ehe ich hörte, wie der Wagen gestartet wurde und davonfuhr. Kurz darauf kletterte Elliot durchs Fenster zurück aufs Dach. Sofort steckte ich meine Nase ins Buch.

»Ganz großes Kino, Ell«, sagte Andreas.

»Klappe.«

Als Elliots Füße in mein Sichtfeld gerieten, tat ich so, als bemerkte ich es nicht, weil ich so in mein Buch vertieft war.

»Hey«, sagte er leise. »Wollen wir was essen?«

Ich starrte weiterhin in mein Buch. »Kein Bedarf.«

Da kniete er sich vor mich und machte sich ganz klein, um mir in die Augen blicken zu können. Ich sah, dass seine Miene eine einzige Entschuldigung war. »Komm rein, es ist eine Bullenhitze.«

Ich tat ihm den Gefallen. In der Küche holte er einen Krug Limonade aus dem Kühlschrank, stellte zwei Gläser auf den Tisch und fing an, uns Sandwichs zu machen. Andreas war uns gnädigerweise nicht nach unten gefolgt, und im ganzen Haus war es kühl, schattig und still.

»Emma sieht nett aus«, bemerkte ich trocken und rollte eine Zitrone über die Tischplatte.

Elliot zuckte die Achseln.

»Das ist doch die, die du beim Abschlussball geküsst hast, oder?«

Da blickte er zu mir und krauste die Nase, um seine Brille hochzuschieben.

»Küsst ihr euch immer noch?«

Er widmete sich wieder den Sandwichs und schmierte erst Erdnussbutter und dann Gelee darauf, bevor er antwortete: »Nein.«

»Bist du sicher, dass du nicht etwas verschweigst?«

Als er mich wieder anblickte, waren seine Augen schmal geworden. »Bei ein, zwei Gelegenheiten haben wir uns geküsst. Aber ich küsse sie nicht *immer noch.*«

Seine Worte trafen mich wie Ziegelsteine. »Du hast sie also nicht nur beim Abschlussball geküsst?«

Daraufhin räusperte er sich und wurde knallrot.

Was für ein Arsch.

»Nein.« Er schob seine Brille noch höher. »Noch zwei weitere Mal.«

Ich fühlte mich, als hätte ich einen scharfkantigen Eiswürfel verschluckt: Etwas Kaltes und Hartes hatte sich in meiner Brust verklemmt. »Aber sie ist nicht deine Freundin?«

Langsam schüttelte er den Kopf. »Nein.«

»Hast du eine Freundin?« Ich wusste nicht, wieso ich das überhaupt fragte. Würde er es mir nicht sagen, wenn es so wäre? Oder die Ferien mit ihr verbringen statt mit mir? Er log mich nie an. Aber was verschwieg er mir noch?

Da legte er das Messer nieder, nahm die Sandwichs und sah mich mit einem schiefen Grinsen an. »Nein, Macy. Ich war jeden Tag in den Ferien von morgens bis abends mit dir zusammen. Das würde ich wohl kaum tun, wenn ich eine Freundin hätte.«

Am liebsten hätte ich ihm die Zitrone an den Kopf geworfen. »Würdest du es mir denn sagen, wenn du eine hättest?«

Darüber dachte Elliot erst einmal nach, bevor er mir direkt in die Augen blickte und sagte: »Ich glaube schon. Aber ehrlich gesagt, weiß ich bei diesem einen Thema nie, wie viel ich dir erzählen soll.«

Obwohl ein Teil in mir sofort verstand, was er damit meinte, missfiel mir die Antwort dennoch. »Hattest du je eine Freundin?«

Da blinzelte er und wandte seine Aufmerksamkeit wieder den Sandwichs zu. »Nein. Offiziell nicht.«

Als ich die Zitrone wieder über den Tisch rollte, fiel sie zu Boden. Er bückte sich, hob sie auf und gab sie mir.

»Hör mal, Macy. Ich glaube, was ich versuche, dir zu sagen, ist, dass ich selbst es nicht hören wollte, wenn du jemanden küssen würdest, bei dem es nichts zu bedeuten hat. Und mir bedeutet es eben nichts, Emma zu küssen. Deshalb habe ich es dir nie erzählt.«

»Aber bedeutet es ihr etwas?«

Sein Achselzucken war Antwort genug.

»Vielleicht geht es mich ja nichts an«, sagte ich, »aber solche Dinge möchte ich doch erfahren. Ich finde es komisch, nicht zu wissen, dass du was mit ihr am Laufen hast.«

»Wir haben nichts *am Laufen.*«

»Du hast sie bei drei verschiedenen Gelegenheiten geküsst!«

Das gestand er mit einem Nicken zu. »Hast du denn schon mal jemanden geküsst?«

»Nein.«

Sein Sandwich verharrte auf dem Weg zum Mund. »Nicht ein einziges Mal?«

Ich schüttelte den Kopf, biss in mein Sandwich und wandte den Blick ab. »Ich hätte es dir erzählt.«

»Ehrlich?«, fragte er.

Ich nickte. Mir brannten die Wangen. Ich war sechzehn und noch nie geküsst worden. Seine erstauntes *Nicht ein einziges Mal?* hallte noch in meinem Kopf nach. Ich kam mir einfach erbärmlich vor.

»Was ist denn mit Donny? Oder wie hieß er noch?«

Ich starrte ihn vielsagend an. Er wusste ganz genau, wie Danny hieß.

»Danny?«

Er grinste ertappt. »Genau. Danny.«

»Fehlanzeige. Nicht mal Danny. Wie ich schon sagte: Ich hätte es dir erzählt. Denn du bist mein bester Freund – du Arsch.«

»Wow.«

Er biss ein riesiges Stück von seinem Sandwich ab und beobachtete mich, während er daran kaute.

Ich dachte an all die Wochenenden, die wir zusammen verbracht hatten, an all die Geschichten über Christian, der von Sex geradezu besessen war, und über Brandon, der bei den Mädchen in der Schule einfach nicht landen konnte. Ich dachte an die Erzählungen über seine Brüder und deren Freundinnen und fragte mich, wieso Elliot immer so zugeknöpft war, wenn es um seine eigenen Erfahrungen zu diesem Thema ging. Das verwirrte mich und gab mir das Gefühl, wir stünden uns vielleicht doch nicht so nahe, wie ich dachte.

»Hast du schon viele Mädchen geküsst?«

»Ein paar schon«, murmelte er.

Mir drehte sich der Magen um. »Und bist du noch weitergegangen?«

Da nahm sein Gesicht einen ganz neuen Rotton an, und er nickte und nahm noch einen großen Bissen von seinem Sandwich, um das nicht genauer ausführen zu müssen.

Ich wartete, bis Elliot zu Ende gekaut und einen Schluck Limonade getrunken hatte. Dann fragte ich: »Wie weit?«

Ganze Kontinente hätten sich trennen, wiedervereinigen und von neuem trennen können in der Zeit, die Elliot brauchte, sich endlich zu einer Antwort durchzuringen.

»Elliot.«

»T-Shirts aus.« Er kratzte sich die Stirn und schob sich mit der Fingerspitze die Brille hoch. Versuchte, Zeit zu schinden. Vermied jeden Augenkontakt. »Äh … und mit einem Mädchen – nicht Emma – Hände in der Hose.«

»Echt?« Mir quollen die Augen aus dem Kopf. »Mit wem?«

»Bei Emma war's nur mit nacktem Oberkörper. Das andere war mit Jill.«

Ich legte mein Sandwich weg, mir war der Appetit vergangen. Zu dieser Tageszeit lag die Küche des Petropoulos-Hauses vollkommen im Schatten, und plötzlich fand ich es kalt. Ich rieb mir über die nackten Arme.

»Sei nicht sauer, Macy.«

»Ich bin nicht sauer! Wieso sollte ich sauer sein?« Zittrig trank ich einen Schluck Limonade und versuchte, mich zu beruhigen. »Ich bin nicht deine feste Freundin, sondern nur deine beste Freundin, die offenbar *gar nichts* über dich weiß.«

Elliot ging einen Schritt um die Kücheninsel herum und hielt dann inne. »Macy.«

»Findest du meine Reaktion übertrieben?«

»Nein …«, sagte er und trat noch einen Schritt näher. »Ich hätte auch was dagegen, wenn ich wüsste, dass irgendein Typ seine Hand in *deine* Hose geschoben hat.«

»Bestimmt hättest du auch was dagegen, wenn das passiert wäre und ich dir *nie* davon erzählt hätte.«

Darüber schien er ernsthaft nachzudenken. »Wie ich schon sagte, das hängt von den Umständen ab. Zugegeben, es würde mich wurmen, aber genau deshalb glaube ich, dass ich lieber nichts davon wissen wollen würde. Es sei denn, du empfändest mehr als … vorübergehende Anziehung.«

»War es das für dich bei Emma?«, fragte ich. »Vorübergehende Anziehung?«

Er nickte. »Ganz genau.«

»Und wann hast du das letzte Mal mit jemandem rumgemacht?«

Seufzend lehnte er sich mit der Hüfte an die Küchentheke.

»Wärst du an meiner Stelle, würdest du mich in die Mangel nehmen wie die spanische Inquisition«, stellte ich klar. »Also spar dir dieses Geseufze!«

»Emma und ich haben im März rumgemacht, sind dann auf den Abschlussball gegangen und haben uns am Wochenende danach noch mal geküsst. Aber es war nichts, es war nur …« Er stockte kurz und starrte zur Decke. »Wenn du noch niemanden geküsst hast, ist es schwer zu erklären, wie es plötzlich dazu kommen kann. Wir hingen alle im Park ab, und sie setzte sich zu mir, und es passierte irgendwie.«

Als ich eine Grimasse zog, lachte er verlegen und sagte achselzuckend: »Jill ist Christians Cousine. Sie kam im letzten Dezember zu Besuch, und wir haben einmal rumgemacht. Seitdem habe ich nicht mehr mit ihr gesprochen und sie nicht mehr gesehen.«

Die Sache mit Jill tat ich mit einer abschätzigen Handbewegung ab. »Aber was ist mit Emma, liegt dir nichts an ihr?«

»Jedenfalls nicht so viel, wie du meinst.«

Ich wandte den Blick ab und nahm mir eine Minute Zeit, um mich zu beruhigen. Es hätte hysterisch gewirkt, aber am liebsten wäre ich einfach zur Tür rausgestürmt und hätte ihn damit gezwungen, mir zu folgen und um Gnade zu winseln. Und das am besten tagelang!

»Ich hab mit Emma rumgemacht, weil sie … einfach da war«, erklärte er leise. »Weil du in Berkeley bist, weil wir nicht zusammen sind und ich hier in diesem winzigen Kaff festsitze. Wen soll ich denn sonst küssen?«

Da veränderte sich etwas in mir, etwas, das nie wieder rückgängig gemacht werden konnte.

Wen soll ich denn sonst küssen?

Ich blickte auf seine Hände und seinen Adamsapfel. Ich ließ meine Augen über seine sehnigen Arme wandern, die früher so dünn und weich gewesen waren, und seine Beine, über denen sich seine zerrissene Jeans spannte. Ich blickte auf die

Knopfleiste seiner Jeans, wandte aber sofort den Blick ab und starrte auf die Schränke – überall sonst hin, nur nicht auf diese Knöpfe. Denn ich wollte diese Knöpfe berühren, meine Hand darauflegen, und zum ersten Mal wurde mir bewusst, dass niemand anderer sie berühren sollte.

»Ich weiß nicht«, murmelte ich.

»Komm her«, sagte er, mit immer noch leiser Stimme. »Du küsst mich jetzt.«

Mein Blick flog zu ihm. »Was?«

»Küss mich.«

Ich dachte, er wollte mich auf die Probe stellen, aber ich war aufgewühlt von der Sache mit Emma und davon, wie er an der Küchentheke lehnte und mich betrachtete. Mir wurde warm vom Anblick seiner Hände, die auf einmal so groß schienen, und seines Mundes … und der Knöpfe an seiner Jeans.

Also ging ich um die Kücheninsel herum und baute mich vor ihm auf. »Okay.«

Er sah zu mir herunter, und ein Lächeln umspielte seine Lippen, verblasste jedoch, als er erkannte, dass es mir ernst war.

Ich drückte meine Hände gegen seine Brust und trat näher zu ihm. Ich war ihm so nah, dass ich jeden seiner immer schnelleren Atemzüge hörte und sah, wie ein Muskel an seinem Kiefer zuckte.

Fasziniert hob er die Hand, presste zwei Finger auf meine Lippen und starrte darauf. Unwillkürlich öffnete ich den Mund und ließ seinen Zeigefinger hineingleiten, bis er an meine Zähne stieß. Als er leise aufstöhnte, fuhr ich ihm mit der Zunge vorsichtig über die Fingerspitze. Sie schmeckte nach Gelee.

Ruckartig zog Elliot den Finger zurück. Er sah plötzlich ganz verändert aus. Sein Blick war durchdringend, seine Lippen geöffnet, und an seinem Hals pochte deutlich sichtbar eine Ader. Und weil der Drang, ihn zu küssen, sich nicht mehr verleugnen ließ, tat ich es einfach. Ich stellte mich auf die Zehenspitzen, fuhr ihm mit den Händen durch die Haare und drückte meinen Mund auf seinen.

Es war anders, als ich erwartet hatte. Anders – das musste ich mir eingestehen – als in meiner Phantasie. Es war weicher und fester zugleich und eindeutig gewagter. Einem kurzen Kuss folgte ein weiterer, und noch einer, und dann neigte er den Kopf und bedeckte meinen Mund mit seinem. Seine Zunge strich mir über die Unterlippe, und instinktiv ließ ich sie ein, damit er mich schmecken konnte.

Vielleicht war es das, was alle Hemmungen löste. Bei mir auf jeden Fall. Danach löste sich die Zeit in einzelne Empfindungen auf, und alles andere verschwand. Stattdessen bestürmten mich die verbotenen Bilder von ihm, die Phantasien, die ich selbst vor mir geheim gehalten hatte, und irgendwie wusste ich, dass es ihm genauso ging, dass auch er empfand, wie gut es sich anfühlte, einander so nahe zu sein, und alles andere, was sich aus solchen Berührungen ergeben mochte.

Mit einer Hand fuhr er mir über den Rücken und griff nach meinen Haaren, und ich glaube, bei dieser Berührung hob ich vom Boden ab. Aber als seine andere Hand über meine Rippen strich und höher wanderte, wich ich einen Schritt zurück.

»Tut mir leid«, sagte er reflexhaft. »Mist, Mace. Das war zu schnell, tut mir leid.«

»Nein, es ist nur …« Ich verstummte, weil sich in meinem

Mund plötzlich Worte drängten, die ich nicht denken, geschweige denn laut aussprechen wollte. »Möglicherweise bedeutet Emma so etwas gar nichts«, sagte ich und fasste mir an meine kribbelnden Lippen. »Aber mir bedeutet es alles.«

HEUTE

Samstag, 14. Oktober

Sean stöhnt zufrieden auf, als er die Schlüssel in die Schale neben der Tür wirft und sich die Schuhe abstreift.

»Hast du Hunger, Phoebe-Schätzchen?«, fragt er Phoebe und verschwindet mit ihr in der Küche.

Ich stelle ihre Schuhe nebeneinander in das kleine Schuhregal und hänge unsere Jacken ordentlich an die Garderobe. Ihre Stimmen dringen durch den Flur zu mir. Ich höre, wie Phoebe ihren Vater wieder einmal bearbeitet, ihr doch bitte endlich ein Haustier zu schenken, was auch immer es sein mag: Frosch, Hamster, Vogel, Fisch.

Im Moment weiß ich überhaupt nicht mehr, was meine Gefühle mir sagen wollen. Sean und ich sind so positiv und ohne jedes Hindernis in unsere Beziehung gestartet, dass es mir wie ein emotionaler Wirbelwind vorkam, dem ich mich einfach überlassen musste. Mühelos haben wir eine Alltagsroutine gefunden, aber jetzt frage ich mich, ob wir darin womöglich nur das Bett teilen, und ansonsten rotieren unsere jeweiligen Tagesabläufe umeinander herum wie gutgeölte Kugellager.

Zwar habe ich alles, was ich brauche, aus unserem alten Haus in Berkeley hergeholt, aber eigentlich ist es noch vollständig eingerichtet und unbewohnt, während ich hier mein Lager aufgeschlagen habe. Sean sagt mir immer wieder, wie schön er es finde, mich in seinem Bett zu sehen. Auch Phoebe scheint sich zu freuen, dass ich da bin. Aber durch den Tag heute ist mir klargeworden, dass ich ihn eigentlich nicht besonders gut kenne. Er und seine Tochter leben in ihrer eigenen kleinen Welt. Wenn ich dazugehören will, werde ich mich einbringen müssen.

»Soll ich heute mal das Abendessen machen?«, frage ich, als ich ihnen in die Küche folge. Darauf starren mich beide vom offenen Kühlschrank aus an. »Nudeln«, erkläre ich, gespielt beleidigt. »Nudeln werde ich doch wohl noch hinkriegen.«

»Bist du sicher?«, fragt Phoebe zweifelnd.

»Aber ja, du Schäfchen«, erwidere ich und drücke ihr einen Schmatzer auf die Wange.

Quiekend rennt sie aus der Küche. Sean geht zum Schrank und holt Nudeln und eine Fertigsauce heraus. »Brauchst du Hilfe?«

»Du kannst mir Gesellschaft leisten.« Ich weise nickend zur Küchentheke, damit er sich einen Hocker nimmt und sich mit mir unterhält. Um diese nagende Frage zum Verschwinden zu bringen, ob er und ich wirklich ernsthaft und aufrichtig unser Leben miteinander teilen wollen. Haben wir nicht viel zu wenig Zeit miteinander verbracht, viel zu wenig miteinander erlebt, um außerhalb des Betts etwas anderes als Fremde füreinander zu sein?

Er setzt sich und liest die Mails auf seinem Handy, während ich das Wasser zum Kochen bringe.

Ich will diesen Mann heiraten; ich will, dass er mich heiraten möchte.

Ich bin gern in seiner Nähe.

Mir gefällt es, ihn anzusehen.

»Hat dir der Tag heute gefallen?«, frage ich betont beiläufig.

»Klar.«

Er scrollt weiter durch seine Mails.

Das Glas öffnet sich mit einem befriedigenden Knacken, und die Bolognesesauce fließt schwerfällig in den Topf. Als Sean das Geräusch hört, wie die Sauce aus dem Glas ploppt, blickt er leicht irritiert auf.

»Wie fandest du es, alle kennenzulernen?«, frage ich. »Meine Freunde mochten dich.«

Blinzelnd wendet er den Blick vom Herd zu mir und lächelt, als wüsste er, dass ich lüge. »Schön. Deine Freunde sind in Ordnung.«

Sein Ton ist so gleichmütig, so uninteressiert, dass ich ihm am liebsten das leere Glas an den Kopf schmeißen würde. Am liebsten würde ich ihn anflehen, mir doch wenigstens ein bisschen entgegenzukommen. Stattdessen spüle ich das Glas kurz aus und werfe es ins Altglas. Ich bin so wütend auf ihn, dass meine Haut prickelt wie bei einem Juckreiz. »Übertreib's nicht mit deiner Begeisterung.«

»Was meinst du?«, fragt er. »Es war nett, Macy, aber es sind deine Freunde, nicht meine.«

»Ja, klar, aber sie könnten vielleicht irgendwann auch deine Freunde werden«, sage ich. »Machen Paare das nicht so? Dinge teilen? Ihre Leben zusammenfügen?«

In diesem Augenblick wird mir bewusst, dass wir uns noch

nie gestritten haben. Nicht an die kleinste Meinungsverschiedenheit kann ich mich erinnern. Und ich verstehe auch, warum: Unsere Tagesabläufe überlappen sich höchstens für eine Stunde. Wenn man alle Stunden zusammenrechnete, die wir in unserer Beziehung wach miteinander verbracht haben, kämen wir vermutlich auf ein erschreckendes Ergebnis. Sind wir uns überhaupt wichtig genug, um zu streiten?

Da vibriert mein Handy auf der Küchentheke. Ich schnappe es mir und sehe nach. Eine SMS von Sabrina.

> Hey, Süße, tut mir leid,
> wenn ich in dieser Sache
> zu direkt war.

Mir ist schon klar, dass ich mitten in dem Gespräch mit Sean besser nicht darauf antworten sollte, aber wenn ich mir keine winzige Auszeit nehme, werde ich vielleicht etwas zu ihm sagen, was ich später bereue. Also hole ich tief Luft und antworte Sabrina.

> Schon gut.

> Nächste Woche Treffen
> zum Lunch? Ich könnte mit
> Viv in die Stadt kommen.

> Für deine Intervention?

Ihre Antwort darauf ist eine Reihe Emojis mit Herzchenaugen, woraus ich schließe, dass es bei ihrer Entschuldigung wohl eher darum ging, mich für weitere Einwände zugänglich zu machen. Ihr Timing ist wie immer perfekt. Ich lege das Handy mit dem Display auf die Theke und blicke zu Sean, weil ich entschlossen bin, die Lage zu retten, Pläne für uns zu schmieden, irgendwas daraus zu machen.

»Wie sieht deine nächste Woche aus?«, frage ich.

»Ziemlich frei. Ich wollte mit Phoebe zum Exploratorium. Außerdem haben wir überlegt, ein paar Tage zelten zu gehen.« Er zuckt die Achseln und weist mit dem Kinn zum Herd. »Das Wasser kocht.«

»Keine Anweisungen vom Beifahrersitz, bitte«, versuche ich zu scherzen. »Ich kann das schon allein.«

»Soll ich noch einen Salat oder so was machen?« Er zeigt zum Kühlschrank, um anzudeuten, dass es da einige Möglichkeiten gäbe.

»Möchtest du einen machen?«

»Ja, schon«, sagt er und senkt den Blick wieder aufs Handy. »Weil ich nicht nur Nudeln und Fertigsauce zum Abendessen will.«

Ein paar Sekunden lang starre ich ihn sprachlos an. »Klar, natürlich nicht.«

Damit wende ich mich zum Kühlschrank, um Salat und Gemüse herauszuholen.

Später im Bett schmiegt Sean sich an mich und drückt summend seinen Mund auf meinen Hals. »Mmmm, Süße, du riechst so gut.«

Ich starre an die Decke und frage mich, was ich dazu sagen soll. Ursprünglich hatte ich dieses Picknick doch auch vorgeschlagen, damit er meine Freunde kennenlernen, mehr über mein Leben erfahren kann. Doch er hat kaum mit ihnen geredet, jedenfalls nicht über *ihr* Leben, *ihre* Arbeit, *ihre* Interessen. Dann empfindet er das Abendessen, das ich für uns machen will, als ungenügend und korrigiert es nach seinen Vorstellungen, um es anschließend wortlos in sich hineinzuschaufeln, während er am anderen Ende des Tischs bei Phoebe sitzt und ihr hilft, ein Einhorn zu zeichnen.

Zwar zeigte Phoebe mir stolz das Ergebnis nach dem Abendessen, davon abgesehen kam ich mir jedoch vor wie Luft. War es schon immer so zwischen uns, und ich habe es nur nicht bemerkt? War ich so froh, als stiller Gast zu ihrer trauten Zweisamkeit zugelassen zu werden? Hatte ich so viel zu tun, dass ich nicht darauf geachtet habe, was in unserer Beziehung vor sich geht? Oder war ich so erleichtert, wenigstens hinter irgendetwas in meinem Privatleben einen Haken machen zu können und dabei nichts fühlen zu müssen – weder Schuld noch Liebe noch Angst oder Unsicherheit –, dass ich einfach zuließ, wie dieses frostige Alltagseinerlei meine Zukunft wurde?

Oder hat sich etwas verändert, seit Elliot wieder in mein Leben getreten ist? Und sorgt ebendies in unserem schlichten, monotonen kleinen Leben für Verwerfungen?

Sean gibt mir kleine Küsse aufs Schlüsselbein und arbeitet sich den Hals hoch. Er ist bereit, zieht sich die Boxershorts aus und will loslegen, obwohl wir in den letzten beiden Stunden höchstens drei Worte gewechselt haben.

»Darf ich dich etwas fragen?«, bringe ich hervor.

Er nickt zwar, bahnt sich aber weiterhin küssend einen Weg zu meinem Kinn, dann zu meinem Mund. »Alles«, murmelt er an meinen Lippen.

»Freust du dich darauf, wieder zu heiraten?«

Er schiebt seine Hand zwischen meine Beine und öffnet sie, als wolle er diese Frage erst beantworten, wenn er in mich eingedrungen ist. Doch ich drehe mich auf die Seite. Er seufzt und stützt seine Stirn auf meinen Hals. »Na klar, Süße.«

Ich zucke leicht zurück. »*Na klar, Süße?*«

Stöhnend rollt Sean sich ebenfalls auf die Seite. »Ist es nicht das, was du wolltest? Denn ich«, sagt er, »war schon mal verheiratet und weiß ziemlich gut, was toll daran ist und was nicht so toll. Aber wenn du unbedingt willst –«

Ich hebe die Hand, um ihn zu unterbrechen. »Erinnerst du dich noch, wie es dazu kam?«

Er denkt einen Moment nach. »Du meinst, an die Nacht, in der wir darüber geredet haben?«

Ich nicke, obwohl »die Nacht, in der wir darüber geredet haben« es nicht ganz trifft. Denn nach einem Kinobesuch mit Phoebe brachten wir erst sie ins Bett, dann brachte Sean mich ins Bett und machte aus mir eine befriedigte Frau, und danach murmelte er: »Phoebe findet, wir sollten heiraten«, bevor er zwischen meinen Brüsten einschlief.

Am nächsten Morgen fiel es ihm wieder ein, und er fragte mich, ob ich ihn gehört hätte.

Ich war verwirrt und sagte nur: »Ja, ich hab dich gehört.«

»Wenn wir es machen«, sagte er, »dann richtig. Für Phoebe.«

Im dem Moment hatten wir keine Zeit, darüber zu reden, weil ich ins Krankenhaus musste, aber sein Satz verfolgte mich den ganzen Tag wie ein Ohrwurm. *Wenn wir es machen, dann richtig.*

Eigentlich erinnere ich mich nur noch an die überwältigende Erleichterung angesichts der Aussicht, wenigstens einen winzigen Teil meines Lebens einfach so geregelt zu haben. Nichts daran war chaotisch oder aufreibend. Mit Sean gab es weder himmelhoch jauchzend noch zu Tode betrübt. Sean war unkompliziert, und er und Phoebe boten eine Familie, in die ich einfach hineinschlüpfen konnte. Aber jetzt, wo mich die Intensität meiner Gefühle gegenüber Elliot übermannt, erscheint es mir fast verrückt, dass ich am Ende des Tages heimkam und Sean ein enthusiastisches »Ja« zur Antwort gab.

Jedenfalls dürfte es kein Zufall sein, dass wir seitdem kaum Pläne geschmiedet haben. Dass wir weder einen Termin noch einen Ring noch ein Kleid ausgesucht haben. Wahrscheinlich haben wir beide bemerkt, dass es Phoebe eigentlich gar nicht so wichtig ist, eine Frau im Haus zu haben oder gar eine neue Mommy zu bekommen. Und dass es uns ansonsten an guten Gründen für eine Hochzeit fehlt.

Die Einzige, die sich unablässig nach dem Stand der Dinge erkundigt, ist Sabrina, und sie ist auch die Einzige, die von vornherein erklärt hat, das Ganze sei eine Farce.

Sean streicht mir mit der Hand über die Hüfte. »Süße, ich glaube, du solltest dir darüber klar werden, was du eigentlich willst.«

Ich blicke ihm in die Augen. »Was ich will?«

»Ja«, nickt er. »Mich, Elliot, keinen von uns – was willst du?«

Wer macht so was! Rührt ihn der potentielle Verlust seiner Verlobten so wenig, dass er mir nahelegt, noch mal in aller Ruhe über diese Sache mit der Hochzeit nachzudenken, während er mir beiläufig die Hüfte streichelt und damit andeutet, dass unsere Beziehung zwar enden mag, Sex aber nach wie vor eine gute Option sein könnte?

»Stört es dich denn gar nicht, dass es offensichtlich nicht gut zwischen uns läuft?«

Sean zieht seine Hand zurück und schließt mit einem weiteren Seufzer die Augen. »Natürlich stört mich das. Aber ich habe schon so viele Höhen und Tiefen durchgestanden, dass ich nicht alles davon bestimmen lassen will. Ich kann doch sowieso nicht kontrollieren, was du fühlst und was nicht.«

Mir ist schon klar, dass seine Antwort für die Situation, in der wir stecken, genau die richtige ist – es ist eine vernünftige Reaktion wie aus dem Lehrbuch –, aber funktioniert so unser Herz? Beruhigt es sich, wenn man ihm sagt, es würde eh nichts bringen, sich aufzuregen?

Nun liegt er da, den Arm über den Augen, und ich sehe ihn an und warte auf eine Gefühlsregung, irgendeine Emotion, die mir ein Zeichen gibt. Ich versuche etwas, das ich früher manchmal bei Elliot getan habe, und stelle mir vor, wie er aufsteht, zur Tür hinausgeht und nie mehr zurückkommt. Bei Elliot drehte sich mir immer der Magen um.

Bei Sean empfinde ich in diesem Moment nur vage Erleichterung.

Ich denke an Elliots Miene, als ich ihm sagte, dass ich verlobt sei. Und ich denke an sein Gesicht an diesem Nachmittag: die

Sehnsucht darin, den Schmerz in seinen Augen, als wir uns voneinander abwandten, um getrennte Wege zu gehen. Nach elf Jahren trauert er noch immer um das, was wir hatten.

Ich habe Angst vor dem, was ich empfinde, vor allem aber fühle ich mich, als wäre ich gerade aufgewacht. Und ich war mir so sicher, dass ich keine intensiven Gefühle in meinem Leben mehr zulassen wollte, doch Tatsache ist: Ich sehne mich verzweifelt danach.

Als ich Sean wieder ansehe, fühle ich mich wie bei einem One-Night-Stand, als läge ich neben einem Fremden.

Ich stemme mich hoch und steige aus dem Bett.

»Wo willst du hin?«, fragt er.

»Auf die Couch.«

Er folgt mir. »Bist du sauer?«

Dies ist die seltsamste Situation aller seltsamen Situationen, und Sean ist so … ruhig. Wie bin ich nur in diese Lage geraten?

»Nein, ich glaube nur, dass du recht hast«, sage ich. »Vielleicht sollte ich wirklich darüber nachdenken, was ich will.«

DAMALS

Samstag, 10. September
vor zwölf Jahren

Elliot lag lang ausgestreckt auf dem Boden und starrte zur Decke. Sein zerlesenes Exemplar von »Gullivers Reisen« ruhte schon eine ganze Weile unangerührt auf dem Kissen neben ihm. Offenbar war er so in Gedanken versunken, dass er gar nicht bemerkte, wie mein Blick jedes Mal über seinen Körper wanderte, wenn ich eine Seite umschlug.

Langsam fragte ich mich, ob er jemals aufhören würde zu wachsen. Er war fast siebzehn, und seine Beine in den Shorts wirkten endlos lang. Die Behaarung war dichter geworden, als ich es von unserer letzten Begegnung in Erinnerung hatte. Es war nur ein leichter brauner Flaum auf seiner sonnengebräunten Haut, aber unzweifelhaft männlich. Es gefiel mir.

Das Seltsamste daran, jemanden in so großen Abständen zu sehen, waren die Veränderungen, die einem sonst vermutlich gar nicht aufgefallen wären. Wie Haare an den Beinen, die auf einmal da waren. Oberarme, an denen plötzlich ein Bizeps sichtbar wurde. Hände, die ihre kindlichen Rundungen verloren hatten und die Hände eines Mannes geworden waren.

Als wir uns erzählten, was in der letzten Zeit passiert war, sagte er, dass er versuchen würde, seine Eltern zu überreden, seine Augen operieren lassen zu dürfen, damit er keine Brille mehr tragen müsse. Ich stellte mir vor, wie es wäre, ihn ohne Brille zu sehen. Dann würde ich ihm direkt in seine goldbraunen Augen blicken können, ohne den schützenden schwarzen Rahmen darum. Mir gefiel Elliots Brille, aber die Vorstellung, ihm ohne das Glas zwischen uns nahe zu sein, ließ ein warmes Gefühl in meinem Magen aufflattern.

»Was wünschst du dir zu Weihnachten?«, fragte er unvermittelt und sah mich an.

Ich zuckte zusammen. Bestimmt konnte er mir an der Stirn ablesen, dass ich ganz und gar nicht unschuldige Hintergedanken gehegt hatte. Seit dem letzten Mal hatten wir uns nicht mehr geküsst. Aber ich wünschte es mir, sehr sogar.

Seine Frage hallte in mir nach. »Zu Weihnachten?«

Er zog seine dunklen Augenbrauen zusammen. »Ja. Zu Weihnachten.«

Ich bemühte mich um Fassung. »Hast du darüber die ganze Zeit nachgedacht?«

»Nein.«

Ich wartete auf eine Erklärung, die jedoch nicht kam.

»Ehrlich gesagt, weiß ich es nicht«, sagte ich also. »Gibt es einen besonderen Grund, warum du mich im September danach fragst?«

Elliot rollte sich auf die Seite und stützte den Kopf in die Hand. »Ich wollte dir nur etwas richtig Schönes schenken. Etwas, das du dir wünschst.«

Ich legte mein Buch nieder und drehte mich ebenfalls zu ihm. »Du musst mir nichts schenken, Elliot.«

Er stöhnte frustriert und setzte sich auf. Dann stieß er sich vom Teppich ab und wollte aufstehen, doch ich hielt ihn am Handgelenk zurück.

»Bist du wegen irgendwas sauer?«

Eigentlich stritten Elliot und ich uns nie. Allein die Vorstellung, dass irgendwas zwischen uns nicht stimmen könnte, verunsicherte mich und machte mir Angst. Ich spürte den Puls unter seiner Haut, stetig pochend wie eine Trommel.

»Denkst du überhaupt an mich, wenn du dort bist?«, stieß er hervor und atmete geräuschvoll aus.

Ich brauchte eine Sekunde, um zu verstehen, was er meinte. Wenn ich zu Hause war. Fort von ihm. »Natürlich.«

»Und wann?«

»Ständig. Du bist mein bester Freund.«

»Dein *bester Freund*«, wiederholte er.

Mir sank das Herz, es tat fast weh. »Ja, und noch viel mehr. Du bist das Wichtigste für mich, mein Freund für alles.«

»Im Sommer hast du mich geküsst und dann so getan, als wäre es nie passiert.«

Das traf mich wie ein Schlag. Ich schloss die Augen und schlug die Hände vors Gesicht. Er hatte recht, genau so war es gewesen. Nach unserem Kuss in der Küche hatte ich einen Rückzieher gemacht und war kommentarlos zu unserer Routine zurückgekehrt: morgens lesen auf dem Dach, mittags essen im Schatten, nachmittags schwimmen im Fluss. Ich hatte ständig seinen Blick auf mir gespürt, hatte gesehen, wie unruhig er war und dass er sich offensichtlich zurückhalten musste. Doch wenn ich daran dachte, wie weich seine Lippen gewesen waren und wie ich seinen Atem auf meiner Haut gespürt hatte, war irgendetwas in mir dahingeschmolzen, und genau das hatte mich zurückschrecken lassen.

»Es tut mir leid«, sagte ich.

»Was genau tut dir leid?«, fragte er und rückte an mich heran. »Dass dir unser Kuss nicht gefallen hat?«

Seine Worte ließen mich zusammenzucken. Meine Hände waren plötzlich eiskalt. »Hat es sich denn so angefühlt, als würde mir nicht gefallen, dich zu küssen?«

»Ich weiß nicht«, erwiderte er und zuckte hilflos die Achseln. »Eigentlich dachte ich, es gefällt dir. Und zwar sehr. Und mir gefiel es auch. Ich muss ständig daran denken.«

»Ehrlich?«

»Ja, ehrlich, Macy. Aber dann bist du …« Er sah mich mit verkniffener Miene an. »… bist du komisch geworden.«

Wirre Gedanken wirbelten mir durch den Kopf: das Bild von ihm und Emma in der Einfahrt, und die vertraute Panik bei der Vorstellung, er könnte nicht mehr Teil meines Lebens sein. »Aber da ist doch noch Emma –«

»Zum Teufel mit Emma«, sagte er so schroff, dass ich unwillkürlich zurückwich.

An Elliots Miene sah ich, dass es ihm leid tat. Er streckte die Hand aus und strich mir eine Haarsträhne aus dem Gesicht. »Ehrlich, Macy. Zwischen mir und Emma läuft nichts. Aber ist das wirklich der Grund, warum du nicht über unseren Kuss reden willst?«

»Ich glaube, ich habe einfach Angst, was daraus werden kann. Angst, es zu vermasseln. Das mit uns. Was ist, wenn es schiefgeht?« Ich senkte den Blick und fügte hinzu: »Ich hatte doch noch nie einen Freund – oder irgendetwas in der Richtung. Außer meinem Vater bist du der einzige Mensch, der mir wirklich nahesteht, und ich weiß nicht, was ich tun würde, wenn du nicht mehr für mich da wärst.«

Immer wenn ich abends die Augen schloss, sah ich Elliot vor mir. An den meisten Abenden sehnte ich mich danach, ihn vor dem Einschlafen anzurufen, nur um seine Stimme zu hören. Weiter als bis zum nächsten Wochenende, an dem wir uns sehen würden, mochte ich nicht denken, weil ich nicht wusste, ob unsere Pläne sich miteinander vereinbaren ließen. Ich stellte mir vor, wie Elliot nach Harvard ging und ich irgendwo in Kalifornien studierte. Wie unsere Freundschaft langsam im Sand verlief. Es war eine erschreckende Vorstellung.

Als ich ihn wieder anschaute, sah ich, dass der strenge Zug um seinen Mund verschwunden war. Er setzte sich direkt vor mich, so dass unsere Knie sich berührten.

»Ich gehe nirgendwohin, Mace.« Er fasste meine Hand. »Ich brauche dich genauso wie du mich, verstanden?«

»Verstanden.«

Elliot presste die Fläche seiner Hand so gegen meine, dass sich unsere Finger miteinander verschränkten.

»Denkst du denn auch an mich?«, fragte ich. Nun, da er das Thema angesprochen hatte, quälte mich diese Frage.

»Manchmal habe ich das Gefühl, ich würde an nichts anderes mehr denken«, flüsterte er.

Mir wurde warm ums Herz. Lange, bis er wieder etwas sagte, betrachtete ich nur unsere verschränkten Hände. Die Nähe zwischen uns versetzte mich in Aufruhr, und die Knöpfe an seinem Hemd zogen meinen Blick wie magnetisch an.

»Lieblingswort?«, flüsterte er.

»*Aufknöpfen*«, antwortete ich ohne nachzudenken und spürte, wie er lächelte. »Und deins?«

»*Knistern.*«

»Hast du wirklich keine Freundin?«, fragte ich, und die Worte fuhren wie ein harscher Windstoß durchs Zimmer, so als wäre ein Fenster aufgesprungen.

Er runzelte die Stirn und löste den Blick von unseren Händen. »Ist das eine ernstgemeinte Frage?«

»Ich will mich nur vergewissern.«

Da ließ er meine Hand los und wandte sich wieder seinem Buch zu. Aber er las nicht, sondern sah aus, als wollte er es mir am liebsten an den Kopf schmeißen.

Ich rutschte näher zu ihm. »So abwegig ist die Frage doch nicht.«

Mit offenem Mund legte er das Buch nieder. »Macy. Ich habe dich gerade gefragt, ob du an mich denkst. Ich habe gefragt, wieso du nach unserem Kuss so komisch warst. Glaubst du wirklich, ich hätte das Thema überhaupt angesprochen, wenn ich eine Freundin hätte?«

Verlegen biss ich mir auf die Unterlippe. »Nein.«

»Hast du denn einen Freund?«

Ich grinste ihn an. »Nicht nur einen. Weißt du doch.«

Er stieß ein Lachen aus, schüttelte den Kopf und nahm erneut sein Buch.

In meiner Vorstellung hatte ich ihn schon oft geküsst, und dann hatten wir es sogar wirklich getan, aber wo standen wir nun? Perfekte Phantasie, noch bessere Realität, möglicherweise gefährliche Nachwirkungen. Wenn ich mir nun ausmalte, ihn zu küssen, musste ich unweigerlich an ein schmerzhaftes Ende denken, und dann zog sich sofort mein Magen zusammen.

Und doch konnte ich nicht den Blick von ihm abwenden. Seit wann war er eigentlich nicht mehr schlaksig und ungelenk, sondern so perfekt? Der knapp siebzehnjährige Elliot war ein Kunstwerk aus langen Linien und fein definierten Muskeln. Ich hatte keine Ahnung, wie ich so einen Körper berühren sollte, sollte ich jemals die Gelegenheit dazu bekommen. Aber wie ich Elliot kannte, würde er es mir schon erklären. Mir wahrscheinlich ein Lehrbuch über die männliche Anatomie in die Hand drücken und ein paar Diagramme zeichnen.

Ich schnaubte. Er blickte auf.

»Wieso starrst du mich so an?«, fragte er.

»Ich … hab doch nicht …«

Nun war er es, der schnaubte, um seinen Unglauben kundzutun. »Alles klar.« Er streckte sich den Nacken, dann sah er erneut zu mir. »Du starrst immer noch.«

»Ich hab mich nur gefragt, wie das funktioniert«, erklärte ich.

»Was?«

»Wenn du …« Ich machte eine vielsagende Bewegung mit der Hand. »Wenn Jungs mit ihrem … du weißt schon.«

Fragend zog er die Augenbrauen in die Höhe. Ich konnte sehen, wie es ihm dämmerte. Seine Pupillen wurden so groß, dass seine Augen fast schwarz wirkten.

»Du willst wissen, wie es funktioniert, wenn ich mir einen runterhole?«

»Elliot! Ich habe keine Brüder, meine Mutter ist tot – irgendjemand muss es mir ja erklären.«

»Erst ist dir sogar Küssen zu viel, und jetzt soll ich dir erzählen, wie es ist, wenn ich komme?«

Ich schluckte, weil es mir vor Aufregung die Kehle zuschnürte. »Dann eben nicht.«

»Macy«, sagte er, nun sanfter, »warum bist du eigentlich mit niemandem aus Berkeley zusammen?«

Ich starrte ihn mit aufgerissenen Augen an und gab ihm die Antwort, die allzu offensichtlich war. »Weil ich mich nicht für andere Jungen interessiere.«

»*Andere* Jungen?«

»Keinen«, verbesserte ich mich hastig.

»*Andere* setzt voraus, dass es *einen* Jungen gibt« – er hielt eine Hand in die Höhe und ließ dann die andere folgen – »und *andere*. Und du sagtest gerade, du seist nicht an *anderen* Jungen interessiert. Also gibt es nur *einen*, für den du dich interessierst?«

»Verdreh mir nicht die Worte im Mund.«

Er grinste schief. »Wer ist denn der *eine*?«

Darauf sah ich ihn lange Zeit nur an. Ich holte tief Luft und entschied, dass dieses Gespräch nicht unbedingt schlecht enden musste. »Du weißt, dass ich jeden Jungen mit dir vergleiche. Und du wirst mir jetzt nicht erzählen, das sei etwas Neues für dich.«

Sein Grinsen wurde breiter. »Ehrlich?«

»Na klar. Ist doch normal. Du bist mein Freund für alles, schon vergessen?«

»Dein Freund für alles, von dem du mehr übers Wichsen erfahren willst.«

»Ganz genau.«

»Dein Freund für alles, mit dem kein anderer mithalten kann und der dich zumindest ein Mal küssen durfte.«

»So ist es.« Es gefiel mir gar nicht, welche Richtung das Gespräch nahm. Dies roch nach Geständnissen, und Geständnisse zogen Veränderungen nach sich. Geständnisse waren der erste Schritt dazu, dass Gefühle noch stärker wurden, schon allein, weil sie ihnen mehr Raum gaben. Geständnisse führten zu Liebe, und Liebe zu gestehen barg in etwa so viele Gefahren in sich, als würde man sich an ein Bahngleis ketten.

»Also sollte dein Freund für alles möglicherweise dein fester Freund sein.«

Ich starrte ihn an, und er starrte mich an.

Unwillkürlich sagte ich: »Möglicherweise.«

»Möglicherweise«, flüsterte er nickend.

HEUTE

Donnerstag, 26. Oktober

Sabrina hält ihr Versprechen und kommt mit Viv in die Stadt, um mit mir zu Mittag zu essen. Das Picknick liegt fast zwei Wochen zurück, aber dies ist der erste Termin, den wir gefunden haben, denn ich habe mich nun endgültig in meiner Arbeit vergraben. Sean habe ich in wachem Zustand seitdem nur dreimal gesehen, so komisch sich das anhört.

Möglicherweise liegt es auch daran, dass ich immer noch auf der Couch schlafe.

Dennoch habe ich mich nicht zu dem letzten Schritt durchringen können, meine Sachen zu packen und nach Berkeley zurückzuziehen. Warum, weiß ich selbst nicht genau, vielleicht fürchte ich das Pendeln oder die Geister der Vergangenheit, denn natürlich zeugt alles in diesem Haus von meiner Mutter und meinem Vater. Es würde sich anfühlen, wie eine Zeitkapsel zu betreten, wenn ich wieder dort einzöge.

Als ich das Café betrete, verrät mir Sabrinas Miene, dass meine Versuche, die dunklen Ringe unter meinen Augen zu überschminken, nicht von Erfolg gekrönt waren.

»Liebe Güte«, sagt sie leise, als ich ihr gegenüber Platz nehme.

»Du siehst aus, als wärst du vom Friedhof der Kuscheltiere auferstanden.«

Ich lache und greife nach dem Glas Wasser vor mir. »Vielen Dank.«

»Wenn ich das gewusst hätte, hätte ich dir einen doppelten Latte bestellt.«

»Kein Kaffee«, entgegne ich und hebe abwehrend die Hand. »Der war diese Woche mein Hauptnahrungsmittel, und jetzt brauche ich etwas … Gesundes. Einen Smoothie oder so.«

Ich spüre ihren Blick auf mir, während ich die Karte studiere.

»Erzähl mir, was los ist«, sagt sie und lehnt sich zu mir. »Seit unserem letzten Treffen bist du völlig verändert.«

»Ich hatte jede Menge Arbeit. Es ist viel zu tun – die Grippewelle rollt los.« Unwillkürlich werfe ich einen Blick zu Viv, die in ihrem Buggy neben dem Tisch schläft. »Und mit Sean läuft es gerade nicht so gut.«

»Ach wirklich?«, hakt Sabrina nach, und ich sehe ihr lieber nicht ins Gesicht, weil ich nicht weiß, wie ich mich fühlen werde, wenn ihre Miene so fröhlich ist wie ihr Tonfall. »Was ist denn los?«

Jetzt werfe ich ihr doch einen Blick zu, mit dem ich sie anflehe: *Erspar mir das doch bitte.* »Sabrina.«

»Was?«

»Ist das wirklich nötig?« Ich fühle mich, als könnte ich jeden Moment in Tränen ausbrechen. »Du weißt genau, was los ist!« Ich hebe die Hand und zähle an den Fingern ab: »Ich verrate dir kein Geheimnis, wenn ich sage, dass ich Sean letztlich gar nicht richtig kenne. Trotzdem haben wir uns nach ein paar Monaten verlobt. Ich bin Elliot wiederbegegnet, und ihn zu sehen, hat … ich weiß nicht … ein Erdbeben in mir ausgelöst. Und dann: Was sagt man dazu? Kaum ist Elliot zurück – Überraschung! –, läuft's nicht mehr gut mit Sean.«

Sabrina nickt, sagt jedoch nichts.

»Was bist du so still? Freust du dich nicht, das zu hören?«

»Für mich zählt nur, dass du glücklich bist. Ich würde mich freuen, noch einmal das Funkeln in deinen Augen zu sehen, das du beim Picknick hattest. Oder noch einmal zu sehen, wie du rot wirst, nur weil dich jemand anschaut.«

»Sabrina, ich war wirklich mit Sean glücklich. Nur, weil ich *mehr* fühle, wenn Elliot in der Nähe ist, heißt das noch lange nicht, dass diese Gefühle gleich wichtiger sind oder mich glücklicher machen werden.«

»Glaubst du an das, was du da sagst? Weiß du denn überhaupt, wie Glück sich anfühlt? Diese Frage habe ich mir neulich gestellt. Ich habe mich gefragt, ob ich dich vor dem Picknick jemals glücklich gesehen habe.«

Das trifft mich wie ein Schlag. Eine Ohrfeige von jemandem, der mich seit zehn Jahren kennt. »Das kann nicht dein Ernst sein.«

Sabrina schüttelt den Kopf. »Als Elliot auf uns zukam – ich schwöre dir, ich habe dich vorher noch nie so strahlen sehen, dein ganzer Körper hat auf ihn reagiert. Und mit einem Mal hatte ich das Gefühl, dass ich alles, was ich über dich zu wissen glaubte, in Frage stellen müsste.«

»Wow«, sage ich langsam. Das muss ich erst einmal verdauen.

»Du sagst, du wärst glücklich. Aber bist du dir sicher, dass du dein Leben lebst? Oder vegetierst du nur vor dich hin?«

»Sabrina, das liegt an der Assistenzzeit und den achtzig Stunden Arbeit pro Woche.«

»Nein«, erwidert sie und schüttelt entschieden den Kopf. Sie lehnt sich mit ihrem Kaffeebecher zurück. »Erinnerst du dich noch an unser erstes Jahr auf dem College?«

Ich spüre, wie der dunkle Schatten dieser Zeit auf mich fällt. »Kaum.«

»Seit ich dich kenne, waren wir eigentlich immer zu dritt, Elliot war immer dabei, wie ein Schatten, der dir überallhin folgte. Manchmal hatte ich das Gefühl, du würdest mir bestimmte Dinge nur erzählen, weil er nicht da war, um dir zuzuhören.« Als ich widersprechen will, hebt sie abwehrend die Hand. »Das soll überhaupt kein Vorwurf sein. Für mich war Dave ja auch immer da. Aber so ähnlich war Elliot eben auch immer bei dir: in deinen Gedanken und bei allem, was du getan hast. Wenn du mit Jungs ausgegangen bist, war es manchmal so, als ob du dich heimlich verdrückt und dann nachts wieder zurückgeschlichen hättest, als könnte irgendjemand wütend werden, wenn er mitbekäme, dass du ein Date hattest.«

Ich atme geräuschvoll aus, weil ich sie dafür hasse, dass sie das tut: dass sie die Wahrheit, die so lange nur in den Untiefen meiner Erinnerung geschlummert hat, ans Licht zerrt.

»Erinnerst du dich noch an dein erstes Mal mit Julian?«

Ich stöhne und muss dennoch lachen. Und wie ich mich daran erinnere. Es war mitten in unserem ersten Jahr auf dem College. Julian war ein Gitarre spielender Halbgott mit langen Haaren, der schon im dritten Jahr war. Er sah umwerfend aus, was ihm nur allzu bewusst war, und er war längst nicht so tiefsinnig, wie er glaubte –, aber vielleicht urteile ich im Rückblick zu streng. Jedenfalls fing er aus unerfindlichen Gründen an, sich für mich zu interessieren, sehr zum Unmut der Schar von Mädchen, die ihn anhimmelten. Und irgendwann erklärte ich mich bereit, mit ihm auszugehen – damals hoffte ich noch, dass ich womöglich alles vergessen könnte, was ich in Kalifornien hinter mir gelassen hatte, wenn ich mich auf jemand Neuen einließe.

Nach unserem ersten Date gingen wir zu ihm und hatten Sex, an den ich mich nicht mehr genau erinnere. Was ich hingegen noch ganz genau weiß, ist, wie ich dabei die ganze Zeit dachte, dass mindestens fünfzehn Frauen liebend gern mit mir getauscht hätten. Irgendwie machte er seine Sache zwar gut, doch ich wartete nur darauf, dass er endlich fertig wurde, damit ich nach Hause gehen und mich in meinem eigenen Bett zusammenrollen konnte.

Als ich endlich in das Wohnheimzimmer zurückkehrte, das ich mit Sabrina teilte, musste ich mich übergeben, noch bevor ich ein einziges Wort sagen konnte, und zwar direkt auf ihre heißgeliebten roten Doc Martens. Und dann brach ich hysterisch schluchzend zusammen und erzählte ihr von Elliot.

»Der arme Julian«, sage ich.

»Er war eigentlich ganz süß«, erwidert sie. »Und eine Weile funktionierte es zwischen euch auch, weil du dich ohnehin nicht richtig auf ihn eingelassen hast. Du hast dich kaum auf jemanden eingelassen, Macy. Es gibt gerade mal eine Handvoll Menschen, die mit dir etwas zu tun haben, die deine Freunde sind. Alle anderen lässt du nicht an dich ran.«

Ich will schon widersprechen, da hebt sie gebieterisch die Hand.

»Lass mich ausreden. Ich arbeite schon seit dem Picknick an dieser Predigt.«

Ich muss lächeln, obwohl mich ihre Worte noch mehr aufwühlen, als ich es ohnehin schon bin. »Ist gut.«

»Sean ist sicher ein toller Mann, aber mit ihm wiederholst du letztlich nur die Geschichte von dir und Julian. Es bleibt alles an der Oberfläche. Für ihn hast du nie empfunden, was du für Elliot empfunden hast, aber das ist in Ordnung für dich. Denn du willst so etwas auch nie wieder empfinden.«

Ich nicke knapp. Es ist Sabrina wirklich nicht zu verdenken, dass sie ausspricht, was auch mir langsam klar wird.

»Ganz ehrlich, Macy«, sagt sie sanft, »findest du das nicht ein bisschen selbstsüchtig? Du gibst immer nur so viel, wie es dir passt – und riskierst nichts. Du kannst von Glück reden, dass Sean sich mit dem wenigen zufriedengibt, was er von dir bekommt.«

Ich lehne mich auf meinem Stuhl zurück. »Himmel«, sage ich. »Halte bloß mit nichts hinterm Berg.«

Sie beißt sich auf die Unterlippe und sieht mich forschend an. »Liege ich etwa falsch?«

Ich reibe mir mit den Händen übers Gesicht und fühle mich so erschöpft wie die ganze Woche nicht. »So einfach ist das nicht, und das weißt du auch.«

Sabrina schließt die Augen und atmet langsam aus. Dann sieht sie mich wieder an und sagt leise: »Ich weiß, Süße. Die Sache ist nur … Du tust so, als könntest du Elliot einfach links liegen lassen und mit Sean weitermachen wie bisher. Aber kannst du das wirklich? Und wenn nicht: Warum bist du dann noch mit einem anderen verlobt?«

»Ich weiß«, räume ich ein und spüre, wie es in mir zu rumoren beginnt.

Ihre Miene wird sanfter. »Willst du nicht wissen, was zwischen Elliot und dir sein könnte? Das Schlimmste, was dir passieren könnte, wäre doch, dass es mit ihm nicht klappt und dein Leben ohne ihn weitergeht.« Sie neigt sich zu mir und fügt leise hinzu: »Und das kannst du verkraften, das weißt du. Nicht gut, aber du kannst es.«

Ich spiele mit meiner Gabel.

»Was hält dich bei Sean?«

Ich weiß, sie will eine ernsthafte Antwort hören, aber mir wird das alles zu viel. »Seine Wohnung liegt so günstig.«

Sie lacht so laut, dass Viv aus dem Schlaf aufschreckt. »In der Hölle schütteln sie schon die Kissen für dich auf, Macy Lea Sorensen.«

»Ich glaube nicht, dass es in der Hölle Kissen gibt«, erwidere ich lächelnd. »Und natürlich war das ein Scherz. Ich traue mir momentan nur selbst nicht über den Weg, weil ich noch vor kurzem überzeugt war, vollkommen glücklich mit Sean zu sein. Was ist, wenn diese ganze Sache mit Elliot nur eine Seifenblase ist? Wenn mir meine Gefühle einen Streich spielen?«

»Mm-mh«, erwidert sie darauf skeptisch.

Ich starre sie an. »Komm schon.«

»Nichts, komm schon! Du weißt, dass ich recht habe. Sean ist unkompliziert, schon klar. Er ist robust wie ein Kaktus und Elliot eine zarte Orchidee. Auch das hab ich verstanden. Aber …«

»Was – aber?«

»Jetzt sei mal kein Pimmel«, gibt Sabrina zurück. Es gefällt ihr nicht, dass der Begriff *Pussy* als Synonym für Schwäche benutzt wird, vor allem nicht, seit sie auf die herkömmliche Art ein fünf Kilo schweres Baby auf die Welt gebracht hat. »Wenn du dir vorstellst, Elliot zu küssen: Was fühlst du dann?«

Sofort breitet sich Hitze in meinem ganzen Körper aus, und ich merke, dass man es mir ansieht. Ich weiß ganz genau, wie es ist, Elliot zu küssen. Ich weiß, wie es sich anhört, wenn er kommt. Ich weiß, wie seine Hände über meinen Körper wandern, wie sie immer schneller werden, je erregter er ist. Ich weiß, dass er es vermag, eine Frau überall dort zu berühren, wo sie es sich wünscht, sie zu küssen, ihr Lust zu bereiten, weil er es mit mir gelernt hat.

Ich weiß, wie gut es war, auch wenn ich es nur für kurze Zeit erleben durfte.

»Das nenne ich mal eine Antwort«, bemerkt Sabrina und lehnt sich zurück, weil die Kellnerin kommt, um unsere Bestellung aufzunehmen.

Als sie wieder geht, vibriert mein Handy in der Tasche, und beim Blick auf den Bildschirm muss ich lachen. Es ist eine SMS von Elliot, mit dem ich seit dem Picknick keinen Kontakt hatte.

Ich hätte dich so gern dabei.

Hast du wegen Silvester
mit Sean geredet?

Sieh es doch als gute Gelegenheit, dich ein bisschen für die Hochzeit zu informieren, die du nicht planen willst.

Ich drehe mein Handy um und zeige Sabrina die Nachrichten. Sie schüttelt lachend den Kopf und sagt: »Intervention vollzogen.«

DAMALS

Samstag, 17. Januar

vor elf Jahren

Elliot machte es sich auf dem Boden bequem, zog ein neues Kissen vom Futon und schob es sich unter den Kopf. Es war zwei Uhr nachmittags, und mein Vater und ich hatten es wegen eines beunruhigenden Klapperns unter der Motorhaube des Volvo gerade so bis hierher geschafft. Während Dad und Elliots Vater sich um den Wagen kümmerten, hatten Elliot und ich auf den Verandastufen gesessen und kaltes Hühnchen verschlungen, das vom Mittagessen übriggeblieben war. Als wir zurück im warmen Haus waren, schien es wahrscheinlicher, dass wir gleich einnicken würden, statt auch nur ein Kapitel zu lesen.

Elliots Stimme klang noch tiefer als am Wochenende zuvor. »Lieblingswort?«

Ich schloss die Augen und dachte nach. »*Qualvoll.*«

»Wow«, sagte Elliot nur, und als ich ihm einen Blick zuwarf, sah ich, dass er mich neugierig beobachtete. »Gefällt mir. Was gibt's Neues?«

Ich kickte meine Schuhe von den Füßen und traf ihn mit einem fast am Kopf. Zwar hatten wir schon die letzte Stunde miteinander verbracht, aber in diesem Bücherzimmer mit seinen blauen Wänden und den Sternen, mit Elliots warmem Körper so dicht bei mir schien sich etwas in mir zu lösen. Die letzte Zeit war hart für mich gewesen. Mochte ich die Schule in der neunten und zehnten schon schlimm gefunden haben, wusste ich jetzt, dass es noch viel schlimmer kommen konnte.

»Mädchen sind scheiße. Mädchen tratschen und sind missgünstig und einfach so was von scheiße«, verkündete ich.

Elliot markierte die Seite, die er gerade las, klappte das Buch zu und legte es beiseite. »Erklärung?«

»Meine Freundin Nikki«, setzte ich an, »steht auf einen Typen namens Ravesh. Aber Ravesh hat nicht sie, sondern mich zum Frühlingsball eingeladen. Was ich jedoch abgelehnt habe, weil ich ihn zwar ganz nett, aber bei weitem nicht so toll wie Nikki finde. Trotzdem ist Nikki nun total sauer auf mich – als könnte ich was dafür, dass Ravesh mich gefragt hat und nicht sie. Also hat sie unserer Freundin –«

»Atmen.«

Ich holte tief Luft. »Also hat sie unserer Freundin Elyse erzählt, *ich* hätte einem Freund von Ravesh gesteckt, dass ich mit ihm zum Ball gehen wollen würde, nur damit er mich fragt. Und dann hätte ich abgelehnt. Weil Elyse ihr glaubt und nicht mir, sprechen nun keine der beiden mit mir.«

»*Spricht* nun keine der beiden mit dir«, korrigierte mich Elliot, entschuldigte sich aber sofort leise, als er meinen Blick bemerkte. Dann sagte er: »Eins steht fest. Elyse und Nikki *ist* beide ein Miststück.«

Ich lachte und konnte gar nicht mehr damit aufhören. In unserem Bücherschrank fühlte sich alles so leicht an. Warum konnte es nicht immer so sein?

Elliot kratzte sich am Kiefer und sah mich forschend an. »Du solltest einfach mit mir zum Frühlingsball gehen.«

»Würdest du denn mitkommen? Du hasst doch so was.«

Elliot nickte und fuhr sich mit der Zunge über die Lippen, was mich kurz ablenkte.

»Es wollen dich sowieso alle kennenlernen.« Ich konnte meinen Blick nicht von seinem Mund abwenden, weil ich mir ausmalte, wie es sich anfühlen würde, wenn seine Zunge meine Lippen noch einmal berührte.

»Passt ja wie die Faust aufs Auge, weil ich nicht den geringsten Wunsch verspüre, auch nur einen von ihnen kennenzulernen.« Er grinste mich an. »Allerdings will ich dich mal in was anderem sehen als im Schlafanzug, in Jeans oder Shorts.«

»Du würdest also wirklich mit mir zum Ball gehen?«

Mit gerunzelter Stirn neigte er den Kopf. »Ist es so schwer zu verstehen, dass ich für dich der Einzige sein möchte, mit dem du zu einem dämlichen Ball gehen willst?«

»Aber wieso?«

»Weil du meine beste Freundin bist, Macy, und trotz deines widersinnigen Widerstands –«

»Gute Alliteration.«

»– bist du das Mädchen, das ich will. Ich will mit dir zusammen sein.«

Vor lauter Schreck und Freude drehte sich mir der Magen um. »Aber du küsst auch andere.«

»Selten.«

»Aber du tust es.«

»Was ich eindeutig nicht tun würde, könnte ich dich küssen.«

Ich seufzte, biss mir auf die Unterlippe und versuchte, Zeit zu schinden. »Wieso kann nicht jeder so sein wie du?«

»Ich könnte ja versuchen, mich in deinem Leben so breitzumachen, dass es sich so anfühlen würde.«

Ich lächelte ihn zaghaft an und unterdrückte die altvertrauten Ängste, die dieses Thema stets in mir auslöste.

»Lieblingswort?«, fragte ich.

Er saugte kurz an seiner Oberlippe und dachte nach. »*Krux*«, sagte er leise.

HEUTE

Mittwoch, 8. November

Elliots SMS während des Treffens mit Sabrina hat eine wahre Kommunikationslawine losgetreten. Wir sind so intensiv in Kontakt, wie wir es noch nie waren, telefonieren oder simsen fast täglich. Fast ununterbrochen spüre ich seine Gegenwart, und ganz gleich, wie sehr ich es leugnen will, weiß ich doch, dass ich mich genau deswegen anders fühle, erleichtert oder lebendiger, ich kann es nicht sagen.

Die Sache mit Sean wird indes immer merkwürdiger, vorsichtig ausgedrückt. Wir haben uns weder gestritten noch darüber unterhalten, was zwischen uns sein soll und was nicht. Wenn ich Phoebe zufällig mal wach antreffe, scheint sie sich zu freuen, dass ich da bin. Auch Sean scheint sich darüber zu freuen. Ich bin sicher, wenn ich für morgen eine große Hochzeit ansetzte, würde er bedenkenlos mit mir vor den Altar treten. Und zugleich bin ich mir sicher, dass er, wenn ich die Trauung bis in alle Ewigkeit aufschöbe, niemals nachfragen würde.

Und wenn ich einfach ginge, hätte er vermutlich auch damit kein Problem.

Ich war noch nie auf so eine Weise mit jemandem zusammen, und doch könnte es so verdammt einfach sein. Das Leben mit Sean verlangt mir nicht das Geringste ab, mein Herz darf völlig außen vor bleiben. Und ich bin überzeugt, dass Sean mich nicht im Geringsten zu seinem Glück braucht. Wir könnten eine Beziehung führen, die uns beiden guten Sex, finanzielle Sicherheit, ein gemeinsames Zuhause und anregende Gespräche bei Tisch gewährt, ohne unser bisheriges Leben aufgeben zu müssen.

Aber die entscheidende Erkenntnis – dass wir uns nicht lieben und wohl auch nie geliebt haben, ja vermutlich noch nicht einmal verliebt ineinander waren – dämmert mir nicht nach und nach, sie überfällt mich völlig unvermittelt und verkündet in riesigen Lettern: *Diese Beziehung ist aus und vorbei*, wann immer wir uns höflich lächelnd im Bad oder in der Küche umeinander herum schieben.

Ich habe es so satt. Ich will es nur noch so schnell und schmerzlos wie möglich beenden. Vermutlich wird Sean auf irgendeine Weise enttäuscht sein. Als Beziehungspartner bin ich für ihn genauso bequem wie er für mich; mehr braucht er gar nicht, denn er hat die Liebe seines Lebens bereits gefunden: seine sechsjährige Tochter.

Um diese Trennung so geräuschlos wie möglich zu vollziehen, scheint es mir vernünftig, erst einmal meinen Auszug vorzubereiten und mir eine eigene Wohnung in der Innenstadt zu suchen. Daher nehme ich einen meiner wenigen Urlaubstage und treffe mich mit meiner Finanzberaterin Daisy Milligan in El Cerrito, was ich schon seit Monaten vor mir her schiebe. Sie hat schon meinen Vater in allen Geldfragen beraten, und es waren eher Sentimentalität und Bequemlichkeit als meine Überzeugung von ihren Fähigkeiten, die mich bei ihr bleiben ließen.

Immerhin muss sie trotz ihrer knapp siebzig Jahre kaum einen Blick in meine Unterlagen werfen, um mir meine finanzielle Lage darzulegen (ich habe genug, um Reparaturen am Haus und die Steuern zu zahlen, aber auch nicht viel mehr) und mir zu raten, eines meiner Häuser zu verkaufen (weil ich Rücklagen fürs Alter dringender brauche als zwei Häuser). Ich traue mich nicht zu erwähnen, dass ich selbst in San Francisco lebe und nicht einmal Mieteinnahmen aus dem Haus in Berkeley bekomme.

Es ist mir zuwider, über Geld zu reden. Und noch mehr ist es mir zuwider, mir einzugestehen, wie dringend meine finanziellen Angelegenheiten geordnet werden müssten. Insofern bin ich nach dem Termin ziemlich aufgewühlt und angespannt, und als in diesem Moment eine SMS von Elliot kommt, in der er fragt, wie mein Tag so laufe, und ich antworte, dass ich auf seiner Seite der Bucht sei … liegt es ziemlich nahe, sich zu verabreden.

Er schlägt als Treffpunkt ein Café in Berkeley vor, ohne zu wissen, dass mein Haus gleich um die Ecke ist. Daher schlage ich stattdessen vor, uns in einem Park in den Berkeley Hills zu treffen und den malerischen Wildcat Creek Trail entlangzulaufen.

Ich bin vor ihm dort. Als ich aus dem Wagen steige, schlägt mir so heftiger Wind entgegen, dass ich den Reißverschluss meiner Fleecejacke zuziehe. Die grauen Nebelwolken schieben sich über die Hügel und scheinen Zentimeter für Zentimeter ins Tal zu quellen.

Ich liebe diesen Park. Er steckt voller Erinnerungen an meine

Mutter, mit der ich oft zu der kleinen Farm gegangen bin, um dort auf Ponys zu reiten oder Kühe zu streicheln. Nach ihrem Tod kamen mein Vater und ich fast jedes Wochenende her, um die Enten im Teich zu füttern. Wir saßen schweigend da, warfen Brotbröckchen ins Wasser und sahen zu, wie die Enten aufgeregt quakend darum rangelten.

Die nostalgischen Gefühle, die der Park in mir weckt, vermischen sich mit denen, die Elliot in mir auslöst. Obwohl er und ich nie gemeinsam hier waren, kommt es mir auf einmal so vor. Als wäre er ein Teil meiner Gene, verwoben mit der DNA meiner Erinnerung.

Als ich ihn dann aus dem Nebel vom Parkplatz auftauchen und mit seinen langen Beinen auf mich zuschreiten sehe, verpufft die Beklemmung, die ich seit dem Gespräch mit Daisy empfinde, sofort.

Und mit einem Mal verstehe ich, dass Sabrina recht hatte: In den letzten elf Jahren ohne ihn habe ich nicht gelebt, nicht so, wie man sein Leben anpacken, es nutzen, verschleudern, genießen oder verabscheuen sollte.

Er scheint zu spüren, in welcher Stimmung ich bin, als er sich neben mir auf die Bank setzt und den Arm um mich legt. »Hey. Alles in Ordnung mit dir?«

Der Drang, ihn zu umarmen, lässt mir den Atem stocken. »Ja … war nur ein langer Tag.«

Da lacht er, greift meinen Pferdeschwanz und zieht sachte daran. »Es ist erst Mittag.«

»Ich hab mich mit Dads alter Finanzberaterin getroffen.«

Er kratzt sich mit der anderen Hand an der Stirn. »Ach. Und wie war's?«

»Sie will, dass ich eines der Häuser verkaufe.«

Elliot verstummt. Er weiß, was das für mich bedeutet. »Wie findest du das?«

»Nicht gut.« Ich blicke ihn an. »Aber ich weiß, dass sie recht hat. Schließlich bewohne ich keines von beiden. Trotzdem möchte ich beide behalten.«

»Weil sie viele Erinnerungen bergen. Gute und schlechte.«

Damit bringt er es auf den Punkt. Schon seit er mich das erste Mal nach meiner Mutter fragte, war es immer so mit ihm – Elliot war immer sanft, aber gnadenlos direkt.

Ich ziehe die Beine hoch und drehe mich zu ihm. Wir sind uns so nahe, dass es sich merkwürdig intim anfühlt, obwohl wir in einem öffentlichen Park sind. Aber außer uns sieht man keine Menschenseele. Heute wirken seine Augen eher grün als goldbraun wie sonst; er hat winzige Bartstoppeln, als hätte er sich heute Morgen nicht rasiert. Ich schiebe meine Hand zwischen die Knie, damit ich nicht in Versuchung gerate, seine Wange anzufassen.

»Darf ich dir eine Frage stellen?«

Elliots Blick wandert kurz zu meinem Mund und dann wieder zu meinen Augen. »Immer.«

»Findest du, dass ich Gefühle unterdrücke?«

Elliot richtet sich auf und sieht sich um, als bräuchte er einen Zeugen. »Ist diese Frage ernst gemeint?«

Ich boxe ihn leicht, worauf er übertrieben schmerzerfüllt das Gesicht verzieht. »Sabrina meinte, ich würde dazu neigen, Menschen auf Abstand zu halten.«

»Okay«, antwortet Elliot mit Bedacht. »Also mit mir hast du zwar immer über alles geredet, aber ich hatte auch immer den

Eindruck, dass du das sonst mit niemandem tust. Insofern könnte das wohl immer noch so sein.«

Da fährt ein Wagen vorbei, und sein Dieselmotor dröhnt so laut über den grasbewachsenen Parkplatz, dass wir kurz abgelenkt sind. Von der Farm, die ein Stück weiter den Schotterpfad hinauf liegt, dringen leise Tierlaute zu uns.

Als ich nichts sage, fährt er fort: »Ich meine, vielleicht bin ich voreingenommen, aber ich habe ehrlich gesagt nicht das Gefühl, dass du dich groß darüber austauschen würdest, was in dir vorgeht. Und möglicherweise lehne ich mich hier zu weit aus dem Fenster, aber ich habe auch nicht das Gefühl, dass Sean dir in dieser Hinsicht sehr unähnlich ist.«

Ich beschließe, Letzteres zu übergehen, weil ich mit Elliot auf keinen Fall über Sean reden will. Ich weiß inzwischen, was ich zu tun habe, aber ich schulde es Sean, zuerst mit ihm darüber zu sprechen. »Früher habe ich mit meinem Vater geredet«, weiche ich aus. »Vielleicht nicht so wie mit dir, aber über die Schule zum Beispiel. Und über meine Mutter.«

»Ja, aber hier geht es doch darum, mit wem du jetzt redest, oder?«, entgegnet er. »Du bist schon immer eher für dich geblieben, aber hast du jemanden, mit dem du darüber sprichst, was dich bewegt? Was dir wichtig ist? Jemanden außer Sabrina?«

»Ich habe dich.« Nach einer winzigen, peinlichen Pause erkläre ich: »Ich meine, jetzt habe ich dich … wieder.«

Seine Miene wird ernst. Er nimmt einen Zweig vom Boden, stützt die Ellbogen auf die Knie und dreht den Zweig zwischen Daumen und Zeigefinger. Schindet Zeit.

Ich weiß, was jetzt kommt.

»Macy?« Er sieht mich über die Schulter an. »Liebst du Sean?«

Ja, ich wusste, was kommt, dennoch treibt mich die Direktheit seiner Frage von der Bank und lässt mich ein paar Schritte von ihm weg machen.

»Ich hab dich erlebt, als du verliebt warst«, sagt er sanft, bleibt aber sitzen. »Und für mich sieht es nicht so aus, als seist du in ihn verliebt.«

Darauf antworte ich nicht. Doch er kann meine Gedanken trotzdem lesen.

»Ich kapier's einfach nicht«, sagt er. »Wieso bist du mit ihm zusammen?«

Ich drehe mich zu ihm und sehe ihn an, sehe seine gerunzelte Stirn, die zusammengepressten Lippen. Ich suche nach den richtigen Worten, um nicht albern oder melodramatisch zu klingen.

»Weil«, erkläre ich, »wir diesen völlig hirnrissigen Pakt geschlossen haben, den alle emotionalen Wracks kennen – auch wenn das bis vor kurzem zwischen uns unausgesprochen geblieben ist. Nämlich, dass wir uns nie ganz öffnen, uns immer nur zum Teil dem anderen hingeben. So musste ich nie Angst haben, ihn zu verlieren.« Kopfschüttelnd blicke ich auf meine Schuhe und ziehe eine Spur durch den Schotter. In mir reift die Gewissheit, dass ich mein Leben niemals mit Elliot teilen könnte. Er rüttelt an den Grundfesten meines Selbsterhaltungstriebes. Und ich hasse es, dass Sabrina recht hatte. Dass Rückzug immer mein erster Reflex ist. »Mir ist schon klar, wie feige das klingt, aber ich glaube nicht, dass ich es noch einmal ertragen könnte, einen geliebten Menschen zu verlieren.«

»So weh hat es also getan«, sagt er leise, und es ist mehr eine Feststellung als eine Frage, »was ich getan habe. Wann werden wir endlich über jene Nacht reden?«

»Ich hab nicht nur dich verloren«, sage ich.

Ich verstumme, weil es mir kurz die Sprache verschlägt. Früher wurde mir jedes Mal übel von den Erinnerungen an meine letzte Begegnung mit Elliot. Heute verkrampft sich mein Inneres nur kurz.

Ich sehe, dass er darüber nachdenkt. Er mustert mich und dreht und wendet meine Worte in seinem Kopf, als spürte er, dass da irgendetwas ist, was ihm entgangen ist.

Vielleicht leide ich aber auch an Verfolgungswahn.

»Was ist denn ihm passiert?«, fragt Elliot.

»Du meinst Sean?«

Elliot nickt und hebt noch einen Zweig auf. »War er verheiratet?«

»Ja. Sie war eine Karrierefrau, tough, erfolgreich. Bis sie irgendwann das Kokain für sich entdeckte. Sie hat dafür alles zurückgelassen. Ihn, ihr Kind.«

Sein Kopf fährt hoch. »Im Ernst?«, fragt er mit aufgerissenen Augen.

»Ja. Schrecklich.« Ich wende den Blick von ihm ab und schaue zum Parkplatz. »Ich glaube, bei ihm liegt es daran, dass er seine Tochter hat, die immer das Wichtigste für ihn sein wird. Und natürlich ist er nie wirklich über Ashley hinweggekommen. Es war ziemlich leicht für uns beide, uns auf diese Beziehung einzulassen, ohne einander wirklich nahezukommen.«

Elliot neigt sich vor. »Macy.«

»Elliot.«

»Bleibst du wegen Phoebe bei ihm?«

Verwirrt starre ich ihn an. »Was?«

»Phoebe.«

»Nein, den Namen habe ich schon verstanden. Ich verstehe nur nicht, wieso –« Jetzt begreife ich es. »Nein.«

»Ich meine, schließlich ist sie ein reizendes kleines Mädchen, das keine Mutter mehr hat …« Das sagt er in einem Tonfall, als wäre es vollkommen klar, warum ich bleibe, und zugegeben: Von außen betrachtet kann man diesen Eindruck vielleicht gewinnen. Das kann ich sogar nachvollziehen. Aber er kennt die beiden nicht.

»Phoebe braucht mich nicht«, versichere ich ihm. »Sie hat einen wunderbaren Vater, der sich hingebungsvoll um sie kümmert. Ich bin für sie wie …«, ich suche nach dem richtigen Wort, »… ein Accessoire. Nett, wenn man es hat, aber kein Mensch braucht es. Und ganz ehrlich: Ich bin sowieso nicht gerade der mütterliche Typ und wüsste nicht, was ich ihr an Wärme und Rückhalt geben sollte, was sie nicht schon von ihrem Vater bekommt.«

Darauf grunzt er leise und blickt auf den Zweig, den er langsam, aber sicher zerschreddert. »Aha.«

Ich starre ihn finster an. »Was soll das heißen?«

»Nichts. Nur ›aha‹.«

»Du kannst nicht erst so lange nachdenken und dann nur ›aha‹ sagen. Das ist herablassend.«

Er lacht und lässt den Zweig fallen, bevor er zu mir aufschaut. »Aha.«

Eine Provokation. Er will mich aus der Reserve locken.

»Verdammt noch mal.« Ich drehe mich um und starre den

Pfad hinauf zu den grauen Wolkenbergen, die sich uns entgegenschieben.

»Aber vielleicht wird sie eine Mutter brauchen, wenn sie ihre Periode bekommt«, sagt Elliot leise. »Oder wenn ihre Freundinnen sich als Miststücke erweisen.«

»Vielleicht hat sie bis dann einen Freund im Schrank, der ihr zuhört«, kontere ich, drehe mich um und werfe ihm einen argwöhnischen Blick zu. »Wieso habe ich das Gefühl, dass du mich überreden willst, bei Sean zu bleiben? Willst du eine Trotzreaktion provozieren? Oder küchenpsychologisierst du einfach nur?«

Grinsend gibt er nach. »Gut, reden wir über was anderes. Lieblingswort?«

Eine Hitzewelle überflutet mich. Das trifft mich so unerwartet, dass ich keinen klaren Gedanken, geschweige denn irgendein Wort in mir zu fassen bekomme, was auch nur annähernd zum Ausdruck brächte, was ich empfinde. »Ich muss erst mal überlegen … Und deins?«

Sein Lachen klingt wie ein leises Grollen. »*Honigsüß.*«

Ich ziehe die Nase kraus. »Ist ja toll.«

»Ja, Ma'am, das ist es sehr wohl«, sagt er bedeutsam.

Ich bewerfe ihn mit einem Kieselstein.

»Deine Stimme ist honigsüß«, murmelt er, erhebt sich von der Bank und kommt auf mich zu. »Und jetzt los: Du bist dran. Du darfst nicht zu lange darüber nachdenken. Sonst wäre es geschummelt. Du kennst die Regeln.«

Ich sehe, wie seine Lippen sich öffnen, als er auf meinen Mund starrt. Wie seine Zunge über seine Unterlippe fährt.

»*Limerenz.*«

Es gibt keinen anderen Begriff für eine solche *Besessenheit von einem anderen Menschen.*

Elliots Augen wandern zu meinen hoch, und seine Pupillen werden größer, wie ein Tropfen Tinte in einem Teich. »Du bist schrecklich.«

»Nicht mit Absicht.«

Er weist mit dem Kinn zum Schild für den Wanderweg und bedeutet mir, ihm zu folgen. Wir schlendern den Pfad entlang, und unwillkürlich muss ich daran denken, wie ich mit ihm durch die Wälder in der Nähe unseres Wochenendhauses gewandert bin oder durch ein ausgetrocknetes Flussbett im Sommer. Es fühlt sich so an, als wäre es schon eine Ewigkeit her oder doch erst zwei Wochen. Langsam verschmelzen unsere Schritte zum parallelen Knirschen von Füßen im Gleichtakt. Er hat seine Schritte den meinen angepasst.

»Bist du glücklich?«, frage ich.

Das kommt so unvermittelt, dass es mich nicht überraschen würde, wenn er auswiche. Aber das tut er nicht. »Ich hatte Momente großen Glücks, also würde ich sagen, eher ja.«

Die Antwort gefällt mir nicht. Viel lieber möchte ich, dass er fröhlich ist, geliebt, geschätzt und zufrieden, und zwar immer.

»Zugegeben«, fügt er an, »erlebe ich mehr davon, wenn ich in deiner Nähe bin.«

Es ist ein berauschender Gedanke, dass ich das für ihn bewirken kann.

»Bist du glücklich?«, fragt er.

»Bislang nicht«, antworte ich und merke, dass er mich aufmerksam ansieht. »Aber das habe ich erst verstanden, als ich wieder in deiner Nähe war.« Wir bleiben auf einer kleinen, rutschigen Brücke mitten im Wald stehen und schauen uns an. »Du lässt mich so viel empfinden«, gestehe ich kaum hörbar.

Er streckt die Hand aus und zieht sacht an meinem Pferdeschwanz. »Du mich auch. Das war schon immer so.« Er hebt die Hand und streicht mir über die Haare. »Und ich wollte dich nicht überreden, bei Sean zu bleiben. Ich finde nur, dass du dir selbst gegenüber zu hart bist.«

Skeptisch kneife ich die Augen zusammen. »Ich?«

Nickend erklärt er: »Ich glaube, du wirfst dir die Beziehung mit Sean vor. Deshalb habe ich nach Phoebe gefragt und nach …«

»Ashley?«

»Genau. Ashley.« Er schiebt sich mit der Fingerspitze die Brille hoch und starrt auf die mächtigen Bäume vor uns. »Du tust so, als wärst du nur mit ihm zusammen, weil es so leicht ist. Aber in gewisser Weise ist er bei diesem Szenario auch ein Mann, wie dein Vater es war, und du bist die Frau nach deiner Mutter. Sean hat nicht besonders viel zu geben, aber du verstehst, warum. Und du würdest niemanden ersetzen wollen.«

Schockiert starre ich ihn an. Mit nur wenigen Sätzen hat Elliot gerade erklärt, welchen Sinn es für mich ergibt, mit Sean zusammen zu sein; und gleichzeitig hat er bewiesen, dass er – Elliot – der Einzige ist, der mich versteht wie kein anderer. Ich jedenfalls habe diesen Zusammenhang erst jetzt erkannt.

»Warum bist du so nett zu mir? Nach allem, was geschehen ist?«

Darauf neigt Elliot nur den Kopf und schaut mich an. Natürlich sieht er das nicht so wie ich. Er weiß nur um seinen Betrug, nicht um meinen. »Weil ich dich liebe?«

Mit einem Mal ist meine Kehle so zugeschnürt, dass ich erst schlucken muss, bevor ich herausbringe: »Ich glaube, mir war bis jetzt nicht klar, wie gefühllos ich war. Oder vielleicht war es mir einfach nicht wichtig.«

Ich sehe, dass ihn das trifft wie ein körperlicher Schlag. »Mace …«

Ich lache bitter, weil es so verflucht grässlich klingt, was ich gesagt habe. »Schrecklich, oder?«

Unvermittelt tritt er einen Schritt näher und zieht mich an sich. Er legt einen Arm um meine Schultern und umfasst meinen Hinterkopf. Und mich überkommt das Gefühl, seit zehn Jahren nicht mehr richtig geweint zu haben.

DAMALS

Samstag, 3. Juni

vor elf Jahren

Mein Vater und ich packten alles zusammen, um den ganzen Sommer in Healdsburg zu verbringen, und dabei machte sich Nervosität in meinem Magen breit. In diesem Sommer fühlte sich alles anders an: Wir hatten die elfte Klasse beendet und würden bald unser letztes Schuljahr beginnen.

Mittlerweile kamen mir die Unterrichtsstunden interessanter und die Freunde weniger dramatisch vor. Und obwohl Elliot mich nicht zum Frühlingsball begleitet hatte – ich war überhaupt nicht hingegangen –, erschien mir der Sommer immer als die Zeit im Jahr, in der sich zwischen uns am meisten veränderte.

Ich war siebzehn, Elliot fast achtzehn. Im Sommer des Vorjahres hatten wir uns geküsst. Uns unsere Gefühle gestanden. Und seitdem sah er mich anders an: nicht mehr wie etwas, das beschützt werden musste, sondern wie etwas, das er am liebsten verschlungen hätte. Sosehr ich mir auch einzureden versuchte, wir könnten für immer nur Freunde bleiben, wusste ich doch insgeheim, dass auch ich mehr wollte. Dabei war er längst einer der beiden wichtigsten Menschen in meinem Leben.

Anstatt Angst zu haben, ihn zu verlieren, musste ich mich jetzt darauf konzentrieren, ihn zu halten.

Als er am Tag unserer Ankunft das Bücherzimmer betrat, lag ich gerade auf dem Kissenlager in der Ecke.

»Hey«, sagte er.

Kaum hörte ich seine Stimme, sprang ich auf, rannte zu ihm und warf ihm die Arme um den Hals. Es war eine ganz andere Umarmung als sonst: Anstatt darauf zu achten, dass sich nur unsere Schultern berührten und sonst nichts, presste ich meine ganze Vorderseite an ihn: von der Brust über den Bauch bis zu den Hüften. Natürlich wusste ich, dass Elliot noch derselbe war wie bei unserem letzten Besuch vor ein paar Wochen, aber nach all meinen zwanghaften, nervösen Überlegungen, wie es wohl diesen Sommer zwischen uns werden würde, kam ich selbst mir plötzlich verändert vor.

Elliot erstarrte eine Sekunde und reagierte dann mit diesem winzigen, hinreißenden Grunzen der Erleichterung. Er neigte sich vor, schlang seine Arme um mich und hauchte ein leises »Hey« in meinen Schopf.

Ein paar Atemzüge lang wurde es ganz still um uns, und meine ganze Welt bestand nur daraus, zu spüren, wie Elliots Herz an meinem klopfte und seine Hand über meinen Rücken strich.

»Ich freue mich so, dass endlich Sommer ist«, murmelte ich, an seinen Hals geschmiegt.

Immer noch lächelnd trat er einen Schritt zurück. »Ich auch.« Da war sie wieder: die atemlose Stille zwischen uns. Und dann unterbrach er sie, indem er zwei Bücher in der Hand schwenkte und sagte: »Ich hab dir was zu lesen mitgebracht.«

»Für unsere Bibliothek?«

Er lachte trocken. »Wohl eher nicht. Könnte sein, dass du die nicht rumzeigen willst.«

Ich verstand nicht, was er meinte. Dann warf ich einen Blick auf die Titel: »Das Delta der Venus« von Anaïs Nin und »Im Wendekreis des Krebses« von Henry Miller.

Ich kannte mich hinreichend in der Welt der Bücher aus, um zu wissen, dass ich diese Exemplare nicht in der Schulbibliothek finden würde.

»Was ist das?«, fragte ich dennoch, um mich zu vergewissern.

»Erotische Literatur«, erklärte er achselzuckend.

»Seit wann hast du die?«

»Schon eine ganze Weile. Aber gelesen habe ich sie erst Anfang des Jahres.«

Ich schluckte mühsam. Nach meiner Erkenntnis, dass die Dinge zwischen Elliot und mir sich eindeutig veränderten, fühlten sich diese Bücher in meinen Händen an wie glühende Kohlen.

Elliot ließ sich auf den Futon fallen. »Da du so interessiert an Fragen der männlichen Sexualität bist, dachte ich, du wolltest sie vielleicht lesen.«

Ich spürte, wie mein Gesicht zu glühen anfing. Ohne ihn anzusehen, gab ich ihm die Bücher zurück. »Nein, nicht nötig.«

Ich war bereit für den nächsten Schritt. Dennoch wurde mir bei dem Gedanken an Sex – und an Elliot – leicht schwindelig.

»Nicht nötig?«, fragte er ungläubig.

»Ich glaub nicht, dass die mir gefallen würden«, sagte ich erstickt; die Lüge wollte mir nicht leicht über die Lippen.

Er grinste. »Na dann. Ich brauch sie jedenfalls nicht mehr. Ich lass sie einfach hier, wenn du nichts dagegen hast.«

Eine Woche später kapitulierte ich. Die ganze Zeit hatten die Bücher mit ihren eher schlichten Einbänden aus dem Regal heraus gestrahlt wie Leuchttürme und mich zu sich gelockt. Ich hatte sie zwischen »Per Anhalter durch die Galaxis« und »Zen und die Kunst, ein Motorrad zu warten« geschoben – mitten in Elliots Territorium also, als Hinweis, dass er sie gern wieder mit nach Hause nehmen konnte.

Doch natürlich war ich neugierig. Es juckte mir in den Fingern, sie aufzuschlagen. Aber weil Elliot jeden Tag vor mir auf dem Boden lag und sich beim Lesen ständig abwesend den Bauch kratzte oder die Knie zu beiden Seiten auseinanderklappen ließ – wodurch das, was sich unter der Knopfleiste seiner Jeans befand, jedes Mal erneut in mein Bewusstsein gerückt wurde –, war ich mir nicht sicher, ob ich wirklich noch mehr erotische Inspiration brauchte.

Und dann griff ich mir »Das Delta der Venus«, und zwar bei Tagesanbruch, Stunden, so dachte ich, bevor Elliot auftauchen würde.

Aber wie üblich schien er irgendwie Bescheid zu wissen, was in meinem Kopf vorging.

»O-oh. Was liest du denn da?«, fragte er von der Tür her. Mein Zimmer hinter ihm lag im schwachen Morgenlicht, aber er sperrte es durch seine breiten Schultern fast ganz aus.

Ich ignorierte die Hitze, die mir in die Wangen stieg, und

blickte auf das Cover, als müsste ich mir selbst in Erinnerung rufen, was ich da gerade in der Hand hielt. »Ach. Nur eines deiner Bücher.«

»Ah«, sagte er, und ich hörte ihm an, dass er zufrieden grinste. »Und schon so früh auf. Mit welchem hast du angefangen?«

Da ich den Titel nicht nennen wollte, hielt ich das Buch einfach in die Höhe und bemühte mich, eine lässige Miene aufzusetzen, obwohl ich wusste, dass mein Kopf rot wie eine Tomate war.

»Darf ich mich zu dir gesellen?«

»Wenn du willst.« Ich rollte mich auf den Bauch und las weiter.

Puh.

Selbst für den intimen Ort meiner eigenen Gedanken waren mir die Worte, die ich da vor mir hatte, fast zu viel. Wenn ich bisher an Sex gedacht hatte, war das sehr viel weniger plastisch gewesen und nicht in so konkreten Begriffen, sondern in Bildern. Aber war es nicht dennoch irgendwie intensiver gewesen? Während ich las, wurde mir klar, dass ich immer an Elliot gedacht hatte. Ich hatte mir vorgestellt, wie er sich mir näherte und mich berührte, wie er etwas sagte oder mich anschaute. Aber niemals hatte ich Worte gedacht wie *ich erbebte* oder *verzehrte mich vor Verlangen* oder gar *nahm ihn in mich auf, bis er kam.*

Ich spürte, wie Elliot mich beobachtete, schaffte es aber, einen neutralen Gesichtsausdruck zu behalten. »Hm«, sagte ich schließlich, »interessant.«

Elliot stieß ein Lachen aus.

»An welcher Stelle bist du?«, fragte er amüsiert. »Dir fallen ja fast die Augen aus dem Kopf.«

»Ist halt erotische Literatur«, erwiderte ich achselzuckend. »Das steht zumindest auf dem Umschlag.«

»Lies vor, was du gerade liest.«

»Nein.«

»Doch.«

»Auf gar keinen Fall.«

»Ist schon okay, wenn es dir peinlich ist«, sagte er und wandte sich wieder seinem Buch zu. »Ich werde dich nicht drängen.«

Es war mir mehr als peinlich. Zugleich faszinierte und fesselte es mich. Es war so erotisch und dennoch so unpersönlich. Ich stellte mir vor, dass *seine* Hände Elliots waren und *ihre* meine, und so malte ich mir Gefühle aus, von denen im Text keine Rede war. Ich fragte mich, ob Elliot das beim Lesen auch getan hatte und ob ihm aufgefallen war, wie distanziert alles wirkte.

Ich holte zittrig Luft und las vor: »Und so wurde Venus aus dem Meer geboren, mit diesem winzigen Kern aus salzigem Honig, den nur Liebkosungen aus einer Nische ihres Körpers locken konnten.«

Elliot starrte mit gerunzelter Stirn auf sein Buch und nickte wissend. Heiser sagte er: »Ein guter Satz.«

»Ein guter Satz?«, wiederholte ich ungläubig. »Das ist …«

Ehrlich gesagt, wusste ich selbst nicht, was ich sagen wollte. Ich hatte weder die Erfahrung noch die Fähigkeit, meine Gedanken zu diesem Thema zum Ausdruck zu bringen, doch irgendetwas daran fühlte sich auf seltsame Weise vertraut an, mehr als vertraut.

»Ich weiß«, murmelte er. »Und wie gefällt es dir sonst so?«

»Ganz gut.« Ich blätterte durch die Seiten. »Ich finde es ein bisschen unpersönlich. Und ein paar der Geschichten sind irgendwie traurig.«

Als Elliot daraufhin lachte, starrte ich ihn an. »Was denn?«, fragte ich.

»Hast du das Vorwort gelesen, Macy?«

Ich runzelte finster die Stirn. »Warum sollte man denn das Vorwort zu erotischer Literatur lesen?«

Er lachte erneut und schüttelte den Kopf. »Wirf mal einen Blick hinein. Die Geschichten wurden von einem reichen Mann in Auftrag gegeben. Er wollte nur Sex. Ohne Gefühle, ohne Emotionen.«

»Ach«, sagte ich und blickte auf das Buch, das mich plötzlich viel weniger verwirrte. »Okay – nein. Es gefällt mir nicht. Nicht besonders jedenfalls.«

Er nickte und rückte das Kissen unter seinem Kopf zurecht.

»Hat es dir gefallen?«, erkundigte ich mich.

»Ich glaube, mir ging es ähnlich wie dir.« Mit einem zustimmenden Geräusch streckte er die Beine aus und verschränkte die Hände hinter dem Kopf. Ich riskierte keinen Blick auf die Knopfleiste seiner Jeans. Jedenfalls keinen zweiten. »Es ist zwar erotisch, aber auch irgendwie kalt.«

»Wieso hast du es dann gelesen?«

»Wieso?«, wiederholte er ungläubig und hob den Kopf, um mich anzustarren. »Ich weiß nicht. Weil ich neugierig war vielleicht? Weil ich gern lese? Weil ich es faszinierend finde, wie man allein mit Worten Menschen überzeugen oder sie wütend machen oder unterhalten kann. Oder sie …«, er zuckte die Achseln und wurde rot, »erregen kann.«

Ich starrte wieder auf das Buch, weil ich nicht wusste, was ich sagen sollte.

»Seit April hab ich dich nicht mehr gesehen«, bemerkte er. »Was ist aus dem Frühlingsball geworden?«

Ich lachte und erklärte: »Nikki ist mit Ravesh hingegangen.«

»Na klar. Jedes Drama führt unweigerlich zum vorhersehbarsten Ende. Aber eigentlich wollte ich wissen, was du gemacht hast.«

»Ach.« Ich ließ das Buch sinken und kaute an meinem Fingernagel. »Ich bin zu Hause geblieben.«

Ich spürte, wie er mich ansah. »Du weißt schon, dass ich dich begleitet hätte«, sagte er.

Ich versuchte, ihm mit Blicken zu verstehen zu geben, dass ich wirklich keine Lust gehabt hatte, hinzugehen. »Ich weiß.«

»Wolltest du nicht, dass ich deine Freunde kennenlerne?«, fragte er leichthin, aber ich spürte, dass sich hinter seinem distanzierten Tonfall echte Sorge verbarg.

Rasch schüttelte ich den Kopf. »Nein, das war es nicht.« Ich schaute ihn an – sein Gesicht, das mit den ausdrucksvollen Augen, den vollen Lippen und dem deutlich konturierten Kiefer mittlerweile fast perfekt proportioniert war. »Das heißt, teilweise lag es schon daran. Ich will zwar, dass du sie kennenlernst, aber *sie* sollen dich eigentlich nicht kennenlernen.«

Er krauste die Nase. »Aha?«

»Ich meine«, fügte ich schnell hinzu, als ich seiner Miene ansah, dass ich ihn gekränkt hatte, »zu dem Zeitpunkt habe ich Nikki und Elyse nicht gerade vertraut, und ich hatte das Gefühl, sie könnten, nur um mich zu ärgern, mit dir flirten, wenn sie dich treffen – vor allem bei diesem Ball –, und dann wäre ich vor Wut explodiert.«

Nickend zog er die Augenbrauen in die Höhe. »Ach so.«

»Außerdem …« Ich senkte den Blick, weil es mir so leichterfiel, es auszusprechen. »Dies hier ist unsere kleine Welt, die nur uns gehört.« Ich wies vage in das Bücherzimmer. »Und als ich Emma kennenlernte, hat sich definitiv etwas für mich verändert. Davor war sie nur ein Name, und ich konnte so tun, als würde sie in deinem Leben eine weniger wichtige Rolle einnehmen als ich.«

»Aber das tut sie doch auch, Mace –«

»Ist doch nur ein Beispiel«, unterbrach ich ihn. »Ich war mir nicht sicher, ob es gut wäre, wenn du die Namen, die ich häufiger erwähne, mit Gesichtern verbinden kannst.«

Ich sah, wie ihm dämmerte, was ich mit dieser kryptischen Formulierung meinte. »Ach so. Ich glaube, ich verstehe.«

Das glaubte ich auch.

»Da ist also ein Typ, der auf dich steht.«

Ich nickte. »Genau.«

»Und er war auf dem Ball. Genau wie all deine anderen Freunde. Und du und ich sind ein merkwürdiges Paar mit unbestimmtem Beziehungsstatus, und du wusstest nicht, wie …« Er zögerte kurz, bevor er fortfuhr: »Du wolltest nicht, dass ich mich außen vor fühle.«

Ich setzte mich gerade hin und zog die Beine unter den Po. »Genau. Ich glaube einfach, es hätte komisch werden können, für uns beide. Denn in meiner Welt bist du kein Außenseiter, du stehst im Mittelpunkt. Aber in diesem Kontext wäre das wahrscheinlich nicht spürbar gewesen.« Ich sah zu ihm und fügte hastig hinzu: »Darüber hatte ich mir nur Gedanken gemacht, wegen meiner Erfahrung bei der Sache mit Emma.«

»Ach so«, murmelte er.

»Ich möchte, dass du Teil meines ganzen Lebens bist«, sagte ich zögernd und machte einen winzigen Schritt in das riesige Land namens *Mehr.* »Ich denke ständig, dass ich mir eigentlich keine Sorgen um andere Mädchen mache, sondern darum, dich zu verlieren. Ich habe Riesenangst davor, wie es wäre, wenn du nicht mehr in meinem Leben wärst.«

Er kniff die Augen zusammen und sagte feierlich: »Das wird niemals geschehen.«

»Und wenn wir etwas miteinander anfingen … und irgendwas schiefginge …« Ich musste schlucken, um den Wirbel der Gefühle zu unterdrücken, der bei dieser Aussicht in mir aufwallte. »Wie auch immer: Ich fand nicht, dass dieser Ball ein guter Ausgangspunkt dafür wäre – dieses Leben mit meinem anderen in Verbindung zu bringen.«

»Schon verstanden.« Er stand auf, kam zum Futon und setzte sich neben mich. »Ich hab's dir schon mal gesagt, Mace. Ich möchte mit dir zusammen sein. So richtig.«

Er streckte die Hand aus und zog mich zu sich, bis ich mich erst an ihn lehnte und dann mit dem Kopf auf seinem Schoß lag. Er nahm wieder sein Buch und ich meins, und ich lauschte auf den gleichmäßigen Rhythmus seines Atems.

»Weißt du«, sagte ich und starrte zur Decke, während er mir ganz langsam immer wieder mit der Hand durchs Haar fuhr, »irgendwie waren diese beiden Bücher das perfekte Geschenk.«

»Wieso?«

»Weil Punkt siebenundvierzig auf Moms Liste lautet, dass ich keinen Sex haben soll, bis ich über Sex reden kann.«

Elliot wurde ganz still unter mir. »Ja?«

»Ich finde, das ist ein guter Rat. Wenn man noch nicht so weit ist, über etwas reden zu können, sollte man es auch nicht tun.«

Er stieß ein kurzes, nervöses Lachen aus. »Sag Bescheid, falls du heute doch noch über Sex reden willst.«

Kichernd boxte ich ihn gegen den Oberschenkel, worauf er gespielt schmerzverzerrt das Gesicht verzog.

Ich wollte auch, dass wir zusammen waren, so richtig. Aber selbst damals wusste ich schon, dass es nur in winzigen Schritten dazu kommen konnte. Ich wollte, nein, ich brauchte einen langsamen Übergang. Und ich wollte nicht eine kostbare Sekunde davon verpassen.

HEUTE

Mittwoch, 8. November

Als ich nach Mitternacht heimkomme, wartet Sean auf der Couch auf mich. Abgesehen von meinem Spaziergang mit Elliot habe ich einen Tag hinter mir, an dem alles furchtbar war. Weil ich mich noch nicht dazu entschließen konnte, zu Sean zu fahren und auszusprechen, was gesagt werden sollte, ging ich am Nachmittag doch noch zur Arbeit – eine Entscheidung, die so falsch war wie nur irgendwas. Am Ende musste ich nur schreckliche Nachrichten überbringen: zweimal die Diagnose einer tödlichen Krankheit und einmal die Vermutung, dass ein kleines Mädchen keine dritte Chemorunde überstehen würde (ihr Krebs hingegen schon). Jetzt befinde ich mich in einem Zustand, in dem ich zwar theoretisch weiß, dass meine Arbeit gut und wichtig ist, es sich aber anfühlt wie das genaue Gegenteil; und der Anblick von Sean auf der Couch befeuert meinen Drang zur Selbstkasteiung noch.

»Hey.« Er klopft einladend auf das Polster neben ihm.

Ich schlurfe zu ihm und lasse mich aufs Sofa fallen. Weder nahe bei ihm noch in einer auch nur ansatzweise bequemen Position. Einerseits weil ich meine Klinikkluft noch anhabe und eine Dusche brauche. Andererseits weil es sich einfach komisch anfühlt, mich an ihn zu lehnen. Ein unsichtbares Kraftfeld hält mich auf Distanz.

Als könnte Sean meine Gedanken lesen, sagt er: »Wahrscheinlich sollten wir uns mal unterhalten.«

»Ja, wahrscheinlich.«

Er nimmt meine linke Hand zwischen seine Hände und massiert meine Handfläche mit den Daumen. Das lenkt mich ab, es fühlt sich so gut an und erinnert mich an all das, was Sean mit dem Rest seines Körpers anstellen kann, um mich abzulenken und mich gut fühlen zu lassen.

»Ich bin mir ziemlich sicher, dass du nicht glücklich bist«, beginnt er.

Ich drehe mich zu ihm und sehe ihn an. Sein Gesicht ist so nah, dass es erst nach einem kurzen Moment scharf wird, auch weil ich so müde bin. Aber dann erkenne ich, wie sehr ihm die ganze Sache zusetzt. Nur weil er nichts gesagt hat, heißt das nicht, dass es ihn nicht beschäftigt.

Sean und ich sind uns so ähnlich.

»Bist du glücklich?«, frage ich.

Er zieht eine Schulter hoch und gesteht: »Nicht besonders.«

»Darf ich dir eine Frage stellen?«

Sein Lächeln ist echt. »Natürlich.«

Seine Antwort wird nichts an meinen Gefühlen ändern, dennoch muss ich es wissen. »Liebst du mich?«

Sein Lächeln verblasst. Ein paar Atemzüge lang sieht er mich nur forschend an. »Was?«

»Liebst du mich?«, frage ich noch einmal. »Ganz ehrlich.«

Ich sehe ihm an, dass er wirklich darüber nachdenkt. Und

ich erkenne, dass ihn meine Frage nicht so sehr überrascht, wie es seine unwillkürliche Reaktion wohl tut.

»Ist schon gut«, sage ich leise. »Antworte einfach.«

»Ich glaube, ich brauche ein Wort zwischen *mögen* und *lieben*, so etwas wie …«

»Sehr schätzen«, sage ich lächelnd.

In der ganzen Geschichte der Menschheit hat es noch keine so sanfte Trennung gegeben. Kaum ein Kräuseln auf der Wasseroberfläche. Vielleicht waren wir nicht einmal eng genug zusammen, um uns richtig zu trennen.

»Liebst du mich denn?«, fragt er mit zusammengezogenen Brauen.

»Ich weiß nicht.«

»Also nein«, sagt er lächelnd.

»Ich liebe dich … als Freund«, erkläre ich. »Ich liebe Phoebe. Ich liebe es, wie leicht alles zwischen uns ist und wie wenig es mir abverlangt, mit dir zusammen zu sein.«

Er nickt. Das versteht er.

»Aber wenn ich mir vorstelle, dass dies hier« – ich zeige von ihm zu mir und zurück – »für den Rest meines Lebens so bleibt« – ich drücke ihm einen Kuss auf die Stirn –, »dann fühlt sich das für mich deprimierend an. So als hätten wir beide den Weg des geringsten Widerstands gewählt.«

»Macy?«

»Hmm?«

»Wäre der Weg des geringsten Widerstands für dich nicht der mit Elliot?«

Ich werde still und denke nach, was die beste Antwort darauf ist. In gewisser Hinsicht stimmt es natürlich, wäre es wirklich am leichtesten für mich, mich einfach in Elliots Arme fallenzulassen. Das weiß Sean, also gibt es keinerlei Grund, die Wahrheit zu verheimlichen.

Dennoch ist ein Teil von mir überzeugt, dass Elliot und ich eigentlich immer nur beste Freunde hätten bleiben sollen. In meiner Jugend hatte ich solche Angst vor dem nächsten Schritt mit ihm. Und als ich es dann endlich wagte, zerbrach unsere Beziehung.

»Wir haben einiges miteinander erlebt«, antworte ich zögernd. »Viel Gutes. Aber letztlich hat er es vermasselt. Und ich habe es auch vermasselt. Und darüber haben wir nie richtig geredet.«

»Wieso nicht?«

Gott! Eine schlichte und mehr als naheliegende Frage.

»Weil …«, setze ich an. »Weil diese Zeit in meinem Leben … ich weiß nicht, sie war wirklich schwer, und ich habe ein paar Entscheidungen getroffen, die ich heute kaum erklären kann. Außerdem sind meine Gefühle offenbar so tief in mir vergraben, dass ich sie nicht mehr besonders gut zum Ausdruck bringen kann.«

Sean richtet sich auf und sieht mich ernst an. »Weißt du was? Wenn Ashley zurückkäme und vollkommen clean wäre, und wenn sie zu mir sagte: ›Sean, ich habe ein paar unkluge Entscheidungen getroffen, die ich mir selbst nicht erklären kann‹, dann würde mir das reichen, glaube ich.«

»Ehrlich?«, frage ich.

Er nickt. »Sie fehlt mir.«

Da schlinge ich meine Arme um ihn und halte ihn fest. Ich glaube, Sean hat diesen Schmerz noch nie richtig zugelassen, hat noch nie geweint, weil Ashley ihn verlassen hat und wahrscheinlich nie zu ihm zurückkommen wird. Oder noch schlimmer: dass ein Polizist vor der Tür steht und ihm mitteilt, dass sie für immer fort ist.

»Bleiben wir Freunde?«, frage ich ihn.

»Ja«, flüstert er und senkt sein Gesicht an meinen Hals. »Ja, das wäre schön.«

Ein paar Tage später ziehe ich aus. Dazu muss ich nur die beiden Koffer packen, die ich vor ein paar Monaten mitgebracht habe, und sechs Blöcke weiter ziehen. Für knapp siebenhundert Dollar im Monat miete ich ein freies Zimmer in der Wohnung von Nancy Eaton, einer Ärztin auf der Intensivstation, deren Tochter gerade ausgezogen ist, um aufs College zu gehen. Es ist nur vorübergehend; nicht, weil Nancy das so vorgibt, sondern weil es sich für mich so anfühlt. Immerhin besitze ich ein Haus in Berkeley, das ich ohne weiteres verkaufen und dafür eine Wohnung in der Innenstadt suchen könnte, doch allein der Gedanke kommt mir vor wie Verrat. Ich könnte das Haus auch vermieten und mir dafür eine Wohnung in der Innenstadt besorgen, aber dazu müsste ich alle Sachen meiner Eltern ordnen und ausräumen, und auch dazu bin ich noch nicht bereit.

»Du bist ja völlig fertig«, bemerkt Elliot am anderen Ende der Leitung, nachdem ich ihm kurz beschrieben habe, was für Entscheidungen ich für das Haus in Berkeley treffen müsste.

Er hat keine Ahnung, wie fertig ich bin, schließlich habe ich ihm noch nicht einmal erzählt, dass mit Sean Schluss ist. Wenn Elliot wüsste, dass wir getrennt sind, würde er sofort kommen und mich so lange anstarren, bis ich endgültig kapitulierte und meine Arme nach ihm ausstreckte, um ihn zu küssen. Sean ist die einzige Barriere zwischen uns, der Puffer, der mir Zeit zum Nachdenken verschafft. Ich will nicht, dass Elliot mich dazu bringt, mich wieder Hals über Kopf in ihn zu verlieben. Oder dass er mich drängt, eine Entscheidung zu treffen. Ich brauche Zeit.

Ich höre etwas im Hintergrund scheppern. Frustriert murmelt er: »Mist.«

»Was war das?«, frage ich.

»Ich habe einen Topf auf der Spüle umgekippt. Ich müsste dringend mal spülen.«

»Das solltest du wohl.«

»Wie geht es Sean?«, fragt er.

Damit erwischt er mich kalt. »Gut«, sage ich und füge, ohne nachzudenken, hinzu: »glaube ich«.

Ich spüre, wie Elliot am anderen Ende der Leitung aufhorcht. »Du glaubst?«

»Ja«, wiegele ich ab. »Ich hatte viel zu tun.«

»Weichst du mir etwa aus?«

»Nein«, sage ich und krümme mich innerlich, weil ich angestrengt nach der besten Halbwahrheit fahnde, die mir aus dieser Zwickmühle heraushelfen könnte. Suchend blicke ich mich im Zimmer um, als würde sie irgendwo an der Wand aufscheinen. »Ich hab ihn nur in den letzten Tagen nicht so oft gesehen.«

»Was macht ihr denn zu Thanksgiving?«, erkundigt er sich. »Ist doch euer erstes Thanksgiving, oder?«

Scheiße.

»Ich glaube, da muss ich arbeiten.«

»Du glaubst?«, wiederholt er. Es klingt, als würde er etwas essen. »Stehen die Dienstpläne nicht schon Jahre im Voraus fest?«

»Schon«, sage ich und kneife mir in den Nasenrücken. Ich hasse es, Elliot zu belügen. »Ich wollte eigentlich tauschen, um nicht an Weihnachten arbeiten zu müssen, bin aber noch nicht dazu gekommen. Also habe ich wahrscheinlich frei.«

Elliot zögert – bestimmt weiß er, dass ich lüge, und versucht, den Grund herauszufinden. »Okay: Habt ihr jetzt was geplant oder nicht?«

»Sean und Phoebe besuchen seine Eltern.« Ich zögere und halte die Luft an. »Ich aber nicht.«

Ich rechne fest damit, dass er nachhakt und mich einer Art Kreuzverhör unterzieht. Aber das tut er nicht.

Stattdessen räuspert er sich nur und erklärt: »Alles klar, dann kommst du zu mir. Allerdings sollte ich bis dahin wirklich mal spülen.«

DAMALS

Mittwoch, 12. Juli
vor elf Jahren

Der Sommer in Healdsburg hatte feucht und warm mit mildem Sonnenschein, summenden Bienen und reifenden Beeren begonnen und war dann übergegangen zu gnadenloser Hitze mit ausgetrockneten Flussbetten. Je mehr heiße Tage ins Land zogen, desto weniger bewegten wir uns, denn abgesehen vom Fluss oder von unserem Bücherschrank konnte man es nirgendwo aushalten. Und selbst in unserem gemütlichen Zufluchtsraum bekam ich langsam Zustände: einerseits, weil Elliot inzwischen so groß war, dass er im Liegen fast die gesamte Länge des Raums einnahm und ich klaustrophobische Anwandlungen hatte; andererseits vibrierte zwischen uns eine solche Intensität, dass ich meinen Drang, ihn zu berühren, kaum mehr unterdrücken konnte. Die Vormittage verbrachten wir damit, im Wald hinter den Häusern herumzustreunen, an den Nachmittagen schlenderten wir entweder die Straße hinunter oder radelten in den Ort, um Eis zu essen, um dann unweigerlich wieder im Bücherzimmer zu landen, wo wir auf dem Boden lagen und an die blaue Decke mit den Sternen starrten.

»Bald geht die Schule wieder los«, bemerkte ich und warf einen Blick zu ihm. »Freust du dich?«

Elliot zuckte die Achseln. »Klar.«

»Gefallen dir die Seminare in Santa Rosa?«

Er sah mich mit gerunzelter Stirn an. »Wieso interessiert dich das jetzt?«

Je näher der Beginn des letzten Schuljahres im Herbst rückte, desto näher rückte auch die Frage, was wir nach der Highschool tun würden. Ob wir vielleicht näher beieinanderleben würden.

Möglicherweise sogar miteinander.

»Musste nur gerade daran denken«, sagte ich.

»Ich bin schon aufgeregt, weil der Abschluss näherrückt«, sagte er. »Und die Seminare am SRJC sind gut. Allerdings wünschte ich, ich hätte mich entschieden, stattdessen ein paar Tage pro Woche zur University of California zu gehen.«

»Du hattest die Möglichkeit, an der Uni in Berkeley Kurse zu machen?«, fragte ich erschrocken..

Wieder zuckte er die Achseln. Offensichtlich ja.

»Wirst du mit Emma zum Herbstball gehen?«, erkundigte ich mich und kritzelte etwas auf einen Zettel.

»Macy. Was soll das?« Er starrte mich verwirrt an und stieß dann ein Lachen aus. »Nein, werde ich nicht.«

»Gut.«

»Willst du mit mir hingehen?«, fragte er.

»Du willst mit mir zu deinem Schulball gehen?«

»Nein – ja – keine Ahnung, was ich will. Nachdem wir so lange darüber geredet haben, wie wir unsere zwei Welten miteinander verbinden können, weiß ich gar nichts mehr«, antwortete er vorsichtig. »Ohne dich würde ich wahrscheinlich gar nicht hingehen.«

»Im Ernst?«, fragte ich mit pochendem Herzen. »Denn ich habe eigentlich keine Lust, hinzugehen und mich dem Todesblick all der Mädchen auszusetzen, die in dich verknallt sind. Aber genauso wenig will ich, dass du ohne mich hingehst und von ihnen angeglotzt wirst.«

Lachend schüttelte er den Kopf. »So ist das nicht.«

»Also schickt dir Emma nicht mehr ständig E-Mails?«

»Eigentlich nicht.«

»Du lügst doch.«

»Nein, ehrlich nicht.« Er sah mich an und hielt meinem Blick stand. »Sie hat gemerkt, dass ich nicht auf sie stehe.«

Ich klimperte kokett mit den Wimpern. »Ich bin auch gar nicht eifersüchtig.«

»Selbstverständlich nicht.«

Genau in diesem Augenblick klingelte sein Handy, und nachdem er einen Blick darauf geworfen und die SMS gelesen hatte, schob er es wieder in seine Tasche. Mit schuldbewusster Miene.

»Das war sie«, riet ich.

»Ja.« Er zupfte eine unsichtbare Fluse von seiner Hose. »Als wollte das Universum mich wie einen Lügner dastehen lassen.«

»Was will sie denn?«

»Das ist uninteressant.« Er lachte, als er meinen skeptischen Blick sah. »Ich schwöre, sie schickt mir sonst nie SMS.«

»Wenn es uninteressant ist, kannst du es mir ja sagen.«

Er beäugte mich vorsichtig. »Sie hat nur gefragt, ob wir was zusammen machen wollen.«

»Mehr nicht?«

»Genau.«

»Gib mir doch einfach dein Handy. Dann schreibe ich ihr, dass du beschäftigt bist.«

Er grinste. »Schreibst du auch, wie irrsinnig eifersüchtig du bist?«

Ich rollte mich auf den Rücken und schloss die Augen. »Was auch immer.«

»Oder wir schießen ein paar Fotos von deinem Busen und simsen die ihr *aus Versehen*.«

»Herrgott noch mal. Gibt mir das Handy.«

Ich wollte danach greifen, aber er hielt mich mit seinen langen Armen mühelos auf Distanz, bis ich ungeschickt auf ihn fiel und mit meinem Busen auf seinem Gesicht landete. Er stieß lachend ein paar unverständliche Worte aus und presste sein Gesicht dann absichtlich gegen meine Brust.

Ich schrie auf, krabbelte rückwärts und trommelte gegen seine Brust. »Du Wüstling!«

Elliot umfasste meine Taille und warf mich herum, während er sich aufsetzte. Dann zog er mich auf seinen Schoß und kitzelte mich mit seinen unglaublich langen Fingern zwischen den Rippen.

Prustend schnappte ich nach Luft und wand mich, während er mich lachend festhielt und kitzelte, bis er sich auf mich rollte.

Sanft nagelte er mich am Boden fest; sein Becken passte perfekt zwischen meine Beine.

Außer Atem erstarrten wir und schauten uns an. Mit einem Mal war die ausgelassene Stimmung umgeschlagen.

So etwas hatte ich noch nie zuvor empfunden. Er war hart und presste sich an mich.

Elliot sah auf meinen Mund und dann wieder in meine Augen. Ich wollte irgendetwas sagen, einen Scherz machen. Aber meine Kehle war wie zugeschnürt.

Er stützte sich mit dem Ellbogen dicht an meinem Gesicht auf, flüsterte kaum hörbar: »Tut mir leid«, und wollte sich von mir lösen.

Aber ich schlang ihm ein Bein um den Oberschenkel. Sein Blick wanderte zu mir zurück.

»Nicht weggehen«, flüsterte ich. Glaube ich zumindest.

Möglicherweise meldete das auch nur mein Unterbewusstsein, denn auf gar keinen Fall wollte ich, dass er sich fortbewegte. Ich wollte wissen, ob … ich wollte wissen, was passieren würde.

Er schluckte hörbar. »Okay.«

Ich presste mein Becken an ihn und sah, wie sich sein Mund öffnete und seine Augen schlossen.

Langsam schob sich Elliot vor und zurück und presste seinen festen Körper an mich, erst einmal, dann noch einmal. Und noch einmal. Sein Atem ging heftiger, fuhr durch die Haare an meinem Hals, und dann umklammerte er mein Bein, hielt den Atem an … und wir fingen an, uns aneinander zu reiben und nacheinander zu greifen und jeden Winkel des anderen abzutasten. Mein Körper hatte die Kontrolle übernommen und jagte instinktiv etwas Vertrautem nach, das fast in Reichweite war.

O mein Gott, was taten wir?

Ich fuhr ihm mit den Händen über den Rücken. Wenn ich zu sehr darüber nachdachte, würde ich es ruinieren.

Das hier war Elliot. Mein Elliot.

Ich griff sein T-Shirt; die seltsamsten Gedanken wirbelten

mir im Kopf herum, zum Beispiel, wie sich sein schwerer Körper auf meinem anfühlte, wie sehr ich ihn küssen wollte, ohne aber auch nur eine Sekunde die Aufmerksamkeit von dem Gefühl abzuwenden, das sich langsam in mir aufbaute.

Er war so still, obwohl ich wahrscheinlich auch still war, weil ich angestrengt auf irgendeinen Hinweis lauschte, was er dachte und empfand.

Ich brauchte mehr. Ich brauchte ihn. So etwas hatte ich noch nie empfunden, eine solche Mischung aus Schwere und Hitze, nicht einmal, wenn ich allein in meinem Zimmer an ihn dachte. Meine Haut glühte, und in meinem Unterleib lastete etwas Drängendes. Hilflos stieß ich einen winzigen Laut aus, als sein warmer Mund auf meinem Hals landete und ich seinen Atem auf meiner Haut spürte und mit jedem scharfen Ein- und Ausatmen seine Reaktionen nun spüren konnte.

Er machte ein leises, knurrendes Geräusch, worauf ich mich heftig gegen ihn presste. Ich hörte selbst den Laut, den ich ausstieß, hörte mich keuchen.

Plötzlich umfasste Elliot mit festem Griff meine Hüfte und hielt mich auf.

»Mist«, sagte er. »Warte. *Mist.*«

Plötzlich schob er mich von sich fort und stand auf. Ich setzte mich auf und suchte noch nach Worten, da war Elliot schon aus der Tür.

Was hatte das zu bedeuten?

War er …? Oder hatte er nur gerade realisiert, was ich da losgetreten hatte, und Panik bekommen? Wollte Elliot wirklich richtig mit mir zusammen sein, oder hatte er sich geirrt?

Ich hatte das Gefühl, in einen dunklen Tunnel zu stürzen.

Genau so fängt es an. So verändert sich wahre Freundschaft in etwas, bei dem man sich nur noch verkrampfte Blicke zuwirft.

Eine ganze Stunde saß ich allein in meinem Kabuff und starrte blind auf die Seiten irgendeines Buches, das ich achtlos aus dem Regal genommen hatte, ohne auch nur ein einziges Wort in mich aufzunehmen.

Ich würde bis tausend zählen und dann zu seinem Haus gehen und mich bei ihm entschuldigen.

Eins … zwei … drei.

Achtundzwanzig … neunundzwanzig …

Zweihundertdreizehn …

»Was liest du?«, ertönte seine Stimme von der Tür, aber er kam nicht herein, sondern blieb an den Türrahmen gelehnt stehen.

»Hi!«, erwiderte ich viel zu munter und wich seinem Blick aus. Mir fiel auf, dass er sich umgezogen hatte. Röte schoss mir ins Gesicht. Ich senkte die Lider und starrte auf das Buch in meinen Händen. Langsam verschmolzen die Buchstaben auf dem Einband zu einem einzelnen Wort. Ich zeigte matt darauf und sagte: »Ich habe mit ›Ivanhoe‹ angefangen. Ohne ›d‹.«

Als ich aufsah, erkannte ich, wie kurz Verwirrung über sein Gesicht huschte. Er trat ins Bücherzimmer. »Im Ernst?«

»Ja«, sagte ich langsam und sah zu, wie er steifbeinig hereinkam. Er hatte die Lippen zu einem ironischen Lächeln verzogen. »Wieso lachst du? Du hast es doch schon an die fünfzig Mal gelesen!«

»Ja, aber es scheint so, als hättest du es schon halb durch.« Er kratzte sich an der Schläfe und ergänzte leise: »Beeindruckend in so kurzer Zeit.«

Ich schaute blinzelnd auf die Seite, die ich zufällig aufgeschlagen hatte. »Ach.«

Plötzlich war die Atmosphäre zwischen uns angespannt. Es zerriss mir das Herz. Am liebsten hätte ich ihn gefragt, ob es ihm unangenehm gewesen war oder … Mist. Hatte ich ihm etwa weh getan?

»Macy«, setzte er an. Diesen *Sei-gnädig-und-lass-es-gut-sein*-Tonfall kannte ich.

Ich versuchte zu lachen, aber es wurde eine Art Prusten. Mein Bemühen, lässig zu klingen, scheiterte in jeder Hinsicht. »Ich schäme mich so, Elliot, ehrlich. Es tut mir leid. Lass uns nicht mehr darüber reden.«

Elliot senkte den Blick zu Boden und nickte. »Okay.«

»Es tut mir echt leid«, flüsterte ich, mit ebenfalls gesenktem Blick.

»Was? Nein, Macy –«

»Ich schwöre, das passiert nie wieder. Ich hab nur herumgealbert. Ich weiß, ich hab ständig gesagt: ›Lass uns das nicht tun, sonst ruinieren wir alles‹, und dann habe ich jetzt selbst damit angefangen. Es tut mir wirklich leid.«

Daraufhin zog er nur ein Buch aus dem Regal, und ich kehrte zu »Ivanhoe« zurück – begann nun von Anfang an – und las zwei Stunden, ohne wirklich etwas mitzubekommen. Die Vorstellung, ihn verletzt oder in Verlegenheit gebracht zu haben, sickerte wie Säure in meinen Magen und fraß sich in mein Inneres, bis ich so verkrampft war, dass ich dachte, ich müsste mich vielleicht übergeben.

»Elliot?«

Er schaute auf, und sofort wurde sein Blick sanfter. »Ja?«

»Hab ich dir weh getan?«

Einer seiner Mundwinkel verzog sich, als er versuchte, ein Lachen zu unterdrücken. »Nein.«

Ich stieß die Luft aus, die ich gefühlt seit Stunden angehalten hatte. »Ach so. Gut.« Dann öffnete ich den Mund, schloss ihn aber wieder, weil ich nicht genau wusste, was ich sagen wollte.

Elliot legte das Buch beiseite und rutschte näher. »Du hast mir ganz und gar nicht weh getan. Eher das Gegenteil.« Er zögerte und schaute mich forschend an. »Verstehst du, was ich damit sagen will?«

Ich sah, wie er langsam die Augenbrauen hochzog und dann verschmitzt und eindeutig mit Hintergedanken lächelte.

»Du meinst, du …« Ich ließ vielsagend meine Hand kreisen, worauf er lachte.

»Ja, ich …« Lächelnd machte er meine Geste nach.

Ich hatte bewirkt, dass er kam. Unglaublich.

»Ich wollte eigentlich, dass du zuerst kommst«, gestand er leise, »aber dieses Geräusch, das du gemacht hast …« Er schluckte und zog eine Schulter hoch.

»Oh.« Ich starrte ihn an und sah, wie er mit seiner Verlegenheit kämpfte. »Tut mir leid.«

»Das muss dir nicht leid tun, Macy. Ich will nur sagen, dass es so sexy war.« Er blickte auf meine Lippen und wurde wieder ernst. »Manchmal ist es für mich schwer auszuhalten, dass wir nicht richtig zusammen sind. Ich weiß nie, wo die Grenze ist, will sie aber die ganze Zeit übertreten. Wir haben uns schon geküsst und berührt, aber dann sind wir wieder nur Freunde, und das ist echt verwirrend für mich. Und ich könnte mir vorstellen, noch so viel mehr zu tun, als das, was wir heute getan haben.« Er unterbrach sich und hob mit aufgerissenen Augen die Hand. »Damit will ich nicht sagen, dass wir das tun müssen. Nur dass ich das alles möchte – mit dir. Ich denke die ganze Zeit daran.«

Ich dachte, wie sehr auch ich es wollte. Und dass ich so viel mehr gewollt hätte, als mich nur angezogen an ihm zu reiben. Heute hätte ich ihm alles gegeben. Und doch brachte ich nur hervor: »Aber ohne deine Freundschaft würde ich sterben.«

Da lächelte er und küsste mich auf die Wange. »Ich auch.«

HEUTE

Donnerstag, 23. November

Elliot wohnt in einem schmalen Haus mit einer stuckverzierten Fassade in verblichenem Türkis. Es muss einst eine wunderschöne viktorianische Villa gewesen sein, bevor es in vier winzige Apartments aufgeteilt wurde.

Hinter der Eingangstür geht ein schmaler Flur nach rechts ab, eine steile Treppe führt zu den oberen Wohnungen. Elliot wohnt in Nummer vier. Oben, auf der rechten Seite, hat er gesagt. Die Stufen knarzen unter meinen Stiefeln.

Seine Wohnungstür ist mattbraun, und davor liegt eine dünne Fußmatte mit einem Emily-Dickinson-Zitat *Die Seele sollte immer einen Spalt breit geöffnet sein.*

Ich klopfe an die Tür.

Als ich seine Schritte auf der anderen Seite höre, schlägt mein Herz schneller, und als er die Tür erreicht und sie schwungvoll öffnet, ist mir ein bisschen schwindelig.

Irgendwann in den letzten zehn Jahren hat Elliot herausgefunden, was ihm am besten steht. Jetzt trägt er eine schwarze Jeans und ein altes oder auf alt gemachtes dunkles Jeanshemd, dessen Ärmel aufgekrempelt sind. Seine Füße sind nackt.

Nackt, das Wort hallt in meinem Kopf wider, während ich Elliots Wohnung betrete. In der irgendwo Elliots Bett steht. Wenn ich nicht aufpasse, komme ich heute nicht mehr nach Hause. Was ist das eigentlich für ein Durcheinander, in dem ich da stecke?

»Macy«, begrüßt er mich, umarmt mich und zieht mich mit einem Arm um meine Schultern in die Wohnung. Als er sich von mir löst und die Tür hinter mir schließt, strahlt er so sehr, dass er eine Kleinstadt beleuchten könnte. »Du bist wirklich hier. In meiner Wohnung.«

Er neigt sich zu mir und drückt mir einen sanften Kuss auf die Wange. »Du bist ganz kalt.«

»Ich bin von der Bahn hergelaufen, und draußen ist es eisig.« Seine Lippen haben einen glühenden Punkt auf meiner Haut hinterlassen. Ich stelle den Kuchen ab, den ich mitgebracht habe, und ziehe die Jacke aus.

Überrascht tritt er einen Schritt zurück. »Du bist nicht mit dem Wagen gekommen?«

»Ich fahr nicht gern Auto«, erwidere ich lächelnd.

Er sieht mich irritiert an und nimmt meinen Mantel. »Aber ich hätte dich auch abholen können«, sagt er.

Ich drücke meine Hand auf seine Brust und sage: »Die Haltestelle ist nur sechs Block von deinem Haus entfernt. Das ist für mich durchaus zu schaffen.«

»Entschuldige, ich bin nur nervös wegen heute Abend.« Er lockert seine Schultern. »Ich versuche, ganz cool zu bleiben. Was mir wahrscheinlich nicht gelingen wird.«

Ich lache und reiche ihm den Kuchen mit Pekannüssen, den ich am Morgen gekauft habe. »Leider nicht nach dem Rezept deiner Mom gebacken. Ich hoffe, er schmeckt trotzdem. Kommen deine Eltern auch her?«

Er schüttelt den Kopf und bedeutet mir, ihm zu folgen. Wir gehen durch ein winziges Wohnzimmer in eine noch winzigere Küche. »Sie kommen bei Andreas' zukünftigen Schwiegereltern in Mendocino unter. Allerdings wollten wir ihnen nicht den gesamten Petropoulos-Clan zumuten. Andreas' Verlobte Else hat keine Geschwister, und wahrscheinlich wüssten sie gar nicht, was sie mit so vielen Menschen anfangen sollten. Also fahren nur Mom, Dad, Andreas und Alex hin.«

»Wer kommt heute noch?«, frage ich, während er den Kuchen auf der Theke abstellt. Die Küche ist zwar klein, aber blitzsauber und mit allem ausgestattet, was man braucht.

Elliot dreht sich um und lehnt sich gegen die Theke, wobei sich das Hemd über seiner Brust spannt und der Kragen sich ein Stück öffnet, so dass ich sein Schlüsselbein und den Ansatz seiner Brustbehaarung sehen kann. Mein Herz hämmert gegen meine Rippen.

»Desmond, ein Freund von mir«, antwortet er und kratzt sich am Kinn. »Und Rachel.«

Ich halte inne und sehe ihn mit großen Augen an. Reflexhaft blicke ich an mir herab, um mich zu vergewissern, was ich eigentlich anhabe, dann starre ich ihn wieder an.

»Rachel kommt auch?«

Er nickt. »Ist dir das unangenehm?«

Ich versuche, mich zu beherrschen, spüre jedoch, wie meine Augenbrauen sich zusammenziehen und sich eine steile Falte auf meiner Stirn bildet. »Ich glaube nicht?«

»Das klingt eher wie eine Frage«, sagt er leise. Er stößt sich von der Theke ab und tritt näher zu mir heran. »Ich hätte es erwähnen sollen. Sie hat keine Familie und auch nicht besonders viele Freunde in der Gegend.«

Ich sehe mich in der Küche um. »Hat sie hier mit dir zusammengewohnt?«

»Nein«, antwortet er. »Aber sie war ziemlich oft hier.«

Oh. Ich blicke zum Herd und sehe förmlich vor mir, wie die mir unbekannte Rachel in Unterwäsche Rühreier macht, während Elliot duscht. Ich stelle mir vor, wie er ihr danach Kaffee einschenkt und einen Kuss auf ihre nackte elfenbeinfarbene Schulter drückt. Ich frage mich, ob Elliot die gleiche brennende Eifersucht empfunden hat, als er mich mit Sean zusammen sah und wusste, dass dieser mit mir in einem Bett schlief und mich so berührte, wie Elliot selbst es doch gerade erst begonnen hatte.

Ich schaue zu ihm auf und sage: »Ich werde mich bemühen, keinen Anfall zu kriegen, weil deine Exfreundin heute hier auftaucht.«

Elliot zieht die Schultern in die Höhe. »Ist schon klar, ich hätte das vielleicht besser planen sollen.«

»Aber du hast uns nicht mit Absicht beide eingeladen, um mich eifersüchtig zu machen? Nicht zufällig ein bisschen?«

»Auf keinen Fall, das schwöre ich.«

Ein Blick in sein Gesicht genügt, um ihm zu glauben. Und ich weiß, dass Elliot schon früher hin und wieder nicht bewusst war, welche Wirkung andere Mädchen in seinem Leben auf mich hatten. Doch er ist nicht fies. Ich nicke. »Weiß sie, wer ich bin?«

»Ja.«

Da kommt mir noch ein Gedanke. »Weiß sie, dass ich hier bin?«

Elliot zögert, und Röte steigt seinen Hals hinauf. »Ja.«

»Sie hat es gewusst, aber ich nicht? Also ehrlich, Elliot!«

Er hebt die Hand und kratzt sich am Kopf. »Ich wollte, dass du kommst.« Seine Augen werden sanft und warm, wie immer, wenn ihm etwas wichtig ist. »Unbedingt. Trotzdem wollte ich nicht, dass Rachel heute Abend allein ist. Und ich hatte Angst, dass du absagst, wenn ich es dir verrate.«

Wahrscheinlich hätte ich genau das getan. Was könnte peinlicher sein als ein Thanksgiving-Essen mit Elliots Exfreundin?

»Glaubt sie, dass wir wieder zusammen sind?«

»Ich weiß nicht, was sie glaubt«, erwidert er. »Aber das ist auch nicht wichtig, oder?« Er sieht mich prüfend an. »Schließlich bist du verlobt.«

Ein Gefühl der Schuld durchschießt mich und lässt mich beklommen werden. Ich bin noch nicht bereit, Elliot zu erzählen, dass wir uns getrennt haben, will aber auch nicht den Eindruck bei ihm erwecken, dass ich Sean ständig emotional hintergehen würde. »Es ist … kompliziert.«

Er scheint eine Weile darüber nachzudenken, dann greift er nach meiner Hand und zieht mich mit sich. »Komm, ich zeig dir die Wohnung.«

Das Wohnzimmer ist eher lang als breit, und am schmalen Ende gewährt ein hohes Fenster mit Bleiglasscheibe einen Blick auf einen überraschend schönen Hinterhof. Dort gibt es Feigen- und Pflaumenbäume und ein winzige Fläche mit sattgrünem Rasen, was in dieser trockenen Gegend eine Seltenheit ist.

»Wunder dich nicht, es ist nur Kunstrasen«, erklärt Elliot. »Der Besitzer besteht darauf, dass wir den Hof pflegen.«

Ich sehe mich im Wohnzimmer um und betrachte die Regale, die bis zur Decke reichen und über eine Schiebeleiter zugänglich sind. Sein Sofa ist leuchtend blau mit bunten Kissen darauf. Am anderen Ende des Zimmers in der Nähe der Wohnungstür hat Elliot einen Klapptisch aufgestellt und mit Leinentischdecke, Platzdeckchen und einem kleinen Tischschmuck aus Zierkürbissen und Cranberries gedeckt. Offenbar bin ich beim Hereinkommen direkt daran vorbeigelaufen, habe ihn aber vor lauter Aufregung und Nervosität nicht bemerkt.

»Deine Wohnung ist sehr schön«, flüstere ich und streiche mir die Haare hinters Ohr. Elliot beobachtet, wie sie mir wieder ins Gesicht fallen, und schluckt. Wahrscheinlich weiß er, dass ich sie ihm zuliebe offen trage. »Erzähl mir von deinem Roman«, sage ich.

»Eine eher phantastische Geschichte«, erklärt er und wirft einen Blick auf seine Bücherregale. Dann sieht er wieder mich an, und seine Augen funkeln vor unterdrücktem Vergnügen. »Mit Drachen.«

»Also ein Porno?«, kontere ich, worauf er losplatzt.

»Eher nicht.«

»Mehr willst du nicht erzählen?«

Lächelnd greift er wieder nach meiner Hand. »Komm, ich zeige dir den Rest.«

Auf der Seite des Wohnzimmers, die der Küche entgegengesetzt ist, führt eine Tür in einen winzigen Flur. Linker Hand befindet sich das Schlafzimmer, rechts das Bad.

Dort gibt es keine Dusche, sondern nur eine kleine Badewanne mit einem Duschschlauch, dessen Kopf schlaff herabhängt wie nach einer Niederlage.

»Du hast ja gar keine Dusche«, bemerke ich, als ich das Bad wieder verlasse und mir plötzlich bewusst wird, wie intim es ist, in seinem Zuhause zu sein. Alles hier zeugt so sehr von seinem Wesen, davon, was Elliot ausmacht. Natürlich gibt es kaum Möbel, aber überall riesige, vollgepackte Bücherregale.

Elliot beobachtet, wie ich mich an die Wand lehne. Der Flur ist so winzig, dass er ihn mit seiner großen, kräftigen Gestalt ausfüllt.

»Ich würde es sehr vermissen, keine Dusche zu haben«, rede ich sinnlos vor mich hin.

»Ich bezeichne sie als Duschpool«, erwidert er.

»Klingt anrüchig.«

Obwohl ich auf seine Brust starre, höre ich das Lächeln in seiner Stimme: »Deshalb bezeichne ich sie wohl so.«

Er tritt einen Schritt näher. »Manchmal kommt es mir immer noch unwirklich vor, eine eigene Wohnung zu haben. Es ist wie ein kleines Wunder, all diesen Platz für mich zu haben. Weil ich so ganz anders aufgewachsen bin.«

»Gefällt es dir, allein zu wohnen?«, frage ich.

Er zögert, und ich höre mein Herz laut in meinen Ohren pochen. »Willst du eine ehrliche Antwort?«

Ich schaue zu ihm auf. *Oh.* Ich ahne, was jetzt kommt, und es könnte sein, dass es mich etwas aus der Bahn werfen wird, dennoch erwidere ich: »Von dir möchte ich immer eine ehrliche Antwort.«

»Okay«, sagt er. »Wenn das so ist. Ich lebe zwar gern allein, würde aber noch lieber mit dir leben. Ich schlafe gern allein, hätte aber noch lieber dich in meinem Bett.« Langsam reibt er sich mit dem Finger über die Unterlippe, denkt über seine nächsten Worte nach und sagt mit leiser, tieferer Stimme: »Ich finde es schön, heute Freunde zu Besuch zu bekommen, aber noch lieber würde ich mit dir allein unser erstes Thanksgiving als Paar feiern. Dann würden wir Truthahn mit den Fingern essen und uns auf dem Boden aneinanderkuscheln.«

»In Unterwäsche«, ergänze ich, ohne nachzudenken.

Meine Worte lassen ihn kurz zusammenzucken, doch dann breitet sich langsam ein Lächeln über sein Gesicht, bei dem Hitze in mir aufsteigt und meine Haut zu glühen anfängt. »Du sagtest, es sei kompliziert?«

Ein Klopfen an der Wohnungstür rettet mich davor, ihm doch von Sean zu erzählen. Elliot sieht mich so durchdringend an, als wüsste er ganz genau, dass ich kurz davor war, ihm etwas Wichtiges zu offenbaren.

Nachdem wir uns noch ein paar Sekunden lang schweigend angestarrt haben, weise ich mit dem Kinn zur Tür. »Du solltest wohl aufmachen.«

Mit einem Ton der Resignation dreht er sich um, geht zur Tür und lässt die nächsten Gäste ein.

Desmond kommt als Erster herein. Er ist kleiner als Elliot, aber sehr muskulös. Seine Haut ist dunkel und glatt, und sein Lächeln bringt sein ganzes Gesicht zum Strahlen. Er drückt Elliot eine Schüssel mit einem bunten Salat in die Hände, schlägt ihm auf den Rücken und dankt ihm für die Einladung.

Rachel tritt danach ein, doch in diesem Moment kommt Desmond zu mir und stellt sich mit starkem australischem Akzent vor. »Ich bin Des. Schön, dich kennenzulernen.«

»Macy«, erwidere ich, drücke ihm die Hand und füge unbeholfen hinzu: »Ich freue mich auch, dich endlich kennenzulernen.«

In Wahrheit habe ich keine Ahnung, wie lang Elliot ihn schon kennt. Plötzlich ist mein Mund trocken, und meine Handflächen werden feucht.

Ich merke, dass Rachel mich fixiert. Blinzelnd wendet sie den Blick ab und lächelt Elliot leicht verkrampft an, während sie darauf wartet, vorgestellt zu werden.

»Rachel«, sagt Elliot und führt sie zu mir, »das ist Macy.«

Sie hat kurze dunkle Haare, strahlend blaue Augen und ein paar Sommersprossen auf Wangen und Nase. Als sie lächelt, entblößt sie makellose weiße Zähne. Sie ist umwerfend hübsch.

»Hi Rachel«, sage ich und strecke ihr meine Hand entgegen, die sie nur schlaff drückt.

»Wie nett, dich kennenzulernen«, erwidert sie und lächelt erneut.

Noch bevor mir bewusst wird, was ich da tue, sage ich: »Schön, dass du kommen konntest.«

Als wäre ich schon tausendmal hier gewesen. Als wohnte ich hier, als wäre ich die Gastgeberin.

Mit zusammengekniffenen Augen wendet sie sich zu Elliot. Er zieht den Kopf ein und lächelt ihr beschwichtigend zu.

Eifersüchtig zieht sich meine Brust zusammen. Ihr wortloser Austausch gefällt mir gar nicht. Ich hasse das Gefühl, dass sie eine Vergangenheit haben, sich stillschweigend miteinander verständigen können.

»Wo soll ich das hinstellen?«, fragt sie und hebt eine Stofftasche mit ein paar Weinflaschen an.

»In den Kühlschrank«, antwortet Elliot, drückt ihre Schulter und bedenkt sie mit einem weiteren bedeutungsvollen Blick, bevor er sie loslässt und zu mir tritt.

Als Rachel verschwindet, blickt Elliot zu Des, der seinen Kopf kaum merklich schüttelt.

»Sie kommt schon klar, Kumpel«, sagt Des leise. »Es geht aufwärts.« Dann wendet er sich mir zu und grinst mich an. »Und du. Da bist du nun endlich. In Fleisch und Blut.«

Ausweichend frage ich: »Woher kennt ihr beide euch?«

»Vom Rugby«, erklärt Des.

Ich pruste lauter los, als ich gedacht hätte, worauf Des entzückt die Augen aufreißt.

»Ich kenne dich zwar nicht, Macy, aber ich glaube, wir zwei werden Freunde.«

»Hey«, protestiert Elliot lachend.

Des ignoriert ihn und sagt: »Er ist sogar ziemlich gut.«

»Kann nicht sein«, erwidere ich und verkneife mir ein Grinsen, als ich zu Elliot, dem Bücherwurm, schaue. »Dieser Kerl? Rugby?«

»Komm schon«, ruft Elliot gespielt gekränkt.

»Ich weiß noch genau, wie es war, als du *Skating* gelernt hast«, sage ich.

Desmond kneift leicht die Augen zusammen. »Mit Inlineskatern?«

Ich fange laut an zu lachen, worauf Elliot mich sanft in den Schwitzkasten nimmt und »Mit dem *Skateboard*, du Hirni« knurrt. Dabei ist sein Mund in meinen Haaren vergraben.

Kurz rangeln wir miteinander, hören aber abrupt auf, als sich plötzlich Stille über den Flur senkt. Rachel steht in der Küchentür und hält eine Flasche Wein in der Hand. Des' Blick wandert zwischen ihr und Elliot hin und her.

»Möchte jemand Wein?«, fragt sie. »Oder nur ich?«

Des lacht erfreut auf, weil er meint, sie mache einen Witz, aber Rachel verzieht keine Miene, sondern setzt die Flasche an ihre Lippen und trinkt ein paar große Schlucke. Dann lässt sie die Flasche sinken und wischt sich mit dem Handrücken über den Mund.

Langsam entlässt mich Elliot aus dem Schwitzkasten und zieht sich sein Hemd glatt, während ich mir über die Haare streiche. Ich fühle mich, als wären wir gerade bei etwas Verbotenem ertappt worden. Hier stehen wir, in seiner Wohnung, mit seinen Freunden, und müssen uns der nackten Wahrheit stellen, dass wir noch nie gemeinsam eine ganz normale Konfliktsituation aushalten mussten. Die kompliziertesten Teile unseres Lebens waren immer in das Alltagsleben ausgelagert, das wir eben nicht teilten, oder wurden gleich für ein ganzes Jahrzehnt unter dem Deckel gehalten. Ich habe keine Ahnung, wie Elliot damit umgehen wird.

»Rachel«, sagt er leise. »Komm schon.«

Darin klingt ein leiser Vorwurf an, den er mir gegenüber wohl nie hätte laut werden lassen, und doch liegt etwas Beschwörendes, Beschwichtigendes darin, das für meinen Geschmack zu intim ist, fast schon zweideutig.

»Komm schon – was?«, gibt sie zurück.

»Du wusstest es doch«, sagt er.

»Aber jetzt zeigt sich, dass es nicht so leicht ist, wie ich dachte.«

Wieso in aller Welt dachte sie, es würde leicht werden?

»Ich kann auch gehen«, setze ich an, aber sowohl Des als auch Elliot unterbrechen mich.

»Nein«, sagt Elliot und dreht sich zu mir.

»Sei nicht albern«, bemerkt Des. »Ist doch alles gut.«

Ich werfe einen Blick zu Rachel, die mich mit so kalter Wut ansieht, dass ich genau weiß, was sie denkt: *Gar nichts ist gut!*

»Du hast eine ganz miese Nummer mit ihm abgezogen«, flüstert sie.

»Rachel«, warnt Elliot sie leise, »nicht.«

»Was – nicht?« Sie wendet ihren Blick zu ihm. »Ich soll nicht sagen, wie es dir ging? Habt ihr schon geredet? Hat sie überhaupt eine Ahnung?«

Genau in diesem Moment fällt Des ein, dass er dringend ins Bad muss, und mich überfällt Neid, dass er sich einfach vom Acker machen kann, ich hingegen hierbleiben muss, während der Shitstorm über mir hereinbricht.

Gleichzeitig möchte ich unbedingt wissen, was ich ihrer Meinung nach erfahren sollte.

»Eine Ahnung wovon?«, frage ich Elliot.

Doch der schüttelt den Kopf. »Das ist nicht der rechte Zeitpunkt.«

Darauf antwortet Rachel an seiner Stelle: »Davon, wie du ihn fertiggemacht hast. Wie keiner –«

»*Rachel!*« Elliots Stimme ist so scharf wie eine Klinge und macht ihren Ausführungen augenblicklich ein Ende. Noch nie habe ich gehört, dass er einen solchen Ton angeschlagen hätte, was mir einen Schauer über den Rücken jagt.

Es kostet mich viel Kraft, nicht durchzudrehen bei dem Gedanken, was mir hier entgeht. Ich weiß, wie mein Leben nach unserer Trennung aussah, habe die Frage, wie seines war, aber nie an mich herangelassen.

»Ich bin mir ziemlich sicher, dass wir uns gegenseitig fertiggemacht haben«, sage ich. »Und genau das wollen wir doch jetzt wieder in Ordnung bringen, oder nicht?« Ich sehe Rachel direkt an. »Nicht, dass dich das kümmern müsste.«

»Fünf Jahre lang hat es mich aber trotzdem gekümmert«, gibt sie zurück. *Fünf Jahre.* Genau so viele Jahre hatte auch ich mit ihm. »Und mindestens ein Jahr lang hat es mich sogar sehr gekümmert.«

Was zum Teufel soll das denn heißen?

Elliot reibt sich mit den Händen übers Gesicht. »Muss das denn wirklich sein?«

»Nein.« Rachel sieht erst ihn an, dann mich, dann stürmt sie durchs Zimmer, schnappt sich ihre Tasche und verschwindet aus der Wohnung.

DAMALS

Freitag, 25. August

vor elf Jahren

Die Sommerferien endeten an einem glutheißen Tag im August. Gemeinsam packten mein Vater, Elliot und ich alles in den Wagen, dann trat Elliot zurück und wartete auf unsere übliche Verabschiedung.

Dies war bereits das vierte Mal, dass wir nach einem langen Sommer mit endlosen Tagen der Zweisamkeit getrennte Wege gingen, doch noch nie war es so schwer gewesen wie dieses Mal. Alles hatte sich verändert.

Wir hatten uns nicht noch einmal geküsst – wie immer ging es bei uns zwei Schritte vor, einen Schritt zurück –, geschweige denn, dass wir uns noch einmal wild aufeinandergestürzt hätten, dennoch gab es zwischen uns eine neue Zärtlichkeit, die bei allem mitschwang. Beim Lesen ergriff Elliot meine Hand, und ich schmiegte mich immer öfter an seine Schulter, wo ich dann eindöste. Wenn ich aufwachte, hatte ich ein Bein um seine Hüfte geschlungen und er lag schlafend neben mir und hatte die Finger in meinen Haaren vergraben. Es fühlte sich an, als wären wir zusammen.

Auch mein Vater schien es zu spüren, denn nachdem er den

Kofferraum seines neuen Audi mit entschiedenem Griff zugedrückt hatte, bedachte er uns mit einem knappen Lächeln und ging wieder ins Haus.

»Wir sollten darüber reden«, sagte Elliot leise. Was er meinte, musste er nicht erklären.

»Okay.«

Er nahm meine Hand und führte mich in den Schatten zwischen unseren beiden Häusern. Dort ließen wir uns, ohne dass wir unsere Hände voneinander gelöst hätten, auf dem Rasen unter dem Fenster unseres Esszimmers nieder, wo uns niemand sehen konnte, und lehnten uns an die Hauswand.

»Wir wissen beide, was neulich zwischen uns passiert ist ...«, flüsterte er. »Und ... wir fassen uns ständig an ... Macy, wir sind mehr als nur Freunde.«

»Ich weiß.«

»Auch wenn wir miteinander reden oder uns ansehen, ist da mehr als zwischen Freunden. Es fühlt sich nach viel mehr an ...« Als er verstummte, schaute ich zu ihm hoch und sah die Zärtlichkeit in seiner Miene. »Ich möchte nicht, dass du nach Hause fährst und denkst, so was würde ich auch mit einer anderen machen.«

Ich verzog den Mund und pflückte einen langen Grashalm. »Ich möchte auch nicht denken, dass du so was mit einer anderen machst.«

»Was tun wir also?«

Ich wusste, dass seine Frage nicht nur darauf abzielte, wie es mit dem Küssen-Rummachen-und-was-kommt-dann oder dem Zusammensein-oder-nicht weiterging. Er fragte nach etwas Größerem: dem Leben, das vor uns lag und das nicht nur in seinem Haus oder meiner Bücherkammer stattfände; in dem wir uns nicht nur mit ein, zwei Wochenenden pro Monat begnügen müssten.

Ich folgte mit meinem Finger der Spur der Sehnen auf seinem Handrücken, während er mir mit dem Finger langsam übers Bein, vom Knie bis zum Oberschenkel fuhr.

»Lieblingswort?«, fragte ich, ohne aufzublicken.

»*Bereit*«, antwortete er ohne zu zögern mit leiser, heiserer Stimme.

Hitze überkam mich und zog eine glühend heiße rote Spur, die ich noch auf meinen Wangen spürte, nachdem er es längst aufgegeben hatte, meinen Blick zu suchen.

»Deins?«

Da sah ich zu ihm auf. Seine goldbraunen Augen waren vor Neugierde geweitet; doch in dem dunklen Ring um seine Netzhaut lag etwas Ungezügeltes, das mich ahnen ließ, unter der Oberfläche in der Frage *Deins?* verberge sich etwas Hungriges, etwas, das mich an Hände und Lippen auf meiner Haut, an das Keuchen meines Namens denken ließ. Elliot war sexy. Welcher Junge in seinem Alter benutzte das Wort bereit?

Auf der ganzen Welt gab es keinen wie ihn.

»*Erkenntnis*«, sagte ich leise.

Er fuhr sich mit der Zunge über die Lippen und lächelte. Das Drängende in ihm wurde immer offensichtlicher. »Das ist gut.«

Ich starrte auf seine Hand, strich mit dem Daumen über seinen Handrücken und sagte: »Ich glaube, wir sollten aufhören, so zu tun, als wären wir nicht zusammen.«

Als ich wieder zu ihm aufsah, lächelte er mich an, dass es mir den Atem raubte. »Einverstanden.«

»Gut.«

»Dann werde ich dich zum Abschied jetzt küssen«, verkündete er.

Ich neigte mein Gesicht zu ihm und sagte noch einmal »gut«, da spürte ich schon seinen Atem an meinem Mund und seine Hand an meiner Wange. Meine Lippen öffneten sich, und wie schon einmal kam es mir völlig natürlich vor, an seinen Lippen zu saugen, seine Zunge mit meiner spielen zu lassen, ihn zu schmecken. Seine Finger fuhren durch meine Haare, er umfasste mit beiden Händen meinen Kopf, und unser Kuss wurde dringlicher.

Und wieso mussten wir das hier draußen machen, wo wir uns nicht hinlegen und küssen konnten, bis unsere Lippen taub waren und unsere Körper loderten? Selbst inmitten dieser Liebkosung ließ meine Sehnsucht nach ihm nicht nach, im Gegenteil, sie wurde immer schmerzhafter. Ich wollte ihn wieder auf mir spüren, noch einmal sein Gewicht fühlen und den harten Beweis seines Verlangens, der sich zwischen meine Beine presste.

Als ich einen kleinen, erstickten Seufzer ausstieß, zog er sich zurück und sah mich forschend an.

»Wir lassen es langsam angehen«, sagte er.

»Ich will es aber nicht langsam angehen lassen.«

»Aber nur so können wir dafür sorgen, dass wir es richtig machen.«

Immer noch von seinen Händen umfasst, nickte ich, und er küsste mich noch einmal. »Wir sehen uns in zwei Wochen.«

HEUTE

Donnerstag, 23. November

Des taucht aus dem Bad auf und wischt sich die Hände an der Jeans ab, als hätte er es aus den üblichen Gründen aufgesucht und nicht, um vor der Schlacht der Exfreundinnen aus dem Wohnzimmer zu fliehen. Er bedenkt uns mit einem breiten Grinsen, das verblasst, als er bemerkt, dass Rachel nicht mehr da ist.

»Ernsthaft?«, fragt er Elliot, der hilflos die Achseln zuckt.

»Ich wusste nicht, was ich ihr sagen sollte«, erklärt der. »Sie meinte doch, sie käme klar. Aber das war eindeutig nicht der Fall.«

Elliot dreht sich um und geht in die Küche. Ich sehe, es setzt ihm zu, dass Rachel abgehauen ist, rede mir aber lieber ein, dass dies an seiner Gutherzigkeit liegt und nicht an der Angst, es sich langfristig mit ihr verdorben zu haben.

Andererseits: Wer hätte das nicht kommen sehen?

Er steht vor dem kleinen Ofen, bückt sich, um einen Blick auf den Truthahn zu werfen, stützt sich dann mit beiden Händen an den Seiten des Herds ab und atmet ein paarmal tief durch.

Ich werfe einen Blick zu Des, der mir mit einem Nicken zu

verstehen gibt, dass ich zu Elliot gehen soll. »Bei so was ist er aufgeschmissen.«

Das haut mich um. Ich bin überzeugt, dass Des vollkommen recht hat, und dennoch muss ich einiges in meiner Sicht der Dinge zurechtrücken, um es glauben zu können. Denn von uns beiden war immer Elliot derjenige, der besser mit komplizierten Gefühlen umgehen konnte.

Obwohl die Küche hell ist und ein riesiges Fenster hat, kommt sie mir umso winziger vor, je näher ich Elliot komme. Ich höre seinen Atem. Dann streiche ich ihm über den Rücken, spüre seine angespannten Muskeln und fange an, seine Schultern zu massieren.

Die Berührung ist plötzlich so intim, und mir wird klar, dass ich ihn nicht länger wegen Sean anlügen kann. Sonst glaubt er, ich würde Spielchen mit ihm spielen. Elliot wirft mir einen fragenden Blick über die Schulter zu.

»Tut mir leid«, sage ich. »Vielleicht wäre ich besser nicht gekommen.«

Da dreht er sich zu mir um und lehnt sich gegen den Herd. »Aber ich wollte, dass du kommst. Ich hätte nicht darauf verzichten wollen. Sie hatte die Wahl, entweder zu kommen oder eben nicht.«

»Ich weiß, aber ihr wart so lange befreundet.«

Da dreht er sich zur Seite und starrt aus dem Fenster. Seine Kiefermuskeln sind angespannt, er denkt angestrengt nach. Sein Profil ist so … erwachsen. In meinem Kopf tauchen unzählige Bilder des jüngeren Elliot auf. Wenn ich ihn jetzt ansehe, kommt es mir so vor, als würde ich durch ein Teleskop in die Zukunft blicken. Es ist merkwürdig, ihm so nahe zu sein und dennoch an all die Momente denken zu müssen, die er ohne mich erlebt hat.

»Wir müssen wirklich mal reden«, flüstert er.

»Über Rachel?«

Er runzelt die Stirn. »Über alles, Mace.«

Ich weiß, ich muss hören, was er zu sagen hat – und ich schulde ihm meine Geschichte, so wenig ich sie auch erzählen will –, aber dies ist definitiv nicht der Tag, an dem eine zweite Frau in seiner Wohnung die Beherrschung verlieren sollte.

»Also gut«, sage ich, ebenso leise, weil ich an Des im Nebenzimmer denke. »Dann bestimmen wir jetzt einen Zeitpunkt. Vielleicht nach Andreas' Hochzeit?«

»Was?« Er dreht sich zu mir um und sieht mich finster an. »Das ist noch einen Monat hin!«

»Ich finde, das ist ein guter Zeitpunkt.« Auf der Arbeitsfläche fängt eine Eieruhr an zu schrillen, was wir beide ignorieren.

Elliot schüttelt leicht den Kopf. »Aber wir hatten schon elf Jahre Zeit.«

»Da klingelt's!«, ruft Des aus dem Wohnzimmer.

»Weil ich heute frei hatte, muss ich Weihnachten arbeiten.« Ich weiche seinem Blick aus. »Über Silvester nehme ich mir für die Hochzeit vier Tage frei, also muss ich bis dahin fast jeden Tag arbeiten, und ich brauche …« Ich brauche Zeit, darüber nachzudenken, wie ich ihm alles, was ich zu sagen habe, beibringen soll. Über Sean und über den Abend vor elf Jahren, als ich Elliot das letzte Mal sah, und über alles, was danach kam.

Des steckt kurz seinen Kopf durch die Küchentür und ruft: »Hey, seid ihr taub?«

Elliot streckt die Hand aus und bringt die Eieruhr mit einem Schlag ziemlich grob zum Schweigen.

Dann dreht er sich wieder um, neigt den Kopf zu mir und sagt: »Macy, du weißt, dass ich mir immer Zeit für dich nehmen würde. Jede Sekunde meiner Zeit gehört dir.«

Dieses Bekenntnis, so gelassen ausgesprochen, lähmt meinen Instinkt, der mir doch bis eben so dringend geraten hat, mir Zeit zu lassen. Zeit, mir über meine Gefühle klarzuwerden, Zeit für eine Pause zwischen dem Ende meiner Beziehung mit Sean und einem Neuanfang mit Elliot. Es platzt aus mir heraus: »Sean und ich haben uns getrennt.«

Ich sehe, wie die Ader an seiner Schläfe heftig zu pochen beginnt. »Was?«

Aus heiterem Himmel habe ich eine Bombe platzen lassen. »Es war wohl … nie wirklich … was ich wollte. Und –«

»Du hast Sean verlassen?«

Als ich die Hoffnung in seinen Augen sehe, möchte ich am liebsten weinen. »Ich bin ausgezogen.«

Elliot streckt die Hand aus, hakt seinen Zeigefinger in meinen Hosenbund, so dass ich ihn an meinem Bauchnabel spüre, und zieht mich näher zu sich heran. »Wohin?«

»In ein WG-Zimmer in der Innenstadt.«

Ein heißer Schauer überläuft mich bei dem Gedanken, was jetzt kommt: sein Mund, der sich auf meinen senkt, die überwältigende Erleichterung, ihn zu spüren, seine Zunge, die über meine Lippen fährt, seinen Atem auf meiner Haut zu fühlen.

Ich schließe die Augen und gebe mich eine Sekunde der Phantasie hin, wie er mit beiden Händen meine Taille unter dem T-Shirt umfasst, um mich hochzuheben, auf die Arbeitsfläche zu setzen, sich zwischen meine Beine zu schieben und sich an mich zu drücken.

Also weiche ich zurück, zitternd, so sehr muss ich mich beherrschen. »Weißt du noch, was ich im Park zu dir gesagt habe?«, setze ich an. »Dass ich bei dir so viel empfinde?«

Er nickt und fixiert mit stockendem Atem meinen Mund.

»Ich will mich nicht blindlings in etwas stürzen«, sage ich schluckend und winde mich innerlich. »Vor allem nicht mit dir. Schließlich haben wir es schon einmal vermasselt.«

Er sieht mir blinzelnd in die Augen, und seine Miene entspannt sich ein wenig. »Das stimmt.«

Zwischen uns ist wieder diese Intensität, die von Anfang an da war. Früher deutete ich das als Zeichen, dass er der Richtige für mich ist und ich die Richtige für ihn. Und jetzt hat er deswegen seine Freundin verlassen und ich meinen Verlobten, aber Tatsache ist doch, dass wir erst seit ein paar Wochen wieder Kontakt haben, nachdem wir uns elf Jahre weder gesehen noch gesprochen haben. Seinen besten Freund im Nebenzimmer kenne ich nicht, und die Frau, die gerade verschwunden ist, weiß mehr über Elliots Kummer und Nöte als ich. Wir haben immer noch einen Haufen Probleme und jede Menge zu klären.

»Komm, lass uns diesen Vogel essen«, sage ich und löse sanft seinen Finger von meiner Jeans. »Ich brauche erst einmal ein bisschen Zeit, um alles in Worte zu fassen, okay?«

Elliot lässt seine Hand an meine Hüfte gleiten und murmelt: »Okay. Klar. Was immer du brauchst.«

Ich erlaube mir eine einzige intime Geste und presse meine Hand auf sein Herz und fühle, wie es schlägt.

DAMALS

Vor elf Jahren

Von: Macy Lea Sorensen <minlilleblomst@hotmail.com>

Datum: 1. September, 6:32 Uhr

An: Elliot P. <elliverstravels@yahoo.com>

Betreff: Ich vermisse Dich

Wie verrückt.

Von: Elliot P. <elliverstravels@yahoo.com>

Datum: 1. September, 6:52 Uhr

An: Macy Lea Sorensen <minlilleblomst@hotmail.com>

Betreff: Re: Ich vermisse Dich

Es sind erst ein paar Tage vergangen, aber ich frage mich schon, wann Du endlich wiederkommst.

Von: Macy Lea Sorensen <minlilleblomst@hotmail.com>
Datum: 1. September, 20:07 Uhr
An: Elliot P. <elliverstravels@yahoo.com>
Betreff: Re: Re: Ich vermisse Dich

Ich glaube, dieses Wochenende. Heute Nachmittag war ich bei Nikki, und Danny war da. Sie haben Videospiele gespielt und hatten jede Menge Spaß, aber ich dachte die ganze Zeit nur, dass ich am liebsten bei Dir wäre.

—

Von: Macy Lea Sorensen <minlilleblomst@hotmail.com>
Darum: 1. September, 20:12 Uhr
An: Elliot P. <elliverstravels@yahoo.com>
Betreff: Re: Re: Ich vermisse Dich

Mist. Dad sagt, dieses Wochenende wird es nichts, aber vielleicht nächstes. Am Dienstag ist Schulanfang, und er will vorher noch ein paar Dinge erledigen.

—

Von: Elliot P. <elliverstravels@yahoo.com>
Datum: 1. September, 21:18 Uhr
An: Macy Lea Sorensen <minlilleblomst@hotmail.com>
Betreff: Re: Re: Re: Ich vermisse Dich

Wahrscheinlich wäre es eine gute Idee, uns unter der Woche nicht zu schreiben. Sonst wird es zu hart. Sonst werde ich verrückt.

—

Von: Macy Lea Sorensen <minlilleblomst@hotmail.com>
Datum: 1. September, 21:22 Uhr
An: Elliot P. <elliverstravels@yahoo.com>
Betreff: Re: Re: Re: Re: Ich vermisse Dich

Glaubst Du, es ist eine schlechte Idee? Dass wir zusammen sind?

Mein Handy klingelte, und auf dem Display erschien ein Foto von Elliot. Ich hatte es erst in der Woche zuvor geschossen, als er im Wald hinter unseren Häusern auf einem moosbewachsenen Felsen stand und zu den Bäumen aufschaute, um einen Vogel zu bestimmen. Auf dem Foto beleuchtete die Sonne sein Profil und betonte seine Kieferknochen und die Muskeln unter seinem T-Shirt.

Mein Herz fing an zu hämmern, und als ich mich meldete, klang meine Stimme erstickt: »Hallo?«

»Nein, Macy«, sagte er ohne Einleitung. »Das glaube ich nicht.«

Ich nickte und starrte auf das Einhornposter an der Wand, das ich mit acht dort aufgehängt und seitdem nie abgenommen hatte. »Okay.«

»Ich finde nur«, sagte er leise, »dass wir uns in den Wahnsinn treiben, wenn wir uns täglich alle zehn Minuten eine E-Mail schicken.«

Ich ließ mich auf mein Bett sinken und streifte meine Sneaker ab. »Du hast natürlich recht. Aber auf einmal fühlt es sich anders an, getrennt von dir zu sein. Irgendwie beunruhigend.«

»Aber es ist nicht anders.« Er klang außer Atem, als joggte er die Treppe hinauf. »Wir haben doch schon immer so empfunden. Ich bin hier, du bist da. Und genau wie vorher gehören wir zusammen.«

»Okay.«

»Und wenn du kommst«, sagte er, und ich hörte, wie sich im Hintergrund eine Tür schloss, »dann verbringen wir jede Minute miteinander.«

Ich rollte mich auf meinem Kissen zusammen und schirmte das Handy mit der anderen Hand ab. »Ich würde dich nur so gern noch einmal küssen«, flüsterte ich. »Ich wünsche mir, dass du hier bist, bei mir, und mich küsst.«

Ich hörte ihn einatmen. Dann sagten wir eine Weile nichts, und mein Herz tat so weh, als hätte es sich in meiner Brust zusammengekrampft.

»Mace«, sagte er. »Wie gern würde ich das tun.«

Wieder schwiegen wir, und ich fragte mich, ob er es später zulassen würde, dass ich mit ihm am Handy einschliefe. Ich ließ meine Hand unter mein T-Shirt gleiten, spürte meinen warmen Bauch und stellte mir vor, die Hand wäre seine.

»Es ist doch nur noch ein Jahr, das wir aushalten müssen«, sagte er schließlich. »Denk immer daran. Im Frühjahr machen wir unseren Abschluss. Dann müssen wir nicht mehr getrennt sein. Nicht mehr lange, und wir können wirklich zusammen sein.«

HEUTE

Sonntag, 31. Dezember

Bin da.

Komme runter.

Ich verlasse mein bescheidenes Motelzimmer und trete in die grelle Wintersonne, die mich so blendet, dass ich meine Augen mit der Hand abschirmen muss. Elliot lehnt ein paar Meter entfernt an seinem Wagen und hält einen kleinen, zerzausten Strauß Wildblumen in der Hand.

Nach siebenunddreißig Tagen Kontaktsperre kann ich mich kaum an ihm sattsehen und nehme jeden Zentimeter von ihm in mir auf: den Smoking, der ihn ganz verändert aussehen lässt, die ordentlich gekämmten Haare, das glattrasierte Gesicht.

Seit Thanksgiving haben wir ein paarmal gesimst oder telefoniert, um etwa zu klären, was ich zu der Hochzeit anziehen sollte oder wo er mich heute abholen sollte, aber gesehen habe ich ihn das letzte Mal, als er mir nach dem Festmahl mit Truthahn und Wein an seiner Wohnungstür einen Kuss auf die Wange drückte und mir ernst in die Augen blickte.

»Gib mir eine Chance«, bat er mich.

Das versprach ich ihm. Die Frage ist nur, ob er mir noch eine Chance geben wird, wenn er erst einmal gehört hat, was ich ihm zu sagen habe.

Wegen meines Dienstplans habe ich Weihnachten dieses Jahr schon am 22. Dezember gefeiert, mit Sabrina, Dave und Viv. Während ich auf meinem Hocker in der Küche saß und an einem Glas Wein nippte, beobachtete ich, wie sie ihren Ritualen nachgingen, diesen kleinen und großen Gewohnheiten, die jedes Paar, jede Familie für sich findet und pflegt: Ihr heißgeliebtes »Canadian Brass Christmas«-Album lief in Endlosschleife, Dave machte Weihnachtsplätzchen für eine ganze Armee, und Sabrina schmückte den riesigen Tannenbaum mit weißen Lichterketten. Das versetzte mir einen weiteren Stich zu den unzähligen, die ich den ganzen Monat schon verspürt hatte, wenn ich hörte, was meine Kollegen während der Feiertage vorhatten: mit Freunden feiern, Verwandte besuchen, backen und nach Hause reisen.

Indem ich Elliot damals verlor – und meinen Vater, natürlich –, verlor ich auch alle sonstigen Bindungen und zugleich jegliche Traditionen, die für mich und meine Familie einmal wichtig gewesen sein mochten. Nun aber giere ich geradezu danach. Ich möchte am Weihnachtsmorgen Blaubeermuffins backen und abends die *kalenderlys* anzünden. Ich möchte zum Geburtstag *Æbleskivers* und Bücher und an Silvester Hot Dogs am Strand. Und ich möchte mit Elliot unseren Jahrestag im Bett verbringen und mich endlos, flüsternd, Mund an Mund mit ihm unterhalten, so dicht beieinander, dass jedes Wort, das er sagt, als Hauch auf meiner Haut spürbar wird.

Ich bin bereit.

Also trete ich hinaus auf den gesprungenen Asphalt des Parkplatzes und gebe mir alle Mühe, in meinen hohen Schuhen anmutig auf ihn zuzugehen. Am liebsten würde ich mich in seine Arme stürzen, aber ich halte mich zurück und bleibe einen Schritt vor ihm stehen. Er riecht so gut, und als er seine Sonnenbrille auf die Stirn schiebt, wirken seine Augen in der Sonne fast bernsteinfarben. Den gesamten vergangenen Monat habe ich mir die Worte zurechtgelegt, mit denen ich das Gespräch beginnen will, das wir zu führen haben – *Nachdem ich Christians Haus verlassen hatte, ging ich zum Wochenendhaus und schlief auf dem Boden ein. Und am nächsten Morgen fand mein Vater mich dort* –, doch nun verblassen sie zu einem fernen Echo.

Elliot überreicht mir die Blumen und drückt mir einen Kuss auf den Hals, genau an die Stelle, wo mein Puls pocht.

Ich senke den Kopf und rieche an den Blumen. Eigentlich duften sie nicht, aber sie sind so bunt, dass sie fast fluoreszierend wirken. »Blumen? Du benimmst dich wie ein Gentleman, sieh mal einer an.«

»Ich hab sie da drüben gepflückt«, gesteht er und weist nickend auf die kleine Wiese am Rand des Parkplatzes. Als er sich grinsend wieder zu mir wendet, wirkt er wie achtzehn. »Mom hat nicht erlaubt, eine Rose aus dem Blumenschmuck zu stibitzen.«

Er mustert mich von Kopf bis Fuß, und als sein Blick wieder hochwandert, über meine Brust, meinen Hals, bis zu meinem

Gesicht, scheinen seine Augen zu glühen. Ich trage ein neues Kleid und fühle mich zugegebenermaßen ziemlich umwerfend. Es ist eng anliegend und aus leuchtend orangeroter Knitterseide mit perlenbesetzten Spaghettiträgern. Meine gebräunte Haut wirkt darin fast golden.

Als sich unsere Blicke treffen, spüre ich, wie sich ein Lächeln über mein Gesicht breitet. Später werden wir alles klären, und die Vorfreude, meine Last loszuwerden, lässt mich fast schweben.

»Bereit?«, fragt er.

»Bereit.«

Elliot parkt den Wagen vor dem riesigen viktorianischen Anwesen, und in der darauffolgenden Stille hören wir das Ticken des abkühlenden Motors. Er wendet sich mir zu und fragt leise: »Ist alles okay?«

Die Fahrt hat zehn Minuten gedauert, daher hat er mit Sicherheit bemerkt, dass ich mich die ganze Zeit krampfhaft am Türgriff festgehalten habe.

»Ja, mir geht's gut.«

»Okay«, sagt er aufatmend und legt mir, als ich aussteigen will, eine Hand auf das nackte Bein, direkt über dem Knie. Die Berührung ist elektrisierend, und er scheint es gleichzeitig mit mir zu bemerken, denn er reißt sofort seine Hand zurück. »Wenn du erlaubst …«

Er springt aus seinem alten Civic, läuft vorn um ihn herum und öffnet mit galanter Verneigung meine Tür.

Hinter ihm ragt Madrona Manor wie ein hochherrschaftliches Haus aus dem Märchen in die Höhe, mit sanft geschwungenen Rasenflächen, die das imposante Anwesen umrahmen. Dies ist natürlich etwas ganz anderes als das Motel, in dem ich untergebracht bin. Selbstverständlich hätte ich auch in meinem Haus in Healdsburg übernachten können – da gerade keine Feriengäste darin wohnen –, aber die Aussicht, dort allein zu sein, ohne meinen Vater, schien mir zu deprimierend.

Elliot wartet, dass ich aussteige, und streckt mir schließlich die Hand entgegen. »Bist du festgewachsen?«

Nein, dein Anblick beschert mir nur weiche Knie.

Ich steige aus und reiche ihm meine Hand. »Nein, alles in Ordnung. Es ist nur … wunderschön hier.«

Da es draußen kühl ist, habe ich eine Stola umgelegt, und Elliot tritt noch näher zu mir und rückt sie zurecht, da sie mir über die Schulter gerutscht ist.

»So.« Er streicht mit dem Daumen über die Linie meiner Schulter. Seine Haut ist heller als meine, und der Kontrast ist einfach perfekt. »Ist dir auch warm genug?«

Ich nicke und hake mich bei ihm unter, während wir zum Haupthaus gehen. Es ist fast Mittag, und die Sonne überzieht die Baumwipfel mit einem sanften Schimmer aus Honig und Gold. Madrona Manor liegt in den Hügeln über Sonoma County, ist umgeben von endlosen Wäldern und bietet einen einmaligen Blick über die weitläufigen Weinberge. Alles um uns herum ist grün, wohin man auch sieht. Eigentlich sollte ich mich mehr für dieses himmlische Fleckchen Erde interessieren, aber nun, da ich nach einem Monat intensiven Nachdenkens bei Elliot bin, spüre ich, wie sich sein Körper an meinen drängt, und weiß, dass ich ihn jederzeit innehalten lassen könnte, um ihn anzusehen, ihn zu küssen, ihn zu spüren. Ich fühle mich wie am Rand eines Abgrunds, auf dessen Grund sich ein riesiges Bällebecken befindet – ich fürchte den tiefen Fall und kann den Verlockungen, die da warten, dennoch kaum widerstehen.

Das Herrenhaus betreten wir über eine große Eingangshalle, von der ein breiter Flur und mehrere Räume nach rechts und links abgehen. Elliot möchte oben im Zimmer für den Bräutigam nach Andreas sehen. Ich habe Elliot erzählt, ich wäre gestern Abend von Berkeley hergefahren. In Wahrheit jedoch habe ich mich von einem Taxi bringen lassen und die Fahrt nur mit Hilfe einer Beruhigungstablette überstanden. Als ich am Motel ankam, taumelte ich nur noch in mein Zimmer und schlief, bis mein innerer Wecker mich genau um sechs Uhr morgens aufwachen ließ.

Das heißt, dass ich noch niemandem aus Elliots Familie begegnet bin, was mich ein bisschen nervös macht. Am liebsten würde ich mir allein das Anwesen anschauen und der Petropoulos-Familie erst nach der Zeremonie entgegentreten, aber das lässt Elliot nicht zu.

»Komm mit«, sagt er und führt mich zur breiten Treppe. Weihnachten ist hier noch nicht ganz vorbei, das Geländer ist mit Tannengirlanden geschmückt, und auf dem oberen Treppenabsatz leuchtet ein kleiner, mit goldenen Kugeln behängter Weihnachtsbaum. »Sie sind alle oben.«

»Aber ich will nicht stören«, protestiere ich und weiche unschlüssig zurück.

»Hör auf«, lacht er. »Das soll wohl ein Witz sein, oder? Wenn ich ohne dich ankäme, würden sie mich sofort wieder zurückschicken.«

Ein Schwarm Vögel erhebt sich in meinem Magen, als ich höre, wie Elliots Vater seinen Sohn George anschreit, er solle endlich den Koffer holen, und wie Nick Jr. seine Schwester Alex wegen irgendetwas aufzieht. Ich höre auch Dinas volles, warmes Lachen und ihre Stimme – unverändert –, als sie Andreas rät, sich von jemand anderem die Fliege binden zu lassen, weil sie ihm wie ein »schlaffes Schleifchen« um den Hals hinge.

Als wir die Tür öffnen und eintreten, senkt sich Stille über den Raum. Andreas dreht sich vom Spiegel weg und lässt seine Fliege halbzugebunden in der Luft baumeln. Nick Jr. und Alex lösen sich aus ihrem Gerangel an der Couch und richten sich auf.

Elliots Mutter erstarrt mit der Hand über ihrer Frisur.

»Macy!«, stößt sie aus, und ihre Augen füllen sich augenblicklich mit Tränen. Sie lässt die Haarnadel fallen und schlägt sich die Hand auf den Mund.

Ich hebe die Hand und winke zittrig. Beim Anblick ihrer Gesichter fühle ich mich, als würde ich ein Jahrzehnt zurückkatapultiert und landete zum ersten Mal wieder an einem Ort, der sich wie ein Zuhause anfühlt. »Hallo.«

Elliot zieht mich noch enger an sich. »Sieht sie nicht umwerfend aus?«

Erschrocken sehe ich ihn von der Seite an, aber sein lässiges Grinsen zeigt mir, dass ihm der prüfende Blick seiner Familienmitglieder nicht im Geringsten peinlich ist.

»Hinreißend«, stimmt sein Vater Nick zu.

Alex stürzt zu mir und umarmt mich. »Kennst du mich noch?«

Ich hab sie nicht mehr gesehen, seit sie drei Jahre alt war.

Dennoch kann ich ihr wohl kaum gestehen, dass ich seitdem ständig an sie gedacht habe. Lachend lege ich meine Arme um ihren hochgewachsenen, schlanken Leib und frage: »Kennst *du* mich denn noch?«

»Nicht«, sagt Dina kopfschüttelnd. »Sonst muss ich weinen.«

Nick Jr. wirft ihr einen Blick zu und stöhnt: »Ma, du weinst doch schon.«

Elliot lässt mich los, rührt sich jedoch nicht vom Fleck, als alle kommen und mich umarmen. Als Andreas zu mir tritt, flüstert er kaum hörbar: »Danke fürs Kommen«, und ich erwidere flüsternd: »Meinen Glückwunsch, du Trottel.«

Dann löst sich alles wieder in Trubel auf, als Alex sich mit ihrem Vater in eine Debatte über ihre Frisur stürzt und George mit seiner Mutter darüber streitet, wo der Koffer abgeblieben sein könnte. Elliot hilft Andreas mit seiner Fliege, und Liz kommt mit einem Tablett Canapées für den Empfang herein. Sie trägt ein glänzendes blaues Kleid – offenbar ist sie eine der Brautjungfern.

»Hey Macy!«, sagt sie und kommt zu mir. Als die anderen sie verwirrt anstarren, erinnert sie sie daran, dass wir uns jeden Tag bei der Arbeit sehen, worauf erneut Tumult ausbricht, weil nun allen wieder einfällt, was das heißt – *die kleine Macy ist jetzt Ärztin!* –, und mich von neuem zu umarmen beginnen.

Sekt wird eingeschenkt und verteilt, Alex' Hochsteckfrisur gelöst und zum Missfallen ihres Vaters von neuem aufgesteckt, und die ganze Zeit ist Elliot bei mir, weicht nicht von meiner Seite und beruhigt mich durch seine bloße Anwesenheit.

»Dad«, sagt Elliot schließlich mit unterdrücktem Lachen. »Sie ist vierzehn. Sie trägt ein bodenlanges Abendkleid. Sie wird nicht gleich schwanger werden, bloß weil jemand ihren nackten Hals sieht.«

Ein paar Sekunden lang starrt sein Vater ihn finster an, dann wendet er sich kopfschüttelnd seiner Tochter zu. »Steck's hoch. Ist mir egal. Ich finde nur, dass es ziemlich viel nackte Haut ist.«

»Aber es ist mein Hals!«, ruft Alex frustriert. »Sag doch den Jungs, sie sollen nicht hingucken, wenn er sie so irritiert.«

»Amen«, bemerke ich und grinse sie an. Ihr dankbares Lächeln ist wie ein Sonnenstrahl, der durchs Fenster dringt.

Als die Debatte wieder aufflammt, beugt Elliot sich zu mir und flüstert mir ins Ohr: »Hast du Lust auf einen Spaziergang im Garten?«

Ich nicke, und seine Nähe lässt mich erschauern. Mit seiner Hand auf meinem Rücken steuert er mich zur Tür, wo er meine Finger umfasst. Ich spüre die Blicke aller auf unseren miteinander verschlungenen Händen und höre erst Alex' verwirrtes »Ich dachte, sie hätte einen Freund?«, dann Dinas energisches »Schsch!« und schließlich Andreas' »Sie haben sich doch getrennt!«.

Grinsend sieht Elliot mich an. »Ist es noch so, wie du es in Erinnerung hattest?«

Ich lege den Kopf seine Schulter. »Besser.«

DAMALS

Samstag, 9. September
vor elf Jahren

Nach unserem bittersüßen Kuss sollte es bis Mitte September dauern, bis wir uns wiedersahen. Die Luft war drückend warm von einem beharrlichen Indian Summer, und das nutzte ich als Vorwand, das gesamte Wochenende im Bikini herumzulaufen.

Was Elliot nicht entging.

Meinem Vater jedoch leider auch nicht, daher befahl er uns rundheraus, unsere Zeit entweder unten oder draußen zu verbringen, aber *nicht* in der Bücherkammer.

Am Samstag breiteten wir auf der struppigen Rasenfläche vor Elliots Haus unter der riesigen Schwarzeiche eine Decke aus und tauschten wie auch sonst immer all unsere Neuigkeiten über Freunde, Schule und Lieblingswörter aus, doch mit einem Mal fühlte sich alles, was wir sagten, bedeutungsschwer an. Wir flüsterten nur noch, lagen einander zugewandt und hatten die Gesichter dicht voreinander, und Elliot spielte mit einer Haarsträhne oder pinselte mir damit über den Hals, während sein Blick immer wieder zu meinem Busen wanderte.

Gemäß Regel Nummer neunundzwanzig – *Wenn Macy über sechzehn ist und ihren ersten richtigen Freund hat, sorg dafür, dass sie jeden Schutz bekommt, den ein Mädchen in diesem Alter braucht, wirklich jeden!* – besorgte mir mein Vater sofort nach diesem Wochenende die Pille. Es war noch fast ein halbes Jahr bis zu meinem achtzehnten Geburtstag, und Dad erklärte, er wolle meinen »Arzt für Frauenkram« anrufen, allerdings erst, nachdem er mir einen äußerst peinlichen, stocksteifen Vortrag darüber gehalten hatte, dass dies nicht der Freibrief für Sex mit Elliot sei, sondern nur der Versuch, für unsere Zukunft Sorge zu tragen.

Dabei hätte er sich keine Gedanken machen müssen. Obwohl wir uns im Oktober jedes Wochenende sahen, kamen Elliot und ich nicht einmal ansatzweise in die Nähe von Sex. Genauer gesagt, nicht mehr seit dem Tag, als wir in der Bücherkammer auf dem Boden gelegen und unsere Körper die Kontrolle hatten übernehmen lassen. Elliot war derjenige, der darauf bestand, es langsam angehen zu lassen. Ständig sagte er, jeder winzige Schritt sei etwas Neues, alles, was wir miteinander anstellten, würden wir nur einmal zum ersten Mal tun, mit diesem einen Menschen, für unser ganzes Leben.

Offenbar gingen wir beide unausgesprochen davon aus, dass wir für immer zusammen sein würden. Das Wort *Liebe* war zwar weder gefallen, noch hatten wir uns irgendetwas versprochen. Aber Elliot nicht mehr zu lieben war für mich genauso unvorstellbar, wie eine Stunde die Luft anzuhalten.

Also machten wir uns langsam und vorsichtig an unsere Erkundungen. Küssten uns stundenlang. Schwammen zusammen im Fluss, wo ich meine kalten, glatten Beine um seine Taille schlang und seinen nackten Körper an meinem mit Gänsehaut überzogenen Bauch spürte.

Unter der Woche standen die Tage im Zeichen verzweifelter Sehnsucht. Wir einigten uns, einmal pro Woche zu skypen: mittwochs, und dann fiel es uns umso schwerer, die Schule durchzustehen und das Ende des Tages abzuwarten. Wenn er mich an diesen Abenden mit großen Augen durch die Kamera ansah, stellte ich mir vor, ihn zu küssen. Wenn ich ihm sagte, wonach ich mich sehnte, stöhnte er auf und wechselte das Thema. Danach ging ich ins Bett und malte mir aus, meine Finger wären seine, in dem Bewusstsein, dass er in diesem Moment dasselbe tat.

Am Wochenende nutzten wir jedes kleine Zeitfenster, um in irgendeiner Ecke herumzuknutschen, bis unsere Lippen wund waren und wir kaum noch Luft bekamen vor unterdrückter Begierde.

Aber das war es auch schon. Wir küssten uns. Die Klamotten blieben an, die Hände auf den Klamotten.

Bis, eines Tages …

Ende Oktober. Draußen war es ungemütlich und goss in Strömen. Mein Vater war einkaufen gefahren und hatte Elliot und mich allein im Haus gelassen. Nicht absichtlich. Er warf nicht einmal einen Blick ins Wohnzimmer, wo wir am Holzofen lasen, sondern rief nur, dass wir keine Milch mehr hätten und er etwas zum Abendessen einkaufen wolle.

Die Tür schnappte leise ins Schloss.

Der Wagen fuhr knirschend über den Schotter und entfernte sich.

Ich warf einen Blick zu Elliot. Mein ganzer Körper prickelte.

Und er war schon auf allen vieren auf dem Weg zu mir und kniete gleich darauf vor dem Schatten der tanzenden Flammen über mir.

Ich weiß noch, wie er mein T-Shirt lupfte und sich küssend einen Weg von meinem Bauchnabel bis zu meinem Schlüsselbein bahnte. Zum allerersten Mal kämpfte er mit dem Verschluss meines BHs und musste an meinen Lippen lachen. Ehrfürchtig strich er dann mit der Handfläche über meinen Brustkorb und schob den BH beiseite. Seine Hand schwebte über meiner nackten Brust, Daumen und Zeigefinger umschlossen die Spitze.

Es kam mir so vor, als würde aus jeder Pore meines Körpers Licht strömen; meine Lust und Sehnsucht blendeten mich fast. Er fuhr mit den Lippen über meine Brust, umkreiste die Spitze mit seiner Zunge und saugte daran, während ich seinen Oberschenkel zwischen meine Beine zog und mich voller Verlangen an ihm rieb, immer heftiger, bis ich dahinschmolz und zum ersten Mal in seiner Gegenwart kam.

Mit fast schwarzen Augen und offenem Mund fragte er ungläubig: »Bist du …«

Ich nickte, lächelnd, benommen.

Da knirschten die Räder wieder auf der Einfahrt, und Elliot zog sich mit frustriertem Auflachen zurück.

»Ich muss sowieso nach Hause.« Er wies nickend nach unten. Ich folgte seinem Blick zur Knopfleiste, gegen die er seine Hand presste.

Er wollte gerade aufstehen, verharrte dann aber zwischen meinen Beinen, den Blick wie magnetisch auf meine nackte Brust geheftet. Es war das erste Mal, dass er sie sich wirklich anschaute, und sein Blick war so heiß wie das Blut in meinen Adern. Ich griff nach seiner freien Hand.

Die Wagentür knallte.

»Macy«, sagte Elliot warnend, starrte mich jedoch weiter an, ohne zu blinzeln, und ließ seine Hand widerstandslos von mir führen.

»Er muss doch noch die Einkäufe auspacken.« Ich presste seine Finger auf meinen Bauch und schob sie meinen Körper hoch.

Jetzt knallte auch die Kofferraumklappe. Elliot riss seine Hand zurück.

Langsam setzte ich mich auf, schloss meinen BH und zog mein T-Shirt herunter.

Ich hörte den Schlüssel im Schloss, dann öffnete sich die Tür, und mein Vater warf einen Blick ins Wohnzimmer. Ich saß genau dort, wo ich gesessen hatte, als er losgefahren war. Elliot stand am anderen Ende des Sofas und hatte die Hände tief in die Taschen geschoben.

»Hey Dad«, sagte ich.

Er blieb mit den Tüten auf dem Arm stehen. »Alles klar bei euch?«

Elliot nickte. »Ich hab nur gewartet, bis Sie nach Hause kommen.«

Grinsend schaute ich zu ihm auf. »Wie lieb von dir.«

»Danke, Elliot«, sagte mein Vater lächelnd. »Du kannst uns gern beim Abendessen Gesellschaft leisten.«

Er ging in die Küche. Ich kam nicht umhin, auf Elliots Knopfleiste zu starren, und der Drang, ihn unter dem Stoff zu berühren, war fast ein körperlicher Schmerz.

Er neigte sich zu mir, so dass ich ihm ins Gesicht sehen musste. »Ich habe deinen Blick gesehen«, flüsterte er. »Sieht so aus, als gäbe es da etwas, über das du nachdenkst.«

Ich reckte den Kopf und küsste ihn. »Bald«, erwiderte ich ebenso leise.

HEUTE

Sonntag, 31. Dezember

Das Anwesen von Madrona Manor erstreckt sich über acht Hektar, und ich schwöre, wir sind jeden einzelnen Meter des Grundstücks abgelaufen. Zwei Stunden waren wir unterwegs und haben über alles Mögliche geplaudert: unsere Lieblingsdelis, seine spät entdeckte Leidenschaft für Castelvetrano-Oliven, die letzten Bücher, die wir gelesen hatten und liebten oder hassten, allerlei Befürchtungen und Hoffnungen, und schließlich landeten wir bei Urlaubstraumzielen.

Und dennoch werde ich das Gefühl nicht los, dass unser letztes gemeinsames Silvester unablässig mitschwingt und auf uns abstrahlt. Ich spüre es jede Sekunde und tue dennoch alles, um noch nicht jetzt darüber sprechen zu müssen.

Als die Nachmittagssonne hinter den Baumwipfeln verschwindet, wird es kühler. Das Knirschen von Reifen in der Kiesauffahrt lockt uns zur großen Rasenfläche zurück, die mit Blumengirlanden geschmückt und mit Stehtischen und Heizstrahlern versehen ist. Horsd'œuvres werden vor der Trauzeremonie herumgereicht.

»Ich muss mich vorbereiten. Kommst du zurecht?«

Ich nicke, worauf Elliot mein Gesicht in seine Hände nimmt, mich auf die Stirn küsst – und dann, instinktiv, auf die Wange. Anscheinend ist ihm gar nicht bewusst, was er getan hat; er löst sich von mir und lächelt mich an. Nicht ein einziges Mal auf dem Weg zum Haus, wo er sich mit dem Bräutigam treffen wird, dreht er sich zu mir um, weil ihm dämmert, dass er mich eben genau so geküsst hat wie schon unzählige Male, als wir noch zusammen waren.

Nachdem er verschwunden ist, schaue ich mich um, doch ich kenne hier niemanden. Alle von der Familie Petropoulos sind im Haus. Zwar habe ich bei früheren Gelegenheiten auch verschiedene Cousins, Tanten und Onkel kennengelernt, aber nicht gut genug, um mich einfach zu ihnen zu gesellen und in ihre Gespräche zu mischen.

Vielleicht ist dein Freundeskreis deshalb so klein, höre ich Sabrinas Stimme in meinem Kopf.

Klein, aber fein, gebe ich stumm zurück und nehme mir von einem vorbeischwebenden Tablett eine Krabbe im Schinkenmantel.

Gerade will ich sie mir in den Mund stecken, da fasst mich jemand am Ellbogen. Erschrocken drehe ich mich um, stottere »Oh, Verzeihung!« und will das Horsd'œuvre zurücklegen. Doch dann sehe ich, dass es Alex ist und ich die Krabbe gerade in ihre Hand habe fallen lassen.

Sie mustert sie kurz und steckt sie sich achselzuckend in den Mund. »Komm mit«, nuschelt sie kauend. »Wir sitzen vorn.«

»Was?«, frage ich und stemme mich gegen ihren Griff. »Nein, ich –«

»Keine Widerrede«, unterbricht sie mich und zieht mich mit

sich. »Ich habe strikte Anweisungen von Mom: Du gehörst zur Familie.«

Plötzlich spüre ich einen Kloß aufgestauter Emotionen im Hals. Ich ziehe meine Stola fester zusammen und folge ihr zu einem Platz in der ersten Reihe, auf der Seite des Bräutigams.

Alex nimmt auf dem dritten Stuhl Platz und zieht mich neben sich auf den vierten. »Gleich fängt es an«, sagt sie. »Mom hat gesagt, ich soll mich schon mal hinsetzen, damit die anderen Gäste auch ihre Plätze einnehmen. Tun sie das?«

Als ich einen Blick über ihre Schulter werfe, sehe ich, dass die Gäste tatsächlich langsam auf die Platzanweiser zuströmen, die am Anfang des Gangs warten. Die Stühle füllen sich, und die untergehende Sonne taucht die Szenerie in magisches Licht.

»Ich wollte dich schon seit Jahren kennenlernen«, bemerkt Alex mit Blick zum Altar, der von einem schmalen Holzbogen mit üppigem Blumenschmuck überragt wird. Am liebsten würde ich eine der Blüten anfassen, um zu prüfen, ob sie echt sind. »Besser gesagt: *wieder* kennenlernen.«

»Wirklich?« Sie war erst drei, als Elliot und ich uns trennten.

Trennten.

Ein seltsamer Begriff für das, was geschah. Andere Paare trennen sich. Aber bei uns war es eher ein Bruch. Besser gesagt: das Nachgeben der Sollbruchstelle. Als hätte ein Hammer auf unseren Schwachpunkt geschlagen. Und dann folgte das Schicksal mit dem Presslufthammer.

Alex nickt und wendet sich zu mir. Sie sieht dem vierzehnjährigen Elliot so ähnlich, dass mir kurz der Atem stockt. Ihre Augen sind haselnussbraun und wirken hinter der Brille sehr groß. Ihre dunklen Haare sind so kräftig, dass sie von dem

Haarreif mit den Blumen, der ihr ovales Gesicht umrahmt, kaum gebändigt werden. Sie hat einen schwanengleichen Hals und zarte, sehnige Hände. Bei Alex wirken diese langen, schmalen Gliedmaßen anmutig, vermutlich, weil sie tanzt und gelernt hat, sie richtig einzusetzen. Bei Elliot neigten die langen Knochen damals noch dazu, scharfe Winkel zu bilden oder in alle möglichen Richtungen herauszustechen, wenn sie wieder einmal ungeschickt bewegt wurden.

»Er liebt dich so«, erklärt sie. »Ich schwöre, es hat eine Ewigkeit gedauert, bis er ein Mädchen mit nach Hause gebracht hat.«

Mir stockt das Herz.

Sie nickt. »Es ist wahr. Meine Eltern dachten irgendwann schon, er wäre schwul. Ständig hieß es: ›Elliot, wir lieben dich, ganz gleich, was du tust. Wir wollen nur, dass du glücklich bist …‹, worauf er antwortete: ›Das weiß ich zu schätzen, Leute‹, und dann starrten wir ihn alle an, weil wir wissen wollten, wann er uns endlich seinen Freund vorstellt.«

Verlegen lache ich auf und weiß nicht, was ich sagen soll. Erstickt murmle ich: »Aber irgendwann hat er doch ein Mädchen mit nach Hause gebracht. Das ihr sicher gemocht habt?«

»Rachel war nett«, räumt sie achselzuckend ein.

Wieder stockt mir das Herz. Rachel war die erste Freundin, die er seiner Familie vorgestellt hat?

Alex wirft einen Blick über ihre Schulter, um zu sehen, wie viele Gäste schon Platz genommen haben. Die Reihen haben sich bereits ziemlich gefüllt, daher lehnt sie sich näher zu mir, als der Gitarrist und die Sängerin probehalber die Musik für den Einzug der Braut anstimmen.

»Mom hat sie bei ihrem ersten Besuch mindestens dreimal mit ›Macy‹ angeredet.«

»Autsch«, sage ich, »wie unangenehm.« Rachel tut mir leid. Vieles an unserer ersten Begegnung erscheint mir jetzt verständlicher.

»Wie auch immer«, sagt Alex und lächelt mich an, »irgendwann hat er endlich zugegeben, dass er dich seit der Highschool liebt. Ich bin sehr froh, dass du wieder Teil seines Lebens bist.« Rasch hebt sie die Hand und fügt hinzu: »Selbst wenn ihr nur Freunde seid. Okay, jetzt halte ich den Mund.« Sie beißt sich auf die Lippen und setzt nach: »Und das mit deinem Vater tut mir wirklich leid, Macy. Ich erinnere mich zwar nicht an ihn, aber Mom hat gesagt, er sei ein wirklich netter Mann gewesen.«

»Danke.« Ich lege ihr den Arm um die Schultern und ziehe sie enger an mich. »Ich habe euch alle wie verrückt vermisst.«

Die Gäste verstummen langsam, als der Gitarrist eine schlichte, wehmütige Melodie zu spielen beginnt. Dann setzt die Sängerin leise mit Jeff Buckleys Version von »Hallelujah« ein. Als Erstes schreitet ein älteres Paar den Gang entlang, vermutlich Elses Großeltern. Sie nehmen auf der anderen Seite des Gangs Platz, als Elliots Eltern mit Andreas in ihrer Mitte den Gang herunterkommen. Dina strahlt so sehr, dass sich mir die Kehle zuschnürt und ich spüre, wie mir Tränen in die Augen steigen. Das liegt nicht nur daran, dass es eine Hochzeit ist – obwohl ich bei Hochzeiten sowieso immer weine –, es liegt auch an dem Lied, an der Umgebung und daran, endlich wieder bei den Menschen zu sein, die mir am meisten bedeuten. Seit einer Ewigkeit fühle ich mich zum ersten Mal nicht mehr allein.

Andreas stellt sich am Ende des Ganges auf und wartet mit sichtlicher Vorfreude auf seine Braut. Dina setzt sich neben Alex, streckt aber den Arm über sie hinweg, um meine Hand zu nehmen. Sie hält sie so fest, dass ich in dieser einen, zittrigen Berührung ihre ganze Liebe, Verwirrung und, vor allem, Erleichterung spüre.

Als Nächstes kommt Nick Jr. mit einer der Brautjungfern. Er ist ein kräftiger Mann mit breiter Brust geworden, der seinem Vater sehr ähnelt. Mit seinem Vollbart wirkt er eher wie ein Holzfäller als wie ein Bezirksstaatsanwalt. In Haifischleder kann ich ihn mir gar nicht vorstellen.

Dann kommen George und Liz, strahlend, Arm in Arm, mit glücklichen Gesichtern und schwingenden Schrittes. Sie sind ein so perfektes Paar, dass ich mich dabei ertappe, wie ich trotz Tränen in den Augen breit grinsen muss.

Alex steckt mir ein Taschentuch zu. »Ich bin von Heulsusen umzingelt.«

»Schsch«, zischt Dina. »Wart's nur ab. Bald weinst du auch.«

Irgendwie trifft es mich unvorbereitet – ich hatte nicht mehr daran gedacht, dass auch Elliot durch diesen Gang schreiten würde –, und der Anblick, wie er mit einer zierlichen blonden Brautjungfer am Arm die Gäste mit einem Lächeln bedenkt, setzt alle Gefühle frei, die sich in meinem Bauch verknotet haben. Wärme durchströmt mich.

Er sieht so gut aus. So groß, lächelnd, selbstbewusst.

Nachdem er die Brautjungfer zu ihrem Platz neben dem Altar geführt hat, hält er nach mir Ausschau, und unsere Blicke treffen sich.

Ich hab schon seit Stunden nicht mehr an meinen Exverlobten gedacht, aber in dem Moment, als ich Elliot sehe – im Smoking, am Altar –, wird mir klar, wie ungeheuer falsch sich alles mit Sean anfühlte. Dass es sich nur mit Elliot nicht falsch anfühlen würde.

Er tritt nun einen Schritt zurück, reiht sich bei den anderen Trauzeugen ein und schafft es, seinen Blick von mir zu lösen, als die Musik verstummt und der Gitarrist die ersten Noten von Elvis Costellos »She« anschlägt.

Die Menge erhebt sich. Ich weiß, ich sollte mich nach der Braut umdrehen, doch bleibt mein Kopf als einziger weiter zum Altar gerichtet, weil ich meinen Blick einfach nicht von Elliot abwenden kann.

Ganz sicher spürt er meine Aufmerksamkeit, denn er blinzelt kurz und dreht den Kopf ein winziges bisschen, so dass er mich ansehen kann. In seinen Augen blitzt eine Frage auf, ein verschmitztes *Was zum Teufel ist los mit dir?*.

Da mir nichts Besseres einfällt, forme ich mit dem Mund ein schlichtes, lautloses *Ja.*

Ja, ich bin dein.

Ja, ich bin bereit.

Ja, ich liebe dich.

DAMALS

Freitag, 8. Dezember

vor elf Jahren

»Meine Güte, das Buch ist phantastisch«, flüsterte Elliot beim Umblättern.

Ich triumphierte im Stillen. Endlich war Mr. Klassikersnob meiner Empfehlung gefolgt und hatte angefangen, Wally Lamb zu lesen.

Ich rollte mich auf den Bauch und blickte vom Futon zu ihm. »Ich hab dir doch gesagt, du wirst es lieben.«

»Hast du«, bestätigte er, »und tue ich.«

Wir durften endlich wieder in die Bücherkammer – bei offener Tür –, weil es zu kalt geworden war, um uns nach draußen zu schicken, und mein Vater uns nicht den ganzen Tag unten flüstern hören wollte.

Das Schuljahr hatte sofort voll Fahrt aufgenommen und steuerte mit Riesenschritten auf den Abschluss zu, und die meisten Novemberwochenenden hatte ich zu Hause in Berkeley verbracht, um mich um Bewerbungen fürs College, um Eignungstests und alle möglichen Abschlussarbeiten zu kümmern. Elliot und ich versuchten, uns für dieselben Colleges oder zumindest für dieselben Städte zu bewerben, und da wir uns unbedingt abstimmen wollten, standen wir ständig miteinander in Kontakt. Dies war das erste Wochenende seit fünf Wochen, dass wir uns sahen, und eine mächtige Unterströmung trieb uns immer dichter zueinander, trotz der offenen Tür.

»Du solltest mir huldigen, als deiner Büchergöttin«, sagte ich zu ihm.

Er sah mich mit hochgezogenen Augenbrauen über den Rand seiner Brille an. »Tue ich.«

Ich grinste. »Oder mein Sklave sein.«

»Wäre ich.« Er klappte das Buch zu und stützte sich mit den Ellbogen auf seine langen Beine. »Bin ich.« Jetzt hatte ich seine volle Aufmerksamkeit.

»Dann fächle mir mit Palmwedeln kühle Luft zu und füttere mich mit prallen, süßen Trauben.«

Plötzlich schien alle Luft aus dem Raum gewichen zu sein.

»Sag das Wort noch mal«, forderte Elliot mich heiser auf.

»Palmwedel.«

»Nein.«

»Süß.«

Entnervt seufzte er. »Macy.«

»Trauben.«

Mit einem resignierten Grollen wandte er sich wieder seinem Buch zu. »Nervensäge.«

Ich grinste, leckte mir über die Lippen und gab ihm, was er wollte: »Prall.«

Sein Kopf fuhr hoch, seine Augen waren dunkel.

Trotz offener Tür.

»Prall«, flüsterte ich noch einmal, worauf er zu mir kroch

und sich über mich neigte, um mir auf den Hals zu küssen. Es kitzelte. Ich wand mich und warf einen Blick zur Tür. »Du bist so ein Wörterlüstling.«

Er strich mir mit der Zunge über die Kehle, und ich hörte sein Lächeln, als er sagte: »Leg deine Hand auf meinen Schritt.«

Ich prustete los und zischte dann: »Was? Nein! Mein Vater ist keine zehn Meter entfernt.«

Dann rissen wir beide gleichzeitig die Augen auf, als genau in diesem Augenblick der Wagen unten ansprang, knirschend die Einfahrt hinabfuhr und immer leiser wurde, bis er nicht mehr zu hören war.

»Alles klar. Ich schätze, jetzt ist er mehr als zehn Meter entfernt«, murmelte ich.

Elliot löste sich von mir. Er sah mich auf eine Weise an, die etwas in mir veränderte, als würde dadurch ein Schalter in mir umgelegt, und etwas kochte blubbernd auf. Ich streckte den Arm aus und –

endlich

legte ich die Hand auf seine Knopfleiste und spürte, was ich schon so lange hatte spüren wollen.

»Und jetzt?«, fragte ich.

Elliots Augenbrauen schossen bis zum Haaransatz. »Das weißt du nicht?«

»Nicht genau …«, sagte ich, aber als er lächelnd meinen Mund mit seinem bedeckte, hatte ich keine Fragen mehr.

Wir sanken, ineinander verschlungen, auf den Boden zurück und küssten uns so gierig und atemberaubend, dass unsere Zähne gegeneinanderschlugen und unsere Lippen wund wurden. Nach all der Zeit, die wir getrennt verbracht hatten, nach all den Diskussionen darüber, was und ob wir überhaupt etwas miteinander anstellen wollten, der Ungewissheit, wann oder wie wir es je tun könnten, fühlte sich dieses winzige Zeitfenster an, als wäre uns plötzlich eine Schatzkiste in den Schoß gefallen.

Noch nie hatte ich so etwas gefühlt: Es war wie ein Ziehen, das in meinem Bauch begann, sich ausbreitete und dabei immer heißer wurde. Ich wurde fast verrückt davon, weil mein gesamtes Universum sich zu dieser Empfindung verdichtete.

Mein T-Shirt flog in die Ecke. Meine Hose wurde aufgeknöpft und heruntergezogen. Ich drängte mich enger an ihn, weil ich das Gefühl hatte, selbst unsere Nacktheit würde nicht ausreichen, um diesen neuen Hunger zu stillen.

Er neigte den Kopf, fuhr mir mit der Zunge über den Hals und die Brüste und kehrte zu meinem Mund zurück, um gierig an meinen Lippen zu saugen und sich dann wieder meiner Brust zu widmen. Seine Hand wanderte in Richtung meines Unterleibs und spielte mit dem Saum meines Höschens.

»Zu schnell?«, fragte er schwer atmend, und ich schüttelte den Kopf, obwohl er das nicht sehen konnte, da sein Mund meine Brüste erkundete.

»Nein«, sagte ich laut. Es war nicht zu schnell, ganz im Gegenteil. All meine Nerven summten wie unter Strom, und ich wollte mehr, und das schnell, obwohl ich nicht genau wusste, wie das aussehen sollte.

»Mist, Macy, ich bin … das ist Wahnsinn. Schöner Wahnsinn. Du bist Wahnsinn, also, was du tust.«

Ich lachte, weil ich Elliots so seltene Wortfindungsstörung seltsam beruhigend fand, und dann waren seine Lippen wieder auf meinem Mund und machten mein Lachen zu seinem, während seine Zunge mit meiner spielte und seine Hand meine Brust umfasste und wir nur noch erstickte Laute von uns gaben, weil wir kaum Luft bekamen.

Seine Finger wanderten wieder tiefer, über meine Rippen zu meinem Bauchnabel, unter mein Höschen, genau zu der Stelle, wo ich sie jetzt brauchte, und gerade als ich etwas Unverständliches in der Art ausstieß, stöhnte er auf. Sein Becken schob sich über mich und passte sich dem Rhythmus seiner Finger an, die über meine Haut glitten.

Plötzlich rutschte er nach unten, zog mir das Höschen aus, küsste meinen Bauch, mein Becken und vagabundierte dann tiefer, voller Verlangen, das dem meinen in nichts nachstand. Er wand sich zwischen meinen Schenkeln, seine Schultern erbebten unter meinen Händen, und ich vermisste sein Gewicht auf mir, doch das, was er sich anschickte zu tun, machte jeglichen zusammenhängenden Gedanken unmöglich. Ich spürte seine Hände auf meinen Schenkeln, die sich um ihn schließen wollten, spürte seinen warmen Atem, und er tat das, was ich mir kaum vorzustellen gewagt hatte.

Als ich anfing zu keuchen, rückte er wieder nach oben, und in diesem kurzen Augenblick der Besinnung erkannte ich, dass das, was zwischen uns war, immer bleiben würde.

»Tut mir leid«, sagte er. »Ich wollte weitermachen, aber ich hab ernsthaft befürchtet, ich würde kommen«, gestand er lachend und drückte seine Lippen, noch feucht von mir, drängend an meine.

Hektisch zog und schob ich an seinem Gürtel, bis meine Finger sich daran erinnerten, wie man so etwas anstellte, ihn durch

Schlaufen führten und einen faszinierenden Knopf nach dem nächsten öffneten, bis sie die nackte Haut seines flachen Bauchs spürten, seine schmalen Hüften, während sie seine Hose hinunterschoben.

Er lag schwer auf mir, drückte sich hart und fest an mein Becken, und ich wölbte mich zu ihm auf und wollte ihn dort liebkosen.

»Ich will«, setzte ich an, fuhr suchend mit der Hand nach unten und fand ihn. Ich konnte keinen klaren Gedanken mehr fassen bei dem Laut, den er ausstieß, und dem Gefühl von Wärme und Härte in meiner Hand. »Willst du auch?«

»Ja. Ja«, nickte er hektisch mit verzücktem Blick. »Ich will. Unbedingt, Macy, aber … verdammt, ich hab nichts dabei.«

»Pille!«, stieß ich hervor.

Elliot hob verblüfft das Kinn. »Du nimmst die Pille?«

»Eine vom Moms Regeln. Mein Vater hat sie mir besorgt.«

Da griff er zwischen uns, und als er sich an mir rieb, verlor ich fast den Verstand. Ich hörte kaum, wie er fragte: »Bist du sicher, Mace? Sieh mich an.«

Beim sanften Drängen seiner Stimme löste ich meinen Blick von der faszinierenden Stelle, wo er in mich eindringen wollte, und sah ihm in die Augen, die vor lauter Verlangen fast schwarz waren und mir dennoch zu verstehen gaben, dass er warten konnte.

»Bitte«, sagte ich. Es fühlte sich so gut an. Wenn er weiter so an mir rieb … »Ich bin mir sicher.«

Er senkte den Blick und führte sich an die richtige Stelle, dann stützte er sich mit den Ellbogen neben meinen Schultern ab und senkte sich über mich. Als wäre es das Natürlichste der

Welt glitten meine Beine auseinander und umschlangen seine Hüften. Sein Mund fand meinen.

Er schob sich einen Zentimeter weiter, hielt aber sofort inne, als ich wegen des Tumults aufschrie, den diese Bewegung in meinem Körper auslöste. Ich zog ihn mit meinen Beinen zu mir heran und in mich hinein.

Es tat so weh, dass ich ihn in die Schulter biss. Sein Körper erstickte meinen Aufschrei. Behutsam zog Elliot sein Becken zurück und schob es wieder vor, und ich spürte den lustvollen Schmerz, wieder und wieder, als er ernsthaft und immer schneller in mich eindrang.

»Geht es dir gut?«, keuchte er.

Ich brachte ein ersticktes »Ja« zustande.

Ich hielt ihn an mich gepresst, umklammerte ihn mit Armen und Beinen und kniff die Augen zu, weil es so weh tat, aber mein Herz wollte ihn mehr in mir behalten, als mein Körper ihn wieder loswerden wollte.

Auf einmal keuchte er auf. Er erschauerte unter meinen Händen, und ich spürte, was ich bei ihm bewirkte. Spürte jede winzige Bewegung in mir.

Irgendwo in verschwommener Ferne hörte ich Geräusche, Schritte, eine Stimme. Noch immer durchströmte mich Verlangen und brandete gegen den scharfen Schmerz zwischen meinen Beinen.

Plötzlich spürte ich Elliots Berührung nicht mehr, und meine Vorderseite wurde ohne ihn kühl. Benommen bemerkte ich, wie er mich hochzog.

»Macy?«, rief Dad von unten. Es klang, als wäre er unter Wasser.

Elliots Gesicht erschien vor mir, seine schweißnasse Stirn, seine Augen riesig, seine Lippen hochrot und feucht von meinen Küssen. »Steh auf, Mace.«

In die Wirklichkeit zurückgerissen, fand ich irgendwie meine Stimme wieder und krächzte laut: »Ja, Dad?«

Elliot zerrte sich die Hose hoch und warf sich sein T-Shirt über den Kopf, während meine Finger sich unbeholfen mit meiner eigenen Hose abmühten. Als ich den hellroten Streifen Blut auf meinem Oberschenkel entdeckte, stutzte ich kurz und sah blinzelnd zu Elliot, dessen Blick mit meinem verschmolz, während er sich die Jeans zuknöpfte.

»Alles in Ordnung?«, fragte er flüsternd. Schritte hallten durch den langen Flur.

»Ja.« Ich zog mir mit weichen Knien mein T-Shirt an und schob gerade meinen BH mit dem Fuß unter ein Kissen, als mein Vater hereinkam.

Er hielt im Türrahmen inne und nahm die Szene in sich auf. Elliot hatte sich auf eines der Kissen in der Ecke geworfen und las ohne seine Brille mein zerlesenes Exemplar von »Töchter des Himmels«. Sein Gesicht war rot, sein Atem unregelmäßig. Ich stand in der Nähe der Tür und wurde mir bewusst, dass ich keine Ahnung hatte, wie meine Haare aussahen. Aber ordentlich waren sie ganz gewiss nicht. Elliot hatte meinen Zopf gelöst und seine Finger darin vergraben.

Bei dieser Erinnerung spannte sich mein ganzer Körper an.

Mein Vater musterte mich und grinste.

»Hey«, sagte ich.

Und er erwiderte nur: »Hey Leute.« Was ihm hoch anzurechnen war.

»Was ist?«, frage ich und versuchte, meinen Atem unter Kontrolle zu bringen.

»Mace, Schatz, tut mir leid, aber du müsstest so schnell wie möglich alles zusammenpacken. Ich war gerade im Ort, weil ich ein Fax wegen des Geschäfts bekommen sollte. Und jetzt müssen wir heute Abend noch zurückfahren.« Er wirkte, als tue ihm das aufrichtig leid.

Aber wir haben doch noch zwei Tage hier, dachte ich, doch selbst als sich schon niederschmetternde Enttäuschung in mir breitmachte, nickte ich munter: »Kein Problem, Dad.«

Er winkte Elliot kurz zu, der ebenfalls die Hand hob, und ging.

Langsam drehte ich mich um. Elliot hatte die Augen geschlossen und sein Gesicht in den Händen verborgen. Endlich konnte er tief Luft holen, ohne meinen Vater Verdacht schöpfen zu lassen.

Ich ging zu ihm und setzte mich auf seinen Schoß, weil ich ihn unbedingt noch einmal ganz nah bei mir spüren wollte.

»Himmel, das war knapp«, flüsterte er.

Ich nickte. Ich wollte nicht weg. Vom Adrenalin zitterten mir immer noch die Glieder. Am liebsten hätte ich mich mit ihm zusammengerollt und über das geredet, was wir gerade getan hatten.

Er drückte mir einen Kuss auf die Schläfe. »Du hast geblutet. Ich weiß, das ist … normal, aber trotzdem: Hab ich dir weh getan?«

Ich blickte zur Decke und suchte nach einer Antwort, die ehrlich und doch beruhigend war. »Nicht mehr, als ich erwartet habe.«

Seine Lippen fanden die meinen. Sanft und behutsam küsste er meinen Mund, mein Kinn, meine Wangen.

»Du musst packen«, sagte er dann und löste sich widerstrebend von mir.

»Ja, ja.«

Er stand auf, hob mich mit sich hoch und setzte mich ab. »Schickst du mir heute Abend eine Mail?«

Ich nickte. Aber ich zitterte immer noch. Wegen dem, was wir getan hatten … und weil wir fast dabei erwischt worden waren.

Er nahm mein Gesicht in seine Hände und sah mich forschend an. »War es … okay?«

»Ja.« Ich verkniff mir ein nervöses Lachen. »Ich meine … Ich will es auf jeden Fall wieder tun.« Durch das Adrenalin war ich aufgedreht, wie unter Strom.

»Okay.« Er nickte eifrig. »Also, wir reden später darüber? Dir geht's gut?«

»Ja«, lächelte ich. »Und dir?«

Er atmete langsam aus. »Ich gehe jetzt nach Hause, werde lang duschen und mir dabei alles noch mal durch den Kopf gehen lassen, bis zu dem Moment, als dein Dad auftauchte und ich immer noch ein bisschen steif war.«

Ich lehnte mich an ihn und drückte meine Stirn an seine Brust. »Ich will nicht weg.«

Er presste seine Lippen auf meinen Schopf. »Ich weiß.« Dann neigte er sein Gesicht zu mir, küsste mich einmal, zweimal sanft auf die Lippen und gab mir dann einen dritten, langen Kuss. Schließlich löste er sich von mir, küsste mich noch einmal kurz auf die Nasenspitze und verschwand aus dem Bücherzimmer.

Und während ich hörte, wie er die Treppe hinunterlief, dachte ich, wie seltsam und wunderbar es doch war, dass wir noch nie gesagt hatten *Ich liebe dich.* Weil es nicht nötig war.

HEUTE

Sonntag, 31. Dezember

»Mein Bruder und ich könnten nicht unterschiedlicher sein, obwohl wir doch dieselben Eltern haben und im selben Haus aufgewachsen sind«, sagt Elliot zu Beginn seiner Rede und schiebt eine Hand in die Tasche seiner Smokinghose. Er hat vor den Tischen mit den Blumen und Kerzen Aufstellung genommen, und ein winziges Grinsen umspielt seinen Mund.

»Ich war lernbegierig, er war …« Elliot kratzt sich an der Stirn. »Nun, sagen wir: sportlich.«

Wissendes Lachen der Gäste.

»Ich war penibel, er schlampig.« Erneutes anerkennendes Lachen. »Ich lernte Latein, während er sich hauptsächlich durch Grunzen und Stirnrunzeln verständlich machte.« Jetzt stimme ich in das Lachen ein. »Aber jeder, der uns kennt, weiß, dass wir etwas sehr Wichtiges gemeinsam haben.« Ganz kurz wirft Elliot mir einen Blick zu, als könnte er nicht anders, bevor er wieder Andreas ansieht. »Wenn wir lieben, dann für immer.«

Ein gerührtes Aufseufzen geht durch den Raum, und mein Herz löst sich in einem See aus warmem Honig auf.

»Andreas lernte Else kennen, als er achtundzwanzig war.

Natürlich hatte er davor schon Freundinnen, aber das mit Else war etwas ganz anderes. Und das merkten wir alle sofort. Eines Samstags kam er nach Hause und wirkte, als wäre er in eine Art Sturm geraten und gründlich durchgerüttelt worden. Er hatte Augen und Mund weit aufgerissen, konnte sich aber nicht mehr mit Hilfe seines ohnehin schon sehr begrenzten Vokabulars verständlich machen.« Gelächter brandet auf. »Als er sie dann das erste Mal zum Essen mit nach Hause brachte, hätte man meinen können, er hätte die Königin von England eingeladen.« Elliot lächelt seiner Mutter zu. »Er nervte Mom mit Fragen zum Essen. Er nervte Dad, damit der nicht ständig über Football redete. Er nervte mich, auf gar keinen Fall Zitate von Kafka zu bringen oder irgendwelche Zaubertricks vorzuführen. Für einen Mann, der bis dahin niemals freiwillig sein Zimmer aufgeräumt hatte, war diese Pingeligkeit bemerkenswert.«

Ein albernes, liebeskrankes Grinsen breitet sich über mein Gesicht.

»Und seitdem habe ich ihn Else gegenüber nur aufmerksam, treu und ergeben erlebt. Vier lange Jahre habe ich mit angesehen, wie eure Liebe immer tiefer wurde. Es ist untertrieben zu sagen, dass Else gut zu Andreas passt. Ganz offensichtlich hat sie eine bedenkliche Schwäche für Hirnis.« Gelächter. »Und offensichtlich mag sie den Rest von uns auch ganz gern.«

Elliot hebt sein Glas und lächelt seinen Bruder und seine neue Schwägerin an. »Else, willkommen in unserer Familie. Zwar kann ich dir nicht versprechen, dass es bei uns jemals ruhig zugeht, aber ich verspreche dir, dass du bei uns immer offenen Herzens empfangen wirst.«

Allgemeines Jubeln und Gläserklirren. Elliot umarmt die beiden und kehrt dann zu seinem Platz neben mir zurück.

Er umfasst meine Hand unter dem Tisch. Ich spüre, dass seine zittert.

»Das war wunderbar«, sage ich zu ihm.

Er neigt sich lächelnd vor und schnappt sich mit seiner freien Hand eine Gabel und ein Stück Lachs. »Ja?«

Ich lehne mich an ihn und drücke ihm einen Kuss auf die Wange. Seine Haut ist warm und etwas rau, wie ganz feines Sandpapier. Am liebsten würde ich hineinbeißen, kann mich aber gerade noch beherrschen. »Ja.«

Als ich meinen Mund von seiner Wange löse, hinterlasse ich einen Abdruck vom Lippenstift. Ich hebe die Hand und wische ihn mit dem Daumen widerstrebend weg, denn irgendwie gefiel er mir dort. Elliot isst einfach weiter und lächelt, während ich mich an ihm zu schaffen mache. Noch nie in meinem Leben habe ich mich so sehr wie die Frau eines Mannes gefühlt, und es ist wundervoll. Das Gefühl ist wie ein Rausch, als tränke ich etwas Blubberndes, Hochprozentiges, das mir heiß durch die Kehle in den Magen strömt. Ich ziehe seine Hand näher zu mir, auf meinen Schoß, dicht an meinen Schritt. Seine Gabel verharrt kurz in der Schwebe, und ein verstohlenes Lächeln umspielt seinen Mund, doch dann kaut er den Bissen, schluckt und lehnt sich nach links, um Andreas zuzuhören, der ihm auf die Schulter getippt hat.

Die Musik lädt zum ersten Tanz ein, worauf Andreas und Else zur Mitte der Tanzfläche gehen und ein paar Takte allein tanzen, bevor der DJ alle anderen zum Tanzen auffordert. Sofort stehen Elliots Eltern auf, dann Elses Eltern. Elliot sieht mich mit hochgezogenen Augenbrauen fragend an, und wir erheben uns und machen uns auf den Weg zur Tanzfläche.

Dort legt Elliot einen Arm um meine Taille und zieht mich ganz eng an sich: Brust an Brust, Bauch an Bauch, Becken an Becken.

Wir setzen uns in Bewegung, aber eigentlich tanzen wir nicht, sondern wiegen uns nur im Takt. Dennoch steht mein ganzer Körper in Flammen, allein durch seine Nähe, und ich merke, dass es ihm genauso geht.

Ich umklammere fest seine Hand und fahre mit der anderen, die ich zuerst lose auf seiner Schulter hatte, durch seine Haare. Elliot drückt unsere umschlungenen Hände an seine Brust, neigt den Kopf und presst seine Wange an meine.

»Ich liebe dich«, sagt er. »Tut mir leid, dass mein Körper so auf dich reagiert.«

»Ist schon gut.« Ich zähle ganze fünfzehn Herzschläge, bevor ich zu gestehen wage: »Ich liebe dich auch.«

Darauf reagiert er mit einem kaum merklichen Stocken seines Atems. Dies hört er zum ersten Mal von mir.

»Wirklich?«

Als ich nicke, reibt meine Wange an seiner. »Ich hab dich schon immer geliebt. Das weißt du doch.«

Seine Lippen sind so dicht an meinem Ohr, dass sie es streifen, als er fragt: »Warum hast du mich dann verlassen?«

»Weil ich verletzt war«, erkläre ich. »Und dann hatte ich wohl so etwas wie einen Zusammenbruch.«

Er bleibt einfach stehen. »Zusammenbruch? Warum?«

»Lass uns nicht hier darüber sprechen.«

Er löst sich von mir und sieht mich an. »Willst du gehen?«

Ich bin mir unsicher. Gehen will ich schon … allerdings nicht, um zu reden.

»Sobald du dich verabschieden kannst«, sage ich. »Es muss nicht sofort sein.«

»Und wohin?«

Ganz gleich, wohin. Ich weiß nur, dass ich mit ihm allein sein muss. Eine tiefe Sehnsucht drängt mich dazu. Ich will mit ihm allein sein.

Ich will ihn.

»Ist mir egal.« Ich gleite mit meiner zweiten Hand über seine Brust, seinen Hals, in seine Haare. Elliot stockt der Atem, als er merkt, was ich vorhabe: Ich ziehe ihn zu mir, um ihn zu küssen.

Fiebrig bedeckt er meinen Mund mit seinem, umfasst mit beiden Händen mein Gesicht und hält mich fest, als wäre mein Kuss etwas Flüchtiges, Zerbrechliches.

Sein Kuss ist innig und voller Hingabe, bis ich mich von ihm löse und ihn mit einem winzigen Flattern meiner Augenlider daran erinnere, wo wir sind und dass schon etliche auf uns aufmerksam werden.

Aber Elliot kümmert sich nicht darum, sondern nimmt nur meine Hand und führt mich von der hell erleuchteten Tanzfläche die Treppe hinunter in den Garten.

Unsere Schuhe streifen durch das feuchte Gras. Ich raffe mein Kleid und folge ihm.

Immer weiter in den Park hinein gehen wir, in die Dunkelheit, wo nur noch das Summen der Insekten und das Rascheln der Blätter in der schwachen Brise zu hören sind und alle Stimmen hinter uns verstummen.

DAMALS

Samstag, 31. Dezember
vor elf Jahren

Neben mir tauchte mein Vater mit einer Sektflöte für sich auf und einem Glas, dessen Inhalt verdächtig nach Ginger Ale roch.

»Nicht einmal ein einziges Glas Alkohol für mich?«, fragte ich gespielt empört. »Was für eine langweilige Party.«

Darauf wies Dad nur mit großer Geste in den Saal vor uns, denn die Party war eindeutig alles andere als langweilig. Sie fand im Garden Court des Palace Hotel statt, und es wimmelte von schönen, juwelengeschmückten Gästen, die sich prächtig amüsierten. Der ganze Saal war mit Tausenden, vielleicht sogar einer Million winziger weißer Lichter geschmückt.

Wir verbrachten Silvester mit einer Gruppe von Bekannten, und obwohl ich nicht bei Elliot war, konnte ich mich kaum beklagen.

Es war nur noch wenige Minuten bis Mitternacht, und die Menge um uns wurde dichter, da alle zur Bar drängten, um das neue Jahr mit einem Glas in der Hand zu begrüßen.

Meine Handtasche, die ich mir unter den Arm gesteckt hatte, fing an zu vibrieren. Ich warf einen Blick zu meinem Vater, der kurz nickte, und ging hinaus in die Eingangshalle.

Ein Blick auf das Display zeigte mir, dass es fünf vor zwölf war und Elliot mich anrief.

»Hey«, sagte ich atemlos.

»Hey Mace.« Seine Stimme klang verschwommen und glücklich.

Ich biss mir auf die Unterlippe, um nicht zu lachen. »Haben wir schon ein paar Drinks intus, Mr. Petropoulos?«

»Ein oder zwei«, lachte er. »Offenbar vertrage ich nichts.«

»Du bist es eben nicht gewohnt.« Ich trat weiter in die stille Halle und lehnte mich an eine Wand. Der Partylärm verblasste zu einer gedämpften Geräuschkulisse: Stimmen, Gläserklirren, Musik. »Wo bist du?«

»Auf einer Party.« Er verstummte, und ich hörte Schritte im Hintergrund und eine Türklingel. »Bei, äh … jemandem zu Hause.«

»Bei wem denn?«

Er zögerte, und als er Luft holte und den Atem anhielt, wusste ich, was jetzt kam. »Bei Christian.«

Eine Sekunde sagte ich nichts. Ich wusste gerade genug über Christian, um mir leichte Sorgen über seinen Einfluss auf Elliot zu machen. Die Dinge gerieten immer außer Kontrolle, wenn Christian dabei war. Zumindest laut Elliots Erzählungen. »Ach.«

»Nichts ach«, sagte er mit tiefer, träger Stimme. »Es ist eine Hausparty. Eine Party mit vielen Gästen in einem großen Haus.«

»Ich weiß«, sagte ich und holte tief Luft. »Aber pass auf dich auf. Amüsierst du dich?«

»Nein.«

Ich musste grinsen. »Wer ist sonst noch da?«, fragte ich.

»Alle möglichen Leute«, murmelte er. »Brandon. Christian.« Kurzes Stocken. »Emma.« Mein Magen verkrampfte sich. »Noch ein Haufen anderer Leute von der Schule«, fügte er hastig hinzu.

Im Hintergrund hörte ich etwas scheppernd auf den Boden fallen, dann sagte Elliot leise: »Au, hör auf«, und dann rief ein Mädchen lachend seinen Namen, bevor er sich offenbar in ruhigere Gefilde bewegte. »Außerdem, ich weiß nicht, Mace. Du bist nicht hier. Also ist mir der Rest so ziemlich egal.«

Ich lachte nervös. Dieser Anruf fühlte sich an wie ein großer Schritt nach vorn, in ein Leben, in dem wir zusammen auf Partys gingen, nicht mehr bei unseren Eltern wohnten und endlose Stunden für uns hatten. Ich spürte geradezu, wie sich unsere Zukunft vor uns ausbreitete.

Verlockend.

»Und wo bist du?«, fragte Elliot.

»Auf einer schicken Soirée.«

»Alles klar. Dresscode. High Society.«

Ich warf einen Blick über meine Schulter in den riesigen Ballsaal. »Alle außer mir sind betrunken.«

»Klingt grässlich.«

»Klingt, als wäre es genau das Richtige für dich«, gab ich zurück und beobachtete meinen Vater, der auf der anderen Seite des Saals mit einer hübschen Blondine sprach. »Dad jedenfalls scheint jede Menge Spaß zu haben.«

»Hast du auch was Schickes an?«

Ich musterte mein schimmerndes Kleid. »Ja, ein grünes Kleid mit Pailletten. Ich sehe aus wie eine Meerjungfrau.«

»Wie aus dem Disneyfilm?«

Ich lachte. »Nein.« Meine Hand legte sich unwillkürlich auf meinen Bauch, und ich fügte hinzu: »Aber es würde dir bestimmt gefallen.«

»Kurz?«

»Nicht besonders. Knielang.«

»Eng?«

Ich biss mir auf die Unterlippe und senkte die Stimme. Vollkommen unnötig, denn der Partylärm übertönte ohnehin alles. »Nicht hauteng. Aber doch … anliegend.«

»Hey«, sagte er. »Würdest du nicht lieber Jeans und Sweatshirt tragen und bei mir sein? Auf meinem Schoß sitzen?«

Ich kicherte, weil seine Direktheit mich aus der Fassung brachte. »Allerdings.«

»Ich liebe dich.«

Ich erstarrte und schloss unwillkürlich die Augen.

Sag es noch einmal, dachte ich und fragte mich gleich darauf, ob ich wirklich wollte, dass er mir dies ausgerechnet jetzt gestand, wo er meilenweit weg und – offenkundig – betrunken war.

»Wirklich«, beharrte er nuschelnd. »Ich lieb dich unheimlich. Ich liebe dich, begehre dich, will dich. Du bist der Mensch, mit dem ich für immer zusammen sein will. Ich will nur … Macy? Willst du mich heiraten?«

Die Zeit blieb stehen. Planeten fügten sich zu Konstellationen und drifteten wieder auseinander. Jahre vergingen. Das Stimmengewirr, die Musik, das Klirren der Gläser um mich herum: All das verstummte, und ich hörte nur noch den Widerhall seines Heiratsantrags, den er einfach so hervorgestoßen hatte.

Ich stotterte ein paar Silben, bevor ich meine Sprache wiederfand.

Leider war mein erstes zusammenhängendes Wort: »Was?«

»Scheiße«, stöhnte er. »*Scheiße!* Ich hab's total vermasselt.«

»Elliot …?«

Seine Stimme klang gedämpft, als er fragte: »Kommst du zu mir? Ich will dich um deine Hand bitten. Aber von Angesicht zu Angesicht.«

Mit hämmerndem Herzen blickte ich mich um. »Ich … Elliot … ich weiß nicht, ob ich heute Nacht noch zu dir kommen kann. Das ist eine große Sache.«

»Ja, das ist es. Aber es ist echt.«

»Okay. Ich verstehe«, sagte ich und schloss die Augen. In einem einzigen Gespräch hatte er mir seine Liebe gestanden und einen Antrag gemacht. Am Telefon. »Es ist nur … Dad würde mir auf keinen Fall erlauben zu fahren, während so viele Betrunkene unterwegs sind.«

Daraufhin schwieg Elliot so lange, dass ich einen prüfenden Blick auf mein Handy warf, um mich zu vergewissern, dass die Verbindung nicht abgebrochen war.

»Elliot?«

»Liebst du denn mich?«

Ich atmete geräuschvoll aus und blinzelte die Tränen weg, die mir gekommen waren. So hatte ich das nicht gewollt – so hatte ich nicht über unsere Zukunft, darüber, wie unser gemeinsames Leben sein könnte, sprechen wollen –, und dennoch geschah es, auf diese Weise, genau jetzt. »Das weißt du doch. Aber ich möchte das nicht am Telefon besprechen.«

»Das ist mir klar, aber weißt du, was ich meine? Willst du

mich heiraten? Willst du, dass das mit uns für immer weitergeht? Was zwischen uns ist, die Bücher, dass wir immer zusammen sind? Denkst du an ein Leben mit mir?«

»Elliot –«

»Ich jedenfalls tue das«, sprudelte es aus ihm hervor. »Ich denke ständig daran, Macy.«

Mein Puls ging so rasend schnell, dass ich kaum noch sprechen konnte. »Du weißt doch, dass ich das auch will.«

»Dann komm heute Nacht zu mir, Macy, bitte.«

Um mich herum fing es an zu knallen, und von oben regnete es Konfetti, aber ich bekam nur das statische Summen der Leitung mit.

»Ich komme nächstes Wochenende, okay?«

Er seufzte, und eine tonnenschwere Last lag in diesem Seufzer. »Versprichst du es?«

»Natürlich.« Als ich einen Blick in den Saal warf, sah ich meinen Vater auf mich zukommen, ausnahmsweise mit einem strahlenden Lächeln im Gesicht. Am anderen Ende der Leitung brandete plötzlich solcher Lärm auf, dass ich Elliot kaum noch hören konnte.

»Macy? Ich hör dich nicht mehr. Es ist superlaut.«

»Elliot, geh feiern, aber gib auf dich acht, okay? Bis nächstes Wochenende.«

»Klar.« Er zögerte, und ich wusste, dass er darauf wartete, etwas Bestimmtes von mir zu hören, aber das würde ich jetzt nicht sagen. Nicht am Telefon, und schon gar nicht, wenn ich es brüllen musste und nicht einmal sicher sein konnte, dass er es hörte.

»Gute Nacht«, sagte ich. Als er nicht darauf reagierte, warf ich erneut einen prüfenden Blick auf mein Handy. »Elliot?«

»Nacht, Mace.«

Dann signalisierte ein Klicken das Ende des Gesprächs.

An das, was nach diesem Anruf auf der Party geschah, erinnere ich mich nur noch schemenhaft. Nachdem ich meinen Vater umarmt und mit ihm getanzt hatte, tigerte ich etwa eine halbe Stunde unruhig in der Halle vor dem Saal umher.

Ich konnte es kaum ertragen, dass ich jetzt nicht mit Elliot sprechen konnte. Und ich war so wütend, dass wir diesen riesigen Schritt gemacht und von einer gemeinsamen Zukunft gesprochen hatten – außerhalb der Bücherkammer, in der realen Welt, in einer echten Beziehung –, während er meilenweit von mir entfernt war. Und betrunken.

Es machte mir Angst, wie er geklungen hatte, als er sich von mir verabschiedete.

»Macy, was machst du denn hier draußen?«, fragte mein Vater. Seine Schritte hallten auf dem Marmorboden, als er zu mir kam, und der Partylärm war wie ein Eimer kaltes Wasser. »Willst du gehen?«

Da blickte ich ihn an, nickte und brach in Tränen aus.

»Ich versteh das Problem nicht«, bemerkte Dad und fuhr ein bisschen zu scharf in die Kurve. Ich vergewisserte mich mit einem prüfenden Blick, ob er auch wirklich einen nüchternen Eindruck machte, denn er wirkte genauso verwirrt, wie ich mich fühlte. »Du hattest ein wichtiges Gespräch mit Elliot und bist darüber aufgebracht?«

»Es beunruhigt mich, wie unser Gesprächs geendet hat«, gestand ich. »Ich hatte das Gefühl, dass es wichtig gewesen wäre, uns zu sehen.«

»Mir ist schon klar, dass du dich da oben heimischer fühlst als hier, aber das habt ihr beide doch immer gut hingekriegt. Woher kommt auf einmal der Stress?«, fragte mein Vater, vernünftig wie immer. Allerdings wusste er natürlich nicht genau, worum es hier ging. Ich hatte ihm nicht erzählt, dass Elliot mir seine Liebe gestanden hatte. Und schon gar nicht, dass er mir einen Antrag gemacht hatte.

»Es war nur … irgendwie komisch.«

Im Gegensatz zu Elliot hakte mein Vater selten nach.

Nach weiteren zwanzig Minuten schweigend verlaufener Fahrt bog Dad in unsere Einfahrt und machte den Motor aus. Er drehte sich zu mir und sagte: »Das musst du mir genauer erklären.«

»Elliot ist mein bester Freund«, begann ich und spürte, wie mir die Tränen kamen, »und noch mehr als das. Ich glaube, wir sind beide beunruhigt, weil wir nicht genau wissen, was uns erwartet, wenn wir aufs College gehen. Und danach, wenn unser Leben nicht mehr von Wochenendtreffen bestimmt wird. Ich habe ein ungutes Gefühl, weil das Telefonat am Ende so komisch war, und ich weiß nicht, was ich tun soll, wenn irgendetwas mit uns schiefläuft«, sagte ich und starrte im leise tickenden Wagen auf das Armaturenbrett. »Manchmal frage ich mich, ob wir nicht einfach nur Freunde bleiben sollten, damit ich nicht mehr diese große Angst haben muss, ihn zu verlieren.«

Mein Vater schürzte die Lippen und dachte nach. »Also ist er deine Laís.«

Beim Namen meiner Mutter kamen mir wieder die Tränen. Mein Vater hatte ihn schon seit Jahren nicht mehr ausgesprochen.

»Ihr beide seid zwar noch jung, aber … wenn er der Richtige für dich ist«, fuhr Dad fort, »dann könnt ihr nicht nur Freunde bleiben. Denn dann willst du ihm alles geben und ihm auf jede mögliche Weise zeigen, wie sehr du ihn liebst.«

Jetzt quollen mir die Tränen aus den Augen und liefen mir über die Wangen.

»Ich hätte keine Sekunde mit ihr missen wollen«, flüsterte er und wandte sich zu mir. »Ich hätte alles genommen, was ich kriegen konnte. Ich bedauere es keine Sekunde, sie geliebt zu haben, obwohl ich noch immer um sie trauere. Und das vermutlich niemals aufhören wird.«

Ich nickte, weil meine Kehle wie zugeschnürt war. »Ich habe jetzt schon das Gefühl, viel zu viel Zeit mit ihm zu verpassen.«

»Aber so wird es doch nicht immer sein.«

»Darf ich heute Nacht noch zu ihm fahren?«, fragte ich.

Darauf sah er mich eine ganze Weile nur schweigend an. »Ist das dein Ernst?«

»Ja.«

Er schloss die Augen und holte ein paarmal tief Luft. »Sei vorsichtig. Versprich es mir.«

Erleichterung durchströmte mich. »Versprochen.«

Mein Vater blickte durch die Windschutzscheibe auf die Einfahrt, wo sein alter Wagen direkt neben dem neuen stand, in dem wir saßen. »Ich hab den Volvo heute Morgen aufgetankt. Du kannst ihn nehmen.«

Ich lehnte mich über den Schaltknüppel zu ihm und umarmte ihn.

»Du rufst mich an, sobald du da bist.«

Ich nickte, an seinen Hals geschmiegt.

HEUTE

Sonntag, 31. Dezember

Elliot bleibt in einem kleinen Olivenhain stehen und dreht sich zu mir um. Hier draußen zirpen die Grillen fast ohrenbetäubend laut; der Lärm von der Hochzeitsparty ist nicht mehr als ein leises Hintergrundrauschen.

Himmel, wo fangen wir nur an?

Ich jedenfalls will damit anfangen, ihn zu berühren. Selbst wenn er möglicherweise mit Worten anfangen möchte, mit Erklärungen und Entschuldigungen – meinen und seinen. Und es gibt so vieles, was ich ihm sagen muss.

Er atmet so heftig, dass ich sehe, wie sich seine Brust hebt und senkt, und auch ich habe das Gefühl, nur mit Mühe Luft zu bekommen.

Ich erwarte, dass er zu reden beginnt, doch stattdessen lässt er sich einfach auf die Knie sinken, schlingt seine Arme um meinen Leib und presst sein Gesicht an meinen Bauch. Einen Moment lang bin ich wie erstarrt, blicke auf seinen Kopf und versuche, das Beben seiner Schultern zu deuten.

Er weint.

»Nein, nein«, flüstere ich. Ich fahre ihm durchs Haar, sinke ebenfalls in die Knie, zu ihm, über ihn, bis sein Gesicht direkt vor meinem ist, so nah, dass ich nichts anderes sehen kann. Ich nehme ihm die Brille ab und lege sie behutsam neben uns ins Gras.

»Was tun wir?«, flüstert er.

»Du hast mir gefehlt.« Ich neige meinen Kopf zu ihm und küsse seinen Hals, seine Wange.

Er zieht mich an den Schultern zurück. Ich sehe, wie ihm die Tränen über die Wangen rollen. »Ich dachte, ich dürfte dich nie wieder berühren.«

»Das dachte ich auch.«

Er beißt sich auf die Unterlippe. »Ich würde alles nehmen, was du mir gibst. Ist das erbärmlich?«

Ich beuge mich wieder zu ihm, berühre mit den Lippen seinen Mund. Ich rieche den sauberen Duft seines Aftershaves und den durchdringenden Geruch des Grases.

Seine Lippen öffnen sich, und mit einem scharfen Luftholen setzt er sich auf und umfasst erneut meinen Kopf. Begierig drängt er sich an mich, saugt an meinen Lippen, nimmt sie zwischen die Zähne, aber ich will mehr, immer mehr. Ich will alles von ihm. Ich ersticke sein Stöhnen mit meinem Mund, meinem Keuchen. Seine Hände tasten sich unter mein Kleid vor und schieben es bis zur Taille hoch, während ich seine Fliege löse und sein Hemd aufknöpfe.

Kühle Finger streichen über die Innenseiten meiner Schenkel. Seine Brust ist warm unter meinen Händen, die ich vom Schlüsselbein bis zum Bauch gleiten lasse, weil ich jeden Zentimeter von ihm spüren will.

Als er mich durch mein Höschen berührt, stöhnt er etwas

Unverständliches. Dann gleiten seine Finger bis zu meinem Bauchnabel und tauchen unter den Spitzenbund meines Slips. Seine Berührungen werden intensiver und bringen mich dazu, mich im Gleichklang mit ihm zu bewegen.

Ich fummle an seinem Gürtel, seinem Reißverschluss.

Warte, flehe ich meinen Körper an. *Einen Moment noch. Warte.*

Unbeholfen schiebe ich die Hand in seine Hose, finde seine heiße Härte, umschließe sie mit meiner Hand, schiebe sie an die richtige Stelle.

Aufstöhnend lässt er sich in mich sinken, und ihn so zu hören löst ein Gefühl des Glücks in mir aus.

Die Erleichterung, ihn so in mir zu spüren, ist wie ein berstender Stern, der mein Blut in Brand setzt. Die Grillen und Elliot verstummen bei meinem Schrei.

In der darauffolgenden Stille spüre ich das Hämmern seines Pulses, als ich ihm mit den Lippen über die Kehle streiche. Aber dann umfasst er mein Gesicht mit beiden Händen und zieht es zu sich hoch.

Alles verengt sich auf die winzigen Bewegungen meiner Hüften über seinen, auf die sanften saugenden Küsse. Ich will seine Hände und die kühle, feuchte Luft auf meiner Haut spüren, nicht auf der Seide meines Kleids. Denn jedes Mal, wenn wir uns berührt haben, waren wir fast vollständig angezogen.

Ich greife mir in den Rücken, öffne den Reißverschluss und entferne rasch den trägerlosen BH. Mein Kleid rutscht mir bis zur Taille.

Dann ist sein Mund da, und seine Hände finden meine Brüste und führen sie an seine Lippen. Mit festem Griff umfasst er nun meine Hüften und zieht mich heftig zu sich heran, bis zum letzten heftigen Stoß.

Ich spüre seinen keuchenden Atem an meiner Brust und presse ihn dicht an mich. Gänsehaut breitet sich über meinen Körper.

Wie habe ich es so lange ohne ihn ausgehalten? Ihn zu spüren ist plötzlich so lebenswichtig wie die Luft zum Atmen.

Als er mich erwartungsvoll ansieht, ist es nur eine winzige Bewegung, bis unsere Lippen sich wiederfinden, entspannt diesmal, erleichtert.

Es fühlt sich so altbekannt an, als wäre es schon immer Teil meines Lebens gewesen, und gleichzeitig so neu. Ich will mich von ihm lösen, doch er hält mich fest. »Noch nicht«, murmelt er an meinen Lippen. »Ich kann es immer noch nicht glauben, dass dies wirklich passiert.«

»Es ist komisch«, sage ich, »aber es fühlt sich so an, als hätte ich Sex mit jemandem, der mir fremd und vertraut zugleich ist.«

Er muss lachen. Er neigt den Kopf und küsst meine Brust. Als er sich wieder von mir löst, flüstert er: »Willst du wissen, was noch komischer ist?«

Ich schließe die Augen. »Ich will alles wissen.«

Und zum ersten Mal seit über zehn Jahren entspricht das der Wahrheit.

»Ich habe dich mein ganzes Leben geliebt«, flüstert Elliot, mit dem Mund an meinem Schlüsselbein. Langsam öffne ich die Augen und sehe, dass er zu mir hochblickt.

Als er lächelt, fängt sich das Mondlicht in den Konturen seines Gesichts. »Ich habe nie eine andere so begehrt wie dich. Es dauerte eine Ewigkeit, bis ich überhaupt eine andere begehrt habe.«

Ich fühle mich wie im Auge des Orkans. Um mich herum dreht sich die Welt, aber in meinem Kopf ist alles vollkommen still.

DAMALS

Sonntag, 1. Januar
vor elf Jahren

Als ich die Richmond Bridge passiert hatte, rief ich Elliot an und hörte über Lautsprecher den Rufton, wieder und wieder, bis die Mailbox ansprang.

Nach ein paar Minuten Fahrt war mir eingefallen, dass ich gar nicht wusste, wo Christian wohnte und wie lange Elliot dort bleiben wollte. Mittlerweile war es lange nach ein Uhr morgens, also lag er vielleicht schon zu Hause im Bett, und ich würde nicht zu ihm kommen können, ohne das ganze Haus aufzuwecken.

Vor mir erstreckte sich der Highway 101 in die Dunkelheit, die nur hin und wieder von den Rücklichtern eines anderen Wagens erhellt wurde. Die Straße war leer, nur um die Zufahrten der einzelnen Orte sah ich mehr Autos: Novato, Petaluma, Rohnert Part … In Santa Rosa versuchte ich noch einmal, ihn anzurufen, und nun meldete sich eine fremde männliche Stimme.

»Elliots Handy.« Im Hintergrund hörte ich wilden, trunkenen Lärm.

Eine bittere Mischung aus Erleichterung und Gereiztheit

machte sich in mir breit. Er – oder zumindest sein Handy – war also noch auf der Party.

»Ist Elliot da?«, fragte ich.

»Wer spricht denn da?«

Ich zögerte. »Und wer spricht da?«

Darauf hörte ich nur tiefes Luftholen, dann sagte derjenige mit gepresster Stimme, als hätte er gerade einen Zug von irgendwas genommen: »Christian.«

»Hi Christian«, sagte ich. »Hier ist Macy.«

Darauf atmete er langsam und kontrolliert wieder aus. »Elliots Macy?«

Irgendwo im Hintergrund rief jemand: »Alter!«

»Ja«, bestätigte ich. »Seine Freundin Macy.«

»Ach du Scheiße.« Dann wurde es still, als hätte jemand eine Hand auf das Mikrophon gelegt. Als er sich wieder meldete, sagte er nur: »Elliot ist nicht da.«

»Ist er ohne Handy nach Hause gegangen?«, fragte ich.

»Nee.«

Verwirrt hakte ich nach: »Wenn er nicht nach Hause gegangen ist, wo ist er dann?«

»Macy.« Ich hörte ein träges, betrunkenes Lachen und dann: »Für so was bin ich viel zu hinüber.«

»Okay«, sagte ich ruhig. »Gibst du mir dann einfach deine Adresse?«

Er tat es und fügte hinzu: »Zweites Haus auf der linken Seite. Ist nicht zu überhören.«

»Chris«, protestierte jemand im Hintergrund, »*nicht!*«

Christian stieß ein weiteres träges Lachen aus. »Ist mir doch egal.«

Und beendete das Gespräch.

Christians Haus stand auf einem Hügel mit Blick auf einen Weinberg und war im Vergleich zu den meisten anderen in Healdsburg ziemlich groß. Tatsächlich hörte ich den Partylärm, sobald ich in die Straße einbog. Wild durcheinandergeparkte Autos verstopften die Einfahrt. Ich parkte am ersten freien Platz ein paar Häuser weiter, zog mir meine Steppjacke über mein Kleid, ließ die Pumps im Wagen, schnappte mir ein Paar Sneaker aus dem Kofferraum und marschierte den Hügel wieder hinauf.

Es kam mir albern vor, bei diesem Lärm überhaupt anzuklopfen, und da die Haustür angelehnt war, ging ich einfach hinein. Am Eingang lag ein großer Haufen Schuhe, der geradezu absurd rücksichtsvoll wirkte angesichts dessen, was im Rest des Hauses los war. Jede nur erdenkliche Fläche war mit Dosen, Flaschen und ausgedrückten Joints zugestellt. Die dröhnende Musik kämpfte gegen das Plärren des Fernsehers an. Auf der Couch im Wohnzimmer waren zwei Jungen in komatösen Schlaf gefallen, ein dritter saß mit dem Controller in der Hand zwischen ihnen und spielte *Call of Duty*.

»Hast du Elliot gesehen?«, brüllte ich über das Rattern der Maschinengewehre hinweg.

Der Typ sah auf, warf einen Blick zur Küche und zuckte die Achseln.

Ich ging in die Küche, die riesig war und praktisch ein Trümmerfeld. Überall standen halbleere Gläser mit Mixgetränken.

Auf der marmornen Arbeitsfläche war eine Bierdosenpyramide errichtet worden, die von zerbröselten Chips, Spuren von Salsa und einem Pfad aus Erdnussschalen umgeben war. In der Spüle türmten sich Gläser und eine riesige Bong.

»Er ist oben«, sagte jemand hinter mir. Als ich mich umdrehte, erkannte ich Christian von einem der Fotos auf Elliots Schreibtisch wieder. Er war groß – nicht so groß wie Elliot, aber kräftiger und trug einen nicht besonders schmeichelhaften Ziegenbart. Sein T-Shirt war fleckig, die Augen waren blutunterlaufen und seine Pupillen riesig. Neben ihm schwankte ein anderer Typ, der mich mit großen Augen anstarrte und den Eindruck machte, sich jeden Moment übergeben zu müssen. Brandon.

Elliots beste Freunde.

»Oben?«, wiederholte ich. Christian hob bestätigend das Kinn und ließ einen Zahnstocher von einem Mundwinkel zum anderen wandern.

»Er ist echt im Arsch«, bemerkte Brandon und folgte mir, als ich die Küche verließ und die Treppe hinaufging. Als ich die erste Stufe betrat, wurde seine Stimme flehender. »Macy, ich würde an deiner Stelle nicht zu ihm gehen. Ich glaube, er kotzt gerade.«

»Dann bringe ich ihn nach Hause.« Ich hörte selbst, wie hohl und blechern meine Stimme klang, als käme sie aus einem Lautsprecher in der hintersten Ecke des hohen Treppenhauses.

»Wir können ihn doch später nach Hause bringen.« Brandon fasste mich zaghaft am Ellbogen. »Jetzt soll er erst mal den Rausch ausschlafen.«

Ich spürte meinen Pulsschlag in den Schläfen, in der Kehle.

Ich wusste nicht, was mich erwartete … obwohl ich es letztlich ahnte. Christians abschätziges Grinsen und Brandons spürbare Nervosität waren Hinweis genug, eigentlich war es offensichtlich.

»Geh doch einfach nach Hause, Macy«, drängte Brandon. »Wenn er aufwacht, sage ich ihm, dass er dich anrufen soll.«

Seine Stimme verblasste als Summen im Hintergrund, das mir die ganze Treppe hinauf und bis zur einzigen geschlossenen Tür ganz am Ende des Flurs folgte. Ich stieß die Tür auf und erstarrte.

Ein ungemachtes Bett, von dem ein langes Bein herunterhing. Elliot hatte noch die Schuhe an, sauber zugeschnürt, aber Jeans und Boxershorts stauten sich an den Knien, und sein T-Shirt hing ihm unter den Achseln, so dass seine nackte Brust und die dunkle Spur seiner Härchen vom Bauchnabel abwärts zu sehen waren.

Brandon hatte recht. Elliot schlief seinen Rausch aus.

Genau wie Emma, die quer über seinem Oberkörper lag. Nackt.

Als ich einen Schritt zurückwich, stieß ich gegen Brandon.

»Nein«, flüsterte ich.

Ich wusste, wie weh ein gebrochenes Herz tun konnte, aber dies hier war etwas ganz anderes.

Du bist der Mensch, mit dem ich für immer zusammen sein will.

»Macy, es ist echt nicht das, wonach es aussieht«, sagte Brandon und umfasste meine Schultern. »Bitte glaube mir.«

»So sieht es wohl aus, wenn man Sex hatte«, erwiderte ich benommen und schüttelte ihn ab. Ich konnte meinen Blick nicht von der Szene abwenden, so entsetzlich sie auch war. Emma schnarchte mit offenem Mund auf seiner Brust. Elliots Schwanz hing schlaff auf seinem Oberschenkel.

Ich hatte ihn noch nie zuvor nackt gesehen, ihn nie einfach nur betrachtet, fiel mir in diesem Moment auf.

Nervös trat Brandon von einem Bein aufs andere. »Es ist ihre Schuld, Macy. Elliot würde nie –«

»Scheiße«, sagte Christian und trat neben mich. »Das sieht nicht gut aus, Ell.«

Ich stieß einen erstickten Laut aus, den er offenbar als Frage deutete.

»Ach was, das ist eine uralte Geschichte zwischen den beiden. Vergiss es einfach«, sagte er, dann rülpste er laut und schlug sich mit der Faust gegen die Brust. »Das ist nichts Ernstes. Sie vögeln nur manchmal.«

Ich wirbelte herum, rannte den Flur entlang, sprang gefährlich schnell die Treppe hinunter, stürmte durch die Küche und hinaus an die frische Luft. Dennoch konnte ich nur mühsam atmen. Ich versuchte krampfhaft, Luft zu holen, aber es war, als hätte ich einen Schlag ins Zwerchfell bekommen. Halb drei am Neujahrsmorgen, und ich war der nüchternste und dennoch gefährlichste Fahrer auf der Straße. Halbblind vor Tränen bahnte ich mir einen Weg, fuhr quasi im Zickzack den kleinen Hügel hinauf und die unbefestigte, gewundene Straße hinunter. Ich brüllte die Windschutzscheibe an und wäre mehrere Male fast umgekehrt, weil ich meiner eigenen Erinnerung kaum trauen konnte. Wie die beiden dort gelegen hatten. Nackt.

Als ich die Stufen zu unserem Haus hochlief, vermied ich es, zu Elliots Haus hinüberzusehen, weil ich befürchtete, sonst dort anzuklopfen und nach ihm zu rufen, obwohl mir doch klar war, dass er nicht da war.

In diesem Augenblick waren mir alle Gewissheiten abhandengekommen – außer, dass ich Berkeley nicht heil erreichen würde, wenn ich jetzt versuchte, zurückzufahren.

In unserem Haus empfing mich eisige Kälte. Neben dem Ofen war ordentlich Holz aufgestapelt – ich hätte Feuer und mir etwas zu essen machen können, um meinen in Aufruhr geratenen Magen zu beruhigen –, aber ich schaffte es nicht einmal bis zum Sofa. Ich zog eine Decke vom Sessel und rollte mich auf dem Boden zusammen.

Ich erinnere mich nur noch an den kalten Boden unter mir. Es war, als hätte meine Seele die Schotten dichtgemacht, als verböte mir mein Selbsterhaltungstrieb, mir erneut das Bild seiner nackten Hüften und ihrer Hand auf seinem Bauchnabel ins Gedächtnis zu rufen. Als wollte er nicht, dass ich mich an den durchdringenden Geruch nach Körpern, nach Schweiß und Bier erinnerte – oder an Christians beiläufige Erwähnung ihrer »Geschichte«.

Aber konnte es wirklich sein, dass er die Wahrheit sagte? Hatten sie sich unter der Woche getroffen, und das schon lange? Emma und Elliot, die hin und wieder miteinander rummachten, um sich die Langeweile zu vertreiben? Ich hatte keinerlei Zweifel, dass Elliot mich liebte – ich wusste, dass er mich liebte, spürte es bis ins Mark –, aber ich war nur einen kleinen Teil seiner Zeit da, und den Großteil seines Lebens war eben Emma da. Jeden Tag in der Schule, das ganze Jahr: bequem, verfügbar und vertraut.

Ich hatte keine Ahnung, wer Elliot in seinem anderen Leben

war. Mein Elliot existierte nur an bestimmten Tagen und nur in den engen Grenzen unserer Bücherkammer.

Ich kenne ihn kein bisschen. Dieser Gedanke verfolgte mich bis in meine Träume, in denen ich im Bus an ihm vorbeiging, ohne ihn zu erkennen, in denen ich ihn auf einem Gang sah und das vage Gefühl hatte, etwas Wichtiges übersehen zu haben. Nur wusste ich nicht, was.

HEUTE

Sonntag, 31. Dezember

Ich spüre ein hohles Gefühl in meiner Brust, als Elliots Körper sich von meinem löst. Je länger wir schweigen, desto deutlicher wird der Schmerz in seinen Augen.

»Wirst du mich jemals erklären lassen, was damals passiert ist?«, sagt er schließlich.

Ich bringe es nicht fertig, ihn anzusehen. Dies ist nur die Spitze des Eisberges, aber ich weiß, dass wir dort anfangen müssen, so unbedeutend mir solche Details jetzt auch erscheinen mögen. »In jener Nacht hast du gesagt, dass du mich liebst«, erinnere ich ihn, »zum ersten Mal.«

Er nickt eifrig. »Ich weiß.«

»Du hast mich gebeten, dich zu heiraten.«

Elliot streckt die Hand aus und umfasst mein Handgelenk. »Es war mein Ernst. Ich hatte sogar einen Ring.«

Schockiert sehe ich ihn an. »Und wenn ich ›ja‹ gesagt hätte, hättest du dann trotzdem mit Emma gevögelt?«

»Also gut.« Er steht auf, zieht sich die Hose hoch und schließt den Gürtel. »Also gut.« Ihm hängt das Hemd aus der Hose, und seine Haare sind zerzaust. Im Licht des Mondes sieht er auf mich herunter. Er bückt sich, nimmt seine Brille und setzt sie sich auf. »Weißt du, wie oft ich mir schon vorgestellt habe, dir zu erzählen, was passiert ist?«

»Wahrscheinlich so oft, wie ich mir gewünscht habe, ich hätte nichts gesehen.«

Er hockt sich vor mich. »Ich habe erst ein paar Tage später erfahren, was passiert ist.«

»Was?«

»Ich erwähnte Christian gegenüber, dass du mich nicht zurückgerufen hättest, und da sagte er: ›Wahrscheinlich, weil sie Emma nackt auf dir hat liegen sehen.‹«

Ich blinzle, weil mir das Bild sofort wieder vor Augen steht.

»Und das Schlimmste ist«, sagt er leise, »dass ich bis zu diesem Zeitpunkt nicht einmal wusste, dass ich mit Emma dort gelegen hatte. Denn am nächsten Morgen war sie verschwunden.«

Das muss ich erst einmal verdauen. »Aber du bist mit heruntergelassener Hose aufgewacht, Elliot. Hast du dir nicht gedacht, dass irgend so was passiert sein musste?«

»Das war der Teil, mit dem ich nicht klarkam«, flüstert er. »Denn in meinem Kopf warst du das. In meinem Kopf bist du zur Party gekommen, du hast mich ausgeknockt auf dem Bett gefunden. In meinem Kopf hast du dich zu mir gelegt, bist auf mich geklettert. Ich erinnere mich nicht daran, in jener Nacht Sex mit Emma gehabt zu haben. Ich erinnere mich nur an Sex mit dir.«

»Hörst du überhaupt, was du da sagst?« Die Worte *bist auf mich geklettert* drohen mein Herz, meinen Brustkorb zu sprengen. Ich bin nie auf ihn geklettert – aber sie schon? »Was für einen Blödsinn erzählst du mir da? Willst du ernsthaft behaupten, dass du in der Nacht, in der du mit Emma Sex hattest, glaubtest, das wäre ich?«

Stöhnend fährt sich Elliot durchs Haar. »Ich weiß selbst, wie verrückt das klingt. Damals konnte ich mich nur bruchstückhaft an diese Nacht erinnern, aber ich hatte elf Jahre, mir einen Reim darauf zu machen. Ich war damals stockbesoffen, Mace. Ich weiß noch, als ich aufwachte, dachte ich, du küsst mich. Ich weiß noch, dass ich deine Haare streichelte, mit dir redete. Und ich sehe noch immer dein Gesicht vor mir, als du auf mich geklettert bist.«

Er schüttelt den Kopf und kneift die Augen zusammen. Aber seine Worte erinnern mich an das, was Brandon mir damals sagen wollte: *Elliot würde nie …*

»Als ich aufwachte«, fährt er fort, »befand ich mich in einer absolut peinlichen Lage, weil Chris' Schlafzimmertür offen stand und ein paar Leute um mich herum aufräumten. Ich war allein und lag da mit heraushängendem Schwanz. Also machte ich, dass ich da wegkam, und schickte dir von zu Hause eine SMS mit der Frage, warum du gegangen seist. Zwei Tage lang ging ich davon aus, ich hätte auf einer Party Sex mit meiner Freundin gehabt. Ich dachte, du wärst verlegen oder wütend, weil ich so betrunken war, und würdest dich deshalb nicht melden.«

Ist dies seine Wahrheit: Es war alles nur ein dummer Irrtum? Ein Teil von mir würde diese Version der Dinge nur allzu gern glauben und sich davon trösten lassen. Doch der andere Teil von mir ist umso empörter, würde am liebsten schreien, weil hinter all dem, was passierte, noch nicht einmal Absicht, sondern nur ein jämmerliches, dem Alkohol geschuldetes Missverständnis stand. Wenn es doch nur irgendetwas Gewichtiges gewesen wäre, Leidenschaft, Begehren, etwas Größeres. Etwas, das rechtfertigen könnte, was danach kam.

»Wenn ich es dir nur hätte erklären können …«, sagt er leise und schaut mich verwirrt an. »Ich hab dich immer wieder angerufen –«

»Das weiß ich.«

Ich erinnere mich noch genau, wie Elliot mehrmals am Tag anrief, monatelang. Zwar habe ich danach nie mehr meinen E-Mail-Account gecheckt, aber mir war klar, dass ich sicher Millionen ungelesener Nachrichten gefunden hätte, wenn ich es getan hätte.

Ich wusste, dass es ihm zutiefst leid tat.

Nur ging es darum längst nicht mehr.

»Ich hab's vermasselt«, sagt er, »aber so schlimm es auch war, was ich getan habe, Macy – und ich weiß, dass es schlimm war –, rechtfertigt das wirklich, was daraus folgte?« Er zeigt zwischen mir und ihm hin und her. »War es so schlimm, dass du mich einfach fallenlassen musstest? Nach all dem, was zwischen uns war? Dass du einfach nicht mehr mit mir geredet hast? Elf Jahre lang?«

Ich starre ihn an, suche nach Worten in dem Durcheinander in meinem Kopf und ordne sie zu neuen Sätzen. Die Sache mit Emma kommt mir jetzt so unbedeutend vor. Sie war nur der erste Dominostein. »Wir hatten dieses Vertrauen zueinander, das mir immer so besonders schien – und das hast du mit Füßen getreten. Aber das war nicht alles. Es war … auch meine Schuld.«

»Findest du nicht, dass ich eine Chance verdient hätte, alles zu erklären?«, fragt er gepresst.

Ich sehe ihm an, dass er auf eine Antwort wartet. Und die Antwort lautet: Ja, selbstverständlich hätte er die Chance verdient gehabt. Natürlich. Wäre alles anders gekommen, hätte er mich am nächsten Tag angerufen und ich wäre drangegangen.

»Ich habe dich geliebt«, sagt er. »Ich habe dich immer geliebt. Für mich gab es nie eine andere, und das weißt du.«

Ich suche nach Worten, um es zu erklären: »Es war … furchtbar … eine furchtbare Nacht –«

»Das weiß ich, Mace.« Seine Stimme klingt jetzt härter, fast ungläubig. »Es war für uns die erste Liebe, der erste Sex, das erste Mal bei allem. Aber komm schon: Das hätte einen fetten Streit gerechtfertigt und nicht … dass du einfach für zehn Jahre verschwindest!«

»So war es nicht …« Ich weiß nicht, wie ich es sagen soll. Mein Herz und mein Mund scheinen sich einig zu sein, dass sie es jetzt unmöglich tun können.

Ich höre quietschende Bremsen auf Asphalt. Kneife die Augen zu und schüttle den Kopf, um die Geräusche, diese Bilder loszuwerden.

»Hast du überhaupt eine Ahnung, wie es für mich war?«, fragt er mit wachsender Frustration, weil es aussieht, als hätte es mir aus unerfindlichem Grund die Sprache verschlagen. »Jeden Tag bin ich mit der Frage aufgewacht, ob ich dich heute endlich wiedersehen würde. Und wenn ja: Was würde passieren? Würdest du mir jemals verzeihen? Ich habe einfach nicht aufgehört, dich zu vermissen. Ich bin neunundzwanzig und habe nie eine andere Frau geliebt.« Starr sieht er mich an. »Und jede Frau, mit der ich zusammen war, hat das zu spüren bekommen.«

Ich öffne den Mund, um etwas zu sagen, bringe jedoch nichts heraus. Irritiert starrt er mich an.

»Willst du wissen, was Rachel meinte, als sie sagte, du hättest mich fertiggemacht? Nur ein Beispiel: Sie war die Erste, die ich nach dir an mich heranließ, aber sie musste es ertragen, dass ich zusammenbrach wie ein verdammter Irrer und ihr erklärte, wieso sie auf keinen Fall auf mich klettern durfte.«

»Es tut mir leid.« Ich bedecke mein Gesicht mit den Händen und atme langsam ein und aus. Punkt siebenundzwanzig auf Moms Liste war eine Erinnerung daran, das Atmen nicht zu vergessen, falls ich einmal die Fassung verlor. Zehnmal langsam ein- und ausatmen, wenn ich nicht mehr weiterwusste.

Eins …

Zwei …

»Mir tut's auch leid. Denn ich will das hier«, flüstert er. »Ich will mit dir zusammen sein.«

Drei.

Das will ich auch, denke ich. *Aber ich weiß nicht einmal, wie ich dir sagen soll, dass das mit Emma völlig unwichtig war.*

»Rede mit mir, Mace«, sagt er drängend. »Bitte.«

Vier …

Fünf …

»Ich will mit dir zusammen sein«, wiederholt er, klingt seltsamerweise aber etwas weiter entfernt. »Aber jetzt wird mir klar, dass das vielleicht ein Fehler ist.«

Sechs …

Sieben …

Als ich bei zehn angelangt bin, zittern meine Hände nicht mehr, auch deshalb nicht, weil ich nicht erwartet hätte, dass er nicht mehr da ist. Denn ich habe nicht gehört, wie er verschwunden ist.

Die Terrasse leuchtet von den winzigen Lichtpunkten der Kerzen, die sich in den Champagnergläsern spiegeln. Wärmelampen sorgen dafür, dass die langsam tanzenden Paare nicht frieren.

Ich finde George an der Tanzfläche neben der Hochzeitstorte, die bereits angeschnitten und verteilt wurde. Seine Wangen sind rot, sein Grinsen ist breit, seine Augen glänzen vor seliger Trunkenheit.

»Macy!«, ruft er und zieht mich unbeholfen in seine Arme. »Wo steckt mein Bruder?«

»Genau das wollte ich dich auch fragen.«

Er streckt die Hand aus und pflückt mir einen Zweig aus den Haaren, und leider wird mir erst jetzt klar, dass ich keine Ahnung habe, wie ich nach meinem Schäferstündchen mit Elliot aussehe.

George grinst. »Aber vermutlich könntest du es eher als ich wissen.«

Liz gesellt sich lächelnd zu ihrem angetrunkenen Ehemann. »Macy. Wow, du siehst …« Dann dämmert es ihr, und sie bricht in Gelächter aus. »Wo ist Elliot?«

»Die Frage der Stunde«, murmelt George.

»Ich bin hier.«

Als wir uns umdrehen, steht er mit einem halbleeren Champagnerglas vor uns. Von der Wärme, die vorhin noch in seinem Blick lag, ist nichts mehr zu sehen. Seine Fliege ist verschwunden, das Hemd aufgeknöpft und mit Erde und Lippenstift beschmiert. Bei seinem Anblick ist endgültig klar, was wir getan haben.

Ich lächle ihn an und versuche, ihm mit meinen Augen zu verstehen zu geben, dass wir reden sollten, aber er würdigt mich keines Blickes. Er setzt das Glas an die Lippen, leert es, stellt es auf das Tablett eines vorbeieilenden Kellners und fragt: »Macy, muss ich dich noch im Motel absetzen?«

Mich überläuft eine kalte Welle des Schocks. George und Liz verstummen und lassen uns peinlich berührt allein. Mein Herz setzt einen Schlag aus, als ich erkenne, dass ich gerade zum Gehen aufgefordert wurde.

»Nein«, erwidere ich. »Ich kann mir ein Taxi rufen.«

Er nickt. »Gut.«

Als ich einen Schritt auf ihn zu mache und ihm die Hand auf den Arm lege, blickt er so irritiert darauf, als wäre es völlig unangemessen, dass ich ihn berühre.

»Können wir morgen reden?«, frage ich.

Da verzieht er das Gesicht, nimmt sich ein weiteres Glas Champagner und leert es in der Zeit, die der Kellner braucht, um mir ebenfalls eines anzubieten, was ich ablehne. Doch Elliot greift sich ein weiteres, bevor der eingeschüchterte Kellner flüchten kann.

»Na klar können wir morgen reden«, sagt er und schwenkt das Glas. »Über das Wetter zum Beispiel. Oder worüber willst du vielleicht mit mir reden?«

»Ich meine, dort weitermachen, wo wir aufgehört haben«,

flüstere ich, weil ich merke, dass wir die Aufmerksamkeit auf uns ziehen. »Wir waren noch nicht fertig.«

Alex steht ein Stück entfernt und beobachtet uns mit besorgtem Blick.

»Ach nicht? Ich dachte, wir hätten das große Finale schon hinter uns. Schließlich hast du das gemacht, was du am besten kannst«, sagt er mit grimmigem Lächeln. »Dichtmachen.«

»Du bist doch gegangen«, sage ich.

Darauf lacht er schroff, schüttelt den Kopf und wiederholt leise: »Ich bin gegangen.«

Sanfter sage ich: »Ich komme morgen bei dir vorbei.«

Elliot hebt sein Glas, leert es mit großen Schlucken und wischt sich mit dem Handrücken über den Mund. »Na klar doch, Macy.«

Obwohl völlige Finsternis herrscht, als ich die Treppe zu unserem alten Wochenendhaus hinaufsteige, gelingt es mir wie eh und je, die angeknackste Stufe zu vermeiden. Mit dem Schlüssel an meinem Schlüsselring, den ich so lange nicht benutzt habe, schließe ich auf und trete ins Haus, wo es noch kälter ist als draußen im nächtlichen Wald. Ich schalte die Lampen an, während ich durch die Zimmer gehe, und knie mich vor den Holzofen, um ein Feuer zu machen.

Ich war in den letzten elf Jahren nur ein einziges Mal hier, wann genau, weiß ich nicht mehr. Ich erinnere mich nur, dass es kurz vor meinem zweiten Jahr an der Tufts war und wir abends herkamen, um die persönliche Habe von mir und meinem Vater zu sichten und alles, was von Bedeutung war, in

Schränke zu schließen, um es vor den Blicken neugieriger Feriengäste zu schützen. Die Erinnerung an diesen Abend ist nicht mehr als ein Streifen Aquarellfarbe im Nebel.

Im oberen Stockwerk suche ich an meinem Schlüsselring, bis ich den kleineren Schlüssel für den Schrank meines Vaters finde. Er lässt sich nur mühsam ins Schloss schieben, bleibt erst stecken, bis er sich nach einigem Ruckeln schließlich drehen lässt.

Als der Schrank sich öffnet und mir muffiger Geruch entgegenschlägt, erkenne ich mit sinkendem Mut, dass ein Großteil des Inhalts besser entsorgt werden sollte. Dad hat hier immer seine Hemden und Hosen aufbewahrt. Wanderstiefel und eine Anglerweste. Auf dem oberen Regalbrett liegen Fotoalben und die Weihnachtskrippe, die ich in der vierten Klasse gebastelt habe. Briefe von meiner Mutter.

Ich gleite am Türrahmen hinab und komme hart auf dem Boden auf. Unter dem Schimmelgeruch riecht es unverwechselbar nach ihm: nach seinen dänischen Zigaretten, dem Aftershave, dem Baumwollgeruch seiner Wäsche. Ich ziehe ein Hemd vom Bügel, aber so ungeschickt, dass er zu Boden prallt. Ich drücke das Hemd an mein Gesicht, atme tief ein und huste schluchzend.

Seit langem habe ich das nicht mehr gefühlt – ich möchte weinen, möchte den alten Schmerz überhandnehmen lassen. Ich lasse alles raus, schluchze, dass es von den Wänden und der Decke widerhallt und mich durchschüttelt, bis ich gekrümmt zu Boden sinke. Ich spüre ihn direkt hinter mir, weiß aber, das ist eine Illusion. Ich will nach ihm rufen, ihn fragen, was es zum Frühstück gibt. Ich will seine ruhigen Schritte hören, das

Umblättern, wenn er Zeitung liest. Mit einem Mal ist all das wieder lebendig in mir. Vielleicht sitzt er tatsächlich unten und liest. Vielleicht kommt er gerade aus der Dusche.

Es sind diese Erinnerungsfragmente, die so weh tun, diese winzigen Augenblicke, in denen man ihn einfach zu sich rufen will und dann versteht, dass er ja nicht mehr da ist. Und man fragt sich, wie das passieren konnte. Hat es weh getan? Sieht er mich jetzt von irgendwo aufgelöst am Boden liegen?

Dieser Gedanke reißt mich aus meinem Jammer und lässt mich erstickt auflachen. Hätte Dad mich jemals heftig schluchzend in seinem Schrank gefunden, hätte er mich erst verblüfft angesehen und wäre dann langsam in die Hocke gegangen, um mir sanft mit der Hand über den Arm zu streichen.

Was ist los, Macy?, hätte er gesagt

»Ich vermisse dich«, sage ich. »Ich war noch nicht bereit dazu. Ich brauchte dich noch.«

Er würde es verstehen. *Ich vermisse dich auch. Ich brauchte dich auch.*

Ich schließe die Augen und spüre, wie mir noch mehr Tränen über die Schläfen, in meine Haare rinnen.

Ich spüre starke Arme, die unter meine Beine, um meinen Rücken greifen, und dann werde ich aus dem nach Vergangenheit und Staub riechenden Nebel der Erinnerung gehoben und den Flur hinuntergetragen.

»Es tut mir leid«, sage ich, wieder und wieder. »Es tut mir leid, dass ich nicht angerufen habe. Es tut mir leid, Dad. Es ist meine Schuld.«

Er lässt mich auf meinem Bett nieder. Er ist so warm, so stark.

»Mace, Süße, sieh mich an.«

Meine Sicht ist zwar verschwommen, dennoch erkenne ich sein Gesicht.

Goldbraune Augen, schwarze Haare.

Elliot. Noch im Smoking. Die Augen hinter den Brillengläsern blutunterlaufen.

Ich schlinge meine Arme um seinen Hals, ziehe ihn näher zu mir und schließe die Augen. Ich rieche das Gras an ihm, die Rinde des Olivenbaums. »Du bist es.«

»Ja, ich bin es.«

Auch bei ihm muss ich mich entschuldigen.

»Es tut mir leid, Elliot. Ich habe alles kaputtgemacht, weil ich vergessen habe anzurufen.«

»Ich hab das Licht gesehen«, flüstert er. »Also bin ich rübergekommen und habe dich gefunden. Sag mir, was los ist, Macy.«

»Du brauchtest mich, und ich war nicht da.«

Darauf wird er ganz still und drückt mir einen Kuss auf den Schopf. »Mace …«

»Aber ich brauchte dich noch mehr«, sage ich und fange wieder an zu schluchzen. »Nur wusste ich nicht, wie ich dir verzeihen sollte.«

Elliot streicht mir das Haar aus dem Gesicht und sieht mich an. »Du machst mir Angst. Rede mit mir.«

»Ich wusste, dass es nicht deine Schuld war«, sage ich gepresst. »Aber für lange Zeit fühlte es sich so an.«

Ich sehe, dass ihm vor lauter Ratlosigkeit die Tränen kommen. »Ich verstehe dich nicht …« Er drückt meinen Kopf an seine Brust und bittet mit brüchiger Stimme: »Bitte sag mir, was los ist.«

Und das tue ich.

DAMALS

Sonntag, 1. Januar
vor elf Jahren

Das Knallen der Haustür und laute Schritte auf den Fliesen weckten mich.

»Macy?«

Stöhnend fasste ich mir an den schmerzenden Nacken und setzte mich auf, als mein Vater ins Wohnzimmer kam. Mein Anblick ließ ihn offenbar sofort das Schlimmste befürchten, denn er stürzte zu mir und hockte sich vor mich.

»Hat er dir weh getan?« Vor lauter Zorn wurde sein Akzent viel stärker als sonst.

»Nein.« Ich streckte mich und zuckte zusammen. Jetzt fiel es mir wieder ein. Mir wurde flau im Magen. »Oder doch.«

Dad strich mir behutsam über Schultern und Arme und umfasste meine Hände. Er drehte sie um, begutachtete meine Handflächen und drückte die Daumen in ihre Mitte.

An diese Berührung erinnere ich mich noch, als sei es gestern gewesen.

Wir verschränkten unsere Finger.

Dann riss der Nebel meiner Benommenheit auf und mir wurde bewusst, dass ich im Wochenendhaus war und mein

Vater bei mir – der doch eigentlich über siebzig Meilen entfernt zu Hause sein sollte, an diesem eiskalten Neujahrsmorgen. »Was machst du hier?«

Er bedachte mich mit einem harten Blick, der jedoch sofort weicher wurde. »Du hast mich nicht angerufen, um Bescheid zu sagen, dass du gut angekommen bist. Und ans Telefon bist du auch nicht gegangen.«

Ich ließ mich gegen ihn sinken und murmelte an seiner breiten Brust: »Tut mir leid. Ich hab's ausgeschaltet.«

Er seufzte besorgt. »Was ist denn passiert, *min lille blomst*?«

»Er hat einen Fehler gemacht«, erklärte ich. »Einen großen.«

Mein Vater löste sich von mir. »Ein anderes Mädchen?«

Ich nickte, und mir entfuhr ein Schluchzen, als ich wieder Elliots Körper vor mir liegen sah, nackt.

Dad atmete geräuschvoll aus. »Das hätte ich nicht von ihm gedacht.«

»Da sind wir schon zwei.«

Er half mir auf und legte mir beschützend den Arm um die Schultern. »Wir holen den Volvo nächstes Wochenende.«

Wir holen den Volvo nächstes Wochenende.

Ich frage mich, was aus ihm geworden ist.

Mit der einen Hand hielt mein Vater das Lenkrad, mit der anderen umfasste er meine Finger.

Alle paar Sekunden warf er mir einen Blick zu und wünschte sich zweifellos, Moms Liste läge direkt vor ihm auf dem Armaturenbrett; dann hätte er nachlesen können, was im Falle eines gebrochenen Herzens zu tun sei. Ich wusste, wo dieser Rat zu finden war. Unter Punkt zweiunddreißig.

So schrecklich die Sache mit Elliot auch war, so sehr genoss ich nun die Teilnahme und Fürsorge meines Vaters, seinen besorgten, liebevollen Blick, die beruhigende Berührung seiner Hand, die leisen Fragen: Was möchtest du zum Abendessen? Willst du vielleicht ins Kino gehen? Oder lieber zu Hause bleiben?

Seine ganze Aufmerksamkeit galt mir. Nicht der Straße.

Ich weiß nicht einmal, ob er den Wagen überhaupt sah. Es war eine blaue Corvette, die viel zu schnell über die Auffahrt raste. Sie schoss in die rechte Spur vor uns und zwängte sich in die schlagartig kleiner werdende Lücke zwischen uns und dem Sattelzug vor uns. Beim Bremsen geriet der Wagen ins Schlittern, das Heck brach aus, und die Bremslichter leuchteten glühend rot vor uns auf. Direkt vor uns.

Gab es einen Zeitpunkt, an dem es noch nicht zu spät war? Das habe ich mich immer gefragt. Hätte ich noch etwas anderes tun können, als »Dad!« zu kreischen und nach vorn zu zeigen?

Zeugen berichteten der Polizei, das Ganze sei in nicht einmal drei Sekunden passiert, aber in meiner Erinnerung werde ich es immer wieder in einer endlosen Zeitlupe erleben: Ich spüre noch den besorgten Blick meines Vaters auf mir – nicht auf dem Wagen, der da von hinten herandonnerte. Deshalb kam er noch nicht einmal dazu zu bremsen. Als wir mit einem ohrenbetäubenden Knall gegen die Corvette stießen, unsere Körper ruckartig nach vorn katapultiert wurden und gegen die Airbags prallten, dachte ich für den Bruchteil einer Sekunde, dass alles gutgegangen sei. Der Aufprall war vorbei.

Nur standen wir da noch nicht, sondern rutschten auf der Fahrerseite noch mehrere Meter mit kreischendem, Funken sprühendem Metall über den Asphalt, bevor wir zum Stillstand kamen. Wir lagen auf der Seite, meine Stirn schwebte über dem Lenkrad, und mein Sitz war aus der Karosserie gerissen worden und hatte meinen Vater unter sich zerquetscht.

Später erfuhr ich, dass der Fahrer des Wagens ein Student vom Junior College in Santa Rosa war. Er hieß Curt Anderssen und kam mit einer kleinen Schramme am Hals davon, nachdem sein Wagen über drei Fahrspuren geschleudert war.

Ich glaube, Curt war zuerst nicht bei Bewusstsein, und die Aktivitäten aller Helfer konzentrierten sich auf unseren weit schlimmer zugerichteten Wagen. Ich lag bereits mit meinem gebrochenen Arm auf einer Trage, als Curt auftauchte, stoned und lachend, weil er überlebt hatte – bis er schlagartig nüchtern wurde, als er unseren Wagen und die Polizei mit den Handschellen sah.

Ich habe oft gehört, dass Menschen sich nicht mehr an das erinnern, was unmittelbar nach der Nachricht vom Tod einer geliebten Person geschah, doch ich weiß noch jedes kleine Detail. Mir ist noch schmerzlich bewusst, wie mein gebrochener Arm kraftlos wie ein schlaffer Beutel voller Knochen an meiner Seite herunterhing. Ich weiß noch, wie ich mir die Haut vom Leib reißen und einfach nur weglaufen wollte, um das ungeschehen zu machen, was die Sanitäter mir mitgeteilt hatten.

Ja, er ist tot.

Du musst dich beruhigen, Schätzchen.

Es tut mir so leid. Wir bringen dich jetzt nach Sutter, Schätzchen. Du musst zum Arzt.

Ich weiß noch, wie ich sie immer wieder anflehte, zurückzunehmen, was sie gesagt hatten, die Wiederbelebungsversuche wiederaufzunehmen, es mich selbst versuchen zu lassen.

»Halt!«

»Macy, du musst versuchen, ruhig zu atmen. Kannst du das für mich tun?«

»Seid still!«, schrie ich. »Seid alle still!«

Ich habe eine Idee: Wir fangen noch mal ganz von vorn an.

Steigen wir in den Wagen und fahren zum Haus zurück. Ich muss nur kurz nachdenken.

Wir bleiben über Nacht dort.

Oder nein: Gehen wir noch weiter zurück.

Ich vergesse erst gar nicht anzurufen.

Ich will zurück zu dem anderen Schmerz, nicht zu diesem.

Heute ist kein guter Tag zum Fahren. Wenn wir heute fahren, werde ich alles verlieren.

Wenn wir heute fahren, werde ich meinen Vater verlieren. Auch noch ihn.

Einer der Polizisten holte mich mühelos ein, als ich unbeholfen von der Trage rollte und vom Freeway rannte – weg von den Lichtern, dem Lärm und dem schrecklichen Anblick meines Vaters neben dem Wagen. Ich spüre immer noch, wie er mich von hinten ergriff, sanft, um meinen gebrochenen Arm zu schützen, und sich über mich beugte, als ich zusammenbrach. Ich höre ihn immer noch sagen, wie leid es ihm tue, so leid, weil er auch jemanden auf diese Weise verloren habe.

Danach umhüllte mich undurchdringlicher Nebel. Onkel Kennet kam aus Minnesota nach Berkeley. Er wirkte verbittert, als wir Testament und Vermögen meines Vaters sichteten. Er tätschelte mir den Rücken und räusperte sich ständig. Tante Britt putzte das Haus, während ich vom Sofa aus zusah. Sie hockte sich auf den Boden, tauchte einen Schwamm in einen Eimer mit Lauge und schrubbte stundenlang die Dielen,was nicht wie ein Liebesdienst wirkte, sondern als hätte sie das Haus schon seit Jahren putzen wollen und bekäme nun endlich die Gelegenheit.

Meine Cousinen kamen nicht, sie blieben sogar der Beerdigung fern. *Weil sie Schule haben*, sagte Tante Britt. *Weil es zu aufwühlend für sie wäre. Sie sind bei ihren Großeltern in Edina.*

Ich weiß noch, wie ich mir wünschte, der Polizist, der mich aufgehalten und mit mir zusammen geweint hatte, würde zur Beerdigung kommen, denn er schien mich besser zu verstehen als die wenigen, die mir noch von meiner Familie geblieben waren. Aber es kostete mich schon so viel Anstrengung, nur zu essen und mich anzuziehen, dass es meine Kräfte überstieg, mich an einen Namen zu erinnern oder gar eine Polizeiwache anzurufen.

Oder Elliot.

Ich war wie betäubt, doch unter dem Nebel der Benommenheit schwelte auch Zorn. Selbst damals wusste ich, dass es nicht gerechtfertigt war, Elliot die Schuld an all dem zu geben. Dennoch verknüpfte ich meinen Kummer über das, was Elliot mir angetan hatte, schon bald mit dem Tod meines Vaters, denn das war der Grund, warum er mich abholen gekommen war. Ich hätte Elliot so sehr gebraucht, sehnte mich unablässig nach ihm. Seine ersten SMS mit den drängenden Beteuerungen, dass alles nur ein Missverständnis sei, hatte ich gesehen. Aber irgendwann fühlte es sich für mich besser an, dass er nichts wusste. Jedes Stück meines Herzens hatte ihm gehört, aber dieses nicht.

Kennet und Britt nahmen mich für die nächsten vier Monate bei sich in Minnesota auf. Ich riss an meiner Nagelhaut, bis sie zu bluten anfing. Ich schnitt mir die Haare mit der Küchenschere ab. Ich wachte erst mittags auf und zählte die Minuten, bis ich mich wieder ins Bett legen konnte. Ich wehrte mich nicht, als Kennet mich in Therapie schickte oder als Britt und er sich am Esszimmertisch zusammensetzten, um meine Collegezusagen zu sichten und zu überlegen, ob sie mich lieber auf die Tufts oder auf die Brown schicken sollten.

Ich erinnere mich noch an alles, bis hin zu Britts energischem Zusammenpacken der Unterlagen, ihrem Stutzen, als sie mich am Fuß der Treppe entdeckte, und ihrem zufriedenen »Wir haben alles geregelt, Macy«.

Danach erinnere ich mich an nichts mehr. Ich weiß nicht mehr, wie sie an mein Abschlusszeugnis von der Highschool kamen. Oder wie ich den ganzen Sommer verschlief. Oder wie ich fürs College packte.

Ich muss davon ausgehen, dass Sabrina von der Verwaltung vorgewarnt wurde, wer ihre Zimmernachbarin sein würde, obwohl sie das immer bestritten hat. Aber ganz sicher wurden wir beide nicht zufällig in einem Zimmer untergebracht, denn zwei Jahre zuvor hatte Sabrina ihren Bruder durch einen Autounfall verloren.

Außerdem muss ich davon ausgehen, dass das College, weit

weg von Berkeley, für mich die Rettung war. Im Dezember konnten schon Minuten vergehen, ohne dass ich an meinen Vater denken musste. Dann irgendwann eine Stunde. Und dann genug Zeit, um eine Prüfung zu absolvieren. Wann immer meine Trauer mich zu überwältigen drohte, stellte ich mir vor, wie ich sie in ein Stück Papier einwickelte und sie wegwarf wie ein benutztes Kaugummi. Sabrina hatte den Schmerz über ihren Verlust stets zugelassen und tat es noch immer. Ich hingegen rollte mich zusammen und schlief so lange, bis ich sicher sein konnte, den Kummer verpacken und weit wegschleudern zu können.

Zeit. Ich wusste nur zu gut, dass die Zeit alles verblassen lässt – selbst den Tod.

HEUTE

Montag, 1. Januar

Elliot lehnt sich mit glasigem Blick zurück und starrt aus dem Fenster meines Schlafzimmers.

Ich sehe, wie ihn die Gefühle überrollen: das Entsetzen, die Schuld, die Verwirrung, die Erkenntnis, dass mein Vater am Tag nach seinem Fehltritt starb, dass er mich abholen kam, weil ich so aufgebracht war, dass ich vergessen hatte, ihn anzurufen. Dass ich meinen Vater heute auf den Tag genau vor elf Jahren zum letzten Mal gesehen habe. Und viele Jahre lang Elliot dafür verantwortlich gemacht habe.

Er beißt die Zähne zusammen und blinzelt mit bebenden Nasenflügeln. »Mein Gott.«

»Ich weiß.«

»Das … erklärt es.« Elliot schüttelt den Kopf und fährt sich durch die Haare. »Wieso du mich nicht mehr sehen wolltest.«

Leise sage ich: »Ich konnte nicht klar denken danach … ich konnte es nicht trennen. Dich – und das, was passiert war.«

»Himmel, Macy.« Er dreht sich zu mir und zieht mich wieder in seine Arme, aber es fühlt sich anders an.

Steifer.

Ich hatte über zehn Jahre, um es zu verarbeiten. Elliot hatte zwei Minuten.

»Als ich dich in dem Café getroffen habe«, beginne ich, mit den Lippen an seinem Hemd, »und du mich dann nach Duncan gefragt hast …«

Ich spüre, wie er nickt. »Da hatte ich keine Ahnung.«

»Ich dachte immer, dass du es wüsstest«, sage ich. »Ich dachte, ihr hättet davon gehört … irgendwie.«

»Wir hatten doch keine gemeinsamen Bekannten«, erwidert er leise. »Es war damals, als wärt ihr einfach vom Erdboden verschwunden.«

Als ich nicke, spannt er sich an. Irgendwas scheint ihm eingefallen zu sein. »Aber du hast doch hoffentlich nicht die ganze Zeit gedacht, dass ich bei vollem Bewusstsein mit Emma geschlafen habe, vom Tod deines Vaters erfahren und kein Problem damit hatte, oder?«

Ich versuche, so gut wie möglich meinen damaligen umnebelten Geisteszustand zu erklären. »Ich glaube nicht, dass ich das dachte – dass du kein Problem damit hast. Ich wusste ja, dass du versucht hast, mich anzurufen. Einerseits war mir schon klar, dass du mich liebst. Andererseits dachte ich, zwischen dir und Emma laufe vielleicht doch mehr, als du mir erzählt hattest. Ich war verletzt und gedemütigt …«

»Zwischen uns lief nichts«, beteuert er.

»Aber Christian hatte gesagt, ihr hättet ab und zu Sex –«

»Macy«, sagt Elliot und umfasst mein Gesicht, damit ich ihm in die Augen blicke. »Christian ist ein Idiot. Du weißt alles, was zwischen Emma und mir gelaufen ist. Da war sonst nichts.«

Am liebsten würde ich ihm sagen, dass das jetzt sowieso

keine Rolle mehr spielt, aber ich sehe ihm an, dass es ihm wichtig ist. Und das bedeutet mir viel.

Er hat immer noch Mühe, alles zusammenzusetzen. »Aber Andreas hat behauptet, er hätte euch im Sommer danach gesehen. Du wärst mit deinem Vater im Haus gewesen.«

Ich schüttle den Kopf, bis mir dämmert, was er meint. »Das war mein Onkel Kennet«, erkläre ich und wische mir schniefend die Nase. »Wir kamen, um alles zusammenzupacken und mitzunehmen.« Ich sehe mich um, betrachte die vertrauten Wände und erinnere mich daran, dass ich eigentlich nichts verändern wollte. Eigentlich sollte alles genau so bleiben, wie es war. »Das war das letzte Mal, dass ich hier im Haus war.«

»In dem Sommer war ich auch in eurem Haus«, flüstert er. »Und zwar ununterbrochen. Weil ich jeden Tag nach dir Ausschau gehalten habe. Und ich fragte mich, wieso ich dich dann verpasst hatte.«

»Weil wir erst spätabends kamen und kein Licht machten.« Selbst jetzt noch kommt es mir vollkommen lächerlich vor, dass wir uns wie Einbrecher ins Haus stahlen und nur im Licht der Taschenlampen alles zusammenpackten. Kennet dachte, ich wäre schon wieder am Durchdrehen. »Ich hatte Angst, du könntest mich sehen.«

Elliot löst sich mit grimmiger Miene von mir. Es schmerzt mich zu sehen, dass dies alles alte Wunden aufreißt. Aber noch schlimmer sind die neuen Wunden, die ich ihm zufüge.

»Vielleicht ist ›Angst‹ das falsche Wort«, korrigiere ich mich, obwohl das Wort es eigentlich genau trifft, denn in der Nacht vor unserer Fahrt hierher hatte ich eine Panikattacke, weil ich die Vorstellung nicht ertragen konnte, Elliot könnte mich in meinem Zustand sehen. »Im ersten Jahr nach Dads Tod hatte ich eine Art Zuflucht an der Tufts gefunden.« Nachdenklich fahre ich fort: »Vielleicht hätte ich mich in deine Arme gestürzt. Aber ich hatte Angst, wieder wütend oder traurig zu werden. Und es war so viel einfacher, gar nichts mehr zu fühlen.«

Er stützt die Ellbogen auf seine Oberschenkel und den Kopf in seine Hände. Ich lege meine Hand auf seinen Rücken.

»Alles in Ordnung?«, frage ich.

»Nein.« Er sieht mich über die Schulter an und lächelt matt, um seiner Antwort die Schärfe zu nehmen. Dann, noch während er mich ansieht, wird er blass. Ich sehe, wie es ihm dämmert.

»Mace«, sagt er und verzieht das Gesicht. »Ich weiß nicht, was ich sagen soll. Wie kann ich jemals –«

»Elliot, nicht –«

Unvermittelt springt er auf und rennt aus dem Zimmer. Ich will ihm folgen, aber da höre ich die Badezimmertür knallen und kurz darauf Elliots Würgen.

Ich drücke meine Stirn an die Tür, höre die Spülung, das Wasser im Waschbecken, sein leises Stöhnen.

»Elliot?« Mein Herz fühlt sich an, als würde es von einer Faust zerquetscht.

»Ich brauche eine Minute, Mace. Tut mir leid, gib mir ein bisschen Zeit.«

Ich lasse mich an der Wand hinuntergleiten und halte Wache vor dem Bad, während er sich erneut übergibt.

Als ich aufwache, liege ich unter einer Decke auf meinem Bett, weiß aber nicht, wie ich hier gelandet bin. Ich muss auf dem Boden im Flur eingeschlafen sein, und Elliot hat mich hierhergetragen. Die andere Seite des Betts wirkt unberührt, und Elliot ist nirgendwo zu sehen.

Erleichterung durchströmt mich, als ich ein ersticktes Husten aus dem Bücherschrank höre. Er ist noch da. Da es kalt ist, wickle ich mir die Decke um die Schultern, bevor ich aufstehe und einen Blick in die Bücherkammer werfe. Elliot liegt ausgestreckt auf dem Boden, hat die Hände hinter dem Kopf verschränkt, die Beine an den Knöcheln gekreuzt und starrt hinauf zu den abblätternden, verblichenen Sternen. Sein Körper nimmt den ganzen Raum ein, der mir jetzt, nach Jahren der Abwesenheit, winzig vorkommt. Ich kann es kaum fassen, dass dieses kleine Zimmer sich früher anfühlte wie eine eigene Welt, ein ganzes Paralleluniversum.

»Hey«, sagt Elliot und lächelt mich an. Seine Augen sind geschwollen, seine Nase ist gerötet.

»Hey. Geht es dir besser?«

»Ein bisschen.« Er klopft auf den Boden neben sich. »Komm her«, sagt er leise. »Leg dich zu mir.«

Ich lasse mich neben ihm nieder und schmiege mich an seine Brust. Er legt einen Arm um mich und zieht mich dicht an sich.

»Wie lange habe ich geschlafen?«, frage ich.

»Ein paar Stunden.«

Am liebsten würde ich noch Jahre schlafen, aber andererseits will ich keine einzige Sekunde mit ihm vergeuden.

»Können wir erst einmal aufhören, darüber zu reden?«, frage ich. »Ich glaube, ich brauche eine Pause.«

»Ganz bestimmt«, erwidert er, »ich bin im Augenblick damit beschäftigt … alles irgendwie auf die Reihe zu kriegen.«

»Natürlich. Du sollst wissen, dass es okay ist, wenn du getroffen bist.« Ich lege ihm meine Hand auf die Brust. »Mir ist klar, dass jetzt nicht einfach alles wieder gut ist.«

Er zögert eine Weile, bevor er antwortet, und dann klingt seine Stimme heiser. »Dich zu verlieren war das Schlimmste, was mir je passiert ist, und es setzt mir immer noch zu. Aber es hilft mir, den Grund zu wissen. So schrecklich es auch ist, das Wissen darum hilft mir.« Als er mich ansieht, füllen sich seine Augen erneut mit Tränen. »Es tut mir so leid, dass ich nicht für dich da war, als Duncan starb.«

»Und mir tut es leid, dass ich es dir nicht erzählt habe. Dass ich einfach verschwunden bin.« Ich gebe ihm einen Kuss auf die Schulter.

Er wischt sich mit seiner freien Hand übers Gesicht. »Du hast mit zehn deine Mutter und mit achtzehn deinen Vater verloren. Dass du verschwunden bist, war schlimm, aber ich verstehe es. An diesem Tag ist … dein ganzes Leben zusammengebrochen.«

Ich schiebe meine Hand unter sein Hemd und lege sie ihm aufs Herz. »Es war schrecklich.« Ich schmiege mein Gesicht in seine Halsbeuge und atme seinen vertrauten Geruch ein, um die Erinnerungen an jenen Tag zu verscheuchen. »Wie waren diese Jahre für dich?«

Er denkt nach. »Ich hab mich aufs Lernen konzentriert. Und wenn du andere Mädchen meinst, fühlte ich mich derart schuldig, dass ich mich erst viel später darauf einlassen konnte.«

Es zerreißt mir das Herz. »Alex hat gesagt, Rachel sei die erste Frau gewesen, die du mit nach Hause gebracht hast.«

»Können wir bitte eins klarstellen?«, fragt er und drückt mir einen Kuss in die Haare. »Ein für alle Mal?«

»Was?« Ich genieße es, seinen Körper an meinem zu spüren. Davon werde ich nie genug bekommen.

»Ich liebe dich«, flüstert er und fasst unter mein Kinn. »Klar?«

»Ich liebe dich auch«, sage ich erstickt, weil mich die Gefühle überwältigen. Ich werde meine Eltern immer vermissen, aber ich habe Elliot zurück. Gemeinsam werden wir in der Lage sein, etwas zum Leben zu erwecken.

Er drückt seine Lippen auf meine Stirn. »Glaubst du, dass es möglich sein wird?«, fragt er, ohne seine Lippen von meiner Stirn zu lösen. »Haben wir jetzt die Chance, wirklich zusammen zu sein?«

»Verdient haben wir sie jedenfalls.«

Er löst sich von mir und sieht mich an. »Ich habe hier so oft gelegen und nachgedacht. Eigentlich hätte ich darauf kommen müssen. Ich hätte mich fragen müssen, warum Duncan nie zurückgekehrt ist. Aber ich dachte, ihr wärt beide zu wütend auf mich.«

»Ich liebe dieses Zimmer noch immer«, flüstere ich.

Elliot hält inne. »Es ist komisch, dass du das sagst … weil ich es auch liebe. Aber ich bin hierhergekommen, um mich davon zu verabschieden.«

Mein Herz macht einen erschrockenen Satz. »Was soll das heißen?«

Elliot stützt sich auf die Ellbogen und sieht mich an. »Das heißt, dass ich glaube, wir gehören nicht mehr hierher.«

»Also, nein, wir werden nicht ständig hier sein. Aber wieso sollten wir das Haus nicht behalten und –«

»Hör mal, natürlich ist es dein Haus, und du solltest damit machen, was du willst. Das gilt genauso für euer altes Haus in Berkeley.« Er streicht mir mit der Fingerspitze über die Unterlippe und gibt mir einen Kuss. »Aber ich möchte, dass wir diesen Bücherschrank hinter uns lassen und weitergehen«, sagt er sanft. »Wir haben uns nicht wegen dieses Zimmers ineinander verliebt, es hat nicht aus uns etwas Besonderes gemacht, sondern umgekehrt.«

Ich bemühe mich, die Fassung wiederzugewinnen. Die besten Momente meines Lebens fanden hier statt, und nirgendwo sonst fühle ich mich geborgener.

Jetzt erkenne ich, dass Elliot mir wieder einmal schon zwei Schritte voraus ist.

»Ich wette, du glaubst, es wäre alles zusammengebrochen, als wir versuchten, außerhalb dieser Bücherkammer zu leben«, sagt er und küsst mich erneut. »Aber das hatte nichts damit zu tun, dass wir sie verlassen haben. Diesmal wird es nicht so sein.«

»Nicht?«, frage ich, verkneife mir ein erleichtertes Lächeln und ziehe ihn näher zu mir.

»Nein.« Grinsend legt er sich zwischen meine Beine, und seine Augen werden dunkler.

»Aber wie wird es diesmal?«

Küssend bahnt sich Elliot seinen Weg meinen Hals hinunter. »So wie wir es uns immer gewünscht haben.«

»Thanksgiving in Unterwäsche auf dem Fußboden?«

Er lacht. »Und du in meinem Bett. Jede Nacht.«

»Vielleicht wirst du aber auch in meinem Bett sein.«

Ich lache und er auch, aber dann löst er sich von mir und

sieht mich ernst an. »Dazu müsstest du allerdings mal in dein Haus gehen.«

Und diese Aussicht auf einen Schritt, der für einen Neuanfang ebenso nötig sein wird, wie er mir schwerfällt, lässt uns verstummen. Er sieht mich an, und ich weiß, dass er mich nicht vom Haken lassen wird.

»Wirst du mit mir kommen? Um es auszuräumen?« Ich krümme mich innerlich und gestehe: »Ich war schon sehr lange nicht mehr dort.«

Elliot drückt mir einen Kuss auf den Mund. »Ich habe elf Jahre darauf gewartet, dass du nach Hause kommst. Jetzt gehe ich überall mit dir hin.«

HEUTE

Mittwoch, 10. Januar

Als wir die Tür öffnen, überwältigen mich meine Erinnerungen, ich denke an all die schönen Momente, die wir hier verbracht haben. Das Haus in Berkeley riecht für mich so sehr nach zu Hause, und mir wird bewusst, dass dieser heimelige Geruch wohl vor allem von der Zederntruhe meiner Mutter herrührt, die immer unser Couchtisch war, und von Dads dänischen Zigaretten – offenbar rauchte er heimlich mehr, als ich mitbekam. In einem Sonnenstrahl, der durchs Wohnzimmerfenster dringt, schwebt eine Spirale aus Staubteilchen. Zwar habe ich das Haus regelmäßig putzen lassen, und es ist alles sauber und ordentlich, dennoch wirkt es fremd und verlassen.

Ein Gefühl der Schuld überkommt mich.

Elliot tritt zu mir und späht über meine Schulter ins Wohnzimmer. »Glaubst du, wir schaffen es heute noch hinein?«

Er gibt mir zum Trost einen Kuss, und ich kann ihm seinen Scherz nicht verdenken, weil wir schon zum zweiten Mal hier sind. Das erste Mal kamen wir spätnachts nach meiner Schicht im Krankenhaus her, und ich musste erkennen, dass ich mich zu ausgelaugt fühlte, um das Haus meiner Kindheit zu betreten. Aber heute muss ich erst abends arbeiten, und als ich am Morgen aufwachte, fühlte ich mich bereit.

Unser Plan ist es, das Haus in Healdsburg zu verkaufen und das Haus in Berkeley so weit auszuräumen, dass wir es über die Uni möbliert vermieten lassen können. Doch das bedeutet, dass ich alles mitnehmen muss, woran Erinnerungen hängen: Fotoalben, Bilder, Briefe, all die kleinen Andenken, die überall verstreut sind.

Ich wage einen Schritt hinein, dann einen zweiten. Die Holzdielen knarzen an den gleichen Stellen wie früher. Elliot folgt mir und sieht sich um. »Das Haus riecht nach Duncan.«

»Ja, sehr.«

Er geht an mir vorbei zum Kamin, wo Fotos von mir und meinen Eltern stehen, von Kennet und Britt und von Moms Eltern, die starben, als sie noch jung war.

»Weißt du, dass ich bislang nur ein einziges Foto von ihr gesehen habe? Das auf Duncans Nachttisch.«

Von ihr. Meiner Mutter. Für alle anderen Laís, für mich Mãe.

Elliot fährt mit den Fingern über ein paar Fotos, nimmt dann eines in die Hand und betrachtet es, bevor er zu mir herüberblickt.

Ich weiß, welches es ist. Mein Vater hat es aufgenommen, und es zeigt meine Mutter und mich am Strand. Der Wind weht ihr die langen, schwarzen Haare nach vorn, und ich sitze zwischen ihren Knien, lehne mich an sie und werde von ihr umarmt. Ihr Lächeln war so strahlend; es zeigte auf den ersten Blick, was für eine unglaublich positive Energie sie ausstrahlte.

Wieder betrachtet Elliot das Bild. »Es ist fast unheimlich, wie sehr du ihr ähnelst.«

»Ich weiß.« Ich bin so froh, dass die Zeit die schlimmsten Wunden geheilt hat, denn so kann ich in den Spiegel sehen und mich freuen, dass ich ihr Gesicht geerbt habe, anstatt es als immer größere Qual zu empfinden, je älter ich werde und je mehr ich ihr ähnle.

Ich knie mich vor die Zederntruhe, in der all unsere Fotos, Briefe und Andenken aufbewahrt werden.

»Die sollten wir mit in unsere Wohnung nehmen«, sagt Elliot.

Ich lasse den Deckel sinken, den ich gerade angehoben habe. In meinem Körper breitet sich so schnell Wärme aus, dass mir fast schwindelig wird. »Unsere Wohnung?«

Er blickt vom Foto auf. »Ich finde, wir sollten zusammenziehen. Irgendwo in der Innenstadt.«

Wir sind erst seit so kurzer Zeit wieder zusammen, aber schon jetzt ist die Fahrerei die reinste Folter. In meinem Zimmer bei Nancy »Besuch« zu empfangen verbietet sich fast von selbst. Und Elliots Wohnung liegt einfach zu weit weg vom Krankenhaus, um dort zu übernachten. An den meisten Abenden treffen wir uns zu einem späten Essen in der Innenstadt, und dann fährt er nach Hause, und ich falle ins Bett.

An meinem einzigen freien Tag in dieser Zeit – vor zwei Tagen – haben wir seine Wohnung keine Sekunde verlassen und uns unablässig geliebt.

»Du würdest in die Innenstadt ziehen?«, frage ich.

Elliot stellt das Foto zurück und setzt sich zu mir auf den verschlissenen Perserteppich. »Natürlich.« Im Sonnenlicht, das durchs Fenster dringt, wirken seine Augen hinter der Brille wieder einmal bernsteinfarben. Seine Wimpern sind so lang. Ihn einfach so ansehen zu können macht mich glücklich.

»Macy?«, fragt er, grinsend, weil ich völlig in seinen Anblick versunken bin.

Ich blinzle ihn an. »Dann hättest du einen ziemlich langen Weg zur Arbeit.«

»Meine Arbeitszeiten sind flexibler als deine«, entgegnet er, und ein verschmitztes Funkeln stiehlt sich in seine Augen. »Außerdem könnte das ganz inspirierend für meinen Drachenporno sein, wenn ich dich jede Nacht in meinem Bett habe.«

Ich lache. »Ich wusste es.«

Im März ziehen wir zusammen. Es regnet in Strömen, und unsere Wohnung ist winzig, doch sie hat ein riesiges Erkerfenster und liegt nur einen Block von der Haltestelle des Busses entfernt, der mich direkt zur Arbeit bringt. Elliot und seine drei Brüder sind dabei, eine Regalwand einzubauen, und Elliots Eltern bringen uns das Bett, das sie uns schenken – wogegen ich erst protestieren wollte, weil es mir ein bisschen peinlich war. Aber es ist ein wunderschönes Himmelbett, das ein langjähriger Patient von Elliots Vater selbst gezimmert hat. Und während Alex, Else und Liz helfen, alles auszupacken und in den spärlichen Stauraum zu quetschen, kocht Dina Abendessen.

Irgendwann riecht die ganze Wohnung nach Grillhähnchen und Lorbeerblättern, und der Regen hat sich zu einem ausgewachsenen Sturm entwickelt, der die Dunkelheit draußen mit Blitz und Donner erfüllt. In einem Moment der Stille verkünden uns Liz und George, dass sie ein Baby erwarten, worauf alle in lauten Jubel ausbrechen. Else dreht die Musik auf, und dann fangen alle lachend an zu tanzen.

Elliot zieht mich beiseite und drückt mich an sich. Sein Lächeln ist nicht einfach strahlend, es ist Ausdruck reiner Freude.

»Hey«, sagt er und küsst mich grinsend.

»Hey«, sagte ich »Geht's dir gut?«

»Sehr gut.« Er sieht sich um, als wollte er sagen: *Jetzt schau dir diese Superwohnung an!* »Wir sind gerade zusammengezogen.«

»Endlich.« Ich beiße mir auf die Lippen, weil ich vor Glück kaum weiß, wohin mit mir. Ich kann mich nicht erinnern, mich jemals so gefühlt zu haben.

Heute Nacht werden wir zusammen einschlafen, in unserer Wohnung, in unserem Bett. Am nächsten Morgen wird er da sein. Vielleicht kommt er zu mir, während ich mit einer Tasse Kaffee dastehe, und ich werde es erst merken, wenn ich seine Lippen auf meinen Haaren spüre.

Wir tanzen nicht wirklich, wiegen uns nur hin und her. Elliot streicht mir mit den Händen über den Rücken und neigt seinen Kopf zu meinem. George witzelt, dass wir dringend ein Zimmer für uns bräuchten. Andreas kontert, George sei doch derjenige mit der schwangeren Frau. Und prompt kommen Dina in der Küche die Tränen, weil sie an Babys und weitere Hochzeiten denkt, die es womöglich geben wird. Und ich sehe, wie Elliot sich die Brille hochschiebt und mich so forschend betrachtet, wie er es schon immer getan hat, als könnte er auf diese Weise direkt in meinen Kopf hineinsehen und meine Gedanken lesen.

Vermutlich kann er das wirklich.
»Lieblingswort?«, fragt er flüsternd.
Ohne zu überlegen sage ich: »*Du.*«

LESEPROBE

KRISTIN HANNAH
Die andere Schwester
Wer zu lieben wagt
ROMAN
atb

Erstes Kapitel

Geduldig wartete Dr. Harriet Bloom auf eine Antwort. Meghann Dontess lehnte sich zurück und studierte ihre Fingernägel. Sie mussten manikürt werden. Dringend. »Wie Sie wissen, versuche ich, nicht allzu viel zu grübeln, Harriet. Das nimmt mir irgendwie die Lebensfreude.«

»Kommen Sie deshalb seit vier Jahren jede Woche zu mir? Weil Ihnen Ihr Leben so großen Spaß macht?«

»Darauf würde ich an Ihrer Stelle lieber nicht hinweisen. Das spricht nicht gerade für Ihre fachliche Kompetenz. Schließlich ist es durchaus vorstellbar, dass ich zunächst völlig normal war und Sie mir nur *einreden*, ich wäre verrückt.«

»Sie versuchen wieder einmal, sich mit einer witzigen Bemerkung aus der Affäre zu ziehen.«

»Sie überschätzen mich. Das war nicht komisch.«

Harriet Bloom verzog keine Miene. »Ich kann auch nur sehr selten über Sie lachen.«

»Und dahin ist er, mein Traum von einer Karriere als Stand-up-Comedian.«

»Sprechen wir über den Tag, an dem Claire und Sie getrennt wurden.«

Unbehaglich rutschte Meghann auf ihrem Sessel herum

und suchte nach einer schlagfertigen Antwort, mit der sie das Thema umgehen konnte. Aber es fiel ihr nichts ein. Sie wusste genau, worauf die Therapeutin hinauswollte, und das war auch Harriet Bloom klar. Wenn sie die Antwort verweigerte, würde die Frage einfach noch einmal gestellt werden. »Getrennt – was für eine nette, saubere Formulierung. Sie gefällt mir, sogar sehr, aber das Thema ist abgeschlossen.«

»Es ist immerhin interessant, dass Sie den Kontakt zu Ihrer Mutter aufrechterhalten, sich von Ihrer Schwester jedoch absolut distanzieren.«

Meghann zuckte mit den Schultern. »Meine Mutter ist Schauspielerin, ich bin Anwältin. Wir verdienen beide unseren Lebensunterhalt, indem wir uns verstellen.«

»Das heißt?«

»Kennen Sie vielleicht eins ihrer Interviews?«

»Nein.«

»Sie erzählt jedem von unserem bitterarmen, aber liebevollen Familienleben. Wir tun beide so, als wäre es wahr.«

»Sie wohnten doch in Bakersfield, als dieses angeblich bitterarme, aber liebevolle Familienleben endete, oder?«

Meghann schwieg. Harriet Bloom hatte es geschafft, sie in die schmerzliche Vergangenheit zurückzuführen wie eine dressierte Ratte.

»Claire war damals neun Jahre alt«, fuhr die Therapeutin fort. »Wenn ich mich recht erinnere, hatte sie eine Zahnlücke und in der Schule Probleme mit dem Rechnen.«

»Hören Sie auf.« Meghanns Hände krallten sich um die Armlehnen des Sessels.

Die Therapeutin sah sie an. Ihr Blick unter den dunklen Brauen war ernst und konzentriert. Die kleinen, runden Gläser der Brille vergrößerten ihre Augen. »Weichen Sie nicht aus, Meg. Wir machen Fortschritte.«

»Noch ein paar mehr dieser Fortschritte, und Sie können mich in die Notaufnahme des nächsten Krankenhauses einliefern lassen. Wir sollten lieber darüber sprechen, was mir das Leben wirklich schwer macht. Deshalb komme ich schließlich zu Ihnen. Mein Alltag im Familiengericht ist kaum noch zu ertragen, kann ich Ihnen versichern. Gestern fuhr allen Ernstes ein Typ mit einem Ferrari vor, um dann zu behaupten, er wäre total pleite. Dieser Mistkerl will einfach nicht für die Ausbildung seiner Tochter zahlen. Zu dumm für ihn, dass ich mitbekommen hatte, welchen heißen Schlitten er sich offenbar leisten kann.«

»Warum bezahlen Sie mich eigentlich, wenn Sie mit mir nicht über die Gründe für Ihre Probleme reden wollen?«

»Weil ich keine *Probleme* habe. Und es bringt absolut nichts, in der Vergangenheit zu stochern. Damals war ich sechzehn, jetzt steuere ich auf die zweiundvierzig zu. Es ist höchste Zeit, das alles ruhen zu lassen. Ich habe das Richtige getan. Mehr ist dazu nicht zu sagen.«

»Und warum haben Sie dann noch immer Albträume?«

Meghann spielte mit ihrem silbernen Armband. »Ich träume auch von Spinnen mit Oakley-Sonnenbrillen. Aber davon wollen Sie nie etwas hören. Oh, und in der letzten Woche habe ich geträumt, in einem gläsernen Raum gefangen zu sein, dessen Fußboden aus Speck bestand. Ich hörte Menschen weinen, konnte aber den Schlüssel nicht finden. Wie wäre es, wenn wir uns darüber unterhielten?«

»Das weist auf Gefühle von Isolation hin. Auf eine unbewusste Ahnung, dass sich Menschen über Ihre Handlungen aufregen oder Sie auch vermissen. Gut, reden wir über den Traum. Also, wer hat geweint?«

»Unsinn.« Meghann hätte es kommen sehen müssen. Schließlich hatte sie während des Studiums auch einen Kursus in Psychologie belegt. Ganz zu schweigen von der Tatsache, dass sie in jungen Jahren als wahres Wunderkind galt.

Sie sah auf ihre Armbanduhr. »Schade, Harriet. Die Zeit ist um. Ich schätze, wir müssen die Bewältigung meiner verflixten Neurosen auf die nächste Woche verschieben.« Sie stand auf und strich glättend über die Hosen ihres dunkelblauen Armani-Anzugs, obwohl auf ihnen kein Fältchen zu sehen war.

Betont langsam setzte die Therapeutin ihre Brille ab.

In einer unbewussten Geste der Selbstverteidigung verschränkte Meghann die Arme über der Brust. »Ich denke, wir sollten wirklich Schluss machen.«

»Gefällt Ihnen Ihr Leben, wie Sie es führen, Meghann?«

Damit hatte sie nicht gerechnet. »Was sollte mir daran denn nicht gefallen? Ich bin die beste Scheidungsanwältin im ganzen Staat. Ich lebe ...«

»... allein.«

»... in einer piekfeinen Eigentumswohnung oberhalb von Public Market und fahre den neuesten Porsche.«

»Wie ist es mit Freunden?«

»Jeden Dienstagabend telefoniere ich mit Elizabeth.«

»Familie?«

Vielleicht war es an der Zeit, sich einen anderen Therapeuten zu suchen. Harriet hatte inzwischen mit untrüglicher Sicherheit alle ihre wunden Punkte herausgefunden. »Letztes Jahr war meine Mom eine Woche lang bei mir. Wenn ich Glück habe, besucht sie mich das nächste Mal gerade noch rechtzeitig, dass wir uns gemeinsam die Mars-Landung auf MTV anschauen können.«

»Und Claire?«

»Ich will nicht leugnen, dass meine Schwester und ich ein paar Problemchen miteinander haben. Aber das ist nichts

Grundsätzliches. Wir sind einfach zu beschäftigt, um uns häufiger zu treffen.« Als Dr. Bloom schwieg, fuhr Meghann schnell fort: »Gut, gut, es bringt mich fast um den Verstand, wie sie ihr Leben vergeudet. Sie ist intelligent und hat das Zeug dazu, Karriere zu machen, aber sie scheint wild entschlossen, ihre Tage auf diesem schäbigen Campingplatz zu verplempern, den sie als *Resort* bezeichnet.«

»Bei ihrem Vater.«

»Ich möchte nicht über meine Schwester sprechen – und auf gar keinen Fall über ihren Vater.«

Dr. Bloom pochte mit dem Stift auf die Schreibtischplatte. »Nun gut, lassen Sie mich eine andere Frage stellen. Wie lange ist es eigentlich her, dass Sie zweimal mit demselben Mann geschlafen haben?«

»Daran finden nur Sie etwas Verwerfliches. Ich mag Abwechslung.«

»So wie Sie jüngere Männer bevorzugen? Männer, die noch keinen Wunsch nach einer festen Bindung haben. Die Sie wieder abservieren, bevor sie sich von Ihnen trennen können.«

»Auch wenn ich mich wiederhole: Was ist falsch daran, sich mit jungen, sexy aussehenden Männern zu treffen? Ich sehne mich absolut nicht nach einem Häuschen im Grünen. Und an einer Familie bin ich auch nicht interessiert, aber ich mag Sex.«

»Und wie gefällt Ihnen die Einsamkeit?«

»Ich bin doch nicht einsam«, erklärte Meghann. »Ich bin unabhängig. Männer mögen nun mal keine starken Frauen.«

»Starke Männer schon.«

»Dann sollte ich vielleicht häufiger in Fitness-Center gehen statt in Bars.«

»Und starke Frauen stellen sich ihren Ängsten. Sie sprechen über die schmerzlichen Entscheidungen, die sie in ihrem Leben getroffen haben.«

Meghann zuckte sichtlich zusammen. »Tut mir leid, Harriet, aber ich muss jetzt wirklich los. Bis nächste Woche.«

Ohne sich umzusehen, verließ Meghann die Praxis.

Draußen war strahlender Sonnenschein. Erstaunlich für den so genannten Sommer in diesen Breiten. Während sich die Leute überall sonst im Juni längst am und im Wasser tummelten, im Freien grillten und zu Pool-Partys einluden, schaute man hier in Seattle üblicherweise verdrossen auf den Kalender und murrte, schließlich sei es doch *Juni, verdammt noch mal …*

Nur wenige Touristen waren an diesem Morgen unterwegs; man erkannte sie an den Regenschirmen, die sie unter die Arme geklemmt hatten.

Meghann holte tief Luft, überquerte die Straße und betrat den Rasen des Uferparks. Ein hoher Totempfahl begrüßte sie. Hinter ihm segelten Möwen träge durch die Luft und warteten auf ein paar Essensbrocken.

Sie kam an einer Parkbank vorbei, auf der ein Mann unter vergilbten Zeitungen schlief. Vor Meghann erstreckte sich der tiefblaue Puget Sound bis zum blassen Horizont. Sie wünschte, der Anblick könnte sie aufmuntern, ihr Kraft und Zuversicht geben wie sonst so oft. Doch heute wanderten ihre Gedanken in eine andere Zeit und zu einem anderen Ort.

Wenn sie die Augen schließen würde – was sie natürlich nicht wagte –, käme alles wieder: das Wählen der Telefonnummer, das stockende, unbeholfene Gespräch mit einem Mann, den sie nicht kannte, die lange, schweigsame Autofahrt zu der trostlosen Kleinstadt im Norden. Und am schlimmsten von allem: Sie würde wieder die Tränen sehen, die ihrer kleinen Schwester über die Wangen liefen, als sie sagte: »Ich kann nicht bleiben, Claire.«

Meghanns Finger verkrampften sich fester um das Geländer des Uferweges. Dr. Harriet Bloom irrte sich. Ein Gespräch über Meghanns verhängnisvolle Entscheidung und die einsamen Jahre, die ihr folgten, würde, ja konnte ihr nicht helfen.

Ihre Vergangenheit war keine Ansammlung von Erinnerungen, die aufgearbeitet werden konnten. Sie war wie ein übergroßer Samsonite-Koffer mit kaputten Rädern. Das hatte Meghann schon vor langer Zeit begriffen. Sie konnte ihn nur hinter sich herschleifen.

~

Jedes Jahr im November schwoll der Skykomish River bedrohlich an. Die Gefahr der Überflutung war allgegenwärtig. Gespannt beobachteten die Menschen in den kleinen Ortschaften am Fluss das Ansteigen der Flut und hielten Sandsäcke in Bereitschaft. Ihre Erinnerung reichte Generationen zurück. Jeder konnte Geschichten davon erzählen, wie das Wasser ins Obergeschoss des Hauses der Familie Soundso drang, durch die Flure von Grange Hall strudelte, die Ecke Spring und Azalea Street überflutete. Die Bewohner weniger gefährdeter Gegenden saßen in ihren trockenen Wohnzimmern auf der Couch, sahen sich kopfschüttelnd die Nachrichten im Fernsehen an und fragten sich, wie verrückt man sein musste, um freiwillig mit den Überflutungen zu leben.

Wenn der Wasserspiegel schließlich wieder zu sinken begann, durchlief ein kollektiver Seufzer der Erleichterung die kleine Stadt. Üblicherweise nahm er bei Emmett Mulvaney seinen Anfang, dem Apotheker, der wie gebannt vor dem einzigen Großbildschirm in ganz Hayden hockte und den Weather Channel rund um die Uhr nicht aus den Augen ließ. Er witterte bereits die kleinsten Veränderungen, die selbst den klugen Meteorologen in Seattle entgingen, und teilte seine Beobachtungen dem Sheriff Dick Parks mit, der sie prompt an seine Sekretärin Martha weitergab. In kürzerer Zeit, als man benötigte, um den Ort mit dem Auto zu durchqueren, verbreitete sich die frohe Botschaft: »Sieht so aus, als wären wir diesmal glimpflich davongekommen. Die größte Gefahr ist vorbei.« Und rund vierundzwanzig Stunden nach Emmett Mulvaneys Vorhersage stimmten auch die Meteorologen für gewöhnlich dieser Einschätzung zu.

Aber heute, an diesem herrlichen Frühsommertag, war es leicht, die herbstlichen Regenfälle zu vergessen, die die Menschen am Skykomish River vor Sorgen fast um den Verstand brachten.

Claire Cavenaugh stand am Flussufer. Ihre Stiefel steckten fast knöcheltief im weichen braunen Schlamm. Sie hatte ihre Hacke sinken lassen und wischte sich den Schweiß von der Stirn. Wie jedes Jahr wollte sie kaum glauben, welcher Anstrengungen es bedurfte, das Resort auf die Sommersaison vorzubereiten.

Das *Resort* …

So nannte ihr Vater Sam Cavenaugh den Besitz von sechzehn Morgen Land. Er hatte das Grundstück vor fast vierzig Jahren für einen Apfel und ein Ei erworben, zu einer Zeit, als Hayden kaum mehr war als eine Tankstelle auf dem Weg zum Stevens Pass. Er bezog das dazugehörende baufällige Farmhaus, gab seiner Immobilie den Namen River's Edge Resort und begann von einem Leben ohne Plastikhelm, Ohrenschützer und die Nachtschichten zu träumen, die bei seinem Job in der Papierfabrik in Everett an der Tagesordnung waren.

Zunächst arbeitete er nur in seiner Freizeit und an den Wochenenden. Mit einem Pick-up, einer Kettensäge und einem Plan, den er auf eine Papierserviette gezeichnet hatte. Unermüdlich rodete er jahrzehntealtes Strauchwerk und errichtete eigenhändig eine Reihe von Blockhütten. Inzwischen war River's Edge ein blühendes, kleines Familienunternehmen. Es gab insgesamt acht Ferienhäuser – jedes verfügte über ein nettes Wohnzimmer, zwei Schlafräume, ein Bad und eine Terrasse mit Blick auf den Fluss.

In den letzten Jahren waren ein Swimmingpool und ein separater Vergnügungsbereich hinzugekommen. Pläne für einen Minigolfplatz und Waschautomaten warteten noch auf ihre Verwirklichung. Es war eine Ferienanlage, in die Familien Jahr für Jahr gern zurückkehrten, um dort ihre kostbaren Urlaubswochen zu verbringen.

Claire konnte sich noch gut an ihre Ankunft in River's Edge erinnern. Die hoch aufragenden Bäume und der silbern funkelnde Fluss erschienen dem Mädchen, das in einem Wohnwagen aufgewachsen war, wie das Paradies. Von der Zeit davor waren ihr nur düstere Bilder im Gedächtnis geblieben: schäbige Trailerparks am Rande von hässlichen Ortschaften, noch hässlichere Wohnungen in heruntergekommenen Gebäuden. Und Bilder von Mama, die immer vor irgendetwas auf der Flucht zu sein schien. Mama hatte mehrmals geheiratet, aber Claire konnte sich nicht entsinnen, dass ein Mann länger als wenige Wochen geblieben wäre. Meghann war die einzige Konstante, an die Claire sich erinnerte. Ihre größere Schwester, die für alles sorgte – und dann eines Tages verschwand und Claire zurückließ.

Und jetzt, nach all diesen Jahren, war ihre Beziehung

nicht nur lose, sondern praktisch nicht existent. Höchstens alle paar Monate einmal telefonierten Claire und Meg miteinander und fanden an manchen dieser Tage kein anderes Gesprächsthema als das Wetter. Dann bekam Meg unweigerlich einen anderen, *wichtigen* Anruf und hängte auf. Ihre Schwester verbreitete sich gern über ihre beruflichen Erfolge und hielt Claire vor, ihr Leben »auf einem lächerlichen, kleinen Campingplatz« zu vergeuden, indem sie für fremde Leute putzte. Jedes Jahr zu Weihnachten bot sie Claire an, ihr ein Studium zu bezahlen.

Als würde die Lektüre von *Beowulf* Claires Leben verbessern.

Jahrelang hatte Claire sich danach gesehnt, dass sie nicht nur Schwestern wären, sondern Freundinnen, aber das wollte Meghann nicht, und die größere Schwester setzte sich immer durch. Und so waren sie Meghanns Wunsch entsprechend zwei Fremde, die nur zwei Dinge gemeinsam hatten: die gleiche Blutgruppe und eine trostlose Kindheit.